最后一个日本王

贰

德川庆喜

とくがわよしのぶ

〔日〕山冈庄八 著
程亮 译

群言出版社
QUNYAN PRESS
·北京·

目　录

井伊氏·一桥德川氏宗谱

（——是指直系或直系编入　‖是指同族和异族编入）

井伊氏

藤原良门——（五代略）——共保（井伊）——（二十代略）——直亲——直政——直孝（近江彦根）

直孝——直时——直该

直孝——直澄‖直该

直该——直通‖直恒‖直惟‖直定‖直禔‖直定（再）——直幸——直中——直亮‖直弼——直宪

直该——直矩

直该——直恒

直该——直惟

直该——直定

直惟——直禔

直惟——直幸

直中——直弼

直中——（其他十三男六女）

一桥德川氏

源宗尹（八代将军吉宗第四子）——治济——齐敦——齐礼‖齐位（田安齐匡第四子）‖庆昌（将军家庆第四子）‖庆寿（田安齐匡第五子）——某（早逝）‖庆喜（水户齐昭第七子 第十五代将军）

治济——家齐（第十一代将军）

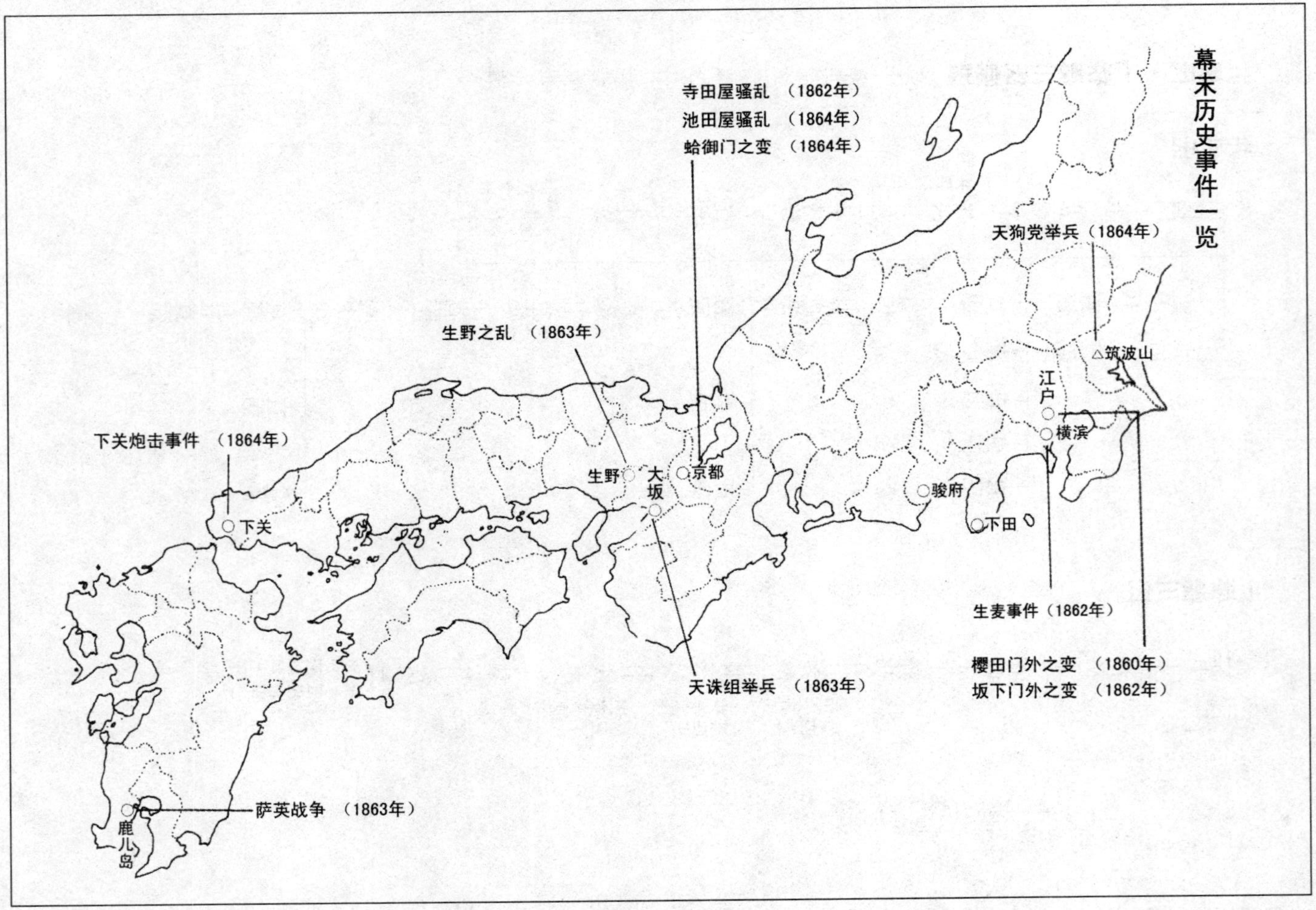

幕末历史事件一览
寺田屋骚乱　（1862年）
池田屋骚乱　（1864年）
蛤御门之变　（1864年）
天狗党举兵（1864年）
筑波山
生野之乱　（1863年）
江户
横滨
下关炮击事件　（1864年）
生野
大坂
京都
骏府
下关
下田
生麦事件（1862年）
樱田门外之变　（1860年）
坂下门外之变　（1862年）
天诛组举兵　（1863年）
萨英战争　（1863年）
鹿儿岛

皑皑清霜

一

另一方面——

西乡吉之助留在了江户，8月17日，诏书也紧随其后抵达水户。得知此事，西乡吉之助不禁拍了拍大腿，闭上了眼睛。

“糟了！”

（水户当前并无领诏的实力……）

绝不是说志士们没有这份勇气。倘若激愤的勤皇派与以本藩为重的俗论党围绕诏书发生激烈冲突，水户藩必将毁于一旦。家老安岛带刀已将此事详细地告知了西乡。

西乡之所以将自己携带的诏书抄本交给同志有村俊斋，拜托他送回京都，自己则留在江户，正是因为他对水户产生了深深的同情。

（水户和萨摩并非陌路……）

二者是救国的盟友和兄弟，这种关系是通过老公齐昭、藤田东湖、户田蓬轩和水户学本身，并由萨摩藩主齐彬的意愿所决定的。

作为齐彬近侍的西乡坚信，这份关系是男人与男人、英雄与英雄之间纯粹而崇高的誓言。

事实上，在先主齐彬的指示下，萨摩藩邸内成立的学习组织“纠合会”便是水户和萨摩共同合作下的时事研讨会。

成立该组织的表面目的是研究文武，但实际上，以西乡为首的桦山三圆、有村俊斋、大山格之介、岩下佐次右卫门、伊地知龙右卫门、田中直之进和柴山爱二郎等人都在此师从藤田东湖。因此，这些人与水户的户田蓬轩、原田兵助、武田耕云斋和高桥多一郎等人结成了肝胆相照、兄弟情深之交。

正因如此，西乡首先想到的便是——

（不能让水户陷入绝境！）

这实在有悖齐彬之遗志，也是放弃追随齐彬殉死的念头来到江户的西乡不得不留在江户的最大原因。

水户的志士们是怎么想的？井伊直弼又将打算如何除掉他们？

就在西乡进行探查的过程中，他又得知了第二次下达诏书的消息……

西乡立刻在下谷的酒家鸟十八与水户志士取得了联络。当日出席的水户一方有高桥多一郎及其弟鲇泽伊太夫、原田兵助、岩间金平等人，萨藩一方除西乡外，还有高崎猪太郎和堀仲左卫门。

鸟十八是家鸡肉料理店，水户浪人与长州的桂小五郎后来便是在此结成了事关两藩命运的“成败同盟”。

西乡首先询问因诏书下达而被迫远离主公的安岛带刀是否平安。

“他目前自然正在反省中，同时受到监视，但事情恐怕不会就此了结。”

高桥多一郎后来与金子孙二郎一同在幕后指挥了樱田门外之变，是所谓的“水户激进派”的勤皇派领袖。

“你说事情不会就此了结？”

“无论如何，都必须谨遵诏书。”

多一郎的语气十分平静，但他的论调却非常严肃。

“因此，歪曲诏书且不向众大名宣布，这简直岂有此理！至于井伊的打算，根本不是问题。”

“不是问题……这么说即使豁上水户一藩的命运也……”

“没错。谨遵诏书要比水户藩和井伊直弼的生命更为重要，这正是水户学的真髓。”

听到对方斩钉截铁的语气，西乡一时无言以对。也就是说，为了谨遵诏书，纵然水户藩毁掉也在所不惜。而且，多一郎在提到井伊直弼的生命不成问题时，还能面带微笑。

西乡此前从未见过如此彻底的尊皇论。书籍之中虽然多有以尊皇为“绝对”的记载，但如今却是从活人口中清清楚楚地说了出来……

“您的意思是说，诏书必须绝对遵守，在诏书面前，既无藩也无幕府，对吧？”

“没错。”高桥多一郎毫不迟疑地答道，“这种‘绝对’是大义，而大义乃万事根源，绝对不容侵犯。这正是完完全全的水户学。”

“唔。”

西乡再次低声应了一句，然后便移开了目光。多一郎的形象此刻仿佛变得光芒耀眼，令西乡不敢正视。

（是啊，这便是水户学啊……）

话虽如此，若要此时的西乡为了尊皇而做到眼中既无萨摩亦无藩主，他能说得如此斩钉截铁吗？

旁人无法断定的事，水户的激进派却似乎已当作了一种常识。

“倘若……”西乡仍然不看多一郎，开口问道，“……倘若井伊直弼发动整个幕府的力量阻挡你们呢？”

“他已经在阻挡我们了！”这次，岩间金平开口说道，“因此，我们要杀了他。”

“倘若杀了他，就是彻底倒幕啊！”

“没错，只要有违大义，无论藩还是幕府……”

“但只杀一个井伊……”

“西乡君，生存的意义是什么？”

这次是鲇泽伊太夫发言。只见他于不可思议的紧张之中露出笑容，目光中充满试探之意。

“总之不是一味浑浑噩噩地谄媚上司而活。只要我们斩杀幕府大奸，维护大义，脱藩之后会有越来越多的人加入我们。”

“脱藩……”

“是的。仅凭跪拜领取本藩发放的小禄之人是无法成为救国的力量的，这也是斩杀井伊的一个契机！不知萨摩是否赞同？纵然不赞同，大义仍是大义，水户会坚决执行的。”

听到这里，萨摩的高崎猪太郎下意识地重重拍了拍大腿。

西乡连忙向猪太郎瞪了一眼。

“实在是太勇敢了。”

“不，这不是勇敢。”高桥多一郎仍然面带微笑地说道，“或许可以说是水户的宿命。”

“原来如此。”

“水户与其他藩不同，权现公（德川家康）曾留下重要密令，要水户在危急关头寻找拯救日本国的道路，此外又有藩祖赖房公的临终嘱托。因此，自义公以来，水户代代为阐明大义倾注了无数心血。倘若现今无法贯彻尊皇大义，水户的根本就无从谈起。”

西乡一边点头，一边默不作声地抱起膀子。事态发展的迅猛程度已远远超出他的想象。

井伊直弼给水户激进派带来的刺激过重了。水户代代都有着身为幕政大目付的自负，坚信在危急关头，水户必须奉朝廷之命，舍身介入将军的任免之中。

井伊直弼恰恰踩上了历经数代埋下的地雷。

（这可不是简单的想法。）

尊皇不仅意味着倒幕，更打算通过暗杀井伊直弼来号召全国诸藩的志士们脱藩，再纠合这股势力，寻找新的方向。

如此一来，西乡不得不重新考虑死去主公齐彬的遗志究竟何在，想到此，西乡不禁面如土色。

二

店家已将酒和菜肴端了上来。若在平日，众人恐怕早已意气风发地谈论起来，气氛也会变得异常活跃。但在今日，没有人打算先拿起酒壶。

显而易见，水户一方认为“暗杀井伊”是水户的宿命，期待萨摩一方也能高举双手表示赞成。

就西乡个人而言，他非常赞成。然而，仅仅杀死井伊是没用的。真正的敌人并非井伊，而是以通商为名要求日本开国并意图侵略日本的列强。正因如此，故主齐彬才会拼尽一生为之努力。

（若是太守在世，他究竟会如何应对？）

“西乡君似乎对我们的决心仍有怀疑？”

高桥多一郎语气平静，漫不经心地拿起了酒壶。

“如此相持不下弄得气氛太严肃了，先喝一杯吧！”

“多谢。”

“我也先喝一杯……”

说完，多一郎自己也爽快地干了一杯。

“西乡君，发动的车子有时需要有人在前面拉，有人在后面推。”

“明白。”

“水户拉，萨摩推……若能如此实属完美。而且要知道，这辆车已经上了斜坡。”

“您的意思是倘若没人推，车子就会滚下斜坡？”

“没错，到那时就无人能够阻止了。不知您意下如何……”

西乡仍旧左手端着酒杯，摇了摇右手。

“不能暂时用石头挡住这辆斜坡上的车子吗？”

“如此说来，您是不赞成斩杀井伊喽？”

“问题不在于井伊。我绝对不是不赞成，只是担心杀死井伊之后该怎么办？”

“你要记好。”高桥多一郎立刻转身望向鲇泽，轻声说道，“西乡君提到了杀死井伊之后的问题。”

“我会铭记于心。”

“杀死井伊之后如何凝聚整个日本国的力量？我们如今面临的问题只是如何尊重诏书，如何谨遵圣意并彻底执行。”

“没错。”

“既然如此，此事可否暂且交给我来处理？我会立刻返回京都，联络京都的同志，一定充分确保水户的颜面。”

“您打算怎样做？”

“请朝廷再向天下诸藩下达一份与水户同样的诏书。”

“什么？向天下诸藩！？”

“没错。虽然朝廷向水户下达了如此诏书，但还应团结诸藩帮助水户，这样，井伊的小伎俩便会成为徒劳。让一张小网变成漫天大网。如此一来，既能保存水户的颜面，又能击败井伊的诡计。倘若诸藩谨遵诏书，幕政改革亦将指日可待！”

“原来如此，重新布下一张大网……”

“问题在于幕政的大改革。我认为应该让一桥卿成为将军，令越前侯担任大老，先让消除了外样[1]与谱代[2]隔阂的人才担任幕府要职，然后再履行圣意，树立水户的大义。”

根据西乡的推论，天皇之意应该是以凝聚整个日本的力量为重，而这也正是故主齐彬和水户老公的宏愿。

“原来如此，西乡君的想法和见识果然高人一等。”

水户众人也终于开始认真听了起来。

“斩杀井伊直弼！”

这个结论在水户和萨摩之间已经没有任何争议。

无视敕命之人罪无可恕……更重要的是，当此谋求民族团结、寻求救国之路的关键时刻，绝对不容任何人侵犯敕命。

此事的影响直至后世。在百年后的日本，太平洋战争行将结束时，这件事便阻止了本土决战论者，令一部分青年将校自杀，引导日本终止战争，实在可以称为世界奇迹。

不仅仅是水户藩，萨摩的志士也充分理解绝对尊皇的根本。

因此，问题就在于，作为日本人，如何对待朝廷已经下达给水户当

[1] 外样，外样大名的简称，指江户时代非将军同族出生的大名，旁系诸侯。

[2] 谱代，指江户时代将军同族出生的大名，与外样相对。

家的诏书。

虽然西乡所言不多，但众人都已明白问题的核心所在。

必须请朝廷重新下达新的诏书，以令诏书不会被井伊直弼一派轻易左右。

对西乡个人而言，此事可谓是一个飞跃，令他脚蹬大地，一跃飞向高空。

以前的西乡因害怕不敢领受诏书，认为应该立刻退还给朝廷，而这一次却恰恰相反，他提出请朝廷重新下达诏书，以令全国众大名中的有志之士变得更加活跃。

“原来如此，想法和见识果然高明。”

高桥多一郎又一次低声念道。

“如此一来，或许……能够贯彻大义。”

人类的语言具备不可思议的力量。他们起初聚集在这里时，纷纷声称要斩杀井伊直弼，将满腔愤怒洒向不理解大义的幕府首脑，甚至不惜舍命相搏，将成败交给老天，可谓毫无责任感。

而西乡的一番言论改变了众人的想法。

构想也与以前完全一样——让一桥庆喜成为将军，令越前的春岳（松平庆永）担任大老。只要重新领受诏书，这些事情就都能重新实现……不，为了能够重新实现，至少当前的气氛应首先为之一变。

于是，众人消除了争论和对立，谈话内容重新回到“商讨”和“协商”上。

众人又喝了一轮酒，心中的疙瘩已经解开。众人最终决定，由西乡火速回京，请朝廷向众大名下达诏书，水户志士则继续秘密制订斩杀井伊直弼的计划。

双方都尽可能秘密地寻找将牺牲降至最低的方法……

“猪太郎君，你可否代我前去水户，协助水户制订计划？”

“明白。这是一件事的表与里，斩杀井伊与全国有志大名奋起必须同时进行，否则便无法奏效。”

从这个意义上来说，他们还完全不知道失去了齐彬的萨摩如今内部已经变得多么的不安定。

而且，齐彬与齐昭之间的盟约宛如生命一样在其他地方逐渐成长起来。或许可以说，此次聚会已经决定了十年后成立的明治新政府的性质。

于是，为慎重起见，西乡于翌日前往越前的江户藩邸拜访桥本左内，并小心谨慎地询问自己这些人的想法是否正确。

（水户与萨摩一心同体……）

此时，江户方面由有马新七和堀仲左卫门负责，高崎猪太郎前往水户，西乡则在京都活动。

西乡拜访桥本左内时，身穿武士礼服的左内正在残夏的气息中反省。

三

反省时身穿武士礼服，端正姿态……这是同时具有日本特色和水户学特色的武士道所应有的做法。

他被自己的政敌——幕府现任首脑处分，心中一定认为对方罪无可恕，但作为一个承认幕府体制的人，他要彻底遵守法律，严于律己，并对得起自己的良心，无论他人如何看待。

而且，桥本左内本身并未直接受到处分。因他所辅佐的藩主春岳被勒令隐居反省，他便也端正姿态，在自己的简陋住房中反省。

桥本左内认为，倘若诏书是不容任何人违背的宪法，幕府的处分决定就是在宪法之下制定的法律，轻重所在分得清清楚楚。

在西乡眼中，与因轻视诏书而争论不休的水户志士们相比，身穿武士礼服的桥本左内有着截然不同的“别样美”。

“我正在反省中，无法请您进屋，多有失礼了。”

左内在走廊里迎接西乡，眼神之中充满着怀念。

“没想到会累及太守，我打算暂时远离政治，静下心来继续研究学问。”

（此人并非说谎之人！）

西乡放心地向左内说明了自己的想法。只见左内眼中逐渐绽放出光芒，他一定也想随西乡一同进京。

“无论身在何方，我的志向都和您一样。”听完西乡的话，左内身体微微向前探出，开口说道，“每当心浮气躁之时，我都会用一桥卿来克制自己。”

“一桥卿怎么了？”

“他如今和我一样，身穿礼服，坐在桌前，整日抄写《莲华品经》。”

“哦！在反省中抄写经文？”

西乡并未立刻想到水户学与佛法之间的联系，因为在当时那个年代，寺院中的僧侣正纷纷抛弃僧籍走向神道。

“神州也需要佛法吗……”

西乡毫不遮掩地歪起脑袋，显得十分不解。左内则端正坐姿，开口说道：

“排他并不符合神州之心，难道您没领悟到这一点吗？”

“原来如此。”

“只有领悟到‘大和’是这个国家的目标，才会主动去面对佛。正因如此，朝廷才会提出公武合体，尽力统一舆论，争取大和。这不正是天皇的心愿？我也因此觉得受教颇多。”

西乡不禁大吃一惊。他尚未说出斩杀井伊直弼的想法，因为越前春岳是亲藩，考虑到其立场，在这里说有些过于残忍。

“西乡君，日本一定能够战胜国难，我最近愈发确信这一点。”

“哦！这可是个好消息。”

“上有无论如何都要贯彻大和的圣明天子，下有拥戴诸如一桥卿之人的无数志士。如此不畏生死的盾牌是何等坚实！世上没有任何武器能够击穿它。”

“嗯……”

“所以我才放心地重返医学之路。志士们是天子的珍宝，我要在背后保护他们宝贵的生命。我要勤奋学习，贯彻自己生存的意义。”

西乡瞪大双眼，牢牢盯住左内的额头。直至此时，他才第一次在心中不住摇头。

这是这位青年痛苦的谎言！西乡清楚地知道，这名纯真的青年有着过于强烈的责任感，方才那番话正是他被逼至走投无路时而发出的痛苦的呐喊……

桥本左内努力克制洋溢在自己体内的年轻和热情，不禁发出痛苦的呻吟。

左内将一桥卿视作独一无二的倾慕之人，并将自己所有的梦想寄托在他的身上，而这些梦想却被井伊直弼粉碎了。不仅自己的梦想破碎，让自己能够大展身手的大恩人春岳的一生也因此葬送。

如此一来，这名纯真的青年自然会忍不住严厉地责罚自己。而且，他还将日本的命运与严厉的责罚联系在了一起，令自己痛苦不堪。

西乡完全能够理解左内内心深处的痛苦。

“最令我感到高兴的是，您能够赞成我们的意见。我西乡一定连同您的那一份一并努力。”

“您发誓？”

听到左内的声音突然变得高亢起来，西乡不禁又大吃了一惊。

（没错！水户众人曾经说过，不能让藩之间这种悲哀的纽带断裂！）

“当然，我正是为此而来。”

“不胜感激，这正是我所希望的！”

二人之间或许存在某种暗示，暗示着这是二人在这个世界上的最后一面。所以此前一直冷静得有些不可思议的左内突然飞快地握住了西乡的手，开口说道：

“西乡君！我想听您亲口告诉我，我学医也是了不起的勤皇！”

“是。医学的进步才是最好的勤皇。”

“不胜感激！投桃报李，请让我也对您说一句话——语言是有灵魂的。”

“你是说言灵[1]？”

“既有能够深入人心的语言，也有无法深入人心的语言。您这次的计

[1]　言灵，日本人认为存在于语言之中的神灵。

划……请命名为雄藩联合。”

“什么？雄藩联合……”

“没错。请朝廷重新下达诏书，令雄藩联合起来。雄藩联合一定会在天下的志士心中引发巨大反响。”

“雄藩联合！”

“而且，要让一桥卿站在最高点，他一定能够创造出一个新的日本，也只有他才能做到，只有他才能真正做到履行圣意……”

西乡点了点头。他心中所想也如此，而且更重要的是，左内想要远离政治却无法彻底远离，这种悲哀的执著令西乡动容。

左内又针对“雄藩联合”这个词进行了解释。雄藩联合实质上是一个苗床基础，可在各藩之中培养同志——没有人会认为本藩怠惰卑微。

雄藩旨在培育“热爱日本的藩”，在这培育的过程中人才会接连不断地破土而出。

“人才的培育不能脱离自负及自信。”

这是左内最好的政策。先以雄藩之名洗净人才母体之名——藩。如以雄藩联合的名义发出号召，无论多么小的藩都会自豪地奋起。而且，左内认为，西乡拥有至诚之心，是继藤田东湖之后担任发掘人才之责的最合适人选。

西乡觉得自己前来拜访左内实在是来对了。

正如剑有活人剑和杀人剑之分，在人之中，有的人只会令他人变得腐朽，而有的人则会令他人逐渐发现并发挥自己的用处。

二人交谈了约四个小时，方才互相道别，随后西乡立刻前往京都。

西乡于8月30日抵达京都。他在键直向伊地知龙右卫门、北条右门、平野国臣和有村俊斋等人介绍计划时，使用了“雄藩联合”这个词。第二天，西乡早早地前去拜访了清水寺的月照。

四

抵达京都的西乡还不知道，长野主膳的执著已经打动了所司代和町奉行等人，并制定了检举方针，要将他口中的阴谋家们一网打尽。

月照自然亦在其中。他听完西乡对雄藩联合的介绍后，谨慎地歪了歪脑袋。

即使不请朝廷重新下达诏书，相信有志雄藩应该也已收到了下达给水户家的诏书的抄本。

“萨摩老公（齐兴）、越前和土佐、长州应该已经分别自近卫公、三条公、大原君那里得到了诏书的抄本。”

此事一开始便令西乡受挫。西乡很明白水户藩志士所说的以诏书为绝对的立场，所以此时无法随便说出重新下诏的话。

实际上，在当时的诸藩志士心中，尚未彻底贯彻后人为其标明的“尊皇”这一思想。崎门学派、阳明学派和朱子学派不过是在“王道的王者”这个意义上敬慕皇室，思想内容上仍多为“尊王”。

即便是水户，起初其出发点也是朱子学的追求大义，不久以后，才变成追求日本原有的“天皇之道”，即远离舶来思想，觉悟神州个性。

“上人的意思是说，应该灵活运用已经下达给水户的诏书？”

月照点了点头。

“不知诏书是否已经传到各个藩主手中。当然，我会问近卫公的。”

既然月照话已至此，西乡也就不便再说什么。很多人纵然看到诏书也不会有所行动，倘若继续向他们下达诏书，只会令皇室威严扫地。

其时，自江户出发的有马新七已紧随西乡之后抵达京都，告知间部诠胜很快就会自江户出发的消息。

“刻不容缓。间部诠胜将于9月3日离开江户，前往中仙道。”

虽然间部诠胜的行程已在意料之中，但有马新七在江户与水户志士联络时发现，对方采取的镇压方针强硬得远远超出他们的预想，似乎打算将天皇亲信中的反幕派公卿们一举清除。

“如此一来，纵然一战也不能让他进京……”

然而，9月7日正午稍后，抓捕志士的行动便开始了。

志士们打算发动政变，会集雄藩联合之兵力，打倒井伊，改革幕政。然而，幕府却抢先行动，使得形势发生急剧变化。究竟是否还来得及解释雄藩的含义？若已来不及，又该如何应对这场危机？

其时，平野国臣已经出发，打算说服筑前的藩主黑田长溥。

他们在键直的一个房间内聚首商议，终于迎来了8日的清晨。

“太奇怪了，女中们说梅田云浜已于昨夜被捕。”

“好，我们先确认一下。”

由于西乡过于引人注目，所以就由北条右门迅速出门，去市内打听消息，而后返回。

“对方动手了！被抓的不止一两个人，云浜、星严、赖三树三郎、池内大学和山本贞一郎都被捕了。”

最初的消息都是谣言。星严和山本贞一郎在被捕前就已因霍乱病死，池内大学则离家逃亡，并于10月25日自首。

然而，有一件令人痛恨的事情不可忘记——9月7日深夜，幕府引燃了安政大狱的导火索，将有利形势拱手让给了倒幕派。

至于这场大狱是怎样性质的冤狱，前文已有提及。虽然其直接动机涉及夹杂着长野主膳私愤的面子问题，而其目的旨在将天皇身边反关白一派的近卫、鹰司、三条及其下诸公卿罢免。因为幕府至今仍然误以为是他们为天皇出谋划策，反对开国，对抗幕府。市井学者梅田云浜、梁川星严和赖三树三郎等人之所以被捕，便是因为幕府想要找出公卿阴谋计划的证据。因此，接下来被幕府盯上的自然还有与他们私交深厚的鹰司家的小林民部、三国大学，三条家的兼田伊织、池内大学等人。

而在近卫家，月照便是首当其冲之人。

西乡虽已觉察到自身处境危险，却从未想到月照也已成为众矢之的。

月照是有资格出席朝廷法会和祈愿仪式的高僧。西乡深信，面对朝廷尊崇的圣德高僧，町奉行的捕快们是无法下手的。

然而，这只是西乡一相情愿的想法。月照当时已经被可疑之人盯上，并已觉察到自身处境危险，便逃到了近卫家避难。西乡来到近卫府后，月照便陪着他从庭院一直来到近卫公的起居室。

（近卫公似乎有话想直接对我说。）

西乡还不知道这将成为关系到自己生死的大事，他跟随月照从庭院来到走廊，跪拜在地。

“我有事想拜托你。”近卫公开口说道，“是关于月照和尚的，你可否保护和尚去找奈良的熟人？倘若他在这种时候被捕，不知道会遭到何种对待。”

西乡怀疑自己是否听错。没想到月照的处境竟然如此危险……

“明白！西乡一定尽力而为。我也有要事禀告……”西乡开口说道，“我藩老公正在从江户返回本藩的途中，如今正在伏见。可否请殿下写信命朝廷护卫保护老公……”

似乎刚刚意识到这件事的近卫公点了点头。

“是吗？好，就交给我吧。”

近卫公唤来了针灸侍医原田才辅，命他以后有事要仔细征询月照的意见，然后便命其退下。

间部诠胜的进京已经令近卫公感到强烈的不安。虽然无法说出口，郁闷之情却逐日加深。

当日，为了帮助西乡，月照建议不要请朝廷重新下达诏书，而是再次拜托近卫公，请他将下达给水户的诏书的抄本分别发送给有志各藩。

“我今晚就去迎接您，请准备好等我。”

离开近卫家时，西乡如同变了一个人一样，显得意气风发。

西乡认为，护送月照去奈良实在是小事一桩。更重要的是，于前天抵达并住在伏见的老公齐兴留下了相当多的人作为皇宫警卫，因此，朝廷下诏命令土佐（山内）、宇和岛（伊达）、阿波（蜂须贺）和因州（池田）藩出兵保护齐兴。如此一来，井伊直弼也将无可奈何。西乡觉得一切事情都进展顺利，脚下仿佛也轻快了许多。

西乡原本就是开朗的乐天派。他回到键直后，立即与同志们商议，并决定了前往奈良的行程。西乡一人不大放心，最终决定让年轻且孔武有力的有村俊斋一同随行。

事情决定之后，众人进行了短暂的相互道别，并召开了富有年轻人风格的预祝酒宴，祈祷一切顺利。

五

在水户，除了水户学问描画出的士魂宗谱以外，另一不可忽视的东西便是水户的血脉。

前文已经提到，天才水户齐昭，是日本文艺复兴时期的核心。若要说到他人性上的弱点，便是强烈的固执，以及因精力无比旺盛而喜欢拈花惹草。

但他并非世间所谓的普通登徒子。他征服所有接近自己的女性，却不会感到丝毫不自然，可以说是一个光明正大的女性征服者。

纵有能令齐昭低头的文明夫人在旁牵制，似乎对此也无可奈何。

先有侍女古兴（荻原氏）、比吕（山边氏）、利子（立原氏），后有自京都陪同正夫人而来的贞子（松波氏）、登闻（柳原中纳言之女）和睦子（万里小路大纳言之女）都在瞬间被其征服。

此外，德子（友田氏）、道子（庵原氏）和悦子（高桥氏）接连怀孕产子，也是被其征服的证明。

连夫人都搞不清齐昭究竟是何时何地如何宠幸这些女人的。而且，出现在夫人面前的齐昭总是道貌俨然，心忧天下国家。从来没有哪个女人因此而大呼不平不满，真是名副其实的征服者。

"这就是老爷，不，或许这就是老爷的使命。"

连文明夫人也说出这种话，终于放手不管。实际上，在幕末维新史上，齐昭的确充分完成了某种"使命"，这是不容忽视的。

当西乡护送月照离开京都时，拜托的大名之中，除了齐彬原来的同志外，可以说都是齐昭侧室生下的孩子。水户当家庆笃和一桥庆喜则为文明夫人所生。以此为中心，鸟取的池田家、川越的松平家、冈山的池田家分别认庆德（五郎麿）、直候（八郎麿）、茂政（九郎麿）为养子，继承家业。

此外，浜田藩主松平武聪（十郎麿）、喜连川藩主足利绳氏（余一麿）、肥前岛原藩主松平忠和（余六麿）和土浦藩主土屋举直（余七麿）等人都是齐昭的儿子。

齐昭所生子嗣一直到二十二麿，即已成为陆奥守山藩主的松平赖之，其血脉关系之中蕴涵的实力占有很大比重。

当然，除此之外还有十个女儿。倘若算上姻亲，可以说水户的血脉如同水户学一样遍布于整个日本。后来，以将军代理身份首次参加巴黎万国博览会的德川昭武（余八麿）就是齐昭的儿子，成为会津容保的养子的松平喜德同样也是齐昭之子。

这显然也是令井伊直弼误解齐昭怀有吞并天下的野心的原因之一。

总之，如此血脉可谓罕见的壮观。为了保护朝廷，西乡此次请众多大名出兵，其中的蜂须贺家就是齐昭的姻亲，冈山藩和鸟取藩的当家也都是水户公子。

正因如此，西乡才感到十分放心。

（倘若近卫公提出要求，我藩老公也不至于说无法分兵了。总之，当务之急先要将月照平安送走。）

西乡打算先将月照送至奈良，然后立刻返回萨摩。他清楚地认识到，当务之急是让本藩完全继承齐彬的志向。

（我们只能灵活利用藩的力量，立足于藩来展开行动。）

于是，在街道一片寂静的10日的深夜，西乡在有村俊斋的陪同下，再次向月照所在的近卫府走去。

若在途中被町奉行手下的捕快袭击，有村俊斋会不容分说地大开杀戒。然而，西乡打算尽量不动用武力，而是让月照乔装，巧妙地躲开捕快。

西乡先将月照从近卫家带到三条御幸町的好兵卫家，让他穿上黑色僧衣，扮作一个行脚僧，但这副打扮无论怎样都不大合适。月照肤色白皙如同女人，兼之身材矮小，即使金线袈裟合适，黑色的馒头笠[1]也不

［1］　馒头笠：装潢笠的一种，顶部呈圆弧状凹陷，因形似馒头而得名。

合适，反而像歌舞伎义经的扮相一般惹眼[1]。于是，西乡放弃乔装，决定以高僧参拜奈良的形式，让月照乘坐轿子前往奈良。

月照身边还带着一名服侍自己的仆人——重助，因此，西乡和有村俊斋就跟在轿子两旁，重助手提灯笼走在前面。

出发之时，随处可见疑似捕快之人。那时，梅田云浜和梁川星严的夫人红兰女史已经被捕数日，关白九条尚忠则以“倘若继续留在朝廷，公武之间将引发堪忧事态”为由，提出辞职。

前来赴任的所司代酒井忠义也已向两传奏提出严重抗议。

一行人怀着如履薄冰的心态，行至竹田街道。那时天已大亮，一座桥梁横跨鸭川。众人行至桥头的茶店旁边，只见约有三十名捕快正在逐一检查过往行人。

然而，西乡却巧妙地摆脱了危机。在对方盘问之前，西乡一行人迅速靠近茶店，故意在捕快们面前停下轿子休息。

但是，当他们抵达伏见时，戒备更是极其森严。

看来无论如何都无法平安抵达奈良。于是，他们来到萨藩专用的旅店——文珠四郎方，住进后院的房间里，重新商量起来。

几人经过商议认为，倘若乘坐三十石船，可以很轻易地前往大坂。不如暂且先去大坂避难，然后一同前往萨摩。

月照一直笑呵呵地听其他人商量。他虽然外表看起来温柔优雅，但胆量非小，显得异常沉着冷静。

“好啊，我听你们的。”

计划立即决定下来，一行四人于当日乘坐三十石船出发前往大坂的八轩屋。

对月照而言，这次旅程意味着永远离开京都，当时，他应该还不知道前方等待自己的将是悲惨的命运……不，纵然知道，月照也不会收起微笑。

---

[1] 江户时期的歌舞伎中，源氏武将源义经通常做俊美高雅的贵公子扮相。

改变目的地后，西乡又开始蠢蠢欲动。他打算再次返京，确认天皇的亲信已经加强防御，即使间部诠胜进京也完全不是对手。

这是理所当然的。因长野主膳进言而形成的逮捕大网已经逐渐展开，西乡担心近卫、鹰司和三条诸公会因为害怕这种恐怖政治而屈服于对手的威逼。

于是，西乡留下有村俊斋一人保护月照，自己则冒险潜入了京都。

潜入京都的西乡表现出了惊人的活力。他面见近卫公，拜访鹰司公，甚至联络了水户的鹈饲吉左卫门。鉴于萨藩老公齐兴身边已有五六十人，他甚至还说服其留下一部分人担任皇宫护卫。

（这下就妥了！）

西乡对此深信不疑。于是，他给正赶往江户的日下部伊三次和堀仲左卫门写了一封信，大意如下——

间部诠胜和所司代酒井忠义所携皆为弱兵，不堪一击。如此一来，就可以攻下彦根城，故望关东（水户）亦能举兵，攻占井伊府邸，打倒直弼。

但不幸的是，这封自信满满的信最终在大津落入长野主膳手中。

六

西乡终究还是有些幼稚。

（京都的防御巩固了……）

在产生如此自信的一瞬间，他写下了令长野主膳大为震惊的过激信件。对于水户的激进派会做出怎样的激愤举动，西乡自然一清二楚，所以他才会来到京都，打算压制水户的爆发。

得知隐居的齐兴留下兵力后，过于兴奋的西乡，竟然忘记主膳自然会派人在途中检查信件。

“倘若间部诠胜采取强硬手段，就打垮他，再一举攻占彦根城。”

长野主膳读过信后，作出了这样的理解。对他而言，这种理解很适合吓唬直弼，夸耀自己的先见之明，而且能进一步展开逮捕的大网。

他以此为由督促并鼓励所司代和町奉行立即逮捕水户的留守居鹈饲父子，并即刻捉拿近卫家的月照、鹰司家的小林民部和三条家的兼田伊织等人。

在这种极端险恶的氛围下，老中间部诠胜来到了京都。

9月17日，间部诠胜抵达京都后立刻住进妙满寺，称病不出。在上朝之前，他首先督促并鼓励手下大肆检举志士们。

18日，水户的鹈饲吉左卫门及其子幸吉在京都被捕，饭泉喜内在江户被捕。

间部诠胜的作战计划是先让水户受挫，然后再向天皇的亲信下手。

而且，在他住进妙满寺的同时，他便开始施展并不属于自己风格的恫吓手段。他称病入住寺内，并画了一幅不可思议的画，取名《老者月夜磨刀图》。

显而易见，磨刀之人便是他自己。他唤来比瑞山的僧侣，命其写下了赞赏之语——

胸中自有安逸意，
笑向长空抚佩刀。

而且，他还立刻将这幅画挂在壁龛里，向来访之人展示。

这是一幅有失风雅且令人毛骨悚然的画作。间部诠胜此番进京并不简单，而是要笑着磨佩刀……见过画的人纷纷向公卿们透露此意，令众公卿大吃一惊。正在此时，间部诠胜决定22日进行大搜捕。

由于近卫家的月照早就逃离京都，因此免遭逮捕，而鹰司家的小林民部和三国大学、三条家的兼田伊织、画师浮田一蕙、学者赖三树三郎等人皆因半信半疑而失之大意，很快即遭逮捕。

如此一来，天皇的亲信皆噤声不语，九条关白则松了口气。

“事已至此，他们只能老实交代罪状。”

22日夜里，六位亲信在鹰司府邸聚首，商量善后策略。长野主膳在席间说了上述话，并写在信中寄往江户。

显而易见，长野主膳非常得意。他已经彻底变成了秘密谍报机构中的令人憎恨的魔王。

喜欢戏谑的间部诠胜之所以画了那幅《老者月夜磨刀图》，自然也是受到了主膳的建议的影响。而且，间部诠胜又立刻将逮捕之网撒向了逃匿的月照和西乡。

他首先责问了萨摩的留守居伊集院太郎右卫门，得知西乡等人的根据地是键直后，便将键直的主人及其老母唤至町奉行所，询问了西乡等人的目的地。

键直的主人被迫说出西乡似乎已前往大坂后，立刻便有四十多名捕快前往大坂捉拿西乡。

于是，这场无果的大狱愈演愈烈，最终，被逼得走投无路的西乡和月照在萨摩投水自尽，促成了一首不可思议的哀诗……

憎恨的战场

一

当时的人们似乎还不清楚政治与军事的区别。在任何场合，战争都是一种诡道，既需要先发制人，又要煽动敌意、鼓舞士气。有时，通过偷袭、圈套、诈骗和欺瞒也能通向胜利。

然而，政治绝对不是“诡道”。将战争中的胜败感带入政治不过是一种亵渎与自杀行为，因为政治不允许将民众的生活全部赌在胜败各半的冒险上。

因此，“政战”这个词就像现代劳资之间使用的“斗争”一样，可以说都不符合语言本身的规范，是极其不逊且愚蠢的造词。

特别是在日本，人们将政治明确地称做“政”。

所谓“政”，是指人们聚集在神的面前，感谢大自然的恩惠，洗净身心祭祀，相互生出善意和智慧，营造出喜悦的氛围。

在数千年前，我们的先祖就已留下这种蕴涵言灵祈祷的训诫——倘若忘记这个根本性的含义，就只会造成血腥的对立抗争。

然而，幕末期的政治家无论地位高低都是武人，由于人类本能的缺陷，他们很可能会将武略与政治混为一谈。

无论如何，井伊直弼已经憎恨水户、误解水户，并与水户对立。而且，再加上长野主膳的感情、野心和斗志，一个可以充分利用“权力”这门大炮的不可思议的战场开始逐渐成形。

井伊直弼起初并未意识到安政大狱会令自己堕为恶鬼。

阴谋之徒聚集在水户周围，在朝廷上下活动，阻碍势在必行的开国，其严重程度令幕府不得不逮捕长野主膳所说的阴谋四天王。

“关白殿下变化难测，应先制伏宫廷中的反对党。”

当井伊直弼收到这封秘密前往京都的长野主膳写来的信时，他仍未打算向近卫、鹰司和三条等天皇亲信下手。

然而，当他看到被捕的梅田云浜写给酒井家的信、西乡写给江户同志的信、鹈饲吉左卫门的信甚至写有“暗杀大老”和“举兵”的字样时，愈发加重了他的怀疑和憎恨，而长野主膳更是乘机煽风点火。

“必定还有出乎意料的阴谋。”

就在井伊直弼若有所思之时，江户所发生之事，令他变得更加怀疑。

在水户藩士之中，铃木安之进一直被认为是幕府党，但据说他发现了离间老中的办法。这自然也是疑神疑鬼的结果，可直弼却相信了。铃木安之进认为，只有解救水户三公——即老公、藩主和一桥卿，才能压制激愤的藩士。于是，他首先尝试说服老中太田备后守和内藤纪伊守，但仅有两人还是无济于事。

他听说水户最反感的人是大老和间部下总守，便开始贿赂并接近间部诠胜的家臣大乡卷藏。

而井伊直弼则认为，这是固执的水户的阴谋，目的在于孤立自己，然后再将自己逼出内阁。

此事自然令井伊直弼对间部诠胜大加责备，诠胜则不得不成为更加强硬的镇压论者。

主膳隐藏在暗中的活跃也好，诠胜的《老者月夜磨刀图》也好，都与井伊直弼逐渐加重的疑神疑鬼结合在一起，眨眼间筑成一座憎恨之塔，令政略变为战略，已然具备了战场的所有条件。

政治之场变成战场后，“权力”就成了最大的武器，善恶变得难以分辨，一个令人战栗的诡道世界呈现在世人面前。

“阴谋的罪魁祸首是水户，只有将其彻底击溃，才能拯救日本！”

在井伊直弼心中，一种关乎国家的念头开始从层层憎恨之中破茧而出。

他本应是位立志救国的大老。可自从他开始考虑为了国家不得不打败水户时起，这场冤狱的形态便为之一变。

井伊直弼打算以“决断”为名，亲手斩杀水户、一桥、越前和尾张。井伊直弼深信，为了打败水户，消除国患，纵然这个前所未有的决断会牵涉除天皇之外的公卿公家，也是势在必行。

这是人类思维中的可悲陷阱。

自9月22日的大逮捕之后，天皇的亲信陷入深深的恐慌之中，变得鸦雀无声。在此之前，井伊的逆反不过是传闻而已，如今却变成了现实，并逐渐向他们逼近。

所司代酒井忠义派人前往有水户派嫌疑的公卿公家，逮捕了众多诸大夫和往来学者，随后又派遣家老三浦七兵卫前往九条家和三条家，一方面表示安抚，另一方面也意在恫吓。

对于九条关白，三浦前去告知幕府将向朝廷申请驳回九条关白的辞职申请，所以他会留任原职。而对于三条实万，三浦则隐隐恫吓，声称若与流氓之徒共谋奸计，纵是身为公卿公家，也要做好被捕并接受调查的心理准备。

流氓之徒的元凶自然是水户。想要断绝水户之根，首先要将与水户有关的公卿彻底消灭。

于是，事情变得与“政”毫无关系，幕府摆出了一排由权力和武力组成的大炮，一切行为皆变成了纯粹的战略战术。

但不要忘记，就在三浦七兵卫恫吓三条实万时，后来被捕的长州的吉田松阴正向大原重德提交书信，提倡开始维新回天之举。这些事全部发生在9月25日。

27日，同西乡一起负责萨摩与水户之间联络的日下部伊三次于江户被捕。10月3日，平民近藤正慎于京都被捕。4日，儒者藤森恭助于江户被捕。

近卫忠熙、鹰司辅熙、三条实万和一条忠香等朝廷对外事务官因为忌惮幕府，皆于10月13日辞职。10月19日，刚刚担任内览的近卫忠熙被罢免，九条关白官复内览原职。

内览主要是阅览天皇手边往来文书，原本就是关白的工作。

10月15日，朝廷准许幕府推举的德川庆福改名家茂，就任内大臣和征夷大将军。

另一方面，幕府一边强行逮捕、大加恫吓，一边为天皇册封将军而以数万两白银进行贿赂。可以说，这也是一种最为低劣的“战术”。

在如此氛围下，只有天皇固执地不改初衷。

“当此情势（国内分裂）之下，条约所列之事纵有一日准许，朕于神宫及皇祖皇宗灵前亦无言以对……”

天皇命令九条关白严厉要求间部诠胜作出解释。身边亲信俱已噤声，只有天皇自己一心奉守“政”，毫不动摇……

二

憎恨的战场再次转移到了江户。

11月12日，广桥光成和万里小路正房作为册封将军的敕使[1]，离开京都前往江户。

11月16日，一行人尚在途中，九州的萨摩海却发生了一件悲惨之事——近卫家的月照和西乡吉之助投水自尽。

藩主齐彬死后，萨摩藩的政策为之一变，以致月照无栖身之所，西乡念及自己的责任和情谊，便与月照相拥跳入大海……

最终月照溺死，终年四十六岁，西乡却侥幸未死，被处以流放之罪……这也是这片充满憎恨的战场所作的一首哀诗。

12月1日，敕使抵达江户，幕府为家茂的将军册封举行了典礼仪式。即便到了此时，井伊直弼和水户之间正常的“政治”联系也并非无

[1] 敕使，传达天皇旨意的人，相当于中国古代的钦差。

可挽回。册封将军是现世的一场盛典，朝廷已经作出让步，承认了家茂的将军地位，倘若幕府能够趁此机会缓解对水户的憎恨，将罪罚减轻一等，便有足够的妥协余地。

然而，井伊直弼却逆其道而行之。

在此之前，水户藩士预计幕府一定会向当家庆笃下达登城的命令，然而直至当日，尾州和纪州两家都已出席典礼仪式，唯独水户没有收到任何通知。

这无异于赤裸裸的挑衅。如直弼这等人物，怎能不清楚这样做会令水户藩士何等激愤？他正打算以两派的激烈冲突为由，一举消灭水户。

这完全是一种偏离了政治的战场意识。

在这种氛围下，鹰司家的小林民部先于12月5日被押解至江户。12月17日，日下部伊三次于江户的牢狱中死去，终年四十五岁。

间部诠胜则继续在京都频繁地进行恫吓。

“若不认同幕府的忠告，便难以实现公武合体和国家安定。因此，与此次事件有关的公卿将悉数送往关东，接受讯问，以令正邪分明。”

幕府一边通过关白进行威吓，一边不断进行逮捕镇压，这令天皇极其痛心。

12月21日，幕府最大的目标三条实万首先称病，退隐至淀地民家。

12月23日，害怕连累同志的近藤正慎于狱中自尽。

12月25日，在京都落为阶下囚的藤井但马守等七人被送往江户。26日，连在松下村塾专心教育子弟的吉田松阴也被幕府下令逮捕。

在即将过去的安政五年（1858年）的12月28日，饭泉喜内、藤森弘庵和大沼三郎等人作为江户町奉行所的囚犯，被送进牢房，浮田一蕙、鹈饲吉左卫门父子、小林民部、梅田云浜、赖三树三郎和三国大学等人暂时被关押在众大名处。

12月30日，萨摩的西乡吉之助被流放到了大岛。此时，井伊直弼已变成醉心于在憎恨的战场上执行战略战术的猛将。

安政六年（1859年）正月十日，直弼听从所司代酒井忠义的建议，命所司代责令前关白鹰司政通及其子右大臣辅熙、内大臣三条实万和左大臣近卫忠熙落发为僧……

迫使近卫、鹰司和三条等四公落发为僧的做法已完全与勤皇尊皇背离，是向天皇的直接挑战。

天皇再次命令九条关白要求幕府作出解释，但已无济于事。于是，在4月末至5月初的一段时间里，近卫忠熙、鹰司政通、鹰司辅熙和三条实万四公终于被幕府从天皇身边赶走，被迫落发为僧，新法号分别为翠山、拙山、随乐和澹空。东坊城聪长则被勒令永久蛰居。

井伊直弼甚至连天皇的亲信也要问罪，对水户自然不会手下留情。

4月14日，幕府传唤家老安岛带刀，并直接将其监禁于九鬼隆备的府邸中，随后又于5月16日在江户逮捕了茅根伊予之介。

就这样，憎恨陷入了无止无休的恶性循环之中。

在此期间，幕府再次强行要求天皇废止下达给水户的诏书，重新下达新的诏书。这一举动自然令水户藩士变得更加激愤。

以立原源太兵卫为首的三千余名水户藩士再次聚集在下总小金，继续向幕府提出要求：

"立刻向众大名传阅诏书。"

否则水户藩士绝对不会解散。

纵然老公齐昭亲自下书，藩主庆笃恳切劝解，也无法消除他们质朴的愤怒。

他们的举动绝对不是基于所谓"倒幕"的政治野心，而是完全奉行单纯的水户学的结果。

正如翌年3月的樱田门斩奸状[1]中所言：

绝非与公家（幕府）为敌，唯望依循贤明圣意，令公家重返政事正

---

[1]　1860年3月3日，井伊直弼在登城处理幕府事宜途中，于樱田门被水户、萨摩十八志士暗杀，史称"樱田门外之变"。斩奸状则是在斩杀恶人时张贴的理由文书。

道，尊王攘夷，正谊明道，使天下万民安如富岳（富士山）……

换句话说，水户藩士毫不考虑计策与胜负，以圣意为绝对，认为日本决不可违背圣意。应该说，这是一种宗教性的信念。

安政六年（1859年），这种毫不妥协的信念与同样毫不妥协的憎恨相互纠缠，加速了悲剧的恶化。

退居到学问的世界里、静静考虑重新振作策略的桥本左内也好，在对子弟的教育中寻找生存价值的吉田松阴也好，都被幕府逮捕，扔进了这个憎恨的深渊。

8月17日，井伊直弼勒令德川齐昭永久蛰居，同时命令藩主庆笃闭门反省，一桥庆喜隐居反省——此前的处分只是反省，并非隐居。而且，当时井伊直弼还对所谓的幕府内部的一桥派毫不留情地进行了惩戒。

被贬为西之丸留守居的川路圣谟隐居反省、皇宫修缮奉行岩濑忠震与军舰奉行永井尚志免职且闭门反省……同时，水户家的家老安岛带刀被勒令剖腹自尽，茅根伊予之介与鹈饲吉左卫门被处以死罪，将诏书从京都送往江户的鹈饲幸吉更被斩首示众。

“与水户有关之人一个都不能放过……”

从这一天开始，大狱彻底踏出了理性的边界，走进一片血腥之中。

如此强硬镇压的手段自然是行不通的。在8月末，聚集在下总小金的水户藩士们突然变得与平日不同，时而走掉一两人，最终变得三三两两。

当然，他们并非屈服于井伊的强硬镇压。恰恰相反，他们已将质朴的愤怒与憎恨牢牢地钉在了井伊直弼身上。

“一定要斩杀直弼才行！”

一个目标丝毫不可动摇的计划已经在他们心中酝酿成熟……

三

暗杀井伊直弼的计划与大狱的处分齐头并进。可以说，井伊直弼本人的强烈憎恨诱发了水户藩士对他的暗杀。

当然，直弼自己并未考虑过这些，他从一开始便已有了舍弃生命的觉悟。他坚信，为避免与西洋各国发生激烈冲突，保证日本国的平安，只能一举扫除阴谋家所有的轻举妄动。因此，他绝不会后退半步。

表面看来，这应该是一场关于开国还是攘夷的斗争，但实际上，这不过是因误会而产生的彼此交错而又无比强烈的憎恨，自始至终未曾有过交会。

井伊直弼执行的处分变得越来越强硬。

9月6日，连前老中堀田正睦都因与一桥派官员川路、岩濑和永井等人有关联而被勒令隐居。9月14日，与青莲院宫素有往来的梅田云浜死于狱中，被毒杀的迹象十分明显。幕府公布了梅田云浜身死狱中的消息后，又立刻奏请朝廷勒令青莲院宫尊融法亲王隐居兼永久蛰居。

10月6日，先前落发为僧的三条实万去世，终年五十八岁。10月7日，赖三树三郎（三十五岁）、桥本左内（二十六岁）和饭泉喜内（五十五岁）三人被判死罪。

10月28日，从长州被送至江户的吉田松阴也遭到了同样的命运。

据说，松阴和桥本左内在如今所谓的“求刑”环节中原本获罪更轻，直弼却亲手重新判处二人“死罪”。

水户家老安岛带刀的情况同样如此。大老的判决竟然比直接负责调查的人更加严重，实在非比寻常。

经常出入于各公家的学者们及其他被捕之人或被流放荒岛，或被罢官，或被关押，悉数受到处罚。

12月15日，井伊直弼以朝廷下达新诏书为由，责令水户庆笃于三日内将以前的诏书返还给朝廷，但事情并非如此简单。

纵然庆笃打算谨遵命令返还诏书，无比愤怒的水户藩士自然也不会老实答应。

他们将“诏书”藏匿起来，与藩主对抗。不仅如此，萨摩和水户的志士们已经决定暗杀井伊直弼，并且正在逐步进行计划和准备。

就在直弼决定判处赖三树三郎和桥本左内等人死罪时，萨藩的堀仲左卫门、有村雄介（俊斋之兄）、其弟治左卫门、高崎猪太郎、田中直之进等人与水户藩士佐野竹之助、金子孙二郎等人正在缔结盟约，策划暗杀计划。

在江户的萨摩藩邸，就在西乡进京前后，志士们便立刻派遣高崎猪太郎秘密前往水户，查探水户究竟是否有决心暗杀井伊直弼。

此时，与水户颇有不同的是，“理应斩杀井伊”的氛围在萨摩已经相当浓厚。他们都深信，这正是与萨摩存在密切关系的近卫忠熙所热切期盼的。

至于直接动机，一定是因为近卫公的落发为僧。

他们起初聚集在同藩前辈堀仲左卫门的住所中，打算让擅长用枪的田中直之进狙杀直弼，因为这样做最简单。

可是，商量到一半，众人发现这样做不妥，因为斩杀直弼绝非为了发泄私愤，而是对违抗敕命的不义之徒施加惩罚，所以应该光明正大地发布斩奸状。因此，众人决定，有必要与水户密切合作。

西乡对此也很清楚。

于是，刚刚来到江户且无人知晓的高崎猪太郎被选为使者，前去拜访水户激进派的核心人物高桥多一郎。9月上旬，高崎猪太郎离开了江户。

高崎猪太郎满口萨摩乡音，是一个彻头彻尾的乡下人，但他拥有随机应变的机智，这令他一直活到了明治时代，并位至子爵。

他谎称自己是肥后熊本的藩士齐藤又藏，并特意在驿站叫了一名饭盛女[1]，一边大张旗鼓地游玩，一边进入水户。

从江户赶来的捕快分不清萨摩口音和肥后口音，而且，高崎猪太郎在旅店不停地到处拈花惹草，令捕快们目瞪口呆，最终无奈地返回了江户。

“万没想到当今之世还有这样的武士。”

---

［1］ 饭盛女，在驿站为客人盛饭、卖饭的女人，有些提供性服务。

高崎猪太郎要拜访的水户激进派首领高桥多一郎的家位于城下的东五轩町。直接拜访过于惹人注目，为了安全起见，他先去了叫做伊势彦的旅店，脱下草鞋休息。

倘若水户不想斩杀井伊，萨摩藩士就自己发动袭击——这便是他们当时的想法，因此，他们并非处于追随者的立场。

然而，高崎猪太郎住进伊势彦的二楼后便发现，这家旅店的气氛极不寻常。

（有人在严密监视自己。）

他去厕所时会有这种感觉，洗完澡后也觉得似乎有人乘自己不在时进过自己的房间。于是，他故意大声叫人送酒上来，还询问是否有女人，然后突然跑到走廊里，果然看到有一个人影慌慌张张地消失在了楼梯尽头。

“混蛋，有小偷。”他故意跌跌撞撞地走下楼梯，“藏在哪儿了？”

就在他顺着通向庭院的走廊望去时，突然被人拍了下肩膀，一名留着全发的壮汉正藏在转角的柱子后面。

猪太郎吓了一跳，转过身去，只见对方正面带微笑地望着自己。

“我还以为有可疑之人住了进来呢，您不是萨摩的高崎君吗？”

猪太郎一时想不起来对方是谁。

“哈哈……看来我们都是虚惊一场，我还以为您是江户的密探呢。您不记得我了吗？我们很久以前在东湖先生家中见过，我是齐藤监物。”

“啊，您也叫齐藤！？”

“也？您是不是认错人了？”

“不，在下叫齐藤又藏……真是奇缘啊。这其实是我在离开江户时随便起的姓，没想到和您的姓一样。现在，高崎猪太郎是肥后藩士齐藤又藏……”

说着，猪太郎缩着脖子，搔着鬓角，言明自己正是高崎。

“监物君，您怎么会在这家旅店里？”

齐藤监物并非水户藩士，而是水户辖内的那珂郡静村中静神社的神官。

静神社可领俸米一百五十石，而且宫司[1]齐藤家还能额外领取一百石，在常陆其规模仅次于鹿岛神社。此外，监物精通剑道和神道无念流，与梅田云浜和赖三树三郎都有交情，是一名富裕的志士。

“不能站在这里说，还是去您的房间吧。”

二人返回二楼，齐藤监物压低声音，告知了自己在这家旅店的原因。

“其实，我已经忍无可忍，做好了以死报国的心理准备，与妻儿道别后便来到了这里。”

“与妻儿道别？”

“是的。今夜，我的同志们会包下这家伊势彦，打算进行最后一次聚首商议，然后各自离开本国。”

猪太郎听得瞪大了眼睛。

“也就是说，我在不知情的情况下住进了你们聚会的地方？”

“没错，所以我才以为您是可疑之人，并打算一刀杀掉呢……”

监物轻轻拍了拍刀柄，猪太郎则夸张地缩了缩脖子。

“哎呀哎呀，真是太危险了……”

四

这次奇遇绝非偶然，而是水户的愤怒与萨摩的愤怒不谋而合的一次相遇。这便是所谓的时机成熟吧！

高崎猪太郎当即自怀中取出鲇泽伊太夫的介绍信，说明了自己来访的目的。

“是这样啊，那就不必取消今夜的会面了。”

齐藤监物咂了咂嘴。他听说有个古怪的武士不由分说地住进了伊势

[1] 宫司，是神社的最高神官。

彦，便立刻中止了秘密会面，自己孤身一人前来察探，打算对方若为可疑之人便一刀杀掉。

“这样吧，在您去见高桥多一郎先生之前，我先向您引见我的一位年轻盟友。”

“我不认识吗？”

“是的，他叫关铁之介，人如其名，是一位拥有钢铁般性格的男子。”

“太好了，那就麻烦您了。”

于是，在高崎猪太郎抵达水户的当天夜里，齐藤监物向他引荐了关铁之介，这令高崎猪太郎反而变成被煽动的一方。

倘若高崎猪太郎是干劲十足的萨摩男儿的代表，那么，身材矮胖、拥有敏锐头脑和钢铁般意志的关铁之介就是水户武士的典型。

其时，他已因诏书问题而被幕府勒令蛰居，俸禄也被没收，仅能领到供养四人的糊口费。

当高崎猪太郎看到被勒令蛰居的关铁之介面色平和地从枫小路的家中走出时，不禁感到十分震惊。他们似乎已经不将本藩命运放在心上。

关铁之介也是海量，杯满即干，喝光再倒满。连续几杯过后，他仍然毫无醉意，只是淡淡地讲着他们的计划，言谈中表明斩杀井伊直弼一事已是板上钉钉。

据他所言，在这个问题上主动提出承担责任的水户长老便是金子孙二郎和高桥多一郎。

年轻的同志们称金子孙二郎为“大石内藏助”，称高桥多一郎为“大楠公”，对二人十分敬慕。关铁之介希望高崎猪太郎能够通过这两种称呼来联想二人的性格。

关铁之介评价道——大石内藏助总是谨慎地查点同志人数，同时呆呆地望着天空，而大楠公则极其严格地贯彻大义，从这个意义上来说，大楠公更喜欢讲大道理。

“明白，我会做好准备去见高桥先生的。对了，高桥先生是大楠公，金子先生是大石内藏助，那么您呢？”

高崎猪太郎开玩笑地问道。

“在下是关铁之介。”

关铁之介潇洒地作出回答，然后一笑。

（真是个心无一物的男人……）

这就是二人初次见面后，关铁之介给高崎猪太郎留下的印象。猪太郎立刻对这个同辈男人的家庭产生了好奇，后来便向监物打听。

“他还没有正式的妻子，但有孩子。”

监物如此答道。没有正式妻子，但有妾，并与妾生有孩子。

“那名女子叫做房女，是东茨城郡中原村乡士矢矧庄左卫门之女，我和他的父亲也很熟。”

“哦，齐藤先生熟知的乡士之女做了他的妾？”

“是的。他与妾生有孩子……这样自己万一出事，香火也能得以延续。如今的年轻人似乎都会想得如此长远。”

“唔。也就是说，在生孩子前就已做好舍弃生命的心理准备……他的孩子是男孩吗？”

“今年应该三岁了……是个可爱的小男孩。”说到这里，监物似乎想到了什么，便又加了一句，“无论怀有何等志向，倘若香火断绝，便是愧对祖先。这是不同于志向的另外一种责任。”

五

齐藤监物的每句话都出乎猪太郎的意料之外。男儿既然已将生命奉献给国事，就不能有妻儿，这是常识。

然而，水户藩士却认为断绝香火愧对祖先，因此尽量避免卷入藩内的骚乱之中。而在此之前生下儿子，纵然自己死去，香火也能得以延续……

仅靠一个人自然无法生孩子。女方连正式妻子的名分都得不到，难道不觉得她可怜吗……猪太郎本想这样问，最终还是放弃了。

因为监物自己也曾以年过不惑的富裕身份，若无其事地说出抛弃妻儿的话来。或许神社中人的想法尽皆如此也未可知。

第二天早晨，关铁之介又早早来到了伊势彦。他似乎完全未将蛰居和供养四人的糊口费放在心上。

“我来带路。”

关铁之介主动提出带领高崎猪太郎前往高桥多一郎的府邸，这又令高崎猪太郎忍不住开口问道：

“您还在反省中吧？”

“哈哈……”关铁之介笑了起来，“此等事情我怎会记住，忘掉反而会很轻松。”

“原来如此，夫人和孩子也一样？”

“怎么会呢。”

就这样，高崎猪太郎、关铁之介和监物三人来到了绰号为大楠公的高桥多一郎的府邸，而高桥多一郎本人又大大超出了猪太郎的认识。高桥多一郎表示，他正在考虑是否应该拜托萨摩。

“实际上，我们暗杀井伊的想法是错误的。”

“啊！您说什么！？暗杀井伊……”

“没错。这件事对水户藩士而言乃是大耻，甚至会令水户学蒙羞。”

猪太郎大吃一惊，不禁转身望向监物和铁之介，却见二人都是一副认真的表情，看上去毫不惊讶。

“也就是说，你们不打算斩杀赤鬼了？”

猪太郎迫不及待地问道，高桥多一郎则随意摇了摇头。

“井伊要杀，但若不采取其他措施，后世必定会误以为水户只是为了发泄私愤。”

“唔。杀……还是要杀的，是吧？”

“没错。正因为秉持山鹿素行[1]的学问，赤穗浪士才会杀死吉良上

[1] 山鹿素行（1622—1685），日本江户前期学者、儒学家、兵法家。

野。杀不是问题，问题在于杀过之后的想法。”

“原来如此。”

“倘若在水户学的名义下杀死井伊，后世必定会误以为我们的行为只是暴举，如此一来无异于令水户学蒙羞。因此，我想拜托萨摩一件事。”

“什……什么事？”

“若是西乡君在此，很快就会明白。我们必须将同志们分为两组，一组由关君和齐藤君率领，然后必须由我或金子先生其中一人前往大坂，在当地同时举兵。我们绝不是因憎恨井伊直弼而将其斩杀，而是为了保卫朝廷……倘若不能令世人明白这一点，我们的行动就会变成充满血腥的暴行，雄藩联合更是无从谈起。”

果然喜欢讲大道理，但是，其所言又不无道理。

“我有一事相求，那就是希望萨摩的同志暂且不要理会江户，而是在我们于大坂举事时相助一臂之力。”

“您的意思是说，有齐藤君和关君斩杀赤鬼就足够了？”

“倘若你们有空，也可以帮帮忙。”

“也可以帮帮忙……”

“如何？大坂之事可以拜托给您和堀仲左卫门先生吗？”

事情的顺序完全颠倒了，水户貌似已将井伊直弼当成了一个死人……

志士的生活

一

水户学作为一门实践躬行的学问，已经深深扎根于日本人之中，而且其影响力已经在阳明学之上。

绰号大楠公的高桥多一郎所言如春风细雨般浸润到高崎猪太郎心中，这便是水户学在全国范围内普及的证明。

高崎猪太郎自然十分兴奋。对他而言，高桥多一郎所言是理所当然之事，他的精神也为之振奋。

（岂能输给水户……）

结果，反倒是他异常兴奋地回到了江户。当时留在萨摩藩邸的人被称做“七人组”，高崎猪太郎向他们转述了水户的想法。

这些事都是与井伊毫不留情的断罪处罚同时进行的，但由于萨摩受托，要在高桥多一郎于大坂举兵时保卫朝廷，所以在井伊被暗杀的樱田门外之变中，萨摩藩士仅有有村治左卫门一人参与。

高崎猪太郎和堀仲左卫门即刻西下，专心为此事奔走。

在11月至翌年1月这段时间里，经过商议，他们决定在翌年的3月3日——即上巳节[1]这一天袭击井伊。

[1]　上巳节，日本民间五大传统节日之一，亦即女儿节，明治维新前于每年阴历3月3日举行，后迁至阳历3月3日。

期间，被勒令永久蛰居的齐昭回到水户，竭力劝说藩士们先将诏书返还朝廷，但志士们的情绪早已不受控制。

危急关头，要站在超越藩的高度来保卫皇基，甚至可以为此舍弃生命——与藩的存在相比，这种水户学的真髓更能紧紧抓住志士们的心。

那么当时被称做水户志士的人们究竟是如何舍弃故乡为志捐躯的呢？让我们分别从高桥多一郎、金子孙二郎和关铁之介这三人身上一探究竟，因为从他们的学问之中，我们可以找到这一答案，以及他们对祖国美好的憧憬和毫不退让的赤诚之心。

在高桥多一郎被本藩传唤的三天前——即2月15日，年近六十岁的他舍弃了位于城下五轩町的家。

在东湖门下他亦以敦厚稳重著称，长期担任齐昭的近侍，并担任奥佑笔头[1]和小姓头等官职。

家老肥田大介于深夜蒙面来到高桥多一郎位于五轩町的府邸，提醒他本藩或许会于近期传唤他。

“不要吵醒家人。”

肥田大介特意提醒了一声，低声告知此事后便迅速离去。

这里的所谓传唤，便是现在所说的“叫去”。被叫去以后，恐怕就无法轻易回家，所以其含义与逮捕完全一样。

其时，由高桥和金子统率的天狗党正在长冈集结闹事，传唤理由显而易见。

若被逮捕，就无法前往大坂。他立刻叫老妻去唤醒儿子庄右卫门。

在不声不响之间，老妻便已察觉到了丈夫的心思。当时，庄右卫门年仅十六岁。

“我很快就会接到传唤。”

多一郎将儿子唤至近前，若无其事地说着，然后敲了敲烟筒。

“哦，没想到还真麻烦啊。”

---

[1] 奥佑笔，是江户幕府官职，负责调查、撰写机密文书。“头”是指此官职的总管。

庄右卫门显得并不惊讶，而是重新坐正。

“传唤不是直接冲着我们家来的，而是冲着亲属去的。倘若我逃走，亲属就会受到牵连。说到我们家的亲属，也就是我的妹妹。”

“您的意思是说，要在姑姑接到传唤前消失？”

老妻在一旁泡着茶，默默地听着父子二人的谈话。

令亲属作保的一族连带制是当时的习惯，所以必须在连累到亲属之前躲藏起来。

“按照早已制订好的计划，我准备今晚离家，藏在后面的朝仓五郎家中。”

多一郎淡淡地说出自己的决心，庄右卫门也若无其事地点了点头。

“这是个好办法。”

“你要记好，从今天开始，我不再叫高桥多一郎了，而叫矶部三郎兵卫。”

“矶部三郎兵卫……我记住了。”

“我不得不在朝仓家逗留一段时间，然后再与同志碰头，前往宇都宫，再经由中仙道前往大坂，你也必须和我一起走。”

于是，多一郎父子当夜便离开了家。

到了明治时代，庄右卫门之妹顺子对后来发生的事作了如下描述：

“我当时十四岁，无意中走近竹林，走近熟悉的朝仓家时，发现朝仓夫人正在悄悄向我招手。我不明所以，便向她手指的房间内窥探，只见本应离开此地的父亲正坐在地上写东西，我不禁大吃一惊……”

顺子蹑手蹑脚地走近邻家，打算确认此人是否当真是自己的父亲，不料却被多一郎发现了。

“你是听谁说的！？”

多一郎表情严厉地盯着顺子，似乎以为是自己的妻子泄露了秘密。

“记住，不要再来了，也不要对任何人说。”

然而，顺子却将这件事告诉了祖母。于是，祖母便在母亲面前哭诉，说无论如何都希望能再给孙子庄右卫门洗一次澡。

“母亲无法拒绝，便去了朝仓家。当日深夜，哥哥终于回来了。在哥哥洗澡期间，母亲将我关在屋子里，自己拿着腰刀站在浴室外面，庭院里有年轻的武士把守，只有祖母一人可接近哥哥。她往澡盆中添水，向哥哥背上浇水……哥哥洗完澡后，祖母和母亲亲手将哥哥的大髻重新扎成了平民风格。看着看着，我不禁哭了起来，不知为何会感到如此悲伤……”

于是，天色微明之时，化装成平民模样的庄右卫门悄悄地自后院回到了朝仓家。随后，父子二人便突然自家人面前永远消失了。

这件事大约发生在2月19日。

另一方面，被称做水户大石内藏助的金子孙二郎有很多儿子，也有很多烦恼。

金子孙二郎也属东湖门下，本人共有五个儿子，长子叫做勇二郎。孙二郎自高井家入继金子家，领俸米十石供养五人，身份低微，但后来他却从齐昭的步卒目付做到了审讯官，又从奥佑笔被提拔为郡奉行，乃是一个人才。

去年（安政六年·1859年）春天，他方才解除江户值勤的任务，便在去年从江户给孩子们送来画本和点心。当时的信留存至今。

小芳要吃点心吗
小虎吃落雁（面点心）吗
真六要不要吃好吃的点心呢
还要给妈妈两三块
给爸爸也留一块吧

在此前的禁闭中，他还在手纸上写下了数百首和歌，取名《囚室集》，可谓极尽风雅。然而不知从哪里传出消息，称金子孙二郎近期也将接到“传唤”。

于是，2月18日夜里，孙二郎唤来自己亲手培养的几个年轻人，再加上长子勇二郎，开了个小酒宴。孙二郎毫无顾忌地向年轻的客人们说道：

“也许我们很快就要分别了，先喝一杯吧！”

二

信中提到的小芳、小虎和真六也都在小酒宴上服侍众人。

因此，孙二郎当夜所言既是留给大家的遗言，也是临别的嘱托。

“听说高桥先生接到传唤了。”

“好像是的。”

“听说高桥先生得知此事后，便于数日前带着庄右卫门消失不见。”

“嗯，太聪明了，令人佩服，我就无论如何也做不到。”

孙二郎似乎从心里感到佩服。

“不过，倘若不接传唤便离开，一定会被勒令当场剖腹自尽。你们觉得剖腹痛吗？”

“肯定会痛，就算被一根小刺扎一下也很痛呢！”

长子勇二郎表情认真地答道。

“福田君以为如何？”

“我认为勇二郎君说得没错。”

“佐藤君呢？”

“我还没剖过腹。”

这时，饭村诚介摇着头插嘴说道：

“无论痛或不痛，若能一直镇定自若，我觉得就已非常了不起了。”

孙二郎纵声长笑。

“没错。我曾听某位高人讲过，古往今来有无数人被命令剖腹自尽，但在剖腹时能够深刻体味剖腹之痛的人或许只有大石内藏助。我也打算一边体味痛楚，一边皱着眉头剖腹。”

大家不禁面面相觑。

“记住，我希望你们也能成为可以体味剖腹之痛的人，无论什么事都要弄个明白……在不明白的情况下妄自就行动实在丢脸，若是成为人云亦云之徒，便会沦为笑柄。”

“原来如此，您宁愿皱着眉头剖腹，也不愿笑着死去，对吗？”

“没错。笑着去死大多都是语言上的掩饰，应该试着体味更深层的东西。要一边体味究竟痛到何种地步，一边……”

孙二郎拿出扇子，顶在腹部，翻着白眼，令众人哭笑不得。

其时，孙二郎家自然已经受到监视，监视的人都认为这是离别的酒宴。

（一定是知道无路可逃，所以才会考虑剖腹自尽。）

酒宴于十时左右结束。

客人纷纷告辞，孩子们的脸上也满是睡意。到了十一时，茶室里只剩下了夫妇二人和长子。作为一个独当一面的男人，长子勇二郎要同父亲生死与共。

“大家好像都睡了，你能不能去家四周看看？”

“好的。”

外面下着雪，妻子起身到入口和出口处仔细察看，甚至对脚印也颇为注意。

“没人，他们似乎知道你已决心剖腹，便放心撤走了。”

“是吗？唉，让你受累了，以后的事就拜托你了。”

行李已经分开打包，旁边放着新草鞋。父子开始默默地整理装束。勇二郎首先出门查看，孙二郎则蹲在寒冷的玄关，系着草鞋。

“父亲，您要去哪儿啊？”

正在这时，四子芳四郎突然醒来，爬上了父亲的肩膀。

“啊……”

孙二郎脸色大变。他摆出可怕的表情，将儿子从肩膀上抖了下来。

“我也要去，带上我吧，父亲。”

“不……不行！会染上风寒的。”

“带上我嘛，带上我嘛！”

孙二郎突然抬起穿着草鞋的脚，重重地踢在儿子身上。芳四郎顿时放声大哭。被哭声惊醒的祖母跑出来抱起了芳四郎，但这时，玄关处已不见了孙二郎的身影。

妻子站在檐下，目送着即将走出大门的长子勇二郎，旁边的孙二郎戴着斗笠，向外跑去，却在门旁停住了脚步。

屋中传出芳四郎哭闹不止的声音，站在檐下的妻子，眨眼间肩头已铺满一层白雪。

孙二郎步履蹒跚地走回屋前。

“以后的事就拜托你了。”

“是……是。”

“等孩子长大了，把这个给他们看。”

借着雪光，孙二郎自腰间取下砚盒，又从怀中掏出随身携带的纸张，快速书写起来，然后交到妻子手中，父子二人便毅然决然地跑出大门，消失不见。

脚下归路心戚戚，
雪飘不止上离途。

金子孙二郎于18日逃出水户城，暂时潜伏在真壁郡关本村药材商清兵卫家中，然后躲过严密监视，于22日抵达江户。

高桥多一郎和金子孙二郎约定在大坂会面，打算在江户志士杀死井伊直弼的同时高举保卫朝廷的大旗。

因此，在江户袭击井伊的直接责任就由关铁之介承担。

金子孙二郎将袭击日期定在上巳节，并已向同志们作出指示，身为袭击队长的关铁之介自然不能迟到。出乎意料的是，他逃出水户的日子也是18日。袭击时负责放哨的静神社的齐藤监物在去年便已离开妻儿，在江户负责各种联络工作。

“在发动袭击的那一天到来之前，尽量不要表露一丝的慌乱。”

纵然是水底的小鱼，动一动也定会产生波纹。若被对手察觉，反而会被一网打尽。如今，藩和幕府都已经彻底变成了他们的敌人。

于是，关铁之介与金子孙二郎商议，派遣同志杉山弥一郎和增子金八二人先行前往江户，选定同志的住宿地点。

同志藏身的最佳地点自然便是高轮的萨摩藩邸，但袭击当日众人又不能成群结队地从那里出发前往樱田门。因此，住宿地点便定在了下谷龙泉寺的冈田屋、神田佐久间町的冈田屋、品川的吉田作兵卫家、吉原大音寺前的内田屋和吉原大门前的平松屋等，但这个决定尚未通知水户。

于是，关铁之介将街头联络的日期定为23日下午，地点定为浅草观音堂前。无论他如何胆大无畏，再不行动也会来不及。同时，他在水户的家也很危险。

针对高桥多一郎和金子孙二郎，藩政府下达的是“传唤”命令，而针对身份低微的关铁之介，藩政府突然毫不留情地下达了“逮捕”命令。关铁之介以近乎于动物般的敏锐直觉意识到，18日恐怕是危险降临前的最后一夜。

“喂，阿房，我得走了，捕快似乎已经有所行动，我若被抓住，这个家和儿子就都保不住了。”

与高桥和金子相比，关铁之介显得十分轻松。他年轻，性格也很豪放。

“阿诚若是睡了，你就拿杯酒来，我喝完就走。”

二人生下的儿子阿诚只有三岁。关铁之介打算先等儿子睡着，然后喝一杯酒，继而前往江户……

“是。”

阿房干脆地答道。可是，当她将温好的酒端来时，双眼却已通红。

“喂，你哭了？”

关铁之介咂了咂舌，轻轻拧了拧阿房的脸颊。

三

“好，拿纸砚来，我要写符咒。”

关铁之介先干了一杯，其后，又将阿房的酒杯斟满，他将笔尖捏尖，便流利地书写起来，所写似乎是汉体诗。

大义尚在身，归朝不可待。

他年知吾心，慎勿怠家祭。

“纵然读给你听，你也不懂，事后让岳父庄左卫门仔细解释给你听吧。”

“懂了又会怎样？”

“你就不会再哭了，这可是符咒啊。”

“如此简单的意思我还是……”

“你是说你也明白其中的含义？哈哈哈……真是位出色的学者啊，是我小瞧你了。来，再喝一杯，我来给你斟满。”

前文已表，阿房并非正室。她是东茨城郡中原村乡士矢矧庄左卫门之女，倘若关铁之介出事，她会带着阿诚回到父亲身边。

不是正室，就意味着阿房不过相当于雇佣的女仆。无论主人犯下什么过错，雇佣之人也不会受到刑罚的牵连。

在刑法上，这不同于正室或嫡子所受的待遇。

无论关铁之介如何深爱这个女人，他也绝对无法当着她的面说出自己的痴迷和爱恋。然而，任何人都能看出他对阿房的爱。

“这次出门会很长时间吧？”

“说什么长短，人总会有生离死别的那一天。”

阿房默默地为关铁之介斟酒，似乎突然想起了什么，开口说道：

“您能不能将刚才的诗再读一遍？”

“怎么？”

“我想记在心里，之后，再教给诚少爷。”

“唔。”

关铁之介将脸转向一旁，因为他知道，这就是阿房的表达方式。她的意思是说——纵然我死去，阿诚也会成长为了不起的人……

“阿房啊……”

“嗯？”

“从今天开始，就不要叫诚少爷了。”

“为什么？”

“诚是你的孩子，就叫……阿诚，记住啊，我允许你这样叫，诚的母亲就要像个母亲一样叫阿诚，而不叫诚少爷。”

这就是关铁之介的回应方式。他的意思是说——你不是妾。

随后，关铁之介不仅详细说明了遗书的读法，还解释了其中的含义。他虽未说自己是去袭击井伊，但已向阿房表明，这绝对是一趟有去无回的旅程。

“你要记住，要像一个武士的妻子，以后的事就拜托你了。”

像个妻子……对阿房而言，这是最好的慰藉。

“夜已深，衣服已经准备好了。”

说完，阿房站起身来，去外面的巷口张望。

“不能出去！巷口外面有一大群人，似乎是捕快，他们正在商量着什么。请快从后门逃走！”

“什么？已经来了？”

说着，关铁之介站起身来。

“不需要更衣了，镇定，我就这样出去。”

说着，关铁之介立即站起身来，穿着便服走到玄关，撑开伞跃入风雪之中。

武者取梓弓
心如箭竹
引弩一去月影同……

这是阿房非常熟悉的关铁之介的歌谣——《樱井》的一节。声音朗朗，向着捕快聚集的巷口传去。阿房不禁全神贯注地竖起耳朵。

逃离危机的方法也可反映出每个人的个性。关铁之介在得知自己的家已被捕快团团包围的一瞬间，反而决定迎面走过去。

关铁之介一定也会逃亡。众捕快接到命令，要在今夜捉拿关铁之介。捕快坚信，关铁之介一定会麻利地换好衣服，飞快地跑入风雪之中。

正因如此，当一个武士身着便服，脚踏竹皮草履，带着微醺醉意，口中朗朗有声，自深夜的雪中向自己走来时，捕快们完全想不到此人便是关铁之介。

“如此深夜还真有兴致。”

“我们却被冻得哆哆嗦嗦，还要准备战斗。”

不管怎样，关铁之介武艺高强，倘若反抗，捕快们只能以旨意为名，将其斩杀。众捕快将全部注意力都集中在战斗准备上，等到那武士走过以后，便屏息静气，来到关家门前。

“喂，起来起来，我们有要事。”

其时，阿房仅仅在里面顶上了门板。听到众人用力拍门，她立刻起身，向玄关跑去。

“这就开门，马上就来……”

众捕快前来叫门，说明关铁之介平安无事……

突然，阿房又产生了另一个想法。

（镇定！我是武士的妻子……我是关铁之介的妻子……）

“这就开门。”

阿房从里面打开门，八名武士同时走了进来。

“关君在家吧？”

“他出门了。”

“出门？不可能，那边是什么？”

前面一人指着行李包和斗篷说道，阿房立刻跑了过去。

“看吧，斗笠还放在玄关呢，这说明，他的确想出门，但尚未出门，不是吗？”

“藏起来也不是办法，我们有要事找他，希望他能和我们回去。”

其时，阿房心中已有打算。进来的有八个人，外面一定已被更多的人团团围住。

“可是，这个，真的……”

阿房一步步向茅厕退去。

“哦？你还要口口声声说他出门了？”

“是……是，他的确出门了。”

“哈哈哈，明白，明白。想出门却去了茅厕，对吧？你的身体已经作出了回答。好，我们绝对不会踏进茅厕。”

“是啊，既然他去了茅厕，我们只好在这里等了。”

人的推理和先入为主的观念有时会糊里糊涂地混在一起。

“他……他真的不在家。”

阿房又说了一遍，然后便扔掉行李，开始泡茶，似乎已经放弃再作解释。

“先喝杯热茶吧……”

阿房已经开始使用计策。只要能尽量多争取到一些时间，关铁之介就能走得更远。他是那样精力旺盛，此刻一定正赤脚在雪地上飞奔吧……一念及此，痛苦顿时在阿房心中翻腾。

茶具喀喀响个不停。这是喜悦与危机感缠杂在一起的战栗，而非阿房在故意震动茶具。

“来，请喝茶。”

阿房端上茶具后，又拿出了烟盘。

进来的武士们终于笑了起来。

“关君，谢谢你的茶，你可以在里面慢慢解决。”

而此刻的关铁之介，在雪中如一头野猪般奔向笠间。

他在笠间乘坐堆满生鱼的返程车，口中哼着歌抵达下馆，在下馆吃过早饭后，又经小山、古河，并于约定之日换做一身平民打扮，稳稳地站在了观音堂前。

四

袭击队长关铁之介顺利地抵达江户，宿命般的宣告井伊直弼的生命已经临近终结。

金子孙二郎先关铁之介一步抵达了三田的萨摩藩邸。金子可以说是袭击井伊的总指挥官，其时，3月3日袭击的步骤已经计划得很周密了。

在抵达江户的当晚，关铁之介住在下谷龙泉寺的冈田屋，而金子则住在日本桥北槙町俗称“妾新道”的巷内的妾宅里。翌日，关铁之介与金子取得了联络。

领取俸米十石供养三人的关铁之介在江户拥有妾宅。该妾名为伊野，是以前吉原谷本屋弥助店中名叫泷本的花魁……如此说来我们就能明白，实际上，这里是他们重要的藏身之处，一切都是藩的勘定奉行鲇泽伊太夫提供的援助。

当夜，在妾宅之中，北辰一刀流的高手关铁之介心无旁骛地吹着横笛，度过了早春一夜。

翌日，关铁之介按照金子孙二郎的指示，来到了日本桥西河岸的酒家山崎屋。

山崎屋是以前金子和西乡频繁会面的一间酒家，当日也聚集了二十二人。金子再次向关铁之介详细说明了袭击的流程。

袭击地点是樱田门外。在当日登城的井伊家随从队伍走出府邸、来到距离护城河端约五百米的松平大隅守（丰后杵筑的城主）府前时，先由负责放哨的齐藤监物举手示意。

静神社的齐藤监物已经年过四十，无法上前动手，便只好负责放哨工作。在齐藤给出信号的同时，由森五六郎装作呈递诉状，冲上前去。

“有诉状呈上，有诉状呈上！”

这样一边喊一边冲上前去，随从队伍自然会停下来。

“随从队伍停下时，左翼的先锋队就杀入前队……”

金子一边说着，一边若无其事地将确认人名的纸片递给一旁的关铁之介。众人事先约定，此次聚会表面上是赏花会，并且，众人面前都摆放着食案。

因此，接过纸片的关铁之介，说了一句“此为妙计啊”，然后便传给了下一个人。

纸片上依次写着黑泽忠三郎、山口辰之助、增子金八、杉山弥一郎和有村治左卫门五人的名字。

“然后，右翼呼应左翼……”

另一枚纸片上写着佐野竹之助、大关和七郎、森山繁之助、海后磋矶之介、稻田重藏和广冈子之次郎六人的名字。

“若是遇到阻碍就不好了，因此，木村权右卫门及以下人员负责拦阻看热闹的骚乱者和乱跑者，其他人随机应变。”

众人一边商议，一边喝酒，并未故意避开斟酒的女人。因此，山崎屋的女招待们似乎以为，他们一定在对向岛堤的赏花会上斩杀仇人之事做事先模拟。

井伊家随从队伍有七十人到一百人。

志士们则要以不足二十人的人数在樱田门外发动袭击，取下井伊直弼的首级。

而且，成功以后，负责放哨的齐藤监物还要在佐藤铁三郎、畑弥平和日下部伊三次的仆人——爱藏的保护下，将《斩奸宗旨书》送到老中府邸。

在此期间，总监督是关铁之介，因为金子孙二郎在决定袭击后，要立刻离开萨摩藩邸，前往大坂，与高桥多一郎父子和萨摩的志士们一同举兵。

“关君，后面的事就交给你了。”

“明白，我会尽力取得成功。”

随后，关铁之介宣布，所有人于3月2日夜里在品川的中介茶馆——虎屋集合，在那里小酌一番之后再去土藏相模（青楼）彻夜游玩，然后一起动身——完全装作一幅商量游玩之事的模样。

五

实际上，在监视严密的袭击前，金子孙二郎并未离开江户。

关铁之介则完全是目中无人。藩府正拼命地四处搜捕他，他却于3月2日故意来到水道桥的藩邸门前，将“脱藩书”投入诉状箱中。

“如此一来，我便是天下浪人，你们应该没意见吧？”

他亲自来到樱田门，再次谨慎地对袭击地点进行步测。从一处走到另一处要用几步，要如何调整呼吸……他提着越前友宽的一把名为千代鹤丸的爱刀，一直步测到下午一时，然后才赶往品川。

他自然也对井伊家随从队伍中有何人手作了调查。

“比较厉害的只有川西忠左卫门一个人啊。”

关铁之介心想，能够与川西拼刀的只有自己。遇上川西时，一定要两人以上同时进攻。关铁之介还决定，乱斗时的暗语使用“正”和“堂”。像赤穗浪士那样使用“山”和“川”太过愚蠢，暗语一定要与誓杀对手的气势和呼吸合拍。

在他离开樱田门时，天空开始阴霾低垂下来，周围也变得异常寒冷。

“怎么，冬天又要来过一遍不成？”

然而，关铁之介当时并未想过天会下雪，只是一路跑向了品川的虎屋。

“喂，来杯酒，要大杯的。”

他一边向出迎的女招待说着，一边走入房间，只见萨摩的有村治左卫门已经坐在里面，正耸着肩膀靠在柱子上。

“有村君，你也喝一杯吧。”

“噢……”有村瞪大了眼睛，“关君很冷吗？我可是热血澎湃啊！”

“原来如此，你比我年轻啊。”

“一想到很快就能斩下那个赤鬼的首级，我就热血沸腾。”

有村故意拍着刀柄，若无其事地凝望天空。

“我曾听千叶先生说，你是非常热血之人，如今一见果然兴奋不已啊。”

“不，一想到萨摩只有我一人在此，就不禁感到紧张。”

有村果然还是十分在意此事。理应参加明日壮举的堀仲左卫门、高崎猪太郎和田中直之进都已西下，期待着壮举成功的哥哥有村雄介，正在联络京都和大坂的在藩志士，结果只有他一人能够参加。

正是这种不甘人后的精神，令他直接斩下了井伊直弼的首级，而且还卷入极其壮烈的殊死搏斗之中。当然，这些都是第二天发生的事……

人们三三两两地来到虎屋。夜里八时左右，众人走进了青楼土藏相模，各自找到中意的妓女，开怀痛饮。翌日黎明，众人回到虎屋，然后出发前往芝之爱宕山。

天至黎明，只见四周银装素裹。时值上巳节却仍有落雪，实在罕见。

"洁净的雪！好兆头啊！"

关铁之介将众人的爱刀收在一起，放在大包袱里面，由大关和七郎背在肩上，并让他们先行一步登上爱宕山。

整理装束要到了爱宕山上再进行。在此之前，众人要装作清晨踏雪的朝拜客，尽量不要惹人注目。

积雪深达七寸，山中全无人迹。

"守山人啊，我们想在这里赏雪。不好意思，能否请你跑去买些菜肴回来？"

众人让守山的八藏老人误以为大关和七郎肩上的包袱里装的是酒，并提醒了几句，随后便将他遣下山去。

"快，到齐的话就开始整理装束。标记是白布带和白布头巾。先系上白布带，然后在外面披上斗篷。"

齐藤监物上身穿着后襟下摆开叉的外褂，下身穿着裤裙，脚蹬高齿木屐。

有村治左卫门穿着紧腿裤裙，身披竹蓑，外罩红色斗篷。

佐野竹之助下身穿着细筒裤，系着绑腿，上身也穿着后襟下摆开叉的黑色外褂。

"好，下面将刀和草鞋分给大家，接好！"

关铁之介的每句话都透露出十足的干劲。

彦根的颜面

一

再来看看井伊直弼的情况。

“天冷得都下雪了。”

当侧用人宇津木六之丞和江户留守居富田权兵卫一同走进外樱田府邸的客厅时，直弼正燃起一根喜欢的香，眯起眼睛，烤着火炉。

那是井伊直弼遭到袭击的前夜，即2日夜里，时辰已过九时。

“还有事吗？”

直弼眯着眼睛，轻声问道。

“是的，其实是松平左兵卫督大人又得到了秘密情报。”

富田权兵卫一边解释，一边先挑亮了蜡烛的灯花，然后正襟端坐。

“很冷吧？坐到火炉旁边来吧。”

权兵卫并未应声，而是开口说道：

“据说有很多惹人注目的水户暴徒已经潜入江户。”

六之丞接口说道：

“我们是否应该重新布置随从队伍？”

“不必，不必。”直弼以训诫的口吻说道，“随从队伍的人数是由幕府规定的，而今仅因我一人畏惧暴徒而增加人数……你们认为我能做出如此轻率之事吗？”

“可是，据左兵卫督大人说……”

“无论左兵卫督有何担心，都不应该无视幕府的规定。”

左兵卫督便是早前将齐昭永久蛰居的幕府命令传达至水户藩邸的矢田藩主松平信和。

左兵卫督感到水户激进派的举动正逐渐表现出暗杀直弼的迹象，于是于28日特意拜访了外樱田府邸。

“据说，从20日左右开始，除金子和高桥等有势力的人之外，藤田东湖的堂弟——原市之进的门人弟子也接连消失不见。”

左兵卫督说完，直弼仍然若无其事地转移了话题。

“原市之进，这个名字很陌生啊。”

“他经常出入于一桥家，是东湖的堂弟，东湖死后就师从于昌平黉，如今在水户城下五轩町开了一家名叫菁莪塾的私塾，据说聚集在那里的激进派足有四五百人。”

“哦，这我倒是不知道，真是大意了。您的意思是说，他正在煽动激进派？”

“不，听说出入于他家的人数急剧减少。”

“您认为该如何是好？”

“我有一个提议，请您不要多心。既然令您挂怀的咸临丸[1]已经安全出航，不如放弃现今的繁忙职务，略作休养如何？”

左兵卫督的这句话令直弼感到极为不快。

“您是在劝我辞官喽？”

“不，是休养。”

“恐怕没这个必要。”

直弼当场便对左兵卫督大加呵斥，令一旁的富田权兵卫捏了把汗。

既然开国，就应该先建立平等的外交关系，正因为如此，幕府才会首次派出赴美使节。这是一件划时代的大事，因此，此刻最好的办法便

[1]　咸临丸，幕末时期幕府所有的一艘初级军舰，属蒸汽船，是幕府第一艘往返太平洋两岸的船舰。

是让井伊直弼暂时休养，避开水户愈加强烈的愤怒。而且，不仅松平信和持有这种看法，连井伊家的重臣们也都希望如此。

松平信和似乎又觉得水户的激进派正在向江户集结。因此，富田权兵卫才会好心地前来提出忠告，建议增加随从队伍的人数。

然而，直弼今夜仍然没有将此放在心上。

富田权兵卫似乎对直弼的态度早有准备，并不打算就此退去。

“季节也有春夏秋冬之分。”

富田权兵卫又说起了看似不相干的事情。他并非转移话题，而是想从其他地方打开谈话的缺口。

“唔，香的味道也是多种多样。”直弼翕动鼻翼，开口回应道，“你闻闻看，并不难闻，是白梅香。”

权兵卫伸出手去，似乎想要掬起一抔香烟。

“白梅年年开花，香气固然好闻，但经过漫长寒冬休养后的幼梅有时也会因开花结果过多而枯萎。”

权兵卫与主公直弼一样，喜欢参禅。

“权兵卫，你想说什么？你难道想劝我引退？”

“梅会暂时引退，等待下一个春天……”

“为时尚早！”

“不早了。面对大人的决断，不仅水户，天下的阴谋家们也都已纷纷偃旗息鼓。”

“那又如何？”

“这就是花结出的第一个果实，京都的安泰是第二个果实，咸临丸出航是第三个果实……因此，在明日的上巳节，您应该称病休养。”

“你的想法不对。”

直弼语气严厉，然后转身对宇津木六之丞说道：

“六之丞，你也听着，井伊直弼这盆梅尚未开出花蕾。以前的所有事情不过是剪除没用的枝叶，为的是开出好的花来……或许在他人眼中，我的决断是有些过于严厉。只有咸临丸与赴美使节的出航可以称得上是一个花蕾……倘若我在此时休养，便是不忠。”

“诚惶诚恐，世人可不这样认为。连御三家和御家门都……”

“住嘴！正因为这个盆栽连御三家和御家门都已剪除，所以才必须开出花来。”

“如此说来，无论如何您都要在明日登城？”

“这还用问。”

“那就只好增加随从队伍的人数了。”

“不行！”

直弼的语气中又充满训斥之意，但过了片刻，他脸上又浮现出微笑，似乎想到了其他事情。

“你们二人记住，这一次是水户和彦根的颜面较量。”

“您是说彦根的骨气？”

直弼又笑了笑，充满了自信。

“如今，我已将水户逼至擂台边缘，但擂台上还剩下一个对手。”

或许是外面开始下雪的缘故，不知不觉间，周围变得异常安静。

“我直弼方才一直隔着一缕香烟，挂念对面皇宫里的天皇。”

直弼开始以平静而恳切的语气描述自己的心境。直弼其实既不是鬼，也不是蛇。对于志士们的处分和公卿亲信的更替，他都犹豫过，也曾流下迷惘的泪水。

不，更令他牵挂的是天皇的忧虑，是水户齐昭的僭上。

（是齐昭蒙蔽了天皇的圣明。）

因此，直弼打算凭借自己的双手开国，将邦交限定为通商，进而暂且脱离艰难时局。

然而，在对阴谋家们进行处分的时候，他的想法却不可避免地发生了变化。他开始觉得，攘夷真正的核心人物其实并非水户齐昭，而是天皇本身。

这种想法对直弼来说，无疑是天翻地覆般的震惊。

（水户的尊皇才是真正的尊皇，彦根的尊皇不过是表面假象……）

二

（彦根在尊皇这一点上不如水户。）

这是直弼不能容忍也无法认可的。

他起初认定天皇的攘夷是受到了水户和身边亲信的影响和煽动。于是，他试着赶走水户，又将天皇的亲信全部罢免，可天皇的主张依然如故……

如此一来，直弼就变成事事违抗天皇圣意、擅自对时务做出决断之人。

在梅田云浜和吉田松阴直至最后一刻也没有改变的主张中，也强烈地表现出了这一点。至少，他们认为幕府和井伊直弼践踏了天皇圣意，并因此憎恨幕府，诅咒井伊直弼。

于是，直弼也毫不留情地将他们抹杀。然而，一些无法抹杀的东西却一直残留了下来。

直弼将疑似一桥派的能吏川路、岩濑和永井等人除掉后，迅速任命远远不及他们的新见正兴、村垣范正、小栗忠顺和木村嘉毅等人担任赴美使节。随后，这些事件很快在直弼心中引发了强烈的反应。

（倘若后世的史学家完全同意云浜和松阴的主张，那么，我井伊直弼究竟处于何种立场？）

水户齐昭是位了不起的尊皇家，井伊直弼则是怀着不可原谅的偏见、向朝廷持续施加压力的小我政治家……恐怕世人一定会对自己有这样的评价吧？

倘若当真如此，那岂止会让直弼感到意外，恐怕即使是身赴黄泉也不会甘心。

因此，直弼认为至少必须尽快完成两件事。

第一件事是派遣外交使节。不仅仅是赴美使节，还要向世界的所有强国派遣使节，以立场平等为前提，开拓相互设立外国使馆之路，避免危险的战争，建功立业，从而证明自己是一位有先见的政治家。

第二件事便是证明直弼秉承了自井伊谷以来的尊皇家系的信念，是一位真诚的尊皇家。

关于第一件事，赴美使节已经出航，可算有了眉目。但第二件事还需要今后不断的努力。

“离我休养的日子还早着呢……这就是我要说的。”

直弼拿出秘藏的白兰地请二人品尝，打算以此驱走逐渐加重的寒意。

“二位听好，今夜之事绝不能外传。”

“也不能记下来吗？”

受命执笔记录《公用方秘录》的宇津木六之丞小声问道。

“那还用说，当然记不得！”

直弼自己也将玻璃杯送向嘴边，并且说出了自己的一部分想法。

“明日是上巳节吧？将军已到了一定年龄，定会亲临佳节。我打算先告诉将军，听听将军的意见。”

“您打算告诉将军的是……”

“公武的婚事……记住，不可外传。”

直弼所言便是他为了证明第二件事中自己真诚的尊皇心而选定的目标。

直弼透露，他仅与某位老中谈过此事。当然不仅如此。直弼让桥本宰相中将实丽之妹，也就是第十二代将军家庆夫人自有栖川家下嫁江户时陪嫁而来的胜光院仔细调查，看看朝廷之中是否有与第十四代将军家茂相适合的女子。

“难道已经找到了合适的女子？”

“找倒是找到了！”直弼双眼放光，低声说道，“那名女子与胜光院也存有血缘关系。”

“我就和你们明说吧，胜光院的亲属之中有一名最合适的人选。”

“胜光院的亲属！？”

“没错，这个世界当真说大也大，说小也小。”

直弼脸上露出微笑，仿佛在自言自语。

“你们也知道，胜光院是桥本宰相中将的亲妹妹，而桥本中将的女儿是先皇的新典侍[1]经子。”

“她是先皇的典侍？”

“是的。这位典侍生下的女儿是当今天皇的小妹妹，恰好与将军同岁。”

六之丞和权兵卫都不由自主地向前探出身子。

如今身在江户城大奥的胜光院便是家庆时代的上臈[2]姉小路，而且朝廷之中还有与她有血缘关系的亲人。

“那位小姐与将军同岁……”

“没错。她名叫和宫，你们认为如何？”

直弼声音压得越来越低。

“若说水户是有栖川亲王家的亲属，那么宗家便是天皇的亲属……如此一来，无论从哪方面来说都是完美无缺的。”

说完，直弼却皱起了眉头。

水户似乎已经深深扎根于直弼的意识之中。

他终于认识到，自己心中存在着的无法脱离水户的竞争意识。

对直弼的一生而言，这种难以斩断的针对水户的竞争意识绝对不是一件幸事。正因为存在这种竞争意识，他才会伤害自己，令自己朝着扭曲的方向一路狂奔。

显然，直弼并非仅为压制水户才想出“和宫下嫁”的主意。

人们似乎认为他的尊皇之心不如水户。因此，为了证明自己的“尊皇之心”，直弼打算披肝沥胆，力表一片赤诚之心。

直弼认为，如此一来，朝廷和幕府便都能明白自己心中远大的梦想。天皇和将军结成姻亲兄弟，共议国难……如此一来，所有事情都能

[1] 典侍，是内侍司的次官，内侍司是后宫十二司之一。

[2] 上臈，是江户幕府大奥官职，高级女官。

在亲人之间的和睦气氛下达成一致。

然而，针对水户的竞争意识还盘踞在他心中，令他突然忍不住说了不该说的话。

“明白了吗？”直弼又问了一句，似乎有些亡羊补牢的意思，“因此，我明日必须登城。倘若将军没有异议，我便准备立刻派人前往京都，商量提亲之事。”

“可是，这件事和随从队伍……”

权兵卫似乎仍然非常不安。既然有如此重要的想法，就更应该加强警戒……他张口刚想这样说，却被直弼故意打断。

“记住，人各有天命，倘若真有刺客埋伏袭击我，机会多得数不清。诸侯的随从人数是由幕府规定的，倘若大老亲自打破规定，而且被刺杀，便会被后世万代耻笑。所以绝对不能增加随从。”

直弼话已至此，权兵卫和六之丞也只好闭口不语。实际上，直弼方才说出的和宫下嫁一事令二人看到了新的希望之光，很大程度上吸引了二人的注意力。

“只得如此？”

“只得如此。”

二人告辞后，直弼很快便熄灭火烛睡下。

第二天早晨，直弼醒来，发现天气反常。四下一望，尽是皑皑白雪。

当日，直弼在更衣后仍然向着京都遥拜，并于上午九时准时出现在大玄关处。

“在院内墙边发现了这封扔在地上的匿名信。”

正当直弼要坐进轿中时，随从荻原吉次郎呈上了一封信。直弼一边默默地撕开封口，一边坐进轿中。

三

直弼坐进停在铺板上的轿子中，距起轿还有很短的一段时间。

直弼撕开了匿名信的封口。在当时，匿名信、告御状和诉状箱都是十万火急的情况下表达意见的一种渠道。

直弼撕开封口，刚看了个开头，便苦笑着停了下来。信的内容与28日松平信和所提出的忠告一样，称水户的激进派将在近期袭击直弼。

坐在轿中的直弼，歪起了脑袋。

头顶上风声飒飒，还能听到雪花簌簌而落的声音，风中似乎还夹杂着城头上九时报时的太鼓声。轿夫起轿，直弼在考虑是否要将匿名信交给为自己送行的六之丞。

（对啊，他应该会捡起来看的。）

于是，直弼悄悄将匿名信从窗子的缝隙中塞了出去。

倘若直接说出来，大家一定会再次惊慌，如此一来必定会耽误登城的时间。直弼十分不愿因这种事而打乱原定计划。

就这样，轿子于暴风雪中直接出了大门。

轿子刚出大门，六之丞就在被踩踏的雪中发现了这封已经开封的匿名信。

封口开着，说明直弼已经看过……六之丞虽然明白，却也不禁暗叫一声“糟了”，狠狠地咂了咂嘴。

登城之日的天气异常恶劣，随从们都披着斗篷，刀柄上套着防雨雪的袋子，但如此一来，在关键时刻便无法立即拔刀。

（万一途中遭遇袭击……）

想到此处，六之丞感到一阵战栗，他立刻向重臣们出示了这封匿名信。

事到如今，给重臣们看信也已于事无补。队伍一旦出门，就无法再叫回来，直弼是不会允许队伍停在途中重新整装的。

“若是出门前将这封信交给我……”

“幸好到达幕府只需很短的时间。”

众人惴惴不安，期盼直弼能够平安度过这段短暂的时间，就在此时，他们遍体鳞伤、血迹斑斑的同伴跌跌撞撞地冲了进来。

仅仅几分钟的时间……

对直弼而言，这几分钟更加短暂且平淡。直弼坐在轿中，眼前浮现出迎来十五岁的春天、已经明显成熟优雅的将军家茂，以及自己未曾见过的和宫——上巳节是孩子的节日。

（朝气蓬勃的皇家稚子……）

这种幻想仿佛一双温柔的翅膀，轻轻抚摸直弼，驱走了他身上所有的紧张和不快。

突然，轿子前方一阵骚乱，轿夫们停下了脚步。

“有诉状呈上！有诉状呈上！”

直弼睁开眼睛。似乎有人告御状——此念头刚刚闪过，就听见有人在轿旁一声大喝——

“大人请留步！”

话音未落，直弼似乎听到一声枪响。他打算抬起上半身，却发现自己的下半身一动不动。

一颗子弹从他的大腿射入，直贯腰部。整个过程有如电光石火，直弼甚至仍然保持着原来的姿势。

（终于来了……）

接着，胸口又被一刀狠狠刺中。

“唔……终于……”

剧痛瞬间传遍全身。轿子的门被打开，剧烈的痛楚之中，直弼还能感觉到冰凉的雪花飘落在自己的脸颊上。直弼被拖到雪地上，轿檐上的积雪落下，砸在直弼身上……这便是直弼最后的感觉。当时，他的头颅已经离开身体，滚落在雪地上。

人生的最后一刻是多么简单无味啊……

对直弼本人而言，所有事情都发生在转瞬之间，而在旁人看来，这是前所未有的骚乱。

现任大老兼旗本八万骑旗头的彦根城主井伊扫部司首领在与江户城近在咫尺的樱田门外遭到袭击，被人斩下首级，这是幕府有史以来前所未有的事件。

而且，众人皆知，上巳节是五大节日之一，今日，在江户值勤的众大名将于上午九时集体登城，到了上午十时，城内的大太鼓敲响，仪式就会开始。

正因如此，按照习俗，当日会聚集大量看热闹的人，观看接连登城的大名队伍。

看热闹的人中，平民和武士各占一半。来自乡下的武士不约而同地带着武官年鉴，一边将路过的家徽和马标与年鉴对照，一边看热闹。由于有了这些看热闹的人，城门旁边还出现了若干用席帘围起的店棚，供应关东煮、酒和丸子等。

由于当日突然下起了雪，所以只有两家店开着。负责侦察的冈部三十郎一副商人模样，站在一家店前，口中嚼着关东煮，指挥者关铁之介则脚蹬高齿木屐，身披斗篷，一只手捧着武官年鉴，另一只手撑着雨伞，四处走动，似乎看什么都觉得稀奇，完全一副乡下武士模样。

负责侦察的冈部三十郎已经目送了几支队伍通过。在大声喊着“退后、退后”的尾州家队伍通过后，他便放下盛有关东煮的碟子，举起了一只手。

这个暗号意味着，能够从护城河一端正面看见的井伊家的门打开了。

关铁之介脸上浮现出意味深长的笑容，一边走一边查点周围的同志。

自己身后是右翼的同志，左翼的同志则站在杵筑藩松平大隅守府邸的墙边，混在看热闹的人中，排成一列，准备随时冲上前去。

身材矮小的佐野竹之助性子甚急，他已经解开了外褂的扣子，这时，大关和七郎立刻拽了拽他的衣袖，以示提醒。

（没关系，已做好充分的准备……）

关铁之介缓缓转过身去，背对众人，状似闲散地望着护城河端的雪景。

飘落在护城河水面的浮雪格外美丽。一群鸭子零星散布其间，一动不动，看上去犹如被井伊直弼处刑的水户藩士的头颅。

（不要怨恨，不要怨恨，我们很快就要将他斩杀。）

关铁之介的神经是粗线条的，他不会再次对憎恨与憎恨的对立产生感慨，也不会感到战栗。要将斩杀他人的家伙斩杀……仅此而已。然而，当他看到终于走出井伊府邸的随从们的刀柄上都套着袋子时，仍不禁浑身颤抖。

今日也有其他队伍刀上套着袋子，但关铁之介没有想到，井伊家的人不仅套着袋子，还牢牢地缠在锷口上，无法立刻拔刀。

（这是被杀之人的怨魂显灵了。）

就这样，队伍庄严整齐地走了过来。众人事先约定，当先头队伍走到杵筑藩邸大排水沟前时，森五六郎就冲上前去。

关铁之介与森五六郎互望了一眼。

突然，森五六郎从斗篷下面掏出诉状，口中喊着："有诉状呈上！有诉状呈上！"向队伍冲去。

"哎呀，你干什么？不要挡住队伍！"

井伊家的随从头目日下部三郎右卫门与随从目付泽村军六慌忙跑了出来，拦住了森五六郎。

"我有诉状呈上，请大人留步啊！"

"想告状就要按照程序来，越级告状可不行。"

话音未落，枪声轰然响起。

四

很显然，是这声枪响要了井伊直弼的命。彦根藩医冈岛玄达对尸体进行检查后报告，子弹从大腿直贯腰部。

然而，时至今日仍然无人知道究竟是谁开了这一枪。袭击者中，起初持有短枪的人是关铁之介，他打算在看热闹的人多而难以联络的情况下，用短枪发出袭击的暗号。

然而，关铁之介看到现场联络并不困难，便在袭击前将短枪交给了黑泽忠三郎。他认为枪声会造成人群慌乱聚集，不利于行动，所以打算尽量不开枪。

可是，黑泽忠三郎说自己把枪交给了森五六郎，而森五六郎则声称自己在袭击后就藏在臼杵藩主稻叶观通府中，否认自己曾经开过枪。

如此一来，便出现另一种说法，即海后磋矶之介还持有一把短枪，或许是他从护城河端进行的狙击。可是，这种说法也没有证据。

总之，井伊直弼被这一枪打中了腰部神经，从而无法起身。这位自成一派的居合剑道高手连刀也未能拔出，便被人拖到雪地上，割下了首级。

向轿子中刺了一刀，并将井伊斩首之人是唯一的萨摩藩士——有村治左卫门。当治左卫门打开轿门时，直弼正端坐在轿中。显然，他认为若有对手攻入，自己所在的位置既能拿到枪，又可以挥刀。如今，他却只能毫无抵抗地坐着，并且被人拖到雪地上，割下了首级。

其时，彦根藩的随从头目日下部三郎右卫门正在焦急地拔刀，却被森五六郎抢先一刀砍破脑袋，长刀一直劈到了肩部。看到日下部三郎右卫门仰面朝天倒在地上，他的儿子内记顿时大吼一声："啊！我要为父亲报仇！"然后气势汹汹地向森五六郎砍去。

在森五六郎旁边，鲤渊要人、莲田市五郎和广木松之介三人已与刀在鞘中的井伊家众人战成一团。

有村治左卫门与这一队人距离稍远，黑泽、山口、增子和杉山等人与他一起从正面冲向了直弼的坐轿。

另外一队从护城河端发动了袭击。使用大长刀而身材矮小的佐野竹之助首当其冲，大关、广冈、森山、海后和稻田紧随其后。

彦根的人狼狈不堪，纷纷迎上袭击队伍，使坐轿周围空了出来。有村看到有机可乘，立刻冲向坐轿，抢先刺出一刀。

袭击仅仅发生在吸两三口烟的时间里，几乎同时，彦根一方的勇猛之人川西忠左卫门被佐野竹之助的大刀砍翻在地，将积雪染成一片赤红。

川西忠左卫门不愧是高手，他一刀便砍翻抢先杀过来的稻田重藏，随后又用带鞘的腰刀砍伤了下一个冲过来的广冈子之次郎的手，连海后磋矶之介也不敌负伤。

此乃当日最激烈的对战，倘若不是佐野竹之助看到三人面临危险，跑过去大喝一声，一刀砍中川西的话，广冈和海后都会有生命危险。

砍倒川西后，佐野扶起濒死的稻田重藏，向轿子走去。

“稻田，赤鬼就在里面，刺吧！”

佐野先让稻田刺了一刀，随后自己也将大刀刺向轿中。

也就是说，这顶轿子前后总计吃了三刀。

这时，有村的怒吼声响起，证明身穿麻布武士礼服的直弼是否真的在轿中。

“奸贼井伊直弼的首级，我有村治左卫门收了！”

不仅仅是袭击队伍，井伊家众人和看热闹的人也都受到了异乎寻常的冲击。井伊家的人则不顾一切地跑进府内报急。

五

此番计划历时长久，其中的憎恨亦极为深刻。但行动之后，一切都化为虚幻的过去，犹如那一天的落雪。

大雪已止。彦根一方被杀的日下部、加田、岩崎、川西、永田、越石和泽村等人的尸体与无头的井伊直弼一起，三三两两地躺在地上，将白雪染成一片赤红。

袭击队伍中死去的只有稻田重藏一人，其他负伤的人也都分别离开了现场。

用血刀刺着井伊首级的有村治左卫门和在一旁保护首级的广冈子之次郎沿着护城河向东跑去。广冈的眉间被川西砍中，浑身是血。

重伤的彦根年轻武士小河原秀之丞拼着最后一口气力，在二人身后追赶。

对武士而言，大将首级落在敌人手中是难以忍受的耻辱。

这种耻辱甚至可能会击垮井伊家。小河原秀之丞摔倒后爬起，爬起后再摔倒，就这样跌跌撞撞地追赶着有村和广冈，一直到了毛利家的住屋前。

“站……站住！”

小河原秀之丞一刀砍在有村头上。这一刀与其说是砍向对手，不如说是倒向对手。高举首级的有村有些大意，他身体猛烈摇晃，首级再次掉落在雪地上。浑身是血的广冈正在吟诗，转身看到这一幕，立刻一刀砍断了小河原的小臂。

小河原握着刀的右手飞向空中，与此同时，头上中了一刀的有村狂怒地喊着："混蛋！混蛋！"疯狂地连续劈砍着小河原的额头、肩膀和脑袋。

"谁……是谁斩下了主公的首……首级……"

小河原秀之丞喷血而亡。

这是乱斗的最终结局，同时，有村治左卫门也未能安全撤退，由于小河原拼命斩下的一刀，最后在辰之口的若年寄、远藤但马守的警卫所前剖腹自尽。

此外，在撤退途中，山口辰之助和鲤渊要人伤重难治，双双自尽。

另一方面，负责放哨的齐藤监物要将斩奸状送到值月班的老中手中。他带着莲田、大关、黑泽和佐野等人首先前往内藤纪伊守的府邸，门卫吓得浑身颤抖，迟迟不做答复，看来无意向府内通报，众人只好决定自马场先门出发，前往八重洲河岸的田安中纳言府邸自首，但伤势和疲劳使得一行人无法步行，便暂躲入辰之口的胁坂淡路守府邸休息。佐藤铁三郎、畑弥平和日下部伊三次的仆人爰藏将这些事向藏身于萨摩藩邸的金子孙二郎做了汇报。

当日袭击的队员中，共有十一人战死、自尽或自首后被处死，顺利逃离现场的只有关铁之介、冈部、广木、增子和海后五人。就这样，井伊直弼于公众面前草草地结束了自己的一生，幕末史也就此告一段落。然而，问题在于他不仅仅是身居政治要职的大老，还是以红披风为豪的井伊家当家[1]，是所有武士的楷模。

至少，旗本八万骑的总大将兼谱代大名首座的他在路上被敌人袭

[1] 井伊家曾被德川家康赐以红色盔甲，自此以红色为代表色。

击，并毫无战略准备地被人斩首，这会令武将颜面扫地，所以他不能死在路上。

（前略）吾于指挥镇压暴徒之时负伤归宅，立毙者同伤者之名列于后页，特此奉告。

3月3日

井伊扫部头

幕府以直弼的名义写了这封信，而此后最重要的事情，便是必须先夺回直弼的首级。

惊蛰

一

庆喜将套窗打开一道细缝，眼前一片银白的雪景令其惊讶不已。

外面还刮着风，雪花飘飘洒洒。

（果然下雪了……）

庆喜眯起眼睛，望向洗手盆前方的梅树。只见雪花包裹在盛开过后的花瓣上，宛如树挂。庆喜突然想起了在水户永久蛰居的双亲。

父亲齐昭对梅无比喜爱，偕乐园里更是种满了梅树。凡是武士及身份高于武士之人，一定会在庭前的花草树木中栽种三株以上的梅树，然后将梅子腌制起来，以备军用。父亲就这样一直通过梅来秉承梅里先生（光圀）之志。

花期早的植物或许已经结出果实，但花期晚的植物经过这场春雪，就无法结果了。

（今年不会收获梅子了……）

庆喜将套窗留了一道细缝，然后关上拉门，坐回褥中。这时，须贺已经端来了洗脸水，正端坐在热气对面。

“今天是上巳节吧？”

庆喜抚摸着任其生长的月代额发和自脸颊长到下巴的胡须，开口说道。

须贺施了一礼，并未回答，只是默默地等着庆喜洗完脸。

“雪是从昨夜开始下的吧？”

“是的，从十时左右开始下的。”

“是这样啊，我那时应该在写东西，并不知道。”

“有事禀告公子。”

“何事？”

“平冈先生说，等您换好衣服后，他想见您……”

这次庆喜没有做声。他默默地洗完脸，拿过须贺捧来的白布擦拭。然后，他亲手点燃窗边桌上的一根香，站着摆出更衣的姿势。

月额和胡须都没有剃，衣服则换成了规规矩矩的武士礼服。

庆喜的一切生活起居都由须贺照料，任何人都不得进入起居室。这是名副其实的反省和蛰居。中根长十郎和黑川嘉兵卫自不必说，连平冈圆四郎和井上甚三郎也不得接近。即使有极其重要的事情禀告，庆喜也只是隔着隔扇或拉门“听奏”而已。

在须贺看来，庆喜是在残酷的孤独之中虐待自己，故意不断地逼迫自己来确认自己能忍耐到什么时候。

不可思议的是，须贺并未感到如事前所预期那样的幸福。当真只有两个人在一起……须贺的生活之中本应充满各种梦想，但所爱之人的痛苦却令她自己的梦想变得枯萎。

她起初觉得庆喜比自己小，但如今，她却觉得庆喜要比自己年长五六岁。

“有事禀告公子，平冈先生从方才……”

庆喜已经换上武士礼服，坐在书桌前方。须贺仍旧有些忌惮地说道。

“你就说不行，他会明白的。”

“是……可是，平冈先生说是件天下大事。”

“不管什么事，不行就是不行。”

庆喜静静地打断了须贺。正在这时，只听心急难耐的平冈圆四郎在微暗的走廊里高声说道：

“嘉兵卫君，大老在樱田门外被杀了。”

圆四郎带着管家黑川嘉兵卫一同前来，似乎打算以二人问答的形式，将这一变故告知庆喜。

“什么，井伊大老！？”

庆喜也不禁大吃一惊，黑川嘉兵卫似乎也是首次听说，显得无比震惊。

“这……这是真的吗？平冈君。”

“千真万确……大老在本日九时于登城途中遇袭，路上，众目睽睽之下瞬间便被人斩首。整个江户已被这条消息搅得一片骚乱。”

接着，平冈圆四郎又故意高声说道：

“我已派渡井和猪饲到市中打探，据满城传闻称，彦根藩的人将于今夜大举杀入水户藩邸。”

庆喜顿时闭上了眼睛，却并没有隔着拉门问一句话。

圆四郎急不可耐地继续说道：

“据说将大老斩首之人曾高声报出自己的名字。听说是萨摩的有村……不过，彦根怎会让敌人带走藩主的首级呢。”

“那倒也是。”

“据看热闹的消防员称，事发之后，预备队立刻从藩邸跑了出来，将没有首级的尸体放入轿中，甚至连被血泥弄脏的雪也被收入四斗樽中，迅速运回了藩邸。”

“连血泥都被收入四斗樽中？”

“是的。彦根的大将在路上遇袭，连随从队伍都未能指挥便丢了脑袋……彦根岂能善罢甘休。于是，井伊家派出了一队人寻找首级。他们自然不能说有村拿走的首级便是大老的首级，只好声称轿子旁边的加田九郎太没了首级，而这队人是在搜寻拿走加田首级的男人。”

庆喜听到这里，只听走廊里的黑川嘉兵卫按捺不住说道：

“公子！井伊大老被杀了。”

然而，起居室里并无回应。

须贺浑身僵硬地坐在起居室里，翻着白眼，直勾勾地盯着庆喜。不可思议的是，须贺今日的目光之中既无狼狈的神色，也无同情的温柔。

须贺目光如刀，那是两道责难的目光，其中似乎透露出对庆喜的憎恨。

或许可以说，自二人蛰居后，爱情的交织反而令须贺心中产生了残虐的憎恶之情。

“公子不回答。”圆四郎宽慰般的对嘉兵卫说道，“不过，希望黑川君能够记住，发动袭击的必定是水户的浪人。既然高桥多一郎和金子孙二郎已经失踪，此事便一定出自他们的安排。而且，关铁之介和佐野竹之助一两日前方才提出脱藩的申请，所以他们不可能逃出江户。”

“也就是说，他们已是瓮中之鳖？”

“而且这次的天下大事其实是水户与彦根的对战。”

“没错。”

“究竟谁能作出裁定？如今，没了井伊的幕阁无比沮丧，而将军又年幼……”

须贺仍然双眼一眨不眨地盯着庆喜，而庆喜紧闭的眼中终于流下两行热泪。突然，须贺侧身面向走廊方向，开口说道：

“公子昨夜抄写经书直到很晚，此刻正趴在书桌上打盹，你们安静些吧。”

须贺的目光依然如刀般锐利。

二

走廊里响起圆四郎急不可耐的咂嘴声音。他前来禀报如此重大事件，庆喜却既不询问也不回应。

“什么？公子在打盹？”听到须贺的话，圆四郎终于捉住了话头，“打盹也好，熟睡也好，我正在向黑川君告知大事。若是家臣对此一无所知，万一有暴徒藏入家中，那该如何是好？”

平冈圆四郎以反驳的语气说完，便开始侧耳倾听。然而，屋中仍然没有任何回应。正在这时，外面又传来一阵杂乱的脚步声。

来人是中根长十郎。长十郎收到消息，说有可疑之人潜入了府内的水路，所以急忙来通知圆四郎。

“什么！可疑之人？”

走廊里响起渐渐远去的杂乱的交谈声和脚步声，四周再次恢复了安静。

套窗仅仅打开了一尺来宽的缝隙，一道光线直直射入……庆喜每日就在这片光亮之中读书、写文章，而房间的其他角落总是如黄昏般昏暗。

须贺会在庆喜上厕所时，将房间打扫一遍，到了吃饭的时候，她会悄悄地端来酒壶，但庆喜几乎从未碰过。

须贺知道，庆喜是将井上甚三郎所说的“做到他人无法做到的反省”强加在自己身上，但即便如此，庆喜的举动也实在显得异常固执。

（一个人怎能如此固执、如此强忍着扭曲自己呢？）

纵然有时庆喜趴在须贺的腿上哭泣，须贺也绝不会向任何人透露。须贺曾因此事有过怨言，庆喜当时严厉地呵斥了须贺。

庆喜提到“诸法实相”——这或许是他所抄写的经文中的词语——不能用肉眼去看，而是必须用心去看。庆喜对须贺大加呵斥，让她不要妨碍自己磨砺心智。

而在今日，当外面的人离开走廊后，庆喜却少见地对须贺说道：

“没什么好惊讶的，这就是实相，我早已知晓。”

须贺惊讶地再次望向庆喜。她是如此深爱着眼前的这个男人，甚至令她从心底里感到发狂。

“公子早就知道大老会死？”

“是的。家父和井伊扫部头在心中都将对方当作对手……他们的心眼都已被乌云所蒙蔽，只有一方死去，另一方才会有所醒悟。”

说完，又有两行清泪从端坐的庆喜脸颊上滑落。

须贺忍不住开口问道：

“须贺完全不明白您的意思。”

“不明白也没关系，因为乌云已经散去。上天对待每个人的生死都是极其冷漠的。”

须贺越来越不明白，但庆喜似乎已经悟透了什么。

“如此一来，不但父亲活了下来，井伊扫部头也将继续活下去。时代要拉开下一个帷幕了。”

直至半个多月后，须贺才明白庆喜话中的含义。

对井伊扫部头之死最为惊叹的人便是水户老公齐昭，他当即提出了各种各样的道理，以免彦根会因此事而毁于一旦。

但那已是后话。

3日的夜晚，一桥家是在令人毛骨悚然的紧张气氛中度过的，到了4日，慌张的老臣们再次来到走廊陈说。

庆喜仍然没有直接回答，重臣们不得不在走廊里开起了会议……从那时开始，一桥家内部也开始直白地称一桥庆喜为“倔犟公子”了。

但无论一桥卿多么固执，面对如此大事，也不应该没有任何意见。只要一桥卿能逐一听完事情的经过，他就一定会开口询问的……这便是一桥家众人的想法。

表面上，他们的行动自然会受到严格的限制。正门和后门都被封闭，只能由后面的小门出入。然而，此次事件，真相与流言混杂，情报多得简直令这个小门不堪重负。至于市井的风评，从老中的狼狈说到将军家茂的嗟叹，可谓多种多样……

其中，平冈圆四郎等人最为关注的，自然便是幕府对彦根藩的处置。

根据原有的幕府制度，倘若大名和旗本因为自己的疏忽而横死，将不问情由，一律除去家名。

然而，到了4日，便有上使前去拜访于众目睽睽之下被人斩首的井伊直弼。作为慰问，小纳户头取盐谷丰后守正路带着朝鲜人参前去井伊家拜访。

“我们要使个小花招，就说没了首级的扫部头还活着，还能接受慰问。”

倘若不以直弼活着的消息来压制藩士的激愤，水户和彦根将在江户展开一场大战。

于是，按照彦根藩家老冈本半介提出的办法，彦根藩提交了一份报告书，声称直弼在3日手部负伤，于登城途中返回了井伊家。

而直弼死后，老中剩下了松平和泉守、内藤纪伊守、胁坂中务大辅和安藤对马守四人。其中，松平、内藤和胁坂三人与其说是政治家，不如说是井伊直弼的管家。只有安藤对马守是个人才，但他最为年轻，其地位尚不足以掌控内阁会议。因此，幕府只能对那份报告书表示附和。

“首级究竟怎么办？若是没有首级，一切都无从谈起。”

这件事一时成为水户重臣走廊会议所议论的话题。当日，套窗之间分别空出了约两寸的间隙，因此要比平日明亮。春日的阳光照射在积雪尚未消融的庭院里。

这时，竹内丰前守前来禀报，首级已经顺利地回到了井伊家。

带走井伊直弼首级的有村治左卫门力气用尽，最终在远藤但马守门前剖腹自尽。远藤家大吃一惊，一边向幕府汇报，一边妥善保管好首级，等待指示。

其后，两名武士（三浦外记和横川丈太郎）受井伊家冈本半介之命，前来要回首级。

“今日早晨，主公扫部头登城之际，有暴徒出现，随从加田九郎太被杀，其首级被夺走。听闻首级目前保管于府内，还望能够返还。”

接待二人的远藤家管家粥川鞆夫则十分惊讶地说道：

“不好意思，加田九郎太的首级不在本府。”

“听说贵府的确已向幕府报告。”

“井伊扫部头的首级确实在府中，可随从的首级并不在府中，二位可以去别处找找。”

“这可难办了，昨日被夺走首级的只有加田九郎太一人，倘若您一定要说那是主公扫部头的首级，我们坚决不能让步。”

双方的交涉似乎因此发生了纠纷。最终，若年寄酒井右京亮下令将首级返还，井伊家才得以取回这个所谓的加田九郎太的首级。

走廊里的众人都感到十分遗憾，庆喜听到这个消息则松了口气。

虽说如此处理如同儿戏，但除此之外没有其他办法能够拯救井伊家……

三

人为了管理人而创造了“法”，但是，倘若“法”不能适应时世，就会令人自身变成无比滑稽的丑角。

在路边被斩首的人以自己的名义提交了报告书，甚至接受了将军的慰问。

在4日的慰问后，幕府又于7日派人再次前往井伊府邸慰问。

这次的上使是若年寄酒井右京亮忠毗（越前敦贺城主）和侧用人药师寺筑前守元真二人，而送来的慰问品是冰糖和鲜鱼。

“为了国家，请所有家臣暂且忍耐，等待日后通知。”

随后，药师寺筑前守又特意将宇津木六之丞唤至另一房间，向其告知将军家茂整日悲叹，寝食难安，时常一边落泪，一边心系众臣，所以请大家自重。

这些事都逐一传到了一桥家中。贩卖情报的人似乎是茶坊主头野村休成，而平冈圆四郎巧妙地利用了此人。

幕府如今担心的是水户和彦根之间的激烈冲突。因此，纵然违背法律，也要设法保证井伊家的存活。“因过失而横死将被除去家名”是自战国时代便流传下来的不可变更的法律，如今却成了沉重的负担，令人感觉越来越滑稽，同时，也令幕府威严扫地……

（时代的变迁真是奇怪……）

于是，难以作出定夺的老中们不久便将久世大和守引入内阁，历时两个月，直弼的横死问题终于画上了一个句号。

3月30日，幕府免去了直弼的大老职务。一个月后的闰3月30日，幕府首次公布了直弼的死讯。4月28日，幕府下令由直弼的次子爱麿（直宪）继承彦根……

在此期间，自首的水户浪人自然都被分别给予刑罚。

然而，庆喜事后仍未发表任何可以称做“意见”的意见，但他并非毫不关心，事实上却恰好相反。

在第三者看来，幕府对直弼死后的处置完全是一种滑稽的做法。幕府做出如此滑稽的举动，庆喜一定一直在静静观察着幕府一步步地丧失权威。

樱田门外事件发生后，赶去大坂的金子孙二郎和暗中活动的高桥多一郎父子都被通缉，在走投无路的情况下皆自尽而终。萨摩的同志因藩内情况而无法进京，大坂举兵最终以失败告终。

从这个意义上来说，樱田门外事件算是暂时解决了，但幕府权威的丧失仍未得到解决。

幕府让没有首级的大老活了近两个月，还有谁会信赖如此滑稽可笑的政治？到了4月末，水萨两藩志士之间倡导的“雄藩联合”，从根本上发生了变化。

雄藩联合的最初目的是迫使幕政改革，但到了此时，联合的目的已经彻底变成了倒幕。

就连平冈圆四郎意识到这一点后也很焦急。他认为，必须尽早取消自水户老公以下众人的反省处分，重新巩固公武一体的体制，否则事态将变得无法挽回。

“现在一定要公子亲自出马！”

然而，庆喜仍旧没有行动的意思。在圆四郎眼中，庆喜似乎已变成了一个异邦人。5月初，圆四郎终于忍无可忍，开始胁迫须贺。

当日，圆四郎将去厨房的须贺引入一间房内，随后从怀中掏出短枪，堵住了出口。

“须贺，您知道我为何要拿出这个东西吗？”

圆四郎将短枪放在掌上转了一圈，然后重新收入怀中。

“当然，我并不是想用这个东西来胁迫你，而是另有目的。”

须贺看起来丝毫没有感到惊讶，她只是抬起头来，用冰冷而清澈的目光凝视着圆四郎。

“时势已经因井伊直弼的横死而完全发生了改变。”

圆四郎的语气中透出杀气。

“天下呈现出一副支离破碎的面貌，似乎要重返战国时代。不，曾经的战国时代只是国内诸侯之间互相厮杀，而如今还要遭受世界列强的侵略。”

须贺双眼一眨不眨，没有任何回应。

“当前形势已是危如累卵，倘若置之不理，日本国将不可避免地走向灭亡。因此，希望你能够亲自进言，劝公子打破禁令，下达最后的指示。”

须贺心想，在与公子的这场“固执比拼”中，圆四郎终究还是败下阵来了。

然而，对于圆四郎之后所说的事情，须贺却是完全不知情的。

问题在于，老中之中的实力者安藤对马守以井伊扫部头的遗言为名义，计划让天皇之妹和宫下嫁关东，成为将军家茂的正夫人。在公布井伊死讯的十一天后——即4月11日，安藤对马守命所司代酒井若狭守就此向朝廷提出了申请。

显而易见，其表面目的是公武合体。但实际上，这是迫于被列强逼迫开国之下提出的一个无可奈何的突围之策。

根据《下田条约》，神奈川、长崎和函馆三个港口都已开放，英国、法国、荷兰和美国在江户都设立了临时公馆，分别位于芝高轮的东禅寺、三田的西海寺、伊皿子的长应寺和麻布的善福寺。在该年12月之前，又开放了新泻港，并且，根据不久后的协约，兵库和大坂也将不得不开放。

其中，其他港口暂且不提，朝廷根本就不打算同意开放靠近京都的兵库和大坂。据圆四郎称，幕府一定是打算以下嫁名义将和宫当作人质，转移到江户城内，然后不容分说地逼迫朝廷同意开国……至少反幕府的各藩志士们都是这样理解的，激愤之情正不可遏止地在志士们心中翻腾。

“幕阁的计策十分狡猾，连天皇也没有理由反对皇妹下嫁。鉴于天皇总是倡导公武合体，公武合体中提到国民都是天下子民，必将一视同仁，只要幕府提出这样做是为了公武融和，天皇便绝对无法反对……不知水户浪人会如何应对这条抓住了天皇弱点的诡计。幕府终于还是腐化了，竟然堕落到了为达到目的而不择手段的地步。若是对此坐视不理，何谈大义……”

幕府对井伊家的处理原本就令水户浪人不服，而幕府对水户激进派的处分也令他们感到愤愤不平。如今，这些人聚集在一起，四处开展倒幕运动，其势力已成燎原之火。

“拥立一桥刑部卿！”

发动此项运动时，目的还只是幕政改革，但如今，气氛已经发生了很大变化，倡导运动之人似乎也为其倒退而感到羞愧。

“其实……”

说着，圆四郎再次从怀中掏出短枪。

“这是提出要暗杀安藤对马守的水户藩士放在我这里的。倘若那人将它拿回去，安藤也会被杀。在如此时势下，公子难道还打算固执地闭口不语吗？”

须贺竭力克制自己内心的震惊。

四

“有些话我不方便直接对公子说。”不知不觉间，圆四郎的眼角已经泛红，“阁僚们提出和宫小姐下嫁，其背后明显隐藏着他们对公子的憎恨和敌意。”

“嗯……竟有此事？”

须贺下意识地开口说话，令自己也吃了一惊。她起初打算像一桥卿那样保持沉默，不做任何回答。

须贺最终之所以开口说话，一定是因为圆四郎说出了“公子”一词。

“公子的母亲登美宫夫人是自有栖川亲王家下嫁过来的，公子和水户的中将大人都是有栖川亲王家的孙儿，此事自不用圆四郎说。有人认为，由于公子的这种傲人身份，阁僚们不甘示弱，才会打算让天皇的亲妹妹成为将军的正夫人。”

“谁……谁说的！？”

圆四郎又将掌上的短枪转了一圈。

“所以它的主人才要杀死安藤对马守。”

“那人的话可以相信吗？”

“我就将那人的话原原本本地告诉你吧。其实，皇妹和宫小姐与有栖川亲王家的嫡子炽仁亲王已然订下婚约，并已得到敕许，将于今日或明日成为炽仁亲王的王妃。”

“既然如此，那下嫁之事……”

“可是，情况却变得完全相反。炽仁亲王的父亲是公子的堂兄……因此，当安藤对马守和所司代得知婚约之事后，认为既然对方是有栖川亲王家，那就一步也不能退让，反而变得愈发固执，开始向亲王家施加压力，逼迫亲王家解除婚约。”

须贺惊得呆若木鸡。她完全没有想到，幕府对水户和一桥卿的反感竟然已经波及亲王家。

“倘若幕府打算凭借如此蛮横无理的做法来巩固自己的地位，只会令天下平民更加激愤，令倒幕运动愈演愈烈……这可是燃眉之急的问题。”

“那么……那么，圆四郎先生想让我对公子说什么呢？”

“倘若倒幕运动继续发展下去，影响到雄藩联合与诸藩的利害关系，尊皇和大义就会被人们抛之脑后，继而变成野心与野心之间的激烈冲突，以致再次回到混沌不堪的乱世。因此，你就对公子说……”

说到这里，圆四郎握住了掌上的短枪。

“没错。你只需要问公子，圆四郎是否应该将这个滑稽而轻率的东西交还给持有者？我自己无法作出判断。圆四郎只是希望对于此事公子可以给予回答。倘若默默地将其交还，这个东西很快就会击穿安藤对马守的胸膛。纵然击穿他的胸膛，也必须中止此次下嫁事件，否则水户的大义将颜面扫地。为此，那人似乎不惜舍弃自己的生命。”

须贺因愤怒而浑身颤抖起来。

（我若生为男子……）

须贺也一定会怀着与这把短枪的主人一样的心情舍弃故乡。

“须贺啊，问题在于……”

圆四郎看出自己的话已经打动须贺，便收起了短枪，压低声音说道：

“希望公子与自己的斗争能够适可而止。否则，我将不得不离开公子身边，一个人想办法。”

“您要抛弃公子？”

“当然不是！能够在这场混乱中高举指挥大旗的人非公子莫属……但持有这种想法的人却接连枉死消失。我希望公子能够重新仔细想想那些曾依赖于他、为了他而展开活动并最终死去的人……”

须贺提醒自己不要被圆四郎说动，却还是被卷入圆四郎的感情旋涡。

（憎恨水户，请求天皇的妹妹下嫁……）

而且，天皇的妹妹已经与有栖川的炽仁亲王有了婚约……知道此事的幕府，反而变得更加固执，上奏迫使有栖川亲王家解除婚约……

（彻底疯了……）

井伊大老被杀不就是幕府憎恨水户、轻视朝廷所导致的吗？

圆四郎展示的短枪中所蕴涵的愤怒，原原本本地转移到了须贺的心中。

（不仅仅是德川家内部，竟然还干涉到了皇室内部！）

须贺心想，倘若这就是政治，真应该将政治家千刀万剐后喂狗。

“明白了吧？拜托你了！”

听到圆四郎的话，须贺不住地点头。她自然不知道安藤对马守其人，但圆四郎认为纵然杀死对马守，如此不逊行为也不可原谅。圆四郎这一愤怒变成了须贺的意见。

（没错，如此不逊，不可原谅！）

然而，当须贺回到庆喜的起居室后，心里又乱了起来。

时节已至初夏，套窗微微打开，射入的光线中透出了嫩叶微绿的颜色。

庆喜端坐在那片青白色的光线中读书，其姿态寂寞且安静，看来说动他的难度将超出所有人的想象。

须贺坐到庆喜身后，不禁屏息凝神。

（开始说什么好呢……）

须贺觉得，公子或许还不知道将军的婚事，那自己无论说什么都会遭到呵斥。

（镇定……保持镇定，整理说话的步骤……）

突然，须贺听见了蝉的叫声。虽是大褐蜩，但声音还很稚嫩，给人的感觉十分柔弱……想到这里，须贺突然汗如雨下。

“须贺，你在做什么？”

庆喜坐在书桌前并未回头，向须贺问道。

“啊……在。”

须贺立刻变得十分慌乱。

“我有事请求您。”

“什么？有事请求我……”

“是……是的。请您准许须贺休假。”

说完，须贺吓了一跳，她被逼得不知所措，言语已经不受意识的控制。

“休假？”庆喜似乎也很惊讶，终于转过身来望向须贺，“是圆四郎和你说什么了吧？”

“是。不……公子是如何知道的？”看到事情已经败露，须贺反而松了口气，“您……您说得没错。”

“圆四郎说你不能留在我身边，对吧？”

“不是。他叫我问问公子的真心。”

“我的真心……既然如此，说出来也无妨。我在想什么，你应该最清楚。”

“不，我不知道！”须贺终于抬起头来，很少见地激动起来，“须贺愚笨，不明白公子的想法。”

“你对圆四郎就是这样说的吗？”

“是的。实际上，有水户的人去找过圆四郎先生……”

不愧是须贺，一旦开口，就变得十分刚毅。她向庆喜详细叙述了有人打算暗杀安藤对马守一事，以及诱发此事的和宫下嫁一事。

庆喜仍旧只是点了点头，依然没有作出任何回答……

五

须贺期待庆喜也会表现出几分惊讶，但她的期待又落空了。

即使听到和宫的名字，知道幕府正在逼迫有栖川亲王家解除婚约，庆喜的表情仍然毫无变化。

如此下去，为了庆喜而行动的人就会接连牺牲、消失。倘若庆喜不能在此时奋起，连圆四郎本人也会从他身边消失。

“也就是说，圆四郎先生希望公子能够直接下达指示。”

须贺下定决心说出了这些话，但庆喜只是轻轻点了点头，同时，目光望向开着一道细缝的套窗外面。

如此一来，须贺也不由得发起了脾气。须贺对失败的讨厌程度不逊于任何男人。

“平冈先生拜托须贺请公子作出指示，别人放在他那里的短枪是否应该交还回去？”

“嗯……”

“若无指示，就交还回去。若是交还回去，就会发生另一场樱田门骚乱……或许您不爱听，但须贺就是这样想的。”

说完，须贺觉得庆喜若再不回答也没有关系，没有回答就足以是一种回答。

不出所料，庆喜果真没有开口，而须贺也不再继续问下去。二人双双陷入沉默，与其说是固执的较量，倒不如说是耐性的比拼。

不知不觉间，蝉的叫声已不可闻，耳边传来微风中青叶的摩挲声。

浑身的汗水开始逐渐蒸发干透，睡意渐渐袭来。

时间就在这种不可思议的沉默中流逝，等到须贺回过神来，只见庆喜已经转过身去重新面向书桌。

“好吧。”庆喜开口说道，“既然你希望如此，那也没有办法。退下吧，去休假吧。”

须贺怀疑自己是否听错，她本以为此事已经过去了。她起初犹豫着不知说什么好，突然听到庆喜问话，这才说出了违心之言……可是，她以为庆喜已经听明白自己后面所讲。

“你和圆四郎都走吧，这与春去夏来虽然不大一样……”

“您、您说什么！？”

“应该是秋去冬来……虽然你们的离去会令我感到寂寞，但也无法将你们留下。”

或许庆喜仍在琢磨须贺一开始无意中所说的话……须贺茫然地呆坐原地，沉重的沉默再次充斥在二人之间。

庆喜打算暂时置身于寻求自我、听取一切的境界中。正如季节有春夏秋冬之轮转，宇宙之中也存在人类小小的智慧所无法衡量的轨道，源自小我的笨拙举动不过是助长混乱的妄动……

父亲如此，井伊直弼也越陷越深，最终横死。如今能够引发其共鸣的反倒是越前庆永（春岳）的反省隐居。

庆喜此前将所有的目光都投向自身，抄写《法华经》令庆喜有了很多领悟。如今，他却与佛祖绝望抛弃的此番世事并无二致。一切都已脱离轨道，陷入极其滑稽的暴走状态，他也一样。幕府勒令庆喜隐居就是最好的证据。一桥家绝非一个派别的称呼，不过是德川宗家中无权继承家业的人生活的地方。如今，竟然连无权继承家业的人都被勒令隐居，道理何在？这就是天皇幕下之府——幕府的大老们可悲、渺小而混乱的智慧的实体……

人类的智慧浅薄，倘若过于偏离自然的轨道，自然会制裁人类自身。正因为有不会被自然所制裁的体系的存在，人类世界才会像日月星辰那样有条不紊地在轨道中运行。

但如今，幕府却堕落为甚至不理解幕府为何物的人的集合体。

幕府绝非德川一家的霸府，而是天皇幕下之府，其施行的政治必须是秉持真理的圣意（自然之心）。

水户学已经对这一道理进行了明确的阐释，称这是自然对这一混乱所敲响的警钟。从小的意义上来说，这或许是德川家内部的悲剧。

在意识到战乱原因源于国外之前，幕下之府一直以为战乱的原因源于国内，进而培养出安逸怠惰的小我，导致了今日滑稽的对立局面。

庆喜早已预感到，随着安政大狱的展开，井伊直弼的奇祸是无法避免的。同为人类，怎能如此强行无视、惩罚并斩杀他人呢？

从这个意义上来说，庆喜心中其实还有一种无法说出的不安，那就是父亲的做法也过于强硬了。

只要静观世相的推移就会发现，夭寿也好、暗杀也好、兴家也好、亡国也好，都取决于是否偏离一个轨道。

（天之轨道……）

倘若人类偏离这条轨道，就一定会受到惩罚。虽然人类口口声声称其为天罚，却经常在行动时忘记天罚的含义。

（惩罚了井伊直弼的上天是否会放过父亲呢？）

一念及此，庆喜仿佛觉得已经有刺客潜入水户城内，浑身不禁一阵战栗。

这一切必定都源于人类自身的渺小与幼稚。倘若能够发现天道的存在，清楚地认识到人生不能偏离天道，就不会如此动摇了……

在《法华经》中，幼稚之人与成熟之人之间有着明显的阶段划分。若将平均线上的普通人类称做大众或凡夫，那么对于天道多少有所领悟了——即接近于佛祖的想法、不断布施慈悲的人，即叫做罗汉；而享受慈悲之行、快乐地活着的人则称做菩萨。经文之中还有提及，若处于平均线以上的人过分追求自我，将堕入修罗。修罗是人类天生的弱点——自我的趋向，在这种趋向下行动，就会走向最终的目的地——修罗场。

（自己或许真是罗汉？）

修罗总是为了自身利益而轮回，因此他人和自己都无法得到绝对的幸福。

这些人集中在一起，操纵政治权力，描绘出的“修罗场”最终呈现出一派“地狱”的景象。

纵然不能做到菩萨之举，也要以合乎天道的善行来忘我地对待庶民，如此世界才会太平。

庆喜终于明白，即使同为人类，幼稚之人与成熟之人之间也依然存在着如此严格的阶段划分，而正是无视这种价值将其起用，才会导致政治混乱，举世骚然。

（以修罗为指导者的集团只会加深对立与斗争……）

父亲和井伊直弼有任何一人接近菩萨吗？这种对比令庆喜感到异常烦恼，但此时此刻，他似乎在自己的心中看到了天之轨道……

（我还远没有资格指挥世人……）

就在庆喜再次告诫自己时，一旁的须贺却低声抽泣起来。

六

“我已经同意你做你想做的事，却又为何哭泣？”

庆喜目光平和地凝望着须贺。

“记住，我并非因为不明白你和圆四郎所说的话才没有行动。我如今是蜷缩在洞穴里躲避冬日寒风的蛰居之身。你们试着强行将我拉到外面，那我这只可怜的青蛙一定会被世上的凛冽寒风冻死。不，即使我勉强行动，也不会起到任何作用，反而会加深对立和修罗场的骚乱。”

须贺并没有在听庆喜说什么，她低低地垂下头去，哭着说道：

“公子！求您命令须贺就地自尽。”

“看来我犯了一个大错。我以为纵然自己不够成熟，但只要所说是正确的，首先就应该断然执行，这就是勇气。”

“求您……”

“可是，这只是极端的想法。幼稚的人如何能够看见正义？能够看见的不过是自己的固执与个人之见，倘若在这种情况下胡乱挥霍勇气，只会令世间徒增波澜。”

“公子！须贺……须贺对公子的……”

“先听我说，幼稚而固执的眼中所呈现的世界全是虚妄的世界。人类在以自作聪明的个人之见观看外界之前，必须先凝视自己、了解自己。我已明白，制作桶首先要有底，否则，即使有意向没有底的桶中灌注智慧之水，也不会取得任何成就。记住，身为人子，将我与家父作比较是为无礼，但我不得不说，家父的行动只会令波澜越来越汹涌。他意欲做正确的事，连重要的家臣们都将被一分为二……他应该没有丝毫恶意，他比任何人都爱国，他的智慧和见识比任何人都深远，但最终却激发了井伊直弼的独断和暴行，这也是不争的事实。问题不在于谁的主张是正确的，而是要先问一问，谁是更合乎天道的达观之人。只有身为达观之人，世人才会听从，上天才会相助。我总觉得，家父很快也会受到上天的制裁……我内心如此不安，如何还能指挥天下？希望你们能让我暂时静静地留在洞穴里。”

“这……”

“若是可以，希望你将我的话转告给圆四郎。只要春天来临，我也一定会爬出洞穴。即使此刻我出来也起不到任何作用，所以直至我主动爬出洞穴之前，希望你们能保持沉默。”

不知何时，须贺停止了哭泣，并非因为她已经明白了庆喜所说的话，而是因为庆喜并未说出“滚出去”这种令人悲伤的话。

须贺慌忙擦干眼泪，茫然地仰视着庆喜。

“公子要说的只有这些吗？”

“你以为还有什么？”

“须贺……可以一直留在公子身边吗？”

“只要你愿意……”

“嗯……”

须贺立刻浑身无力地低下了头，随后便如同小姑娘般羞愧地轻声抽泣。

“你不休假了吗？”

“是……是的。”

“那我就放心了，若是圆四郎也能明白就好了。”

“是……是的。”

“我希望……你能一直陪在我身边……”

天之轨道

一

3月18日，安政七年（1860年）改元为万延元年。此次改元的直接原因自然便是樱田门外之变，但纵然将安政改为万延，血腥的时代风气也并未发生任何改变。

为了改变风气，幕府在经济、外交和对待朝廷问题等方面绞尽脑汁地尝试了各种办法，但情况不仅没有好转，针对老中安藤对马守而高呼斩杀奸贼的人反而越来越多。

和宫下嫁本是幕府采取的怀柔政策，却起到了相反的效果。而且，幕府已然将此事上奏朝廷，为了保存颜面，已无法直接撤回。

列强本以为幕府是日本的政治掌权者，便多次与幕府进行交涉，但事实上，幕府上面还有朝廷，朝廷可以无视幕府的方针，采取其他做法……如此一来，他们自然会趋于轻视幕府。

5月4日，幕府针对包含外交意义的和宫下嫁一事上奏，却遭到朝廷的断然拒绝。

其实4月11日幕府已经命所司代酒井忠义向朝廷请愿。由此可见，倘若这是一个可以轻易解决的问题，九条关白一定早就上奏请求敕许了。

然而，和宫已与有栖川的炽仁亲王订下婚约。众所周知，关白向来袒护关东，但即便如此，他也无法无视婚约便提出上奏。

所司代却心急如焚地催促他尽快上奏。

“公武之间订下婚约！”

幕府打算以这条积极喜庆的消息来抹去人们自大狱以来的悲惨记忆。因此改元后倘若不能立刻公布，政治效果就会大打折扣。

“希望能够尽快奏请，促成改变世风的一大幸事。”

在所司代的催促下，九条关白不得不于5月1日提出上奏。

4日，天皇干脆地拒绝了这一奏请。这是极其合情合理的。和宫已与有栖川的炽仁亲王订下婚约，因此根本无须考虑。

然而，在4日被拒绝后，幕府又于5日提出了另一个难题——

希望朝廷能够即刻颁布新的诏书，命令水户将先前领受的诏书返还朝廷。

九条关白又不得不上奏此事。

而天皇于11日下旨拒绝，认为此事绝不可行。于是，在被拒绝的当日，幕府又重新向天皇请愿敕准和宫下嫁。

将政治混同于战略性的权谋术数，就会堕落为互相揭发的丑剧。

“柿种还是饭团[1]？两个都想拒绝。”

无论用多么喜庆的字眼来修饰年号，都不会令世风改变。

这一次，天皇将和宫唤至身边，直接询问了和宫的意愿。十五岁的和宫羞红了脸，表示自己正在等待嫁入有栖川亲王家那一天的到来。

在天皇眼中，妹妹和宫是无比可怜的。和宫来到这个世界时，父皇已经故去，她是一个没见过父亲的孩子。正因如此，天皇才特意挑选有栖川的炽仁亲王做她的伴侣，希望她能过上幸福的生活。

“是这样啊，既然和宫这样想……”

于是，5月19日，天皇再次驳回了和宫下嫁的请求。

从这时开始，幕府也彻底变得意气用事。为何一定要如此拘泥于此事呢？幕府一定以为是有栖川亲王的叔祖母——水户的登美宫夫人或其叔父——上野轮王寺的住持慈性法亲王从中作梗，便于6月3日第三次提

---

[1] 此句取材于日本民间童话故事《猴子与螃蟹》。

出和宫下嫁的请求。这显然是在强迫，是在威胁。

二

在这一年，朝廷内倘若没有佑宫（明治大帝）的喜事，和宫问题一定会引起更严重的纠纷。

佑宫该年年满九岁，于7月10日成为储君，9月28日被册封为亲王，赐名睦宫。

在这件喜事背后，和宫下嫁运动仍在执拗地继续着。

在第三次奏请以后，幕府最先瞄准了有栖川亲王家。幕府认为，只有向亲王家提出解除婚约的请求，事情才会取得进展。

“一切都是为了国家！”

所司代的周旋范围遍及所有层面，亲王家的诸大夫和官员们自然不在话下。亲王家最终屈服。只要天皇表现出丝毫同意幕府下嫁奏请的意愿，亲王家就会请求“延期入嫁”。

接下来的目标是和宫的生母观行院与和宫的抚养责任人桥本实久卿。

观行院是桥本实久卿的女儿。因此，幕府的工作重心就是让和宫的母亲和外祖父说服和宫，令和宫的心远离有栖川亲王。

然而，少女的憧憬是不计较得失的。和宫得知夷人已经进入江户后，便浑身颤抖地表示了拒绝。

于是，观行院的姑母胜光院又自江户大奥去找和宫，对和宫大加斥责。

天皇目睹如此残忍景象，实在忍无可忍，便说道：

“既然如此，让寿满宫代替和宫下嫁如何？”

寿满宫是堀河纪子（岩仓具视的亲妹妹）所生，还只是未满三岁的婴儿。由此即可看出天皇的为难。

如此不自然地强迫行径必定会导致失衡崩溃。乍一看上去似乎是人力战胜了自然，但实际上难免要受到严厉的制裁。

井伊直弼的安政大狱夺走了众多宝贵的生命，同时也诞生了暗杀自己的刺客。和宫问题也是一样，幕府正亲手为自己掘墓。

从这个意义来说，天之轨道是绝不会放过偏离自然的越轨者的。

此时，一个恶魔跳了出来，他便是公卿中的头号野心家——岩仓具视。

其时，他的亲妹妹是天皇身边的侍女，他的儿子八千代丸是佑宫的同窗，而他自己不过是门第低微的侍从，但他聪明的头脑与敏捷的思维却是出类拔萃的。

他已看出，此次和宫下嫁应作为收复朝权的出发点，便向天皇呈上了意见书。

该意见书的主旨是——和宫下嫁是进行攘夷的先决条件，理应准许。

幕府已经固执得不肯退让，无论提出何种条件，都一定要促成此事。然而，现实中形势却恰好相反。5月15日，井伊直弼派遣的赴美使节乘坐咸临丸返回日本，开通了开国之路。进行攘夷的时代已经一去不复返。

岩仓具视明知如此，却仍以攘夷与和宫为筹码进行交易。倘若交易成功，幕府就必须履行约定，届时就会露出崩溃的端倪……最终，岩仓的计划成功了。10月18日，和宫下嫁得到准许。幕府也因此松了口气，为了此事幕府在公卿们身上花掉的黄金足有一万五千两……

岩仓具视的腰包鼓了起来，同时还找到了倒幕的借口，不知此时的他会有何感慨……然而，就在和宫问题纠缠不清的8月15日，水户也发生了一件大事——老公齐昭突然辞世。

水户齐昭死得十分突然。

8月15日，自然便是中秋月圆之日，若按照西历计算，应该是9月29日，根据当日在场的藩士床井亲德所作的《秘笈日录》的记载——

（老公）于白书院赏月，用膳一如平日，经医者（殿医关口秀南）诊脉无异状，公亦自称无碍。少顷如厕，返时方欲洗手，忽而体内剧痛，医者及旁人纷纷拥至，百般救护，未几气绝……

据记载，水户老公当场暴毙。而在翌日的记录中，对于临终之时还追加记载了如下内容——

老公自厕而返，忽而体内剧痛，一手按胸，一手扶柱，疾呼“唤户田（执政）来，唤户田来！”，未几气绝……

齐昭本就心脏不好，经常脉象紊乱，似乎随时都可能停止呼吸。当日亦曾出现心肌梗塞的发病症状，因此，医者关口秀南当夜一直陪在齐昭身边，负责诊脉看护。

齐昭当日喝酒吃饭一如平日，自茅厕出来后却突然以手扶柱，疾呼“唤户田来”，未几气绝。因此，产生各种流言蜚语也并非不可能。

针对此事，庆喜后来指出，不单单是父亲，水户家的血统亦曾有过如此发病的先例，庆喜认为是“死于心脏破裂”。

然而，并非所有藩士都知道齐昭的宿疾。鉴于时势，藩士们自然会怀疑并联想到老公乃遭人“暗杀”。

“听说老公自茅厕出来后，正要洗手，突然有刀子从地板下面刺出。”

“不对，据说是有坏人用短枪射击，开枪后逃至庭院，落入水池，便在水中自尽了。”

除了这些传闻以外，自然也有人猜测是彦根进行复仇。

如今，在彦根仍然流传着“复仇说”。据说，足轻[1]小西贞彻的儿子贞义藏在彦根藩属地野州的佐野，扮作出入于城内的园艺师助手潜入水户，悄悄等候暗杀齐昭的机会。于后屋的地板下面潜伏数日后，此人终于得手，而后便逃离水户，逃到了北海道……

当然，一定会有人潜入水户，打算暗杀齐昭。但是，如同留在水户的“直弼的首冢”一样，如今都已无法证明。我们只能认为这是一个小小的插曲，而这一小插曲却向我们讲述了当时的憎恨，以及此番憎恨的激烈程度。

在水户，如今仍有不少人坚信，直弼的首级被运至水户并埋葬在水

[1] 足轻，江户时期指最低一级的武士。

户的土地中。

总之，正如彦根的赤鬼突然身死一样，水户的恶龙也突然辞世了。

这当然不是暗杀。若是暗杀，下手之人一定会当场自尽，自尽就会留下尸体。如此重大的事件是无法避开众人耳目的，逃亡更是困难至极。水户城郭戒备森严，刺客不可能在城内刺杀齐昭后，就直接逃之夭夭。

或许曾有人潜伏在城下，耐心等候，可齐昭却突然死去，该人便只好悄悄地逃亡，这倒是有可能……

齐昭突然死去的消息很快传到了人在江户的藩主庆笃耳中。

三

齐昭之死虽已是事实，可直至幕府接受这个事实仍需要一段时间。

（难道不是某种精心策划的谋略？）

总之，齐昭是深不可测的“恶龙”，他很可能采取异想天开的招数，在和宫下嫁的道路上设下地雷……于是，为了慎重起见，幕府立刻派遣医官松本良顺前往水户，确认齐昭的生死。

这是不信任与不信任之间的碰撞，而且在和宫问题上，幕府犯下的政治性错误已无法挽回。

“纵然远隔山河万里，朕亦可做身边之杖，任汝扶靠。”

齐昭死后的第三日，即8月18日，朝廷决定将悲伤的和宫以天皇的内亲王，即公主的身份嫁入关东。

当然，朝廷也是附有苛刻条件的。

一、若要以武威示于诸蛮（列强），意欲挽回皇威声誉，洗清国体污损，需要全国统一、上下协力，故应自三家、家门、国主及大名中间任选一人作为国事顾问，参与策划，遇大事必须上奏，听从敕裁。

二、令太阁（鹰司）及其下众人官复原职，大赦因戊午一案（安政五年大狱）而受到惩处之人。

三、风闻关东效仿承久元弘之乱，查阅让国（干涉皇位）先例，对此，理应诘问是否属实。

鉴于以上三项，另规定除武传（武家传奏）外的公卿现下不得会见老中以上的官员，在此前提下与酒井若狭守达成协议，妥善安排。

不久，岩仓和千种两位公卿便作为敕使，手持诏书前往江户。朝廷虽然同意和宫下嫁，但附加的这些条件必然会成为幕府不得不背负的重担。

然而，幕府未能预料到这一点，仍旧只是虎视眈眈地关注着水户。换句略为讽刺的话来说，虽然齐昭已死，但由于天皇的心意贯彻始终、从未改变，以至于齐昭的志向再次向幕府吹响了决战的号角。

对于父亲的突然死亡，庆笃从心底里感到悲伤。他请求幕府准许自己立刻返回水户，料理丧事。

8月26日，终于得到幕府准许的藩主庆笃自江户出发，返回水户。同时，幕府于8月26日撤消了对已故齐昭的“永久蛰居”处分。

29日，庆笃抵达水户，料理了丧事。可以说和宫下嫁的决定和齐昭之死再次大大地改变了时代潮流的走向。

婚约成立后，幕府首先必须要做的是对在安政大狱中受到处分的鹰司公及其下众人履行复职和大赦的约定。幕府担心，倘若不能立刻履行约定、表明诚意，即使婚约成立，朝廷也可能推迟婚期。

于是，幕府在撤消已故齐昭的永久蛰居处分后，又于9月4日撤消了尾张的庆恕、越前的春岳、土佐的山内容堂和一桥庆喜的“反省”处分。虽然撤消了反省处分，但会客与书信往来仍旧为幕府所禁止。

因此，庆喜未能出席父亲齐昭的葬礼，他日常生活的变化不过是打开了套窗而已……仅是套窗打开，庆喜却已不胜感慨。

（父亲用自己的死令光明照入儿子的起居室……）

庆喜不禁觉得，这是不可估量的宇宙法则中的一个不可思议的实例。

四

（无论人类如何进行自我挣扎，有些事总是无可奈何的……）

不，应该说越挣扎事情则愈加混乱，最终变成所谓的“恶行”而受到制裁。

父亲齐昭之死便是如此……虽然这样想很痛苦，但不可否认的是，人的寿命也要听从上天的制裁。

话虽如此，纵然父亲还活着，他也无法做到终生不再施展抱负。

万物随同时间一起生生不息地流转。

（问题在于是凭借渺小的自我而行动，还是了解天之轨道而行动……）

自从听闻父亲的死讯后，庆喜愈发认真地思考事情。和宫下嫁本已出乎意料，可过了不久，蛰居处分竟然也被撤消。庆喜觉得这简直就是不可思议的天作之合。他仿佛是在观察一块锦布上面极其复杂的丝线纹路。

如果说母亲自有栖川亲王家下嫁过来是不可思议的，那母亲生出自己和庆笃也是不可思议的。父亲和井伊直弼的对立造成了惨不忍睹的安政大狱，而在此不祥事端中，甚至连自己都受到了蛰居处分。

直弼丧命后不到半年，父亲也……

而且，父亲之死还成为自己长久封闭着的套窗得以打开的原因。

不，有栖川亲王家的关系也是一样。倘若亲王坚持维护颜面而毫不让步，不知最后会如何收场。然而，亲王家全凭天皇决定，并未表达自己的意见。

根据上野轮王寺亲王的通知，有栖川的亲王将于8月23日正式提出与和宫解除婚约。

虽然从这一事态进展中仍能感觉到诸多“勉强”，但如此一来，老中们便能摆脱自大狱以来的种种事端。至少，可以借此契机撤回恶评的处分。

一位皇女被强行要求与自己并不喜欢的人结婚，涕泪涟涟地离开京都……而此事与幕府的政策关系重大，这究竟是好是坏？

9月7日，幕府撤消了老中太田资始、家庆的御用传话人本乡泰固、石川政平等人的反省处分。听到这个消息后，庆喜首次提出要剃月代。

“对了，就像以前那样，交给胜三郎吧。唤胜三郎来。”

须贺按照吩咐，唤来了猪饲胜三郎。不单单是胜三郎，井上甚三郎、中根长十郎和渡井量藏也都脸色骤变，匆匆赶到。众人都很愤怒……

“怎么了？大家的脸色……”

刚一开口庆喜就明白了。在齐昭服丧期间剃月代是极为不妥的，众人一定是因此而感到不满。

实际上，幕府放宽处分的做法也令众人感到愤怒。加上和宫婚约的达成，江户城上下皆为齐昭之死高声欢呼叫好。

（原来如此，比较棘手啊……）

然而，庆喜并未打算中止剃月代的举动。他故意坐在红色毛毯上，静静地合上双眼。

“大家都来了，圆四郎为何没来？”

“平冈君因事外出了。”

“嘉兵卫呢？”

这次，声音粗犷的井上甚三郎开口答道：

“他正死守在水户藩邸里。”

“是这样啊，那就以后再告知他们二人吧。今日，我之所以打开套窗，要求剃月代，都是遵照权现公的命令行事。”

众人惊讶万分，面面相觑，极不情愿地坐正了身子。

五

只要出现权现公的名字，任何场合下都要端正姿势，这是武士的修养。甚三郎端正姿势后，咂着嘴反问道：

“您打算用神君的名义来堵住我们的嘴吗？”

“没错，先听我说。”庆喜平静地闭着眼睛，开口说道，“我刚才闭着眼睛，聆听了权现公的训斥。”

“什么？闭着眼睛……”

“我一闭上眼睛，眼前就会浮现出权现公的身影。你们不明白吗？”

“这个……”

“你们应该明白的。权现公凝视着我，如此说道：‘刑部啊，你还是个幼稚的人啊。’”

庆喜一边说，一边打着手势，示意猪饲胜三郎过来剃月代。胜三郎遵从吩咐，上前将庆喜长长的头发浸湿。

周围变得一片安静。

“你被眼前错综复杂的小我迷住了双眼，成了一个看不见天下的盲人……世间并非贴在墙上的图画，而是时时刻刻不断地重复着创业、守业、创业、守业，走累了休息，休息够了继续走的过程。如果，守业在于向前发展，创业也在于向前发展……即使国民脚力孱弱，无法奔跑，也没有关系，你可以站在众人前头，带领他们稳稳地走上长长的坡道。”

庆喜的话在甚三郎心中引起了强烈反响。在他听来，仿佛是另一个人在讲话一般。

“原来如此，神君是这样说的？”

“是的。他告诉我要考虑到大家的步速，还让我领悟他开创幕府的意义所在……”

胜三郎手持剃刀开始剃头，不时发出“唰唰”的声音。

“权现公说，倘若当时不那样做，战国就不会终结，但如今，情况已经不同往日。”

众人一片静默。

“人们追逐安逸，堕落成了看不见世界的井底之蛙……现下不是中兴的时代，而是重新创业的时代。刑部啊！睁开眼吧！没有幕府！没有父亲！不要理会老中们的看法，重要的是日本国的将来。”

庆喜脑袋一动不动地独自说着。他的声音绝非激昂有力、激情昂扬，却能直入人心。

“大家也都应该听说了……咸临丸已于5月返回日本。至于如何才能充分利用这一经验，需要事先做好心理准备……为此，我才要剃月代，蓄势待发。”

说到这里，庆喜睁开双眼，微微一笑。

“权现公实在可怕，他在战场上一边观察实实在在的人，一边磨砺自己，与我这种不知何为辛苦的摆设完全不同。正因如此，他的话才会一针见血。记住，中兴的时代已经过去，重新创业的时代已经来临……”

众人之中，先是甚三郎嘀咕起来，接着，长十郎也歪起了脑袋。若是平冈圆四郎在此，一定会拍着大腿，探出身子。

总之，庆喜预计近期即可会客，因此要为重新入世做好准备。

“胜三郎，再给我刮刮脸。记住，这是权现公的命令。事后做做佛事，父亲也会原谅我的。说起来，我在反省中还真学到了不少东西。”

庆喜再次合上双眼，任由胜三郎刮脸，许多人的面容如走马灯般在他眼前晃过。

父亲的面孔、直弼的面孔、齐彬的面孔。不，最后忽而变成家定那可怜的面孔，忽而变成户田蓬轩和藤田东湖的面孔……

胜三郎不由自主地重新注视庆喜的脸，他已经很久没有触碰过这张脸了。

（这是多么安静且标致的脸庞啊！）

须贺也撑着双手，一动不动地凝视着庆喜。一时间，只有秋风的沙沙声伴随着剃刀刀刃来回移动。

龙之遗孤

一

小石川水户藩邸内院。

时值万延元年（1860年）初冬，被全日本的志士奉为尊皇攘夷之父、被幕府要人和大奥因厌恶而冠以“恶龙”绰号并敬而远之的水户烈公齐昭即将迎来自己的百日忌辰。

“来，大家再稍微靠近些。从现在起，我将去松户居住一段时间，暂时不能和大家见面了。虽然还在服丧期间，也要与大家小别了……”

结发的齐昭夫人安静地望着聚到一起的众人，开口说道。她当时被称作贞芳院，后来则被称做文明夫人。

她的声音很温柔，据说名动天下的水户烈公只会对这位正夫人一人甘拜下风。正因如此，锋芒毕露的性格与久历世事的成熟才会在她身上清楚地显露出来。

“京都有消息传来，10月18日，天皇将正式准许和宫小姐下嫁。”

坐在贞芳院身旁的一位未成年的美少年双眼放光，探出身子说道：

“关东的做法简直就是强取豪夺！志士们恐怕又要闹事了。”

开口的正是齐昭的第十四个儿子。贞芳院将手搭在他的肩上，开口问道：

“余四麿几岁了？”

“十三岁……很快就十四岁了。”

“是吗？将军十五岁，和宫小姐也是十五岁。看来年轻人都要从这个年龄便开始接受世间大浪的冲击啊！”

“和宫小姐不是已经与有栖川的亲王订下婚约了吗？”

听到此话，余四麿的生母睦子不禁用眼神略微表示责备。

有栖川亲王家是贞芳院的本家。贞芳院便是有栖川织仁亲王的第五个女儿，在嫁入水户前叫做登美宫吉子。

当时自然还曾有几名美丽的京都女子随同入嫁，余四麿的生母便是其中之一。

贞芳院再次缓缓望向聚集到一起的众人，似乎是在重新清点人数。

烈公的小妾人数众多，因此孩子也很多，男孩和女孩加在一起接近五十人。

单是男孩就有二十二人，烈公按照编号顺序为他们起了名字。按照出生顺序分别叫做一郎麿、二郎麿、三郎麿，超过十人后就加上一个“余”字，即余一麿、余二麿、余三麿……再超过十人则叫做廿一麿、廿二麿，至此终于止住了。在成长过程中，这些孩子一直都将贞芳院视作“母亲大人”，因此贞芳院的地位显得很是不可思议。

贞芳院自己所生的孩子是当家庆笃（一郎麿）和七郎麿德川庆喜（后来的第十五代将军）。其中，奉今春3月在樱田门外被斩杀的井伊直弼之命，庆喜正处于反省隐居中。

然而，在所有庶子的抚养和教育方面，承担起母亲责任的都是贞芳院，而身为生母的小妾们不过是她的女仆。

这些女仆和身边年幼的孩子们如今都被召集到了一起。经过清点，现场共有九名面带不安的小妾和小妾所生的十二个孩子。

其中，有四名女性是贞芳院当初自京都带来的。也就是说，自己从京都带来的女子几乎都已被自己的丈夫烈公染指。事到如今，贞芳院只觉得又是悲哀，又是奇怪。

丈夫的每个小妾都给贞芳院留下了个性鲜明的印象，但究竟谁是哪个孩子的母亲，她已经记不清了。

余四麿的生母睦子称做仁科氏，是从一位大纳言万里小路建房的第六个女儿。佯作若无其事的女子是仙洞御所的北面武士[1]松波越前守之女——贞子，做妾后称做“春”；登闻是柳原中纳言之女，称做“秋”；德子是高丘宰相家臣之女，称做“冬”；水户家臣立原甚太郎之女，本名利子，称做“夏”。

对于孩子，烈公以编号起名，而对于爱妾，他先是以春夏秋冬四季来命名，后来又以庭院中盛开之花命名，如菊、萩、菖蒲、藤等。

可以说齐昭值得信赖，待人也无比亲切，但唯独对女性的偏好，连正夫人也无计可施，简直就是一个怪物。而如今，这个怪物已经不在人世了……

从善恶两方面来说，烈公的一生都是波澜壮阔的。因安政大狱而蒙上恶名的大老井伊直弼等人大概也曾受到烈公性格的影响和激发。

然而，这两大巨头，一人已于上巳节在樱田门被杀，一人则于今夏在水户猝死，死因是现代所谓的心肌梗塞，这与多妾的生活应该也不无关系。

两大巨头死后，幕府开始积极向京都提出皇妹和宫下嫁的申请，并坚持声称这是井伊直弼的遗志。

幕府打算让十五岁的和宫公主成为同龄的第十四代将军家茂的正夫人，化解天皇心中的疙瘩，从内部促成公武合体。

“方才已经说过，有栖川的亲王已经提出解除婚约的申请，和宫小姐也被劝服，将于明年东下。”

贞芳院重新回到和宫下嫁的话题上，说完又再次看了看众人的脸色。

众人也都望着贞芳院，表情极度紧张。众人并不知贞芳院想说什么，因难以体会她的本意，故而都屏息静候。

“呵呵……”贞芳院轻声笑了起来，“希望和宫小姐下嫁能令天下彻底安定下来……不管怎么说，大家的亲人是遍布于日本各地的。”

松波氏叹了口气，似乎终于有所醒悟。

她所生的五郎麿如今已经以因州鸟取三十二万石的池田家的义子身

[1] 北面武士，太上皇宫的警卫武士。

份继承了家业。

“八郎麿是武州川越的藩主，九郎麿人在备前冈山，十郎麿人在石见的浜田，余一麿人在喜连川，余四麿仍在这里，而余六麿已经确定以养子身份成为肥前岛原的继承人，余七麿也已确定继承土浦的土屋家，至于一桥家的七郎麿自不用说。如今看来，大家幸福与否直接关系到天下是否安定。无论如何，这都是一笔宝贵的遗产。”

听到此话，众人不禁面面相觑。说起来，算上嫁出去的女儿，以水户家为中心，烈公留下的孩子们的足迹已经遍及全国十多家大名。

“因此，有件事一定要拜托大家。”

贞芳院以愈发冷静的声音向众人说道。

二

“烈公果然了不起，他那么忙，还能留下遍及全日本的孩子，不是一般人啊！”

说着，贞芳院又轻笑起来。

“可是，纵然和宫小姐下嫁，关东与朝廷的关系也不会得到改善……如此一来，岂不相当于烈公在整个日本散播下了泪水的种子？阿春，你认为关东与朝廷的关系会因此得到改善吗？”

听到贞芳院指名询问自己，松波氏不禁吃了一惊。她所生的五郎麿和九郎麿如今皆已分别继承鸟取与冈山的两个池田家，鸟取的五郎麿领俸禄三十二万石，冈山的九郎麿是俸禄三十一万一千二百石的太守。不仅如此，两兄弟的妹妹孝子还嫁给了仙台六十二万石的伊达陆奥守庆邦，是世人常说的幸福的“主母”。

“我认为……这桩婚事过于勉强。”

“你的意思是会适得其反？”

“即使不会适得其反……恐怕也无法改善关系。”

“也就是说，你认为和宫小姐可能成了关东的人质……双方都过于钩心斗角了？”

“是的。朝廷以和宫小姐下嫁作为代价，催促关东尽快攘夷，而关东则以和宫小姐为筹码，避开朝廷在攘夷方面的催促……双方的打算都是极其错误的，和宫小姐实在太可怜了……”

贞芳院目光冷峻地点了点头，立刻又向余四麿的母亲望去。

“你以为如何？”

“啊……是。我尚未从京都听到任何消息……”

睦子慌忙低下头去，声称京都并无联络。

除了身旁的余四麿外，继承土浦九万二千石的余七麿，以及以嫡男庆笃的养子身份继承水户第十一代当家的昭武——即余八麿均为万里小路睦子的儿子。

看到自己的母亲没有做任何回答，余四麿又插嘴说道：

“如此勉强的做法不会带来任何好的结果，天下只会因此变得更加混乱。”

“这是谁告诉余四麿的？”

“是一桥哥……”

话未说完，余四麿便慌忙捂住了自己的嘴。看来他很仰慕一桥庆喜，所以一定经常偷偷去拜访这位仍在蛰居中的哥哥。

“是吗？是一桥家的人说的啊，阿夏，你以为如何？”

“我也认为事态绝不会就此平息。”

“阿秋呢？”

“我只是感到十分痛心。”

“我明白了，大家都认为和宫下嫁并不会令当前局势变得安定。其实我也是这样想的，所以有件事要拜托大家。”

“夫人请说……”

“我希望大家能够彻底忘记自己所生的孩子。不，恐怕还要说得更直接才行。”

贞芳院开始紧皱眉头。

“一旦世间混乱，全国各地一定会出现离间孩子们的人，目的在于削弱水户的力量……此次国难便是日本一分为二所造成的悲剧……自己对孩子的爱会衍生出各种各样的秘密，所以我希望你们能够在此立誓，与自己的亲生孩子断绝往来。”

贞芳院不知想到了什么，说到此又呵呵地笑了起来。

而小妾们却是面面相觑，呆若木鸡。

井伊直弼已在樱田门外被杀，她们的孩子的父亲——曾经与直弼强硬对抗的水户老公也已不在人世。

（今后的日本究竟会变得怎样？）

一桥卿（庆喜）是贞芳院所生，受到整个日本的拥戴并被寄予厚望，却未能成为将军。

最终，井伊一派强行拥立的纪州庆福当上了将军，便是如今的第十四代将军家茂。

在全世界逼迫日本开国的时势下，在拥立无法处理政务的年幼将军后，幕阁成员们更加得寸进尺，又请求天皇的同父异母之妹和宫下嫁，并最终强行促成此事。

有传闻称，在事情确定上，所司代酒井忠义向天皇的亲信们贿赂的黄金多达一万五千两。

在水户家看来，幕府的所有做法都是一种策略，目的在于令一桥卿以及积极拥戴一桥卿的萨摩、长州和土佐等外样大名以及御家门越前公无话可说。

一桥卿未能当上将军，反而十分欢喜，但反对家茂的众大名以及因众多同志在安政大狱中惨死而激愤不已的志士们恐怕不会轻易放过瞒着朝廷与诸外国擅自签订条约的幕府。

（今后究竟会变得怎样？）

正当她们对此问题感到迷茫时，她们的主人贞芳院再次要求她们与自己的孩子断绝往来。

事到如今，她们与自己的孩子自然已没有正式往来，而贞芳院的话无异于雪上加霜。

（为什么……）

众人面面相觑，一边向自己发问，一边探察他人的心思。

“你们应该明白吧，正是因为整个日本分崩离析，才造成当前国难。倘若烈公之子也各自为政，不仅愧对烈公在天之灵，也愧对朝廷和宗家的将军。我希望你们下定决心……从今天开始，那些孩子将不再是你们的孩子。”

“是……是。”

“阿春也同意吗？”

“我已经……下定决心了。”

“阿夏和阿秋也……”

“我们发誓。”

“这样我就放心了。怀有野心的坏人会以尘世间的血缘为目标，寻找人的弱点。你们也不希望烈公的孩子们犯下这种过错吧？无论哪位公子死在何处，那都是男人的信念，我绝不会掉一滴眼泪，你们也要做到。”

“是……是。”

这时，余四磨再次插嘴说道：

“母亲大人方才说要去松户对吧？”

“我是这样说的。你的父亲是一位了不起的人，总有一天余四磨会明白的。他留下的著述以英语词典为首，堆积如山。我必须住在松户的宅内，将他的著作重新誊写并整理。炮术、军略、药草和医疗……没错，从军舰的制造方法到牛的养育方法，以及点心和咸菜的制作方法……你的父亲当真是日本最伟大的学者。”

众人的心情终于有所好转。这时，女中端来了食案，这是临别前的最后一餐。

三

并排摆放的食案上都是简单的素菜，并无特殊之处。

只不过，与其他藩迥然不同的是，每个食案上都摆放着一个小小的农人人偶。

那小小的农人人偶是一位坐在地上的百姓老翁，其斗笠放在腿上。这是烈公始创的规诫人偶，寓意在吃饭时不要忘记百姓们的劳苦。

所有食案上都摆放着这样的人偶。

“百日之斋并非什么可口饭菜。”

“不客气了。”

在贞芳院的催促下，小妾、公子和小姐们纷纷取下碗盖，并不约而同地在农人人偶的斗笠中放入两三粒米饭，恭敬地施了一礼，然后才拿起筷子。

当家庆笃公、一桥卿、冈山藩主和鸟取藩主都曾被严肃督促在饭前对百姓表示感谢。

“我想……”在吃饭过程中，贞芳院似乎又想到了什么，开口说道，“倘若不能将水户的孩子们都奉献给国家，此次国难就不会彻底平息。大家也都是这样想的吧？”

“是的，的确如此。”

“仔细想想，水户的家风当真奇怪。其他家族的妻妾各个衣饰华贵，享尽山珍海味，在水户的我们却穿不上比茧绸更好的丝绸衣物。尽管如此，大家仍旧年轻、漂亮……”

“夫人……”

“你们身穿木棉和服、扎紧衣带、排成一排挥舞大刀训练的身影如今仍历历在目。你们都知道，我是在京都长大的，所以会向你们发号施令，并指挥你们。老实说，那样做才符合我的性格，才显得有趣，我确有轻佻之处啊。”

“夫人在马背上的英姿实在是无比飒爽。”

“呵呵呵……我虽然是在皇宫里长大的，但叫我骑马的时候，还是感到害怕。不过，扎上头巾以后，我就能骑马了……人能做到什么程度，完全取决于自己的一颗心，我本是可以成为武将之妻的。”

受到贞芳院豁达谈话的感染，众人的心情逐渐开朗起来。

说起来，在她刚刚嫁入水户时，其倔犟和固执程度与性情刚烈的烈公相比亦毫不逊色。

她们至今仍然记得一桥卿出生时的事情，事情发生在进入10月（旧历）后的霜冻时节。

“不需要热水，若是男孩，就用冷水洗浴吧。”

躺在产床上的登美宫下达了这样一道命令。

“倘若男孩柔弱得承受不住冷水的洗浴，今后也不会有所作为。”

就连烈公也被吓破了胆，但一桥卿却在冷水的洗浴中活了下来。而且，当乳母汇报一桥卿睡相难看后——

“在他的枕头两侧竖起两把剃刀，然后再让他睡。”

下达这道命令的人正是贞芳院。

身体稍有异动，就会割到脖子。因此，一桥卿至今仍然保持着一个习惯——只要脑袋挨着枕头，就能一动不动地睡到第二天醒来。

正当众人谈及此事时，管家进来报告，曾属于一桥家的平冈圆四郎来访。

“什么？一桥的……”

连贞芳院也不禁失声惊呼。

“是吗？既然不是一桥卿本人，见见也无妨。让他进来吧。”

四

管家将平冈圆四郎带入之前，众人已经用膳完毕。

“我们先回避……”

余四麿的母亲轻声催促众人，贞芳院则立刻阻止了她。

“不必回避，大家刚刚才发过誓，秘密一说对女人并不适用，大家但听无妨，对方或许只是来问候的。”

平冈圆四郎走了进来，他的前后额高高突起，不断地晃动着脑袋。他虽然名叫圆四郎，一张脸却是四四方方，仿佛一只低齿木屐。

“好久不见，您近来可好？”

“哦，你也没事就最好了，过来吧。”

“是。圆四郎此次被负责将守卫甲府的小普请组[1]再度唤回江

[1] 小普请，是江户幕府直属组织，由低俸旗本和将军直属家臣中的无业人员组成。

户，同以前一样，继续在一桥家做事。”

“那可太好了，这些都出自于和宫小姐下嫁带来的恩赦啊，刑部卿（庆喜）也很高兴吧？”

“是……我此番前来正是有关于刑部卿的事要拜托夫人。”

说到这里，圆四郎快速地瞥向小妾和公子们，看他的眼神是在催促贞芳院遣开旁人。

“呵呵……”贞芳院缓缓地摇了摇头，“圆四郎，你迟了一步。”

“迟了一步……夫人这是什么意思？”

“鉴于当前的紧要时势，我们刚刚决定，不见任何秘密使者及其他家族之人。对于政治问题，一旦女人介入，从来就没有过好结果。我们决定奉行不看、不说、不听的三不主义。不过，若是即使众人在此也无不方便之处，只要是可以在大家面前说出的话，听听也无妨。”

平冈圆四郎圆睁双眼，叹了口气，眉间清楚地现出为难的神色。

“没有什么不能说的，为了提醒大家日后多加注意，我们也会认真听的。圆四郎，说吧。”

“诚……诚惶诚恐，其实……”

“其实？”

“一桥卿的反省处分不久也将撤消。”

“那是好事啊，越前的春岳公自然也一样喽？”

“是的，三贤公（松平春岳、山内容堂、伊达宗城）自不用说，朝廷方面也纷纷……这也是内亲王下嫁的目的之一。”

“是吗？可喜可贺，烈公在九泉之下也会高兴的。那么，你是想说一桥卿也被任命了新的职务？”

“是的，当然……不，关于此事……”

“说吧。所谓秘密，一定要掩人耳目才能称为秘密。如今大家都在这里，说出来反而会对提醒大家大有裨益。”

圆四郎显得十分为难，再次慌张地环视众人。

“呵呵……不必担心，她们都是一桥卿的兄弟的生母。到底出什么事了？”

“是……是。如您所知，一桥家乃将军家族，因此与众大名不同，并无直属家臣。”

“这我知道，所以才会让你们这些旗本伴随左右。”

“夫人……没有直属家臣，您不觉得一桥卿的生命会受到极大的威胁吗？”

圆四郎终于下定决心，说出了一句令人不安的话来。

贞芳院呵呵笑了起来，在座的女子们却都不约而同地脸色骤变。

（一桥卿的生命……）

圆四郎的这句话深深地刺入众人内心。

“圆四郎，你的意思是说，纵然一桥卿的反省处分撤消，老中们心中的疙瘩也不会解开，对吗？”

“没错！”

圆四郎目光变得愈发凌厉。

“若是御家门的越前公，或许会有处理办法，对此，一桥卿很为难。倘若一桥卿插手政治，将军的影响力就会变弱。是的……朝廷似乎想让一桥卿成为将军的后见职[1]，此条件也为内亲王下嫁的条件之一。”

“哦，让刑部卿成为后见职？”贞芳院目光望向空中，“你想怎样做？”

圆四郎仿佛再次下定决心，开口说道：

“我本该直接告知一桥卿，他的生命正受到威胁。”

“呵呵呵……”

贞芳院又笑了起来。

“井伊大老于樱田门被杀，水户的浪人们如今正在狱中等待接受审判。据传闻称，老中安藤信正也已成为暗杀的目标……在如此时势下，有人意欲暗杀一桥卿也不足为奇。重要的是，你想让我做什么？”

圆四郎再次惊讶地望向贞芳院。

“现如今，一桥卿仍像往常一样出奇的固执……圆四郎很害怕。”

---

［1］　将军后见职，将军监护人。

“你一个男人怕什么？”

“倘若朝廷让一桥卿成为后见职，幕府是无法拒绝的。没错，倘若拒绝，朝廷就会将婚期延后。因此，在朝廷正式下令之前……”

圆四郎脸上露出可怕的表情，只见他抬起右手做出一个“刺”的动作。

“先不说将军本人，就连大奥之人对一桥卿也是异常畏惧。一桥卿的器量令井伊大老都无话可说……倘若一桥卿每日登城，将军必将形同虚设……”

“然后呢？”

“在朝廷正式下令之前是最危险的！一桥卿此前一直闭门蛰居，任何人都不得出入，可一旦处分撤消，就可以随意出入……仅凭我、中根（长十郎）和黑川（嘉兵卫）等随从是无法保护周全的。”

“圆四郎，你太啰嗦了，你究竟想让我做什么？”

“请从水户家调派三十人……不，二十人也可以。请挑选武艺高强的勇猛之人，命他们巡逻守护。”

“岂有此理！”

“啊……您说什么？”

“岂有此理。我正打算落发隐居，以为烈公做佛事为首任，决定自此远离红尘，我怎能下达如此命令？”

“这……”

“我们刚刚才发过誓，诸如这些事是如何也不会插手的。”

贞芳院再次提醒众人，然后重新望向圆四郎。

“圆四郎，你的话我们会参考的。总之，你去当家庆笃公那里问候一下就请回吧。有你们陪在一桥卿身边，我也就放心了。退下吧。你可转告一桥卿，就说他的母亲今后将倾尽余生誊写其亡父的著作，要他自己保重。”

五

烈公还活着的时候，经常开贞芳院的玩笑：

“倘若你生为男子，必定像近江牛（井伊直弼）等人那样，成为我强劲的对手。”

而贞芳院也会不甘示弱地进行反驳：

“可不一定就是敌人哦，我说不定会和长州的吉田寅次郎一起杀入黑船呢。”

“总之，你是个了不起的女人。”

“老爷也是个了不起的老爷啊。”

每每说到这里，烈公总是立刻噤声，咂舌不已。了不起的老爷……这句话中包含着贞芳院对他染指其他女人的非难。

无论是头脑反应，还是行动力、口才，以及体贴他人，样样都是出类拔萃的。

公卿的女儿们之所以对一桥卿倾心不已，也是由于贞芳院未嫁入水户前的口碑所致。

“一桥卿继承了贞芳院的优点……”

正因如此，诸如一条家的辉姬（昭宪皇太后的姐姐）才会为一桥卿痴狂而死。

看来贞芳院是灵活利用圆四郎的来访规诫小妾们，然后便让他去问候当家庆笃公……圆四郎只好默默地退下。

（她会认真提出忠告的……）

圆四郎离开后，小妾们也陆续退下，却有一人不肯退下，面对贞芳院不肯罢休。

此人并非别人，正是万里小路睦子所生的余四麿。睦子已是美貌非常，而余四麿容貌标致，更胜其母，乃是风度翩翩的贵公子。

“余四麿，你也可以退下了。”

独自留在原地的余四麿亮晶晶的双眼一眨一眨，奶声奶气地说道：

“母亲大人，请让我去一桥家。”

“你说什么？”

“我要以保护哥哥的武士身份前去，而不是以弟弟的身份……余四麿也想成为别人想要暗算的人！”

“你突然胡说什么……你可是父亲最疼爱的儿子哦，你的父亲还未决定是否让你去当别人的养子，便匆匆离世，可我知道，尾张和纪州都曾提出过这一要求。”

“我……”余四麿突然耸起右肩，跪在地上，“我不想成为什么大名！大名不过是重臣们的玩具……”

“哦？不想成为大名，那你想成为什么？”

“我要成为天狗！变幻莫测的天狗。”

“你打算成为天狗，然后与一桥卿一同翱翔？”

“没错。我可以做一桥卿的家臣，而不是什么大名……”

随后，他又迫不及待地说起仁孝天皇兄长的故事。

仁孝天皇的兄长将皇位让给弟弟后，以中山为姓隐居于市井之中。他已预感到不久日本就要面临重大国难。

他的女儿以中山大纳言之女的身份成为天皇（孝明）的典侍，生下了佑宫（明治天皇），而他自己仍然隐居于市井之中，为中山大纳言的儿子们和国事而四处奔走。余四麿坚称，烈公的一个儿子也可以成为天狗，献出生命也无妨……

寡言亲王

一

仁孝天皇的兄长的故事在宫中乃是一个绝对的秘密。那位亲王以中山为姓，仅带着当初藤原的镰足与天智天皇一起讨伐苏我氏时的八束剑，藏身于市井之中。天皇的堂妹中山庆子作为中山大纳言之女被抚养长大，并成为典侍入宫侍奉，生下了佑宫。这两件事都是只有一些老人才知晓的秘事。

而那位亲王如今依然健在，仍旧藏身于市井之中。

“可是，这些话，余四麿究竟是从哪里听来的？”

大吃一惊的贞芳院向余四麿问道，余四麿则昂首挺胸地答道：

“是父亲……母亲大人！父亲不希望余四麿成为大名。”

“哦？你详细说说。”

“父亲曾经说过，安政大狱中死于国事的日本志士都是水户学的门下子弟，倘若我的儿子中无人为国事献出生命，实在无颜面对死者。”

“因此，你才说不愿成为大名，而宁愿做一名赴死的志士？”

“没错！”

余四麿用少年特有的天真无邪而又争强好胜的声音回答道。

“余四麿要成为一桥家的家臣，然后前往京都。圣上在京都建有一所名为学习院的学校，据说那里汇聚了很多学习水户学的志士和学者。”

“如此一来，先帝兄长的故事也……”

“是的。我在京都成为他的家臣也好，然后就可以像天狗一样神出鬼没地行动了。”

贞芳院既不便呵斥，又不能听任余四麿随便说出这些话，不禁紧皱眉头。

“余四麿啊，听说一桥卿的反省处分不久也会撤消。撤消反省处分后，我会好好拜托他的，在此之前，你不能出去。”

“是，母亲大人要替我出面吗？”

“是啊，但关于先帝兄长的故事，你一定是听父亲讲错了，万万不可随随便便地说出去。京都之事我是很清楚的。”

“那学习院里有志士和学者……这一事情也？”

“那或许是真的，但圣上身边之事是不可以随便讲的，殊不知哪句话说错就会惹怒别人。”

“是，父亲也叫我不要对别人说。”

余四麿竟然老老实实地点了点头。可是，他接下来提出的问题却令贞芳院震惊不已。

“母亲大人，您知道下嫁的和宫内亲王其实是替身吗？”

“什么！和宫小姐是替身……你是听谁说的？”

贞芳院的惊愕表现令余四麿感到十分满意。

“据说是幕府中的某位僧人透露出来的，这次婚事根本就是尔虞我诈。在关东的强迫下，京都不得不表示同意，但下嫁之人却并非和宫。”

这一次，贞芳院立刻沉下脸来，大加训斥。如今，若此谣言四处传播，纵然未必属实，疑神疑鬼的藩士和浪人志士之间也必定会引发巨大的骚乱。

“不要再谈论朝廷之事！”

余四麿吓了一跳，望向贞芳院。老实说，与亡父相比，他更害怕这位身为正夫人的“母亲”。

“那才是无中生有的谣传呢，关东有人见过和宫小姐的相貌，那人曾专程来到京都劝说和宫小姐，怎么可能会用替身呢！”

“见过和宫小姐的人？”

“没错。此人名叫胜光院，是和宫小姐生母的叔祖母，从上上代将军时起便在江户大奥侍奉，人称姊小路。此人熟知和宫小姐的相貌，替身是无法蒙混过关的。而且，余四磨啊……”

“在。”

“江户和京都都有人意欲散布如此谣言来扰乱世间，倘若连这种伎俩都看不穿，可无法发挥天狗的作用哦。”

听到这句话，余四磨不禁显得有些泄气。

（不要勉强，连我也分不清何为真实、何为虚幻呢……）

即便如此，像此次和宫下嫁这样极其复杂的政略婚事也是十分罕见的。

虽然，当时的贵族及众大名的婚事多多少少都会带有一些政略色彩，但如此无视当事人意愿的强制性婚事实属罕见。

据说已经决定嫁入有栖川亲王家的和宫曾哭泣着表示拒绝。最重要的是，夷人已经昂首阔步地走在江户的大街上，这令和宫感到害怕，所以浑身颤抖地向天皇表明自己拒绝的态度。

对当今天皇而言，和宫是从小到大从未见过父亲的妹妹。天皇也察觉出这是一种政略，以致曾说出“和宫不同意，不如让寿满宫入嫁如何”这样的话，可见他本不赞成此事。

寿满宫是岩仓具视之妹堀河纪子（右卫门的内侍）所生，当时还只是年仅两岁的婴儿。

总之，幕府打算求得内亲王下嫁，给尊皇攘夷之人留下“公武合体”的印象，借此封堵聒噪的反对论。因此，一定要年龄合适的和宫才行。

“那么，就由我们负责说服和宫吧。”

于是，幕府便派和宫的叔祖母胜光院进京，前去拜访一起居住在桥本实丽中将府中的和宫以及其生母观行院。

叔祖母先说服了自己的侄女——和宫的生母观行院，然后与观行院及桥本卿一起责备和宫。

即便如此，和宫也只是不停地哭泣，似乎并未同意入嫁关东。

然而，在此期间，朝廷里出现了一位不可思议的足智多谋之人。

此人的谋略比幕府还要高明。简单来说，就是通过和宫下嫁来推翻幕府，再由朝廷收回政权。而这位足智多谋的提议人便是岩仓具视。

岩仓上奏表示，倘若天皇当真决意攘夷，就应该准许这门婚事。其时，岩仓具视的亲妹妹纪子已作为右卫门内侍侍奉天皇左右，对此，其本人也开始暗中进行活动。

二

岩仓提交意见书的目的在于——以准许和宫下嫁为条件，与幕府达成约定，要求幕府在期限之前进行攘夷。

幕府没有得到敕许就与诸外国签订了屈辱的条约，如今境况窘迫。无论如何，幕府都必须以“公武合体”的名义亲近朝廷并得到准许。朝廷因同情幕府的为难立场而准许和宫下嫁，但幕府是否能够保证，在数年之后令上下团结一心，整顿兵力军备，纵然开战也要废除屈辱的条约呢？

岩仓具视认为，倘若幕府能够履行约定，为了天下万民，朝廷应该准许和宫下嫁。

这份意见书背后隐藏着岩仓具视的推测。“幕府能够做到攘夷？”——他已经看出幕府没有坚决执行攘夷的实力。因此，将和宫送入江户城的大奥后，就可以接连不断地诘问——“我们的约定怎样了？何时开始攘夷？”“幕府又打算违诏吗？”然后将此事告知全国激愤不已的勤皇志士和原本就与幕府存在隔阂的外样雄藩，再由此展开倒幕运动。上述便为岩仓具视的计谋。

天皇对此并不知情。后来，和宫终于屈服，但提出如下条件：

一、在后年先帝第十七次忌辰扫墓后再行离京。

二、每年先帝忌辰，都要进京问候圣上（天皇），顺便扫墓。

三、本人初至江户之时，一切均遵照朝廷方式进行。

四、在适应新住处之前，要借用一名女中。并且，身边要有三名随从。倘若一人难以胜任，可以轮流陪同。

五、有事之时，指定桥本宰相中将前来江户。

六、有事之时，指定上臈年寄作为使者进京。

希望上述每一条都能得到准许。

听到这些，连贞芳院也不禁潸然泪下。

在这周围人所布下的极其可怕的政略大网中，从其愿望可知，这名年幼可怜的少女是何其不安啊……

和宫出生时，先帝便已亡故。她打算在素未谋面的父皇的第十七次忌辰后再行出嫁，而且希望今后能时而回京扫墓。此外，生活方式也要按照京都习惯……诸条件所呈现出的不是十五岁少女那可怜的心情，又是什么。然而，纵是这些微不足道的愿望，也仅有一半被幕府接受。幕府是无法等到后年的。在当前形势下，必须借和宫下嫁之名，尽快执行大赦，为井伊大老的严惩主义收拾残局，以稳定事态。

倘若涕泪涟涟的和宫不能在先帝第十七次忌辰之前东下，对一桥卿等人的赦免就会推迟，这是何等残酷的政治讽刺啊！

而且，下嫁和赦免之后，双方就会迎来阴谋与政略的激烈碰撞。想到这里，贞芳院也不禁泪湿双眸。

烈公的遗孀贞芳院按照预定计划，从小石川的水户藩邸迁至松户隐居。

烈公的遗稿堆积如山，贞芳院每日不停誊写、装订，其优美的笔迹令后人大为赞叹，被称做有栖川流。

贞芳院通过遗稿重新审视自己的丈夫，并且从中发现，世人实在是大大地误解了烈公。

烈公绝非冥顽不化的攘夷论者。黑船于嘉永年间首次来到浦贺之前，他便已预料到今日之国难，这才开始全面研究英国。他认为，无论如何日本是不会持续锁国的。

烈公真正害怕的是，日本会被列强分瓜，最终沦为殖民地。

因此，他计划亲自乘船远赴海外，亲眼观察世界。正是这种忧国热忱使得他强迫幕府改革，继而遭到厌恶。

烈公认为，必须消除谱代与外样大名之间的隔阂，只要是人才，纵是外样大名也要多方录用，并令其参与政治策划。如此强硬的主张才是加深幕府误解烈公的最大原因。

当时又恰好牵涉到一桥庆喜和纪州庆福二人的将军继嗣问题，于是，烈公便身陷俗论的圈套之中——

“水户老公联合萨、长、土等外样雄藩，打算让自己的儿子成为将军，夺取宗家……”

烈公暴躁而又决不妥协的性格令误解再次加深。

（可怜的人……）

究竟有谁能够消除这种误解？

就在贞芳院怀着这种感慨执笔誊写时，围绕和宫下嫁问题，又有一个巨大的悲剧齿轮毫不留情地碾压过来。

针对和宫“在后年先帝第十七次忌辰后出嫁”这一小小的愿望，幕府竟以“明年乃是将军凶年，因此，请一定在今年东下”这种不可思议的强横态度明确拒绝。若说明年是凶年，后年无碍倒也可以理解。而一定要选在今年，这分明就是赤裸裸的威吓。

面对如此请求，朝廷的聪明人岩仓具视只是面带微笑，略作反驳：

“我们明白，为了就今年的婚礼作详细商议，希望将军及所有老中能够速速进京。”

举办婚礼的地点是京都的二条城……内亲王下嫁时，需由男方进京，于天子脚下举办婚礼，再将女方领回本国，此乃先例。

此举大出幕府意料。

如此一来，事态已经成为双方智慧的较量。

其时，幕阁成员们从未想过要侍奉将军左右集体离开江户。

幕府对杀死井伊直弼的水户浪人的处分尚未结束，忙于接待美国、英国的公使们的同时，俄国也要求同日本签订条约，境况可谓极度窘迫。

最终，幕府只能撤回要求。于是，双方互作让步，和宫下嫁问题被拖至翌年，即文久二年（公元1861年3月29日改元）。围绕和宫婚礼展开的智谋与策略的对立越来越偏离常识和人情，变成了赤裸裸的政治斗争。

三

迁至松户的贞芳院主动远离社会舆论，只是一心一意通过遗稿来重新认识自己的丈夫。

（世人为何不明白良人的诚意呢？）

贞芳院认为，若想弄清这个问题，就要为那些曾为水户学献出生命的先驱者们做佛事。因此，她每天从清晨忙到黄昏，期间连眼镜都从未摘下过。

对出生于有栖川亲王家的贞芳院而言，和宫之事并非与己无关的身外之事。

公武合体的趋势并非始于当前。从安定的维持来看，二者之间的和睦犹如一根扇轴，绝不可抛之脑后。

但像如今这样，幕府和朝廷展开不可思议的对立之时，如此完全无视当事人的意愿，可谓史无前例。

（从那时开始，和宫小姐似乎就变得沉默寡言了……）

无论说什么都没有人听，哭诉、哀求通通没用……

和宫既知如此，便选择闭口不语，其原因就在于，身处权谋政治的策略对抗之中，女人是无可奈何的。消除这种对立的钥匙究竟藏在什么地方？

怀着如此心情的贞芳院，完全沉浸在对良人的遗稿、残留的书简和日记的整理中，忘记了时间的流逝和季节的变迁。

时值文久元年（1861年）的夏末，正是秋风乍起之时。

“贞芳院夫人，原市之进先生和中根长十郎先生自一桥家前来问候。”

听到老女的禀报，贞芳院歪着脑袋，将老花镜支在额头。

“我不是说过不见任何人的吗？”

“是，但原先生不听劝告，说一定要见您。”

中根长十郎自上一代将军时起，便在一桥家担任侧用人之职，是一位温厚的旗本番头，但原市之进却并非如此。

这名年轻人是名动天下的水户代表人物——藤田东湖的堂弟，也是一名水户勤皇派，连烈公也对其垂青，时常唤至身边。

“好吧，让他们进来吧。”

贞芳院方一点头同意，庭院里的乱蒿中便响起原市之进的回应声：

“真是庆幸……不，我们并非特意来请夫人下达指示的，而是希望夫人能够听听我们在庭院里的杂谈，当作佣人之间的戏言来听也好。”

“市之进，你的那只袖子怎么了？为何破破烂烂的？”

“啊，到处都有骚乱分子转来转去，我刚刚将两三个人打落到前面的河里。”

“噢！原来你也是天狗党？”

“哈……我可不是天狗党。这次，得到武田伊贺守（耕云斋）的推荐，我已经决定正式加入一桥家。”

“如此说来，又有一些人自水户进入一桥家喽？”

“没错，有梅泽孙太郎、堀清左卫门等八人……不过，这些人还远远不够。和宫小姐已经确定于这个秋天东下。”

只见二人跪坐在靠近走廊的草坪上，施了一礼。一人是四十岁的温厚男人，另一人则是精力旺盛的年轻武士。看来原市之进带着年长的中根长十郎此次前来，似乎有事要说。

市之进一边看着自己破碎的右手袖子，一边继续说道：

“中根先生，天下已然风云告急。有人要在中途抢夺和宫小姐，有人想要刺杀一桥卿，有人欲在夷人公馆放火，有人要暗杀老中安藤对马……天下已经一片混乱。”

“没错。”

中根长十郎似乎已与原市之进事先约好，只是在一旁随声附和。

“而此时，纵然和宫小姐平安抵达江户，天下也会变得纷争不断。”

“没错……”

“因此，此番无论如何都要让一桥卿出马，希望他能成为将军的后见职，大展身手，这是天下志士们的呼声。”

“哦，天下呼声……”

贞芳院终于插嘴说道。

“市之进啊，这天下的呼声，也包括老中们的呼声吗？”

市之进毫不犹豫地摇了摇头。

“幕府不同！这仍是……”

“那幕府的呼声怎么办？”

“倘若一桥卿成为后见职，幕府就会灭亡……江户城中的一干僧人和女中们都是这样说的。”

“呵呵呵……如此说来，就不是天下的呼声，而只是天下一半的呼声。”

“可是，以松平春岳公、山内容堂公和伊达宗城公三贤公为首，岛津三郎（久光）、毛利的世子定广等人都认为，只有推举一桥卿，才能战胜当前的艰难时局……”

“等等，市之进。”

“啊……是。”

“既然是天下一半的呼声，就说明天下会一分为二，这与烈公生前的状况有何区别？你们辛苦了，退下吧。”

贞芳院轻而易举地取得主动权，市之进顿时哑口无言。

“夫人，我们的任务尚未完成。”

“任务？什么任务？”

“我们还有事必须告诉您……”

“哦……是一桥卿要你告诉我的吗？”

“哈……不，这只是我们个人的想法。朝廷似乎打算强行要求幕府让一桥卿成为后见职，让松平春岳公担任大老，并要求幕政进行大规模改革，这也是和宫下嫁的条件之一。”

“然后呢？”

“春岳公担任大老一职倒也罢了，对于一桥卿成为将军后见职，幕府是绝不会允许的。”

“市之进，你仔细想想，由于天下一分为二，双方固执己见，自嘉永以来，已有多少有为之人为其丢掉了宝贵的生命……井伊大老被杀，烈公也因此折寿。你数数看，井伊家死去的随从队伍、接连被捕并被判处死罪的水户人，以及安政大狱中死去的志士们，加之他们的家人，怕是数不胜数。天下呼声一分为二之时，人不能只顾坚持自己的意见。首先设法说服对方才是重要的……我认为时机尚未成熟，你们大可如此转告一桥卿。”

“可是！”

“从你们的言行来看，难道说一桥卿已经决定出马了？”

市之进再次变得哑口无言。

四

市之进当日做了两手准备，打算告知贞芳院，一桥卿已经决定出马。

市之进本打算对贞芳院说：

“一桥卿已经决定出马，希望您能允许在京都亲人众多的余四麿到一桥卿身边去。”

然后回去向一桥卿如此复命：

“您的母亲已经同意余四麿来到您身边，并叫您努力。”

也就是说，市之进计划巧妙地通知双方，不仅要让一桥庆喜接受后见职的职位，还要实现水户尊皇攘夷派由来已久的夙愿。

正因如此，他才打算首先清点自安政大狱以来的牺牲者，然后大肆鼓吹“绝对不能坐视不理了”。

当前时势不允许国论分裂。应该坚决遵行朝廷的攘夷论，推举一桥庆喜站在防卫力的最高点，以钢铁般的团结对抗列强。为实现此目标，此前萨摩藩主和三贤公等人的智略已经无济于事，必须采取冲击疗法，暂时令整个日本为之一震，端正姿态。

“倘若此时错过出马的时机，水户家早晚会灭亡……”

市之进本打算以斩钉截铁的语气来如此威吓对方。

然而，贞芳院轻而易举地取得主动权。她表示，首先要统一天下的呼声，倘若坚持天下一分为二的主张，与烈公和井伊直弼的时代相比可谓毫无进步。但此话即使说来也无济于事，意思就是命他就此退下。

看到市之进变得哑口无言，贞芳院一副为难的神情，但仍给了对方一个台阶下。

“这是女人的想法，或许思虑不周，不足采用，但是，你这样转告一桥卿即可。”

“是……是的。转告什么？”

“就说虽然婚嫁日期已确定，但和宫小姐变得沉默寡言。”

“沉默寡言？”

“没错。在这个说什么都没人听的世界……连活着都变得沉闷的世界……让女人变得沉默寡言的男人们如何能够拯救天下？”

“那个……”

“包括你在内的日本所有男人，连年仅十五岁的和宫小姐都置之不顾。你就这样转告他，若是他发怒……你就说，他的母亲也会变得沉默寡言。”

市之进不禁眼珠滴溜乱转。这简直是对男人最残酷的批判。市之进知道，贞芳院已经对男人没有好感，这是一种感情的发泄，可是——

（她为何要这样说呢……）

市之进搞不清贞芳院的目的何在。

“也就是说……也就是说，您赞成一桥卿出马？”

“这个问题你可问一桥卿。”

贞芳院又毫不留情地说道。

“市之进，你知道鼹鼠吗？”

“是土里的鼹鼠吗？”

“是的。你若试着将鼹鼠带到地面，让它接受阳光的照射，它会头晕目眩而死。就说这些吧，你回去后代我向一桥卿问好。”

“夫人，还有一件事……希望您能指点。”

市之进仰头呆呆地望着贞芳院，绝望般的说道。

“什么，你还不走吗？”

“是……我还不能走。”

“为何？”

“在夫人看来……一桥卿是鼹鼠？让他到阳光照射的地方，他会晕倒？”

“是又怎样？”

“岂有此理！这样说一桥卿实在是太可怜了……不，全日本只有主母一人如此认为。”

“纵然仅我一人如此认为，你也可以毫不隐瞒地转告一桥卿。”

贞芳院再次故意刁难地说道。

“市之进比我想象中的还要胆小。”

“我……胆小？”

“没错，而且还是一个薄情寡义、自私自利之人。你难得被选为一桥卿的随从，为何不能多为一桥卿着想呢？”

“您的话再次让我感到无比意外！”

“你可以暂时默默地观察一桥卿的态度。倘若一桥卿本人有成功的把握，即使你们不说，他也会出马。倘若一桥卿并无成功的把握，你们却将他强行带到地面，后果将不堪设想。如此一来，一桥卿则不过是你们的玩具，你觉得当前国难，区区一个玩具就能够战胜得了吗？”

“这个……”

“我虽是不够聪明的女儿身，但我在嫁到关东前毕竟生于皇宫之中。公武合体是我的心愿，也是我生存的意义……听着，你好好想想其中的道理。此次和宫下嫁也是出自同样的夙愿……连和宫这朵小花都被迫变得沉默寡言，我已在此决定不闻不问。也就是说，连女人都已看出，如今，所有男人都已堕落为修罗。嘴上大言不惭地说什么公武合体，说什么必须团结一心拯救国难……所作所为却完全相反……好勇斗狠，充斥着野心与固执的肮脏较量，杀人或被杀，对上天毫不敬畏。如此扭曲肮脏的国家倒不如一次性彻底毁灭。你明白了吗？若是明白，就立刻回去，先弄清一桥卿是真正的潜龙，还是普通的鼹鼠。若是鼹鼠，你们还是不要勉强他，不要制造出一个不知所谓的玩具。”

说完，贞芳院站起身来，猛地关上了走廊的拉门。

“夫人！这样说太过分了……竟然将自己的亲生儿子比作鼹鼠……”

市之进嘴上说着，心里却已明白，这扇拉门今日是绝不会再打开了。

“中根先生，糟了！我……”

市之进轻轻地摇了摇头，站起身来，“哧啦”一声将那只破烂不堪的袖子拽了下来。

午后的阳光照射在拉门上，一片白亮，屋内却是寂静无声。

莲华品

一

第二天一早，原市之进和中根长十郎回到一桥府邸。

二人昨夜住在位于下谷根岸御行松附近的平冈圆四郎家中。他们回到一桥府后，自然要将拜访贞芳院的前后经过告知一桥卿。

“怎么说呢？”

三人思前想后，认为无论如何都不能一五一十地报告。经过聚首商量三人决定，暂时让一桥卿和美贺夫人一同移居小石川的水户藩邸。

事态的变化完全出人意料。

为了替大老井伊直弼的强压政治收拾残局，朝廷才决定和宫下嫁。

总之，为了庆祝和宫下嫁这一决定，御三家中的尾州和水户、三卿中的一桥、亲藩的越前以及受到处分的外样雄藩的众人都受到特赦，前大老井伊的政治姑且宣告失败。因此，众人自然以为这阵和煦的春风也会吹到一桥卿身边。

然而只是一瞬间，事态却变得完全相反。

朝廷提出的幕政改革这一要求再次戳到了幕阁的痛处，一桥庆喜也被逼至无可奈何的窘境。

“让越前的松平庆永担任大老，让一桥庆喜担任年幼将军的后见职。”

对于松平庆永担任大老，幕府并无异议。但对于一桥庆喜担任将军后见职，幕府却绝难同意。

“将军也即将年满十六岁，纵然不安排后见职，其才能也足以亲自裁断，因此还是免了。”

若让曾力争与家茂争夺将军之位的一桥庆喜每日出现在幕府之中，真不知道谁才是真正的将军。此事关乎幕府颜面，自然难以接受。

鉴于此，水户藩的志士和外样雄藩的尊皇攘夷派志士突然高呼反对幕府。

“当下政局不容十五六岁的少年来掌控，只有一桥卿才能拯救日本国。请幕府作出裁决，让松平庆永担任大老，让一桥卿出任将军后见职。这是救国派毫不让步的底线。”

“否则，岂容和宫下嫁！必在途中抢走和宫的轿子。”

这是激愤的尊皇攘夷派的举动。

“既然如此，只能让一桥卿死。一桥卿才是惑乱德川家之人。”

而这是隐藏于幕府主张背后的令人毛骨悚然的可怕暗流。

一桥家原本是被保证十万石生活费的将军家族，并不像其他大名那样拥有直属家臣和兵力。由于随从之人都是幕府臣子，所以既有可能被暗杀，也有可能被毒杀和谋杀。

“贞芳院夫人也说了，先迁至水户藩邸，以保自身安全。”

二人经过商量后回到一桥家，其时庆喜正在面南的起居室内给偷偷溜出水户藩邸的弟弟余四麿讲解《法华经》中的《莲华品》。

“余四麿，你不必离开。”

看到市之进和长十郎一起走进起居室，停止讲解的庆喜，向二人望去。

“贞芳院身体可好？”

“是，夫人正在整理烈公的遗稿。”

市之进说完，年长的长十郎慌忙补充道：

“主母吩咐……公子应当暂时与夫人一同迁至小石川的水户藩邸，以保平安。”

若是不尽快说出这句话，就无法卸下肩头的重担。听长十郎快速讲完，庆喜毫不犹豫地摇了摇头。

“贞芳院是不会说出这种话的。”

“啊？”

“没错。将圆四郎也唤来，再命须贺上茶，暂时不要让其他人靠近这里。”

贞芳院是不会说出这种话的。

刚说了一句话便被轻松驳倒，中根长十郎不由得当场愣住，而庆喜已经简单明了地做出了指示。

若是将平冈圆四郎和须贺唤来，从表里两方面都可以说，这是目前一桥家的重臣会议。

“余四麿也要认真听。我会依次向大家提出问题，大家心中是怎样想的，就怎样回答。这样既能达成协议，也是一种商谈和觉悟。长十郎和市之进，你们都明白吧？”

“诚惶诚恐。”

初即受挫的长十郎已经抢先跪拜在地，令市之进无从插嘴。

“贞芳院是不会说出这种话的”——这是多么斩钉截铁的断定啊！

（正因如此，阁老们才会害怕……）

正在此时，老女须贺和平冈圆四郎走了进来。

“须贺，给大家上茶，不要让任何人接近这里。”

虽说是老女，但侍女长须贺不过比庆喜大了两岁而已，如今正当妙龄。作为一桥卿第一个接触的女性，她起初还会显露出眩晕般的羞涩，但最近，她已经按捺住了自己的恋情。

所谓侍女，倘若按照字面意思来理解，也可以说是女侍[1]。须贺是担任一桥卿乳母的女豪杰，她乃藤田东湖之妹鹿子从自己的学生中挑选出来并送到一桥卿身边的“水户女子”，如今，她身心皆已显露出一种尤胜男子的沉着气质。

“好，恰好圆四郎刚来，就从他开始提问吧。圆四郎，为了不令大家判断有误，你在回答问题时要清楚地区分意见和事实。如何？和宫离京

[1]　此处的“侍”是日语中武士的意思。

的日期已经确定了吗？”

“是的。双方互作让步，时间定于明年（文久二年）秋天，路线避开东海道，经由中仙道前往江户。”

“中仙道……这是你的猜测，还是老中们的决定？”

庆喜的声音异常清澈，犹如在朗诵一般。大家不由得端正姿态，紧张屏息。

二

井伊直弼擅行专断，发动了前所未闻的安政大狱，但就连如此人物也认为一桥庆喜具备“可怕的口才”，以至在一桥庆喜面前无法平等地展开辩论。

一桥庆喜优美的声音可以用“银铃”来形容。他凛然而富有诗韵的声音滔滔不绝，论点始终简洁明确。

不，不仅仅是声音。

在须贺看来，哪怕被庆喜瞥上一眼，也会变得四肢发麻。或许是出身高贵的缘故，庆喜眼眸中透露出一种威严，俨然一派端庄的贵公子形象。

“这并非圆四郎的猜测，而是某人从老中久世广周那里听来的。”

“这某人我又不知道是谁，将名字说出来。”

“是……是大奥的老女杉浦。”

“原来是杉浦啊，她是须贺的亲属。好，那我再问，老中们为何如此急迫地催促和宫离京？这次说说你的看法。”

“是。幕府的所作所为皆因忌惮公子……不，幕府是打算尽快找到借口，证明将军已长大成人，从今以后不再需要后见职。”

“好，长十郎如何认为？”

“我的意见和平冈君一样。”

“市之进呢？”

“目的是为了排斥公子，因此，您留在这里将有生命危险……请暂时移居水户藩邸。”

“不要偏离主题。”

一桥卿苦笑着望向圆四郎。

“圆四郎，我的蛰居处分虽已被撤消，但严格来说，在一桥家一旦被勒令隐居，就不再是当家。纵然将军不介意隐居之事，同意一桥担任后见职，我也会辞退的，这一点希望大家不要误解。”

“那、那可不行。”

“为何不行？我也是活生生的人，我坚持自己的意愿，有何不妥？”

“坚决不行！”

圆四郎慌忙摇着大脑袋说道。

“公子并不知晓朝廷的心意。如今，不仅仅是全日本的志士们，就连朝廷也视公子为唯一可以依赖之人。此次和宫下嫁，朝廷也是考虑到倘若关东有一桥卿在便可信赖，这才答应下来。倘若公子能成为将军的后见职，而越前公就任大老一职，真正的公武合体就会实现。您以为辞退就可以了事吗？”

“哦，不能了事又会怎样？”

“和宫下嫁后，朝廷会派遣敕使前往江户传达敕命，将军不能违诏，只能领受。那可是敕命啊！即便如此，公子还打算拒绝吗？”

庆喜稍加留意随即发现，不单单是圆四郎，市之进和长十郎也都圆睁双眼盯着自己。

庆喜再次发出苦笑。

“你们啊，竟将小花招玩到如此地步，真令我为难啊……”

“公子，事态已经发展到无法辞退的地步了。”

圆四郎静静地步步紧逼。

“老中之中已有人看出，纵然公子辞退，纵然幕府不同意，事情仍然是行不通的。”

“哦？老中之中？”

庆喜再次呆呆地望向空中，歪起了脑袋。

“都有谁啊？”

“是安藤信正和久世广周。倘若朝廷因此事派遣敕使，恐怕二人会直接辞官。”

“原来如此。老中也会选择辞官逃避这条路啊！”

“如此一来，留在将军身边的人只剩下胁坂安宅和板仓胜静，到了那时，倘若公子和越前公不出马，天下将变得更加混乱。因此，当务之急便是请您暂时移居水户藩邸，以保自身安全，然后再制定救国之策。”

“圆四郎，连你也开始偏离主题了，我还没说到后见职的问题呢。”

“难道公子也打算逃避当前国难？”

“我已说过，你偏离主题了。好，我再问一个问题，倘若我听从你们的劝说，成为后见职……”

“若非如此，天下无法太平。”

“不要插嘴。倘若我成为后见职，该做什么？暂且不谈朝廷的期望，在幕府之中，连大奥的女子们都反对我。面对这些反对，我能做什么？”

“您怎能这么说！倘若成为后见职，就可以以将军的名义号令天下，权力甚至在大老之上。”

突然，庆喜朗声笑了起来。

“哈哈哈……圆四郎、市之进啊，你们在做梦吧？你们以为世人会听从我的号令？”

“若是公子的命令，自然会……”

“住嘴，蠢才！”

庆喜很少见地大声喝斥道。

“你先说说，朝廷和外样志士们对我有何期待？”

“这还用说，他们希望拥立公子，实现公武合体。”

“不要掩饰。公武合体并非目的，不过是实现目的的手段罢了。”

“诚惶诚恐……”

市之进似乎感到忍无可忍，跪在地上说道：

“目的是实现公武合体，然后令上下团结一心，驱逐外夷。这是自水户老公以来传承至今的志愿。”

“没错，你说得很对。可是，纵然能够实现公武合体，但能够做到攘夷吗？你们觉得幕府有这个实力吗？你们觉得朝廷的威严可以直接变成战斗力？”

庆喜突然压低声音说道：

“问题已经很明确——幕府没有实力。纵然实现公武合体，当前的日本也没有实力驱逐列强。如何？你们觉得有吗？倘若有实力，应该早就有对策了。你们想想，我说得没错吧……”

三

“我为何默不作声？因为幕府并无攘夷的实力。外样大名和略有见识的志士们都心知肚明。”

庆喜的声音变得越来越低，越来越轻柔。

“人们明知如此，却要通过朝廷强迫幕府做不可能做到之事，究竟为何？政治之所以被称做修罗场，原因就在于此。不知不觉间，起初纯粹的忧国之人也开始志在倒幕——道理留到事后再说，对于没有攘夷实力的幕府不能置之不理，必须先推翻幕府，继而建立以朝廷为核心的新政府。正因为天下人心已经开始呈现如此变化，你们才要我出马，这就是你们的真正意图，我说得没错吧？”

“没错。倘若公子不出马，就难以平息外样雄藩的志士们的激愤。”

圆四郎的太阳穴上青筋暴起，一张四方大脸显得愈发棱角分明。

庆喜则以沉稳的语气继续说道：

“问题变得愈发明确了。雄藩的志士们打算让我成为将军的后见职，然后推翻幕府。”

“可、可是……”

“我们必须冷静地看穿事物的本质。我虽也是德川家一族，但幕府的谎言实在是太多了。为了请求和宫下嫁，竟然说出十年之内必定攘夷这种言不由衷的话来。这其实是一种悲鸣啊，幕府显然对自己并无攘夷实力已经心知肚明。”

“确实如此……”

“幕府打算令将军成为朝廷的女婿，好从内部得到签订条约的敕许。幕府不顾人情，极力挣扎，只为保全颜面。你们明白吧？”

“……”

“至于雄藩一方，其本质也与父亲生前聚集在水户周围的阿部和岛津齐彬等人的忧国热忱迥然不同。实际上，在我看来，当萌发倒幕念头的一瞬间，《法华经》中所说的修罗就已潜入各藩志士们的心中。人们都萌生出虚幻且可悲的野心，打算让己藩取代幕府，成为下一个政权的中心。如何？圆四郎，你不这样认为吗？”

“不，那只是一些……”

“倘若现在生出一些萌芽，不久就会长出藤蔓枝干。以公武合体之名推翻宗家，令各藩的利己之心蠢蠢欲动，这简直就是狂言中的傻瓜大名，你们想让我成为这样的大名吗？市之进以为如何？长十郎以为如何？”

长十郎震惊万分，双肩不住抖动，偷偷地窥探圆四郎的表情。

只见圆四郎双手撑腿，口中低声嘀咕，市之进则咂舌不已。

“倘若公子不出马，又有谁能挺身而出拯救国难？”

“市之进啊，你这次又要强词夺理吗……我认为，大家应该舍弃无法做到的攘夷论，而是改变自己的想法，做好以开国来救国的觉悟。攘夷论只是空谈，它只会令各藩滋生出各种各样的野心。你们若想让我做一个站在前面手舞足蹈的小丑，还是免了。”

庆喜大胆地一口气说完，啜了一口须贺递上的天目台茶。

在座众人开始彼此交换惊讶的眼神。

不知最惊讶的人是市之进还是圆四郎。

总之，庆喜最后所说的话实在令人不可思议，完全超出他们的预料之外。

“那个……”

圆四郎呆呆地说了一句，便立刻闭上了嘴。

抛开倒幕不谈，圆四郎始终相信，一桥庆喜是毫不动摇的尊皇攘夷派的主心骨。

可方才，庆喜却亲口反问道："你们做好以开国来救国的觉悟了吗？"

市之进的眼神开始变得凌厉，双眸中饱含杀气。

"公子！若是我们听错了，请您原谅……您方才说开国？"

庆喜静静地放下茶碗，开口答道：

"我方才说，遗憾的是，日本现下并无实力与列强开战并将其驱逐。"

"果然……如此说来，公子也认可幕府无视朝廷意愿便签订条约的行为喽？"

庆喜轻轻拍了拍腿，脸上露出苦笑。

"市之进又开始借题发挥了。只因没有实力，就践踏朝廷的意愿——如此天马行空的讨论只会令谈话变得一团糟。听好，没有实力，就说明如今无法立即攘夷。"

"可是，朝廷的意愿……"

"倘若不违背朝廷的意愿，就会在战斗中败北，日本就会被列强瓜分……这样行吗？"

"当然不行！"

"既然如此，就要实现公武合体，团结一心，积蓄实力……这才是当务之急。然而，当今世间的风气正逐渐偏离正轨。人们以为是幕府的存在限制了日本人实力的发挥……所以想要先行推翻幕府。"

"您认为这种想法是错误的？"

"市之进，人的想法不会完全正确，也不会完全错误。正确的理论有时也会过火，错误的理论中也会有难以割舍的热情。我绝非不赞成倒幕。如今的幕府，早已存在很多无论如何都无法应对国难的地方……自谱代大名之中遴选老中便是一个很明显的例子。连自全国录用人才的道路都被封死，实在太不像话了。话虽如此，倘若先决定倒幕，日本这匹奔马将不知奔向何方。很多人嘴上倡导尊皇攘夷，心里却耍小聪明，打算让己藩将德川幕府取而代之。于是，甲和英国勾结，乙同法国联手，丙与俄国结盟，丁和美国……如此一来，宝贵的日本究竟会变成什么模样？不要说攘夷，简直就是故意唤来敌人，令日本沦为四分五裂的殖民地。你们明白吗？"

庆喜的声音再次变得低沉安静。

四

“也就是说，公子……您如今并不赞成倒幕……”

圆四郎紧皱眉头说道。

“可是，您说您很了解志士们的志愿。”

“没错。倘若如今开展倒幕运动，就会变成中国所谓的革命乱世，无法收场。届时攘夷将无从谈起，只会令列强欣喜，让他们坐收渔翁之利。”

“既然如此！”

市之进再次开口说道。

“公子认为究竟应该怎样做？”

“首先开国，取长补短，积蓄实力，这才是公武合体真正目的所在……倘若我就此接受后见职的职位，便会被幕府所厌恶，志士们也会以倒幕为目标暗中展开行动……届时将无法收场。”

“这、这我们知道，可究竟该怎么做呢？”

“你还是这么直接……好吧好吧，容我细细说来。我不打算移居水户藩邸避难，而是暂时将命运交由神佛来决定，继续抄写《莲华品》。你们明白吗？时机尚未成熟啊！”

三人面面相觑，深深地叹了口气。

他们本打算让一桥卿暂时住在水户藩邸，然后汇聚众人“让一桥卿担任后见职，让越前公担任大老”的呼声，令一桥卿得以光明正大地出马。

但在庆喜看来，他似乎什么也做不了。

至于理由，似乎是诸藩志士们的思想风潮已经倾向于先行倒幕。

（事情变得棘手了……）

平冈圆四郎不由自主地再次抱起了臂膀。

希望实现公武合体，也就是大规模改革幕政，开辟跨越身份制度的人才录用之路……这不过是全国志士们期待一桥卿出马的表面目的，真正目的却逐渐变成倒幕。

庆喜敏锐地看穿了这一点。

话虽如此，倘若此时传出一桥卿已变节为开国论者而不再是攘夷论者的谣言，事态将变得更加无法收场。

正因为庆喜是水户烈公之子，是志士们值得信赖的纯洁的勤皇攘夷派盟主，所以一定会激发与井伊直弼掌权时不可同日而语的巨大骚乱。

正在此时，一直不在场的侧用人黑川嘉兵卫走了进来。

“打扰公子谈话了，越前公悄悄前来，说一定要见公子。”

“什么？越前的春岳殿下……”

圆四郎脸色一变，站起身来。越前公一定也是来询问庆喜的觉悟的。

“你就说我今日偶染风寒，正卧病在床。”

庆喜若无其事地下了逐客令。

“我和你们还没说清楚呢，见越前公也无济于事，就委婉地拒绝他吧。”

“可是……人家特意前来……”

圆四郎尚未说完，黑川嘉兵卫又接着说道：

“与越前大人一同前来的还有一位名叫新门辰五郎的市消防员。”

“什么？新门来了……”

“是的。他听闻公子欲前往水户藩邸，便要在途中加以保护……”

“嘉兵卫！是你请求他这样做的吧？”

“是的，这、这个……”

“看来你们已经将步骤都计划好了啊，但很遗憾，我还不会成为你们的玩具。今天只能让你们回去了，我尚未决定，现在你们内心凌乱，无法回答我的问题。”

庆喜一旦话说出口，任何情况下都不会让步。正因如此，他的近侍和御三家的一部分人才会称他为“固执公子”。

圆四郎摇了摇头，向嘉兵卫催促道：

“这就没办法了。黑川君，你就说公子今日染病，请春岳殿下暂且回去吧。”

圆四郎与嘉兵卫一同离开房间，只见一直默默听众人交谈的余四麿突然拍着大腿，发疯般的喊道：

“对啊！染病！的确是染病了！”

庆喜吓了一跳，向年轻的余四麿望去。

“哦，余四麿，你知道我染病了？”

“不，一桥卿没有病！染病的是日本。”

余四麿表现出少年特有的意气风发，昂首挺胸，继续叫嚷道：

“市之进，一桥卿出马之前，你和我们需要先下定决心。”

“我们的决心……已经准备充分，随时都可献出生命……”

“非也！”

余四麿迫不及待地打断了市之进。

“长此以往，天平将由攘夷倾向倒幕，天下将陷入你争我夺……届时将内乱四起。没错！形势的确变了，对吧，哥哥？”

庆喜脸上露出苦涩的表情，从弟弟身上收回目光。

少年余四麿竟然看出了圆四郎、长十郎和嘉兵卫都不明白的事情。

这是纷争不断后的成人们的混乱。倘若不能严格立足于现实，冷静地化解纷争，井伊直弼之前的牺牲也好、直弼之死也好、因杀死直弼而受到处分的水户志士们的志向也好，都将沦为肮脏的丑事。

“市之进！”

余四麿再次开口说道：

“朝廷的天皇若是不能看清当今形势，成何体统。听好，如今国家并无立即攘夷的实力……可天皇却要先行攘夷。但无论怎么说，巧妇终究难为无米之炊。倘若勤皇家中混有坏人，令天皇以为幕府具备攘夷实力，该当如何是好？”

这一次，市之进脸色为之一变，重新望向余四麿。

五

当圆四郎和嘉兵卫送走松平春岳和新门辰五郎回到庆喜的起居室时，原市之进与余四麿之间正展开着令人不可思议的争论。

市之进大发雷霆，认为以尊皇为绝对的水户家少爷竟然玩弄文字非难天子，简直岂有此理，余四麿却紧紧咬住这个问题不放——

“我并非在非难天子，我只是说，抛开世界情形暂且不谈，不知天皇在决定攘夷之前是否了解日本的实力。倘若不了解真实情况，如何得以制定对策？”

“幕府表面看来似乎很有实力，并且与列强签订条约，但实际上，幕府毫无实力。”

这正是开国派与尊皇攘夷派一直以来对立的根本所在。

然而，对立之中，突然有人认为应先行推翻毫无实力的幕府，如此一来，情况就会为之一变。

倘若幕府灭亡，就必须有一个政治的执行机构取代幕府。于是，有人认为应该让一桥庆喜担任后见职，让越前的松平春岳（庆永）担任大老，但这显然不过是以倒幕为目标的过渡期的构想。从战略角度来说，这是一种策略，目的在于使庆喜脱离德川家，使春岳脱离亲族，从而加快其内部的瓦解。

“有不怀好意之人，打算故意令德川家瓦解。”

余四麿撅嘴说道。若要庆喜出马，首先要让天皇了解事情的真相，否则成何体统。

然而，如今却完全相反。朝廷出现了一派人物，以公武合体这个冠冕堂皇的名义为借口，强行提出连天皇本人都不曾想到的意见。

也就是说，这件事已经变成借天皇名义来实现倒幕目的的阴谋。

“如此一来，就会造成内乱，攘夷也将无从谈起。这正是一桥卿所担心的，你们难道不明白吗？”

接着，余四麿也偏离了主题——

“哥哥，请让余四麿进京。我要在京都拜访万里小路家（生母本家）或中山家，成为天狗，将内外情形详细禀告天皇。”

“哦？余四麿也要成为天狗了？”

“若是您不喜欢天狗这个词，称做侍从也可以。在非常时期，天皇身边也一定要有两三名侍从。”

“够了！我们还没谈到这件事呢！如何？越前公已经顺利回府了吗？”

“没有，听说公子今日偶染风寒，他显得很生气。”

听到嘉兵卫的回答，庆喜毫不忌讳地笑了起来。

“这可难办了。这个人也生气，那个人也发火，没有一个人能保持冷静。看来今天只得出了一个结论——正如余四磨所言，必须让天皇了解内外详情，否则，不要说公武合体，甚至连朝廷都可能被人当作倒幕的工具而加以利用，成为激发内乱的根源所在。”

说完，庆喜再次缓缓望向众人表情沉重的脸庞。

故国之路

一

庆喜意欲用自己的双眼和一颗心冷静地辨清日本如今究竟处于何种“苦境”。

当然，他还很年轻，他不会逃避国难，做一个超然世外的隐者。然而，他也没有愚蠢到稀里糊涂地投入权力斗争之中，受到无谓的伤害。

（因为有右，才会有左。）

在现象世界里，可以认为这是对立抗争的原点。非左即右、非右即左的行动是不会取得任何成果的。

从这个意义上来说，父亲也好，井伊直弼也好，二人都是失败者。最终形成了围绕和宫下嫁所展开的阴谋与欺瞒的对立。倘若对原点的过错置之不理，只会令对立变得越来越尖锐……

他的立场既非右，亦非左。勉强来讲，他正打算站在立体三角形的顶点环视左右。站在顶点以简化的眼光来看，左和右都不过是同一条线段（一体）的两个端点罢了。

然而，庆喜的亲信们尚未能够理解庆喜的立场。

从幕府来到一桥家的中根长十郎和黑川嘉兵卫不能立刻下定决心倒幕，而平冈圆四郎和原市之进思想也是万分凌乱。

身为幕臣的平冈圆四郎正在策划，一定要让未能成为第十四代将军的一桥庆喜担任将军的后见职，让他站在政治权力的最高点；而水户人原市之进较之圆四郎更是对庆喜寄予了深切的期待和厚望。

（唯有此人方能拯救日本！）

这种想法与其说单纯，倒不如说更接近于一种信仰——各藩尊皇攘夷志士自水户学所萌生的敬慕庆喜的信仰。

方才，庆喜试着从内部统一亲信们凌乱的想法，并且表达了自己的意愿。

然而，圆四郎和市之进只会圆睁双眼，歪着脑袋，毫不理解。

（这位固执公子竟然说要变成开国派，他究竟在想些什么……）

如此一来，打算让庆喜以将军后见职的身份登上政治舞台的支援势力、朝廷及尊皇攘夷雄藩都将一举抛弃庆喜。

萨摩也好，长州也好，京都的诸位公卿也好，都不可能支援抛弃尊皇攘夷而变成开国派的庆喜。

然而，只有尚且年幼的余四麿察觉到了庆喜的心意，拍着大腿说要前往京都。

庆喜当日并未说出什么结论，而是直接让众人退下了。

（不可心浮气躁……）

庆喜反省期间，幕府始祖东照权现曾时常扣问他的内心。如今，庆喜再次想象东照权现的面容浮现在自己眼前，借以自戒。

（可还是没有想到，事态竟会陷入如此僵局……）

这足以证明，纵有谋略，亦无政治。

“哥哥，您同意余四麿进京吗？”

庆喜回过神来，只见屋内只剩下余四麿和须贺二人。

周围已经变得昏暗，收拾好茶具后，须贺将烛台端来。准备点亮蜡烛的须贺询问庆喜是否要去夫人那里吃晚饭。

“天色已晚，今晚就在这里用膳吧。”

庆喜说完，命须贺点亮蜡烛。

“你还在啊？好，将余四麿的饭菜也送过来吧。”

“是。”

须贺悄悄地走出房间，余四麿则高兴地重新坐在了灯火对面。

“哥哥，我听说在这种阴暗的日子里，白天一桥家内院就会出现鬼魂……是真的吗？”

庆喜目光直直地射向余四磨，开口问道：

“你听谁说的？”

“母亲大人和睦（生母）都说过。”

“余四磨，你也喜欢鬼魂吗？”

“不，并非特别喜欢……不过，热热闹闹不是挺好的吗？鬼魂真好啊，心情好的时候就出现，心情不好的时候就消失。”

说完，余四磨或许觉得自己这样说有些不负责任，连忙补充道：

“母亲大人曾经说过……这件事令哥哥很可怜，美贺姐姐也很可怜。”

关于一桥家鬼魂一说，似乎不仅一桥家中，幕府和水户家也是议论纷纷。

夫人美贺嫁入不久，便于安政五年（1858年）7月产下一女，却于当日夭折，连名字都没来得及取。

前文已有提及，庆喜的原未婚妻一条辉姬（明治大帝皇后的姐姐）于出嫁前染上了天花，于是由菊亭之女美贺代替辉姬，以一条家养女的身份嫁给了庆喜。或许是辉姬看到自己脸上留下了丑陋的疤痕，便找人代嫁。可痊愈后的辉姬却对代替自己出嫁的美贺下了诅咒，然后自杀身亡。

这或许就是女性可悲的妒忌心吧……

“美贺岂会生下刑部卿的孩子？”

据说，辉姬死前曾如此诅咒，而一桥卿的第一个女儿确实在出生当日便即身亡。从那以后，夫人变得对鬼魂极度恐惧，直到如今，她仍在偷偷祭祀辉姬之灵，每日惊恐不已。

因此，庆喜对待夫人的态度也逐渐变得冷淡起来。

“有人说哥哥很寂寞，必须找一个人来陪伴。”

“谁说的？”

“一桥家的德信院夫人。”

德信院是一桥的义母。

庆喜苦笑着向余四麿招了招手，口中说道：

“看来天狗让我知道了不少消息，至于天狗去京都的事嘛……”

“您同意吗？”

二

庆喜静静地向探出身子的余四麿凝视了半晌。这名少年最近非常有一副大人的样子，终于快要年满十五了。

（究竟能否起到作用呢？）

绝对不能因期望过重而压坏了正在成长的幼苗。

然而，要说到庆喜身边能够担任天皇近侍并阐明详情之人，也只有余四麿了。

“哥哥，余四麿若能进京，一定依照哥哥的命令行事！”

庆喜故意没有回答。

“倘若我要余四麿在江户行事……你会怎样做？”

“在江户行事……”

余四麿双肩低垂，显得极为失望。

“若是那样，我将不会听从您的命令。”

“我要问的是，你不听从命令又要怎样做？”

“我还是要成为天狗，组建神出鬼没的天狗党，先将夷人的公馆都烧掉。”

“那样做又将引起骚乱！”

“没错。幕府、朝廷和众大名都不具备攘夷实力……既然如此，别无他法。我要在任何人都找不到的地方建立根据地，对夷人的房子建一次烧一次……也就是说，我要和夷人比拼耐力，几次、甚至几十次都没关系，直到他们感到恐慌，认为这个天狗之国、鬼魂之国已危险得无法居住而逃走为止。”

余四麿耸起肩膀，开口说道。

"你方才说，进京后会老老实实地按照我的话去做？"

庆喜迅速地转移了话题。

"哥哥，您同意了？"

"是啊，去万里小路家之前，你先去拜访有栖川亲王家吧！"

"是！如此一来……"

"然后，你可以代替哥哥或父亲到天皇身边供职吗？"

"那还用说！"

"天狗与鬼魂不同，在朝廷做事是非常无聊寂寞的，你能忍受吗？"

"这么说您是同意了？"

"好吧，就依照我们所讲的，你暂时老老实实地等待命令吧。"

倘若放手不管，血气方刚的余四麿或许会离家出走，投身到志士当中。庆喜暗自决定，索性先将余四麿送入京都，暂时积累侍从的经验。

当然，让他成为达成真正的公武合体所必需的下一块基石也是庆喜此举的目的之一，但此刻尚不能对余四麿明言。

"若出意外，即刻返回，重新商议。并且，此事不能向任何人透露，必须令世人以为余四麿体弱多病，正待在小石川的藩邸里……明白吗？"

正在此时，须贺端着食案走了进来。

余四麿重新坐正，向兄长施了一礼。只见他双眸有如星星般闪闪发光。

这位余四麿便是后来与天诛组的中山忠光等人多方联络、十六岁便在战斗中负伤而死的从四位权侍从松平左卫门督昭训，似乎在当时，昭训的性格便已令人有了破绽百出的天狗的感觉。

余四麿前往京都后，在聚集于学习院的志士和天诛组的贵族子弟中间被称做"水之侍从"或"水之天狗"。显然，"水"便是水户的水。在一段时间内，他于公家之间往来奔走，负责联络、收集各种各样的情报，宛如庆喜的左膀右臂。

他年仅十六岁时便死去，被追赠四位官衔。听闻他的死讯，连贞芳院——即文明夫人也痛哭惋惜，可见他当时应该是一位非常聪明英俊、惹人怜爱的贵公子。

自从余四麿离开江户后，历史的齿轮突然加快了运转的速度。

大年过后，朝中有人提议将凶事不断的万延年号改为“文久”，重新纪元。于是，在3月29日，万延二年（1861年）被改元为文久元年。

然而，纵然改变年号，也没有对当时危如累卵的国情带来任何影响。

朝廷的一部分人已经开始通过和宫下嫁来寻找夺回政权的机会，志士们则开始明确发出倒幕呼声。

如此一来，在京都被称做五蛮的英、美、俄、法、荷也开始向幕府施加更大的压力。

到了6月，连瑞典和丹麦两国也来到横滨，提出通商要求。7月2日，英国终于强行提出获准测量沿岸的要求。

在这种氛围下，幕府为保住威信，对樱田门外事件中的水户浪人金子孙二郎及其下九人执行了死刑，使得浪人志士们变得更加激愤。

这简直就是憎恨和憎恨的恶性循环。

进入8月，当得知英国船舰的沿岸测量已经到达伊势和志摩海时，朝廷惊恐万分，催促幕府禁止其测量。

在如此无计可施且充满憎恨的混乱之中，和宫东下的日期被迫提前。10月20日，和宫坐轿自京都的桂御所出发，经由中仙道，于11月15日抵达江户。

和宫抵达江户后，先住进了三卿之一的清水府邸。实际上，结婚仪式是在翌年，即文久二年（1862年）2月11日举办的。而在结婚仪式举办的一个月前，即正月十五日，井伊直弼死后的负责人——老中安藤信正于坂下门外遇袭，史称“坂下门外之变”。发动袭击的是水户藩士平山兵介（二十二岁）、小田彦二郎（三十五岁）、黑泽五郎（二十五岁）、高畑房次郎（三十岁）、河边左治卫门（三十一岁）、越后的川本唯一（二十三岁）和下野的河野显三（二十五岁）七人，其中六人当场战死，唯一存活下来的河边左治卫门则跑到樱田的长州藩邸，干脆利落地剖腹自尽了。

而且，朝廷也开始秘密筹划，内定大原重德为敕使前往江户，以期干涉幕政。在朝廷的计划之中，德川庆喜自然是被加以巧妙利用。

三

（倘若有人想利用自己，那就利用好了……）

庆喜绝对没有逃避的打算，但问题在于结果。倘若自己出场不当，利用就会变成滥用，或许会加速日本亡国。

朝廷将派遣大原重德作为敕使前往江户——当先行一步进京的余四磨传回这条秘密消息后，庆喜再次将原市之进和平冈圆四郎唤到身边。

遗憾的是，庆喜身边除此二人，没有任何人能够感受到新时期的变动。

“市之进，你不要插嘴，先听我说。只要我不发问，你便不得回答。”

庆喜首先稳住年轻冲动的市之进。

“听说大原卿已决定来江户了？”

庆喜以轻柔的声音向圆四郎问道。

“是的，朝廷经过众议，一致认为只有公子方能拯救国难，必须通过敕命将公子推举为将军的后见职。否则，和宫下嫁将变得毫无意义，继而做出此决定。”

“是吗？直接促成此决定的人是谁？”

“这是所有勤皇派的意见……”

“圆四郎，这就是你的坏毛病。”

“啥……”

“你话语中的掩饰太多了，将掩饰通通去掉。听好，纵然天皇身边的诸位公卿全体赞成这个意见，他们也不具有任何实力。没有实力的人统一意见，倘若老中们不同意……该如何是好？”

庆喜静静地反问道，圆四郎立刻探出身子，似乎一直在等庆喜问出这句话。

“对此，朝廷早已明白，所以此次特命萨摩的三郎（久光）随敕使一同前来，还带着三百士兵。”

“哦，如此说来，朝廷是打算以萨摩的武力作为威胁，将我推上后见职的位子。倘若幕府不同意，京都和江户就会陷入一片战乱。”

“您说得有些过火了……朝廷这样做都是因为必须推举公子……无论如何，朝廷都是您的朋友。”

“等等，圆四郎，我既无朋友也无敌人，我对后见职一职也毫无兴趣。若是不需要我出马，我将十分高兴地蛰居此处。你就直说吧，不要掩饰。”

圆四郎顿时变得哑口无言，然后重重地咂了咂嘴。

“公子，全日本的志士们都信任您、依赖您啊！”

“哦，既然如此，我就更要保持冷静了，所以你也与我坦诚相谈吧。听好，朝廷是打算让和宫下嫁，然后派遣萨摩的久光，按照朝廷的想法改变政策。”

“您的说法也不是不可能……”

“如此一来，我就成了朝廷的傀儡。虽然我不知道主意出自何人，但让我成为朝廷的傀儡，与幕府反复展开无聊的争论，那还是免了。争论只会令双方交恶，对拯救国难没有任何帮助。这种愚蠢的敌对我是不会去做的。你一定要将此牢记于心，否则我将很为难。”

庆喜措辞逻辑清晰，犹如快刀斩乱麻。圆四郎忍不住开口说道：

“公子这样说实在太无情了。朝廷是为了让公子出面，这才大费周章，以令幕府无法拒绝。”

“你的想法偏离正题了。问题的本质不在于哪一方如何打败对手，也不在于哪一方如何被对手打败。倘若我出马亦不能拯救国难，岂不是毫无意义？”

“关于此事，或多或少存有异议。整个日本都对公子寄予厚望，您一定要主动出面，裁断时局，否则事情将难以收场。”

“既然如此，我来问你，幕府也希望我出面吗？”

“那当然还没有……”

“将军已经年满十六岁，连此前一直担任后见职的田安先生都被弃之不用，又如何会让我来担任后见职呢？”

“大原卿和萨摩方面都已表示，倘若不能改变幕府的看法，恐怕会导致前所未有的激烈谈判。即使老中和将军迫不得已请求公子出马，您也打算拒绝吗？”

圆四郎最近非常善于运用反问技巧。

“如此说来，你多少也知道一些朝廷的攻击要领喽？”

“那是自然！”

原市之进忍不住插嘴说道。

“你闭嘴。”

庆喜严厉地呵斥道。

“朝廷打算如何攻击幕府呢？”

“朝廷似乎制定了《朝旨三事之策》。”

“《朝旨三事之策》？”

“是的。第一，要将军亲自进京商议国策。第二，由萨摩、长州、土佐、仙台和佐贺的实力藩主组成五大老，参与国政策划。第三，任命公子担任将军后见职，春岳公担任大老，统率众人……这是朝廷决不让步的三项要求。”

连圆四郎也颇有顾忌地压低了声音。从原有的幕政来看，所有的谱代大名都被排除，这是破天荒的大改革。

然而，庆喜并没有表现出惊愕。

“哦，也就是说，老中全部换成外样大名，而且，若有人鸣不平，就叫那人来找越前和我，对吧？”

“若不如此，庶政一新将毫无指望。”

“你认为这是谁想出的主意？”

“应该是以中山忠能、正亲町三条实爱和岩仓具视三位公卿为核心决定的。”

庆喜放声大笑，很难想象如此粗鲁之状竟会表现在他身上。

“看吧，这是萨摩、长州的孩子们和岩仓具视周围的淘气鬼制订的计划，大原卿中计了。哈哈哈……真是蹩脚的圈套啊，还没到我出场呢。哈哈哈……”

四

“真没想到！无论制定方案的人是谁，此事已经得到敕许，由敕使下达命令……您难道还能拒绝吗？”

圆四郎脸色大变，开口反问道。

“镇定。敕使也好，天皇本人的命令也好，若是亡国之策，我无论如何也不会跪拜领受。”

“如此说来，您打算违抗敕许？”

“既不违抗敕许又表示拒绝，其方法有很多。坚决拜辞任命要比灭国的不忠好得多……听好，一直以来，幕府的缺点就在于不让谱代大名之外的人参与政治。倘若此次由外样大名的五大老掌控政治，形势将完全相反。如此一来，只会搅乱局势，日本国一分为二的趋势只会日趋激化。”

“既然如此，该如何是好呢？”

“我是不会参加以倒幕为目标的改革的。如此目光短浅的妄动既非尊皇，也非攘夷。圆四郎、市之进，你们听好。若非真正的尊皇攘夷，我一桥庆喜是不会出马的。明白吗？”

“所以……我才会问该如何是好。”

“你还不明白吗？”

庆喜恨铁不成钢地咂了咂嘴。

“首先要开国。请求朝廷同意开国，不要从心底里厌恶夷人。事实上，牛痘对病症的治疗是有效的，猪肉吃起来也很好吃。我们应该敞开胸襟，睁开双眼，重新审视这个世界。以虔诚的态度学习精华，去除糟粕。父亲的著述中曾有‘文明’一词，这是水户的母亲最喜欢的一个词，她希望用这个词作为自己的谥号。我们应该心怀文明，以足够的度量和勇气正视对手，令对手为自己所犯下的错误忏悔。我已经明白，我们如今别无他法，只有开国，开拓文明的领地。因此，你们首先若不能赞成开国，我是不会出面的。明白吗？”

庆喜仍旧煞费苦心地让二人先理解自己的心境。

“视开国与攘夷为对立，乃是一种钻牛角尖的幼稚兵法，就好像某人身上带着刀，就一定要拔出刀来砍人一样。带刀是为了拯救邻人的危难……若能明白这一点，你们就会发现，开国也是攘夷的一种手段。只有真正明白了这个道理，才能增强国威，实现尊皇夙愿。如何？圆四郎，有没有多少对我的话感到赞同？”

然而，圆四郎似乎仍在琢磨庆喜话语中的逻辑，眼中古怪的怒意并未消除。

“如此说来，您仍要变成开国派？”

“是的。”

庆喜若无其事地点了点头。

“我已明白，若不如此，尊皇和攘夷都将无法实现。我不会受淘气鬼的摆布，做一个亡国舞台上的主角。”

显然，当时公武合体的运动在于创造出“举国一致”的态势。

以前并不是没有过这种想法。在认识到国难深刻的同时，关白鹰司政通就曾倡导过公武合体，井伊直弼也曾希望实现这一目标。然而，这些人都不具备实现公武合体的政治手段和头脑，反而变得彼此不是朋友就是敌人，围绕倒幕问题形成了今日的对立局面。

从这一形势分析可知，正因为庆喜处于当前的地位，才会拥有远超众大名和各藩志士的敏锐见识。

（天皇尚无倒幕的想法……）

通过天皇准许和宫下嫁一事，庆喜清楚地看出了这一点。

天皇之所以贯彻攘夷论，是源自身居皇位则必须完成维护国体使命这一责任感。

既然天皇没有倒幕的想法，也就应该没有一手掌控政权的想法。

天皇打算通过将和宫嫁给将军家茂来实现公武一家，以此庇护幕府，在不违背政治委任原则的情况下创造“举国一致”的态势。

然而，天皇周围的气氛已经变得迥然不同。在庆喜看来，策划于坂下门外袭击阁老安藤信正的幕后人物——大桥讷庵等人的政治思想本来是以公武合体为权宜之计，通过讨伐幕府实现天皇亲政，但这种思想迅速转变成各藩的志向。

若被这些人摆布，首先是对天皇本意的违背，其次是对宗家德川幕府的反抗……更重要的是，“创造举国一致的态势”这一重大目的将被其所蹂躏。

说到受人摆布，庆喜深深地感到，此次率领三百士兵与大原敕使一同前来江户的萨藩岛津三郎久光（齐彬之弟，藩主之父）也已经陷入别人的摆布之中。

岛津久光此番前来，也一定是为了公武合体（举国一致），但不知他是否会被人利用来讨伐幕府……

“我不再说什么了，你们二人好好商量一下吧。”

庆喜向仍旧眼中放光、面面相觑的市之进和圆四郎说道。

“倘若连你们都不能理解我的想法，我就算出马也无济于事。听好，若当前的情形没有改变，纵然朝廷下达敕命……我也只能辞退。若是无论如何都不能辞退，我纵然剖腹也会请辞。你们要切记，倘若无法辞退，我还可以剖腹自尽。要谨慎发言啊！”

庆喜向二人说着，故意在最后放缓了语气。

二人面面相觑，放在腿上的手指神经质般的不住地颤抖。

不知不觉间，屋外静静地下起了小雨。

猪一公子

一

圆四郎和市之进离开庆喜的起居室后回到诘间，彼此相顾无言。

天已破晓，须贺端着两个大碗走了进来，碗里盛着热气腾腾的炖肉面。市之进一见之下便皱起了眉头。

“是炖猪肉面？”

“是的，因昨晚下雨，格外寒冷。”

“这是公子的命令吗？”

须贺并未回答，而是笑着离开了。

“固执公子的本领真令人叹服啊！”

“敕使也好，敕命也好，只要想拒绝就有拒绝的办法。竟然提到剖腹……我们要小心啊！”

“若不开国，就无法救国……公子让我们吃猪肉，似乎打算借此软化我们。”

“我们若不吃，他必定会非常生气，还是边吃边谈吧。”

圆四郎的肚子“咕噜”叫了一声，市之进也咂着嘴端起大碗。

面条极烫，二人一边吹凉，一边送入口中。味道自然很好，二人此前之所以没吃就讨厌猪肉，觉得难以忍受，完全是他们的洁癖感在作祟。

“当真不开国就无法拯救当前国难吗？”

市之进吃掉了三分之二的面条，终于忍不住开口问道。

“嗯，这和方才所说的问题不一样啊！”

“有何不同？”

“一桥卿若是变节成了开国派……朝廷和志士们会让公子继续活着吗？”

“那件事自然要保密。”

“可如此一来，我们的做法也会变得不同，一定会有人觉得古怪。”

二人再次陷入沉默。他们吃完面条，连汤都喝了个干净，放下大碗，只听见走廊里响起安静而迅速的脚步声。

“二位，我可以进来吗？”

“哦，是猪饲君啊，进来吧。”

猪饲胜三郎草草地向走廊两端张望了一下，便倒退着走进房中。

“越前家传来秘密消息，说京都出大事了，特让我转告平冈君。”

“什么！京都出大事了？”

“是的。预定与敕使大原卿一同进京的岛津久光得知家臣中的过激派于伏见的寺田屋秘密聚会，便发动袭击，杀死藩士八人，勒令三十余人在伏见藩邸内幽闭，另外三十人则在锦小路的藩邸幽闭。”

这便是世人所说的寺田屋骚乱。江户自然无法正确理解发生骚乱的原因。

“什么？岛津先生？杀了藩士！”

“因此，越前认为敕使前往江户的日期很可能会延后……稍后会有详细报告。”

“这一消息是自越前何人口中传出来的？”

“一色直温先生。”

“嗯，那就应该不是谣传。话虽如此，竟然会杀死八人、勒令六十余人幽闭！？”

事态已经深深陷入越来越狂暴的旋涡之中。

二

伏见的寺田屋骚乱发生之前，以萨摩藩士有马新七、久留米的真木和泉等人为中心的七十余名诸藩志士，计划袭击关白九条尚忠、所司代酒井忠义等邸宅，将这些人一举暗杀，占领京都，以此作为“讨幕实践”的导火索。然而，由于他们一直信任的岛津久光发动攻击，在一触即发的关键时刻，暴动便胎死腹中。

当时，岛津久光率领亲信大久保一藏（后来的利通）、小松带刀等约千名士兵进京，可谓是“公武合体”运动的核心力量。

久光通过近卫忠房、中山忠能和三条实爱等人向朝廷提出的建议要旨可以归纳为以下三点——

一、撤消安政大狱中获罪的青莲院宫（中川宫）、近卫忠熙、鹰司政通和辅熙的反省处分。

二、撤消一桥庆喜、德川庆胜（尾张）和松平春岳的反省处分，任命庆喜担任将军后见职，春岳担任大老。

三、取缔传播流言蜚语的志士浪人们轻蔑法度且毫无责任的政治活动……

天皇准许和宫下嫁，一心希望实现“公武合体”——即国论统一，他看到这份建言应该是高兴的。但同时，久光却不得不斩杀自己家臣中的“倒幕派”并镇压志士，真是讽刺啊！

然而，在幕府看来，岛津久光对暴徒的镇压是对京都防卫能力的怀疑，造成了极不体面的后果。

“这可不得了了……”

连平冈圆四郎都敏锐地看出了问题的核心所在。

“这岂非暗示京都要被萨摩占领了？”

“是吗？”

市之进张口问道。

“所司代和町奉行的职责何在？他们不仅未能探知如此不逞企图，还要靠萨摩来镇压……这岂非向天下证实，幕府根本就是废物？”

“如此说来，确实如此。”

“我们也得重新考虑才行。”

“重新考虑什么？”

圆四郎并未回答，而是匆匆起身，来到走廊。春日夜里的细雨淅淅沥沥地淋湿大地，屋外一片烟雨迷蒙。

他望着眼前的庭院，最先浮现在心头的并非在寺田屋被杀的萨摩藩士，而是分别被监禁在萨藩伏见藩邸和锦小路藩邸的六十余名诸国志士的激愤和今后的命运。

他们一定会认为自己“被久光出卖了”，并因此诅咒不已。

（原来如此，公子说得没错，每发生一件事，就只会加剧国内憎恨与分裂的斗争……）

想到这里，圆四郎顿时觉得胸口发闷。

市之进坐在房间里，双臂抱膀，仰头凝视着天花板，恐怕也产生了同样的念头。

正在这时，须贺悄悄走入屋内，开始收拾大碗。

须贺将大碗叠放在一起，正打算悄无声息地走出房间，原市之进突然无可奈何地叫住了须贺。

“对了，须贺，或许你反而会明白。”

须贺惊吓似的停下脚步。

“明白什么？”

“公子为何如此固执？竟然连敕命都不会接受。”

须贺略微踌躇了一下。她似乎想说什么，最终却只是轻轻地摇了摇头。

“须贺只是一名女子，怎会明白？”

“但你是被选中的水户女子，而且，常言道旁观者清。”

“是啊，早就应该听听须贺的意见。”

圆四郎也连忙自走廊回到房间。

“我们的越分举动令公子生气了吗？”

须贺再次不可思议地望向二人。作为庆喜接触的第一个女人，她已经克制住自己的恋情，决心一生奉公。一旦心意已决，其气魄丝毫不逊于男儿。

须贺将大碗置于自己腿前，静静地微笑着说道：

“我认为公子心意已决。”

“无论发生何事都不会出马？”

须贺缓缓摇了摇头。

“那么……那么，你认为他是如何决定的？”

“他打算同意……”

“什么！难道方才的固执是在演戏？”

须贺又笑着摇了摇头。

“派遣余四麿少爷进京便是一个证据，接下来就要看平冈君和原君的觉悟了。”

“什么？要看我们的觉悟……”

“是的。公子知道你们与萨摩侯和大原卿互有联络……”

须贺突然端起放下的大碗，继续说道：

“公子或许以为，倘若你们只能做到这样，纵然举动越分，也终是没有觉悟……须贺多言了，二位请慢坐。”

须贺离开后，圆四郎和市之进双双低声嘀咕起来，似乎在说给彼此听一般。二人一定已有所醒悟。

“原来如此，果然……”

“果然……”

二人双双点了点头，市之进再次嘀咕道：

“可是，如此一来，纵有多条命也不够啊！”

圆四郎立刻反问道：

“如此说来，从今天开始，原君也要变节成为开国派？”

“胡说！并非变节，而是……”

说着，市之进厌恶地咂了咂嘴。

“必须变成俗话说的骑墙派。”

“骑墙派？”

“没错。若已具备如此觉悟，纵是敕命也不能接受。”

“也就是说，一桥要变成二桥？”

“不愧是猪一公子啊！”

说完，二人互望了一眼，又双双陷入沉默。

三

对平冈圆四郎和原市之进而言，这种想法令二人觉得出奇的肮脏。

武士必须过着以信义为上的清廉生活。倘若二人起初便赞同开国倒也罢了，但于一桥家做事的圆四郎出身旗本，坚信尊皇攘夷乃正义之举。至于年轻的原市之进，则出身于被全国各藩志士奉为尊皇攘夷圣地的水户藩。

而庆喜故意要求二人做出成为双面间谍的觉悟，采取模棱两可的态度，见到开国派就装作开国派，见到尊皇攘夷派就装作尊皇攘夷派。

“公子似乎认为……无论本意如何，都必须成为骑墙派，否则无法令国家团结。”

经过漫长的沉默后，圆四郎开口说道。

“好！”

市之进眼中射出凌厉的光芒，拍着大腿说道。

“我决定了！为了贯彻尊皇攘夷，我就变成彻底的骑墙派好了。不，只要公子能明白我的心意，即便为此献身亦在所不惜。”

然而，圆四郎并未立刻表示赞同。

“这是一种强迫，与被迫剖腹并无不同。”

“你的意思是说，因此就不能做出觉悟？”

圆四郎皱着眉头，单膝跪地，开口说道：

“你若这样说，那就将我杀了吧，这不正是水户的激情？”

“如此说来，你也会与我一同做出如此觉悟？”

圆四郎笑着点了点头。

“被你杀死可不是什么高兴的事，不过，我们今后会遭到很猛烈的攻击哦！”

“当然，我已做好心理准备了！”

“会形成五股大的势力。”

圆四郎毕竟比市之进年长。

在伏见的寺田屋事件中，岛津久光杀死了八名萨摩藩士，将六十余名尊皇攘夷派的志士视作暴徒统统抓了起来，恐怕这一事件不会就此了结。

“岛津三郎的行为简直比井伊直弼的安政大狱还要粗暴。”

“原来如此，这样做无疑会给将来带去巨大的影响。”

“没错。最重要的是，萨摩藩和长州藩之间的势力之争将因此变得更加激烈。长州一定会骤然改变藩论，与被视作暴徒的尊皇攘夷志士们站在同一战线。”

“嗯，如此一来，就形成了两股势力。”

“此外还有彻底的开国派与彻底的攘夷派……也就是幕府和朝廷，以及二者的合体派，再加上萨摩派和长州派，必然会形成五股势力的大混战……”

说到这里，圆四郎语气一变，似乎在再次劝说自己一般。

“岂止要变成骑墙派，倘若没有大智慧来压制这五股势力的混战，根本无力改变日本当前的局面。”

“所以才一定要公子出马……”

“我明白了！我们也主动跳进这个泥潭吧。圆四郎也觉悟了，圆四郎也觉悟了！”

对人类而言，“觉悟”是内心里一个不可思议的阀门。

平冈圆四郎和原市之进起初认为自己无异于被逼剖腹，可是——

（无论善恶都与此人一起……）

觉悟到这一点后，二人开始重新仰望庆喜，只觉庆喜的言行如一缕清爽的晨风，静静地吹散了他们心中堆积已久的黑暗，唤来了黎明。

最重要的是，庆喜身上毫无世俗之欲和野心等丑恶的行为。虽然他没有出头露面的想法，但毕竟是水户齐昭与有栖川亲王家吉子所生，并且以征夷大将军亲人的身份继承了一桥家，是今后会被拥立为将军的人物。

在这个世界上，他最初接触到的丑恶行为恐怕就是将军继嗣之争了。

而且，他很清楚，纵然在那场争斗中获胜，也不会为自己的生活带来任何幸福。

两名亲信越是拼命吵闹，庆喜就愈发觉得这是极端愚蠢的争斗。

因为井伊直弼的命令，庆喜宝贵的五年青春时光于无法随意外出的蛰居生活中流逝，但他对井伊并无丝毫怨恨。

如今萦绕在庆喜心头的只有世人对他的期待，而且他早已看穿了这种期待的本质所在。

庆喜没有做过任何事情，所以不会有可供世人进行评论的资料和业绩。但土佐的山内容堂曾经说过——“一桥卿若不出面，德川社稷不保”。出于这一高度的评价，连受到水户学影响的尊皇攘夷志士们都开始怀揣期待英雄出世的梦想，而这一期待甚至成为一种近乎于信仰的热情。

由于他未能当上将军，这种热情燃烧得更加猛烈。

“他一定会出面打败幕府官吏，坚决执行攘夷盛举，驱逐夷人，维护神州清净。”

“没错！他是日本的救星。”

而且，这把火甚至烧到了朝廷，因此，朝廷此次才派遣敕使前往江户。

当然，庆喜既没有暗中策划过任何阴谋，也没说过要挺身而出。

认为应该挺身而出、回应世人期待并积极行动的人是圆四郎和市之进，所以应该反省的是他们二人……

就在二人重新仰望庆喜时，京都正在紧锣密鼓地为岛津久光随敕使一同前往江户做准备。

久光是一个小型的野心家。世人评论，其器量不逊于乃兄齐彬，如今正是意气风发之际。

5月2日，他以寺田屋事件主谋者的罪名，在前往萨摩的船上将中山大纳言家的诸大夫田中河内介父子秘密杀害。

5月12日，他接到随同敕使大原重德东下的诏书。5月22日，二人离开京都前往江户。

四

对带领岛津久光前来的敕使大原重德的要求，幕府实在是再清楚不过了。

于是，幕府故意与敕使抵达江户的日子错开，命身在京都的所司代酒井若狭守忠义携老中联名签署文书，将将军家茂近期将亲自进京拜谒的意向上奏朝廷。

幕府此举意在先行表明，幕府不能够接受敕使的要求，纵然双方发生不愉快的冲突，身为朝廷女婿的将军家茂也打算直接进京协商，所以希望朝廷不要误解。

因此，敕使抵达江户之前，双方之间火花四溅的心理战就已经展开了。

6月7日，敕使大原重德抵达江户，住进了位于辰之口的“接待处”——传奏府邸。

当日，同行的岛津久光也故意拉着炮车示威，随后住进了位于高轮的萨摩藩邸。

两天后的6月9日，京都的所司代已将老中文书呈交朝廷，双方的激烈冲突已是不可避免。

大原重德当时是一位坚决攘夷的刚毅老公卿，在志士们中间名声赫赫。他的身份地位并不高，是宇田源氏庭田家（三百五十石）的分家，领俸米三十石供养三人，家传职业为御神乐[1]，时任左卫门督，成为敕使可算是破格提拔。

而且，这位老公卿深领天皇心意，立足于水户精神，坚信一定要让一桥庆喜出马，促成幕政大改革，其汹汹气势可想而知。

6月10日，大原重德初次登城。

首先于白书院举行了与将军见面的仪式，双方相互施礼后，敕使站在上位，向十七岁的将军口传了圣旨。

今因外夷之事，圣上深恐愧对神宫及列祖列宗，心甚苦闷，无日不思驱逐外夷，鉴于公武统一或可成事，故令和宫下嫁，示统一于天下，幕府务必于十年之内攘除外夷。以安圣虑……

双方之间的对比实在令人不可思议。一方是刚毅善感的老公卿，仿佛集草莽志士的不平和热情于一身；另一方则是在温室中长大的贵公子，对世俗的劳苦一无所知，如今正双手置于腿前，安静地聆听诏书……

老公卿不时擦拭热泪，继续叙述，说虽有长州松平大膳大夫（毛利）在公武之间斡旋，但西国和中国的浪人们蜂拥而起，眼看天下大乱步步趋近，幸亏岛津三郎（久光）能够保持镇静。

天下之幸即德川家之幸，德川家幸，朝廷自然安心。故经圣虑，于众多举措之中，以重用人才为重中之重，故此诏之。

诏书宣读完毕，大原重德才将人事通知书交给将军。

当敕使宣读圣谕，将通知书交给将军时，将军身旁仅有板仓周防守和水野和泉守两位老中，其他老中皆已辞职。

---

[1] 御神乐，是宫中举行的祭神乐事。

此外，重新自溜间诘被提拔进入幕阁的会津的松平肥后守容保也陪伴在将军身旁。

将军接过通知书后，歪着脑袋开始静静地阅读。只是阅读，其脸上既无感动的神色，也无不平不满的神情。阅读完毕，将军天真无邪地将通知书卷起，交给了身旁的肥后守。

老公卿忍不住插嘴问道：

“请问，越前候……春岳殿下还没有进入幕阁吗？”

“是的，还不至于让他出仕……”

板仓周防守开口答道。大原卿顿时涨红了脸。

然而，大原卿压住怒气，以教训孙子的口吻说道：

“朝廷之所以这样说，并非仗势欺人，只因若不能令公武统一、国内团结，便无法攘除外夷，故遣重德告知实情……你们明白吧？”

“明白。”

“至于任命一桥卿担任后见职一事，朝廷认为，既然大树公（将军）已近成年，又刚刚罢免了田安大纳言，故应以一桥卿名为辅弼，实为后见职，入幕阁共商政事。另外，既然大老一职向来由德川家家臣担任，倘若身为御家门的越前身份不符，可冠以政事总裁之名。而实际上，他应该掌握大老的权力，掌控所有政事。”

说着说着，这位血气方刚的老公卿变得越来越激动。

“各位都明白吧！以上所言都是为了实现德川家的中兴，为此，圣上殚精竭虑，这才下令任命一桥和越前。纵有不便，亦应破格提拔重用，故幕府理应尽快同意。”

大原重德声音洪亮高亢，将军缓缓环视众人，只见板仓胜静突然向将军使了个眼色。

将军再次静静地将双手置于腿前。

“待我深思熟虑后再行决定，在此之前，请敕使……”

“什么！深思熟虑之后再行决定……此时此刻又不是不能决定。”

然而，年轻的将军并未接受对方的逻辑。他清澈的眼眸中浮现出笑意，再次静静地抬起头来，用浅吟低唱般的声音回答道：

"请容我仔细斟酌后再行决定。"

"唔。"

连大原卿都对将军的毫无反应感到无可奈何，当日只好回到了接待处。

恐怕敕使自己也已想到，幕府是不会当场便同意朝廷的要求的。

敕使离开后，江户城内外都笼罩在人心惶惶的紧张气氛中。

五

天皇直接干涉幕府的人事安排……镰仓时代自不用说，自室町时代和庆长以后都没有如此先例。

如今，朝廷却公然打破了这一规矩，而且提出要求的并非外人。

（这才是拯救幕府脱离困境的唯一选择……）

正因为坚信这一点，将军才请求和宫下嫁，而如今，天皇以将军正夫人父亲（其实是哥哥）的身份派遣敕使传达旨意，彻底打乱了幕府的计划。

幕府强迫朝廷准许和宫下嫁，自以为得计，实际却是算计失误，无异于自掘坟墓，以致身陷极其讽刺的无计可施的困境。

从这个意义上来说，从一开始，制订并执行这一计划的老中安藤信正和久世广周与朝廷的岩仓具视在角色上就有着很大的不同。而且，安藤和久世都已辞任老中。如今，岩仓具视一定正在京都冷冷地看着自己新写下的好戏——"和宫下嫁"的第二幕缓缓拉开帷幕。

当时六十二岁的敕使大原重德也好，在他身后示威的岛津久光也好，显然都是岩仓具视选中的配角，他们与血性的萨、长志士们一样，都是为这个剧本增光添彩的合适人选。

然而，在实际的政治舞台上，无论剧本多么巧妙，也不是所有事都能依照剧本顺利地演下去。

（这可如何是好？）

送走敕使后，老中板仓周防守将十七岁的将军送入新婚妻子等待的大奥，便脚步沉重地退了出去。而此时他的府上，正有一位出人意料的来访者等候着他。

此人便是大奥的老女杉浦。

看到板仓胜静，杉浦说道：

“您费心了。”

眼看四下无人，杉浦便从怀中掏出一个小包裹。

“今日登城的敕使……其实是萨摩的岛津三郎在幕后操纵的傀儡。”

“什么？大原卿是傀儡……”

“是的，请看看这个。这是桥本宰相中将自京都写下的书简，是由如今身在大奥的和宫小姐的生母——桥本观行院夫人寄来的。”

板仓吓了一跳，连忙自包裹中取出书信。

此次派遣敕使之举皆因岛津家之请，若满足萨摩，圣上亦觉将军可怜……

原来如此。一开始就明确地指出圣上亦觉将军可怜，这样说自然是考虑到人在江户的和宫的立场，以示慰问。

对于真心希望公武合体的板仓周防守而言，现下的心情或是出乎意料，或是可恶至极，总之是无法形容的恐惧。

“也就是说，一切都是受萨摩威胁所致？”

“是的……请您继续往下看。”

杉浦再次向四下看了看，压低声音说道。

板仓周防守是一位稳健的人物，他当初曾向井伊直弼指出安政大狱的量刑过于严苛，一度被罢免老中之职。

正因如此，派遣大原敕使并非天皇本意，而是岛津家的请求，天皇亦感将军可怜……这句话深深地刺进他的内心。

萨摩拥重兵入京，镇压浪人暴举，一时耀武扬威，迫至帝帷，强行扰乱国论宗旨……

板仓慌忙放下书信，开口问道：

“杉浦……我可以抄写一份吗？”

“这个……”

“这很重要，请允许我抄写一份，希望你装作不知此事。”

“同样的信也寄给了和宫小姐……不，寄给了正夫人。”

这时，板仓已经取出文具，认真地将书信内容抄写在备忘录上。

杉浦转过头去，佯装不知。

这封信提到的大原敕使史无前例的干涉一事，对势单力微的老中们而言，是一个极其重要的情报。

（天皇一定不希望这样……）

明白了这一点，答案也便明了——既然幕府已将将军家茂进京的意向上奏朝廷，此刻便可拒绝领受诏书。

板仓秘密地将杉浦送回大奥，并于当夜向四面八方派遣人手。

翌日，即11日上午，预先筹备工作已妥当，接下来只请御三家、御三卿、松平春岳（越前）与松平肥后守容保（会津）二侯和所有老中登城，商议如何答复诏书。

当时，老中共有四人，除板仓周防守外，还有水野和泉守、松平备前守和胁坂中务大辅。

一桥家自然也收到了通知，此乃庆喜时隔五年后，第一次出现于幕府之中。

当时，庆喜的随从是黑川嘉兵卫和平冈圆四郎，圆四郎已经相信主公会领受诏书，当庆喜走出起居室时，他小声但明确地表达了自己的决心——

“我们都要和公子一同成为开国派。”

商议的地点在幕府中的黑书院。当庆喜于上午九点步入黑书院时，只见尾张前中纳言、大纳言、纪伊中纳言和松平春岳四人已经先行抵达，个个神情极度紧张。

老中们一定聚在诘间内，正商量如何展开商议。

片刻过后，庆喜的哥哥水户中纳言和此前一直担任将军后见职的田安大纳言走了进来。

“大家终于都聚齐了。”

田安大纳言颇为感慨地开口说道，但并没有人立刻作出回应。

御三家和御家门都因安政的井伊风波而变得伤痕累累，如今，虽然黑暗的浓雾已经暂时散去，却没有人会眉开眼笑……

六

走进黑书院，老中们首先向众人出示了大原敕使带来的“通知书”。

然而，针对这份通知书众说纷纭，时至今日仍未弄清其中的内容。

倘若出示的是《朝旨三事之策》，内容则应该为如下三条——

一、要求将军进京商议国策。

二、由萨摩、长州、土佐、仙台和佐贺的实力藩主组成五大老，参与国政策划。

三、任命庆喜担任将军后见职，春岳担任大老。

第一条将军进京之事，幕府已经抢先上奏朝廷，第二条五大老之事，似乎并非当日议题，所以，这份通知书应该是针对第三条的人事安排而重新撰写的。

“且不管将军进京之事，关于幕府是否能够如约在十年内攘夷，我们应该将慎重商议的结果上奏朝廷。”

“没错。”

“既然如此，如何答复就要看春岳殿下和一桥卿是否同意担任政事总裁和后见职了。春岳殿下……您意下如何？”

尾张中纳言以闲聊的口吻问道。听毕，当时三十五岁的松平春岳立刻血涌双颊，斩钉截铁地答道：

“只要各位都同意，我亦不惧面对艰难时局。”

“一桥卿呢？”

这次发问的是田安大纳言。一种不可思议的紧张气息顿时弥漫在众人之间。所有老中都持反对意见，这正是当日问题所在。

庆喜当时正望向庭院。

他静静地收回目光，望向在座众人，微微歪着脑袋说道：

“我拒绝。”

他的言谈之间毫无做作之态。

“啥？”

胁坂安宅反问道。

“我没有信心，所以拒绝。”

“真没想到！面对如此艰难时局，谁又敢说自己有信心呢？”

就在板仓胜静松了口气的同时，春岳探出身子说道。

庆喜并不马虎，他注意到了二人明显不同的反应。

“这并非天皇本意，根本就是萨摩的岛津三郎在操纵敕使……既然知道真相，就应充分陈述将军的意见，延期答复。”

庆喜毫不犹豫地答道，然后迅速转移话题。

“有时，表现出将军与正夫人关系和睦要比在这里左思右想来得容易。”

“啥？”

水野和泉守又极为震惊地反问道。

老中们最担心的是庆喜说出“我同意”……

“倘若将军与正夫人不能和睦相处，公武合体就会沦为笑柄。凡事都要先顾及眼前，当前，最重要的是先确保关系和睦……这是战胜艰难时局的开端。”

庆喜干脆利落地转移了话题，令现场无比紧张的气氛暂时缓和下来。

（还没到固执地争论不休的阶段……）

众人已经知晓朝廷派遣敕使的真相，只需要适当地应付大原卿，观察对方的态度即可。

正因为时间绰绰有余，因此既可准确地把握萨摩的意向，也可研究善后的对策。

首先，将军直接进京，凭借所谓的女婿与丈人的关系，彼此相互表明真情，友好协商——制定这一方案的人便是长井雅乐。

将军进京之事已经上奏朝廷。

长州正与萨摩在京都的势力相互争斗，而此时为避免立即答复敕使，长州不会和萨摩一同勃然大怒。

总之，时代已不允许玩弄权谋术数，扩张自家势力，毫无实力之人虚张声势，仅凭镇压就可为所欲为的做法也已行不通了。

蜂拥而至的列强外交团巧妙地联合在一起，正在等待日本发生内乱。一旦发生内乱，他们就会依据各自实力，分割管辖日本列岛。

正因为已经深刻地了解到这一点，庆喜才会表现出如此态度，与这些因眼前之事而头脑发热的人相比，双方的想法在出发点上便不同。

越前的春岳似乎十分不满，当日，商议最终还是以这些久未碰面之人的闲谈而告终。不，应该说，在商议结束时，庆喜卓越的政治家天分已经显露出了冰山一角……

得知庆喜本人并无出头露面的意愿，老中们松了一口气。

到了下午，众人一同前去拜谒了将军家茂，然后各自离开。

正因如此，在两天后的13日，当敕使大原重德咳嗽着出现在幕府，再次催促幕府对诏书作出答复时，老中们出门相迎表现得出奇的镇静。

“越前侯或许会同意，一桥卿却明确地拒绝了。他说没有信心，即使勉强令没有信心的人出面也无济于事……因此，将军表示要亲自进京，阐明详情。”

这实在是条理分明的拒绝。

刚直的大原卿顿时脸色一变，无话可说。

“也就是说，将军打算无视诏书？”

“不可胡说！将军是打算亲自进京上奏……”

庆喜的“拒绝”立足于简单明了的计划，将敕使的个人意见和感情一口拒绝。

“因此，请敕使好好休息后便返京吧。”

三杰斗智

一

大原敕使浑身颤抖地返回接待处后，立刻派遣使者前往高轮的萨摩藩邸。

大原卿绝不认为自己受到了萨摩久光的摆布，也不认为自己是在按照岩仓具视的剧本行动。

他有自己的想法。他认为身为公卿，一定要为理所当然的尊皇攘夷运动无私奉公。

从这个意义来说，他的一颗纯粹的心与刚直单纯的各藩下级志士们是相通的。

因此，他万万没有想到，同为公卿且身为和宫亲人的桥本宰相中将竟会先向江户寄出“圣上亦觉将军可怜……”这样的信。

“萨藩的事前准备做得不够充分啊！”

他向岛津久光派来的大久保一藏厉声喝道。

“不是已经由越前告知一桥卿了吗？如今却表示拒绝……我的脸面全都丢光了。久光君打算怎么做？”

当时，大久保一藏、中山中左卫门和吉井幸辅等人与其说是在久光身旁予以辅佐，倒不如说是在巧妙地利用久光，操纵久光。

西乡因为与在京都爆发的志士们走得太近，已被勒令远离故国。

大久保一藏遭到当头棒喝后，表面装作老老实实地低下头去。

“一桥卿表示拒绝？这太令人意外了！敕使大人一定是听一桥卿亲口所说吧？”

“什么？亲口所说……我还没见到一桥卿呢。”

“哦……那就是道听途说喽？那可不行，幕府本就极为反对一桥公子出马，纵然一桥卿本人想要出马，幕府也会谎称他要拒绝。哎呀，这可太迟钝了。”

在谋略方面，大久保一藏和大原卿之间有天壤之别。

“你是说我迟钝？”

“不，迟钝……是我失言了。我们不如立刻将老中们唤来，加以呵斥，表示敕命当前，一桥卿必会同意，莫非是幕府蓄意违抗敕命？您意下如何？”

“嗯，这样说倒是无妨，这个准备还是有的。”

这时，一藏终于露出了微笑。

“萨摩派人随敕使一同前来，怎能让敕使颜面扫地呢？”

“那么……将老中们唤来加以呵斥，倘若对方无视我，又该如何是好？”

“那样的话……”

大久保一藏重新露出严肃的面孔，开口说道：

“不如事先在隔壁的房间里埋伏刺客，敕使大人届时大喝一声‘你们还想违抗圣旨吗？’然后起身离开，以此为暗号，对所有老中当场施以天诛，让他们一个都不能活着离开。”

一藏的声音极其平静而冷酷，大原卿顿时变得哑口无言。

将所有老中唤至辰之口的接待处，然后与他们强行展开谈判，重新强调任命一桥庆喜为后见职、松平春岳为大老乃是敕命。

倘若老中们顾左右而言他，不予同意，就不由分说地将他们暗杀。一藏面不改色地说出这个计划，连刚直的老公卿也感到惊讶万分。

“久光先生也知道此事吗？”

“当然，只要敕使大人下令，杀入幕府也在所不辞，我的主公早已做出此番觉悟。若无此番觉悟，又怎会随您一同前来江户呢？”

这又是一次巧妙绝伦的煽动，一藏已将大原卿的禀性分析得无比透彻。

“是吗？原来是这样啊……”

大原卿的额头直冒热气。

“既然如此，我也是有觉悟的！”

“当然，我们也不会袖手旁观。老中胁坂中务大辅相当于萨摩的亲人，就由我家主公立即亲自出面，借胁坂之口宣称，倘若江户此次不接受敕命，敕使将不会厚着脸皮生还京都。”

“原来如此，生还京都……我没想过活着回去。我的忠诚之心并不亚于你们，我会剖开肚子让你们看看。”

事态总是会因首当其冲之人的本质不同而走向完全出人意料的方向。

大久保一藏敏锐地看透了大原卿的性格，仅凭寥寥数语便成功地煽动了敕使。可以说，他也是一位天赋异禀的政治家，与其他人存在本质上的区别。

当幕府提出和宫下嫁的请求后，岩仓具视认为这是一个绝佳的机会，于是制定了一举恢复朝权的秘密策略。在齐彬死后，大久保一藏（后来的利通）随心所欲地操控萨摩藩，最终连盟友西乡都被他视作敌人，暗中除掉。不得不承认，作为阴谋型的政治家，这二人可谓是罕见的天才。

江户幕府已被世界的大浪冲击得晕头转向，现如今，这两大天才又携手并肩，向着幕府猛冲过来。

因此，真正希望实现“公武合体”的和宫及天皇的意愿顷刻间便化为泡影，萨摩自翌日起便展开了极其强横的行动。

按照约定，久光于14日亲自拜访了胁坂中务大辅，并派遣使者前往越前府邸斡旋，另外还派遣久光的心腹——中山中左卫门前往一桥家，传达久光欲直接面见庆喜的意愿。

“此时相见为时尚早。”

庆喜先是稳住了热血沸腾的圆四郎和市之进，再命中根长十郎冷静地表示了回绝。

因为在当时的幕府之中，萨摩的行动越是强硬，反对起用庆喜的情绪就会越加高涨。

“倘若此刻屈服，外样雄藩今后甚至可能提出废立将军的要求。为此，我们绝不应该接受。”

庆喜敏锐地感受到了这种切实存在的情绪，一种自己终于要出场的紧迫感自心底油然而生……

二

庆喜认为“自己出场”应具备两个条件，第一个条件自然是“非一桥卿出马方能收拾局面”这种幕府的认可。无论如何不能表现出是自己想要出场，必须是以将军为首的阁老们别无他法而得出一致结论，继而响应对方的请求出场。

因为什么也做不了的人纵然出场，也不过是滑稽的小丑罢了。

第二个条件在于诸藩主们是否能够负起责任，令已经彻底变成倒幕论者的诸藩志士们端正态度。

实际上，此事的关键并不在于诸藩主，而在于朝廷的态度。倘若朝廷直接向诸藩下令，干预诸藩进言，就只会加重混乱。

若要将倒幕论统一为正常的救国论，包括所有公家在内的朝廷必须自肃自制，为此，朝廷上下都必须清楚“幕府重要”这一思想。

幕府乃朝廷的行政之府，藩主是幕府下的自治体——朝廷必须重新审视这个命令系统，自肃自制，改变本末倒置的局面。

幸运的是，庆喜的父亲出身于水户，母亲出身于有栖川亲王家，他正处于敦促朝廷自觉的绝佳立场上。

而且，既然天皇也因派遣敕使而觉得将军“可怜”，庆喜便打算暂时静观其变，看看这位多少有些不符圣意的敕使与幕府之间会出现怎样的破绽。

看不到庆喜眼中的冷峻光芒，敕使和萨摩与阁老们的交涉最终陷入了进退两难的最坏局面。

“黑川老爷在吗？”

6月26日黄昏时分，新门辰五郎自胜手门前来拜访一桥家的黑川嘉兵卫。

嘉兵卫将对方引入自己的诘间后，急忙开口问道：

“怎么？发生什么古怪之事了吗？”

“嗯，总之不可轻视。自桔梗门到护城河端都有萨摩的武士三三两两地徘徊不去，声称要观看老中队伍下城，其中就有我所熟识的海江田（信义）、奈良原（喜左卫门）等危险人物。”

“哦，如此说来，他们岂不是要发动第二次樱田门之变？”

“或许只是一种恫吓，总之是不怀好意。如此一来，今日被唤至辰之口府邸的胁坂大人和板仓大人岂不是都有危险。”

“两位老中还没有回来吗？”

“不知是否已被……”

说着，辰五郎做出一个勒紧鸡脖子的手势。

“总之，我先去通知公子，你暂且稍等片刻。”

嘉兵卫慌忙向庆喜的起居室奔去。

当黑川嘉兵卫拉开庆喜起居室的拉门时，庆喜正将印有嘉永年间异人画像的彩绘版画平铺在书桌上，看得入神。

不仅有彩绘版画，还有用毛笔书画，上面细致地描绘着貌似法国士兵的队伍，以及英国的军舰和水兵。

“公子要调查各个国家的士兵都穿什么样的军装。”

一旁的猪饲胜三郎一边解释，一边收拾，庆喜却用下巴示意他“退下”，不等黑川嘉兵卫询问，便开口说道：

“我已抄完经书，方才在看画。”

然后抢先问道：

“听说新门来了，有什么事吗？”

一定是须贺告知他的。

“是。据说萨摩的武士们正分布在从桔梗门到护城河端一带，等待老中下城。”

“嗯，并非不可能啊。被唤去辰之口传奏府邸的是谁？”

“是板仓周防守和胁坂中务大辅。”

“是吗？那你告诉新门，就说事态渐定，叫他不要担心，他们不会杀人，也无法杀人，叫他不要轻举妄动。”

庆喜一边凝视着手上法国士官的骑马画像，一边向嘉兵卫说道。

“是。可是，萨摩的武士之中……”

“混有危险人物？”

“没错。”

“倘若他们杀死老中，久光也无法生离江户，随从们应该没有勇气杀人。对了，你看这身法国风格的军装适合我吗？”

“嗯……公子要穿这画中的军装？”

“是啊，问问公使的话，应该会有人缝制这种军装吧？谁能替我问问？”

嘉兵卫歪着脑袋，与胜三郎面面相觑，感到十分不解，随后便慌忙离开了房间。

既然庆喜毫不担心，嘉兵卫也不能凭一己之念贸然行动。

“公子表示不必担心，可是，能否派人在两位老中自辰之口返回城中的路上加以警戒？”

“明白。哪怕只是增加路上行人，也可起到一定作用。事有变动我再通知您。”

嘉兵卫和辰五郎都认为老中们自敕使住宿的辰之口传奏府邸返回江户城的路上比较危险，但大久保一藏的想法却并非如此简单。

正如前日大原卿所讲，他在府邸内便使用了令老中惊惧万分的手段。

徘徊在自桔梗门到护城河端的武士们可以说是第二重威胁。此刻，传奏府邸内，已有三人一组，合两组、共计六名刺客埋伏在大原卿和两位老中交谈的房间左右，磨刀霍霍，只等大原卿发出暗号。

三

到了黄昏该点亮蜡烛的时候，房间里敕使的声音逐渐变得高亢起来。

“一桥卿表示拒绝？你们以为这种哄小孩子的手段能骗得了我吗？请你们此刻立即领受诏书，我听说将军也不是不赞成。”

“可是，我们已经说过好多次了……”

“住嘴！你们小小的所谓忠义，在当前局势面前是行不通的。倘若你们再次违诏，违反约定，圣上便召回和宫，该当如何是好？朝廷已不再是安政时的朝廷了，如今已经可以自由驱使萨摩和长州的兵力。如何？”

看到这位无比顽固的老人情绪激动，板仓胜静和胁坂安宅深感难以应付。

“板仓真没想到敕使会说出这样的话。我们从未说过不接受。”

“既然如此，你们是接受了？”

“我们已经说过，将军将于近日进京，届时自会作出答复。”

“你们这样说就是让我去死喽？让我这把老骨头当场剖腹自尽？”

“真是越来越为难了。我们又没有拒绝，敕使就要在这接待处内剖腹……世人会怎样看？一定会以为您是发疯了……”

说到这里，胁坂安宅慌忙制止了板仓。

“关于此事，我这样说或许有些越分，但请容我们回去与老中们重新商议，再同岛津先生好好谈谈，然后再行答复。”

“闭嘴！”

此刻的大原卿既非敕使亦非外交官，只不过是一匹年老固执、性情暴躁的烈马。

大久保一藏正是对大原卿的脾性有着透彻的了解，才会对他加以利用，可见大久保一藏实在是个难对付的人物。

“就这样回去……就怕你们回不去！”

大原卿浑身颤抖着高声喊道。

“倘若此刻我大喊‘你们又要违诏’，你们可知会有何下场？”

听到这句话，埋伏在两侧的刺客们也都吓了一跳。他们以为大原卿会更加巧妙地据理力争，然后为自己创造冲出去的契机，却没想到他颠倒了顺序，首先道出了“就怕你们回不去”的结论。

发出怒吼后，大原卿自己似乎也吓了一跳。没有人冲出来，四周顿时鸦雀无声。

“嗯，你们好好听着，若是不同意，你们就完了。我们早有准备，你们起身试试看，恐怕当场就会遭遇到出乎意料的不幸，如何？”

听到大原卿说得如此露骨，某个刺客不禁咳嗽了一声。

无论如何，若是继续这样说下去，哪里还能发出违诏的暗号来？

然而，如此古怪的威胁与拉门后面的一声咳嗽却令两位老中不禁深感不安。

老中们非常了解大原卿的性格——性情急躁，极为顽固，激动之下，讲话会有失逻辑，杂乱无章，但绝不会说谎。

既然这位顽固之人大声怒吼道，二人倘若起身，就会立刻遭遇不幸，并且，拉门背后也响起一声咳嗽，似乎是在遥相呼应，有刺客埋伏之事已是不容置疑。

（都是萨摩的久光干的好事！）

板仓胜静强压心头怒火，回头望向胁坂安宅，只见身为岛津家亲戚的安宅此刻正低着头，脸色铁青。

（莫非胁坂早就知道了……）

一念及此，身为理性派的胜静认为交涉已经宣告失败。

倘若两位老中在此被杀，幕府与萨摩之间将永无握手言和之可能。

对方甚至已经埋伏了刺客，意欲蛮干。倘若事态演变为需要依靠暴力来解决，道理便已说不通了。

“左卫门督的气魄真是令人震惊啊！”

“那是自然，我岂非胆小之年轻公卿，我一开始就没打算活着回去。”

“容我再问一句，难道敕命里要求，不立即同意任命一桥卿为后见职、越前候为大老就不行吗？”

“当然！难道你们要违抗敕命吗？”

“倘若敕命要求立即同意……那我们是不会拒绝的，因为公武一体是江户的重要方针。”

说到这里，板仓胜静故意回头望向胁坂安宅。

“胁坂先生，您意下如何？”

胁坂安宅一副极其为难的神情，开口答道：

“我只能统统交给您做主了……”

“那幕府就谨遵敕命。不过，由于需要办理各种手续，恐怕无法于今明两天内下令，望您知晓。”

大原卿的脸色一下子缓和了下来。

“是吗！你们接受了？哎呀，如此一来我就不用剖腹了。我本人还不想死呢，对不住二位了。”

突然，隔壁房间响起咳嗽声，一定是刺客认为任务已结束便离开了。

然而，萨摩的举动实在是太强硬了。在如此强硬暴力的胁迫下，责任首当其冲的老中们实在是太弱小了。

看穿了这一点的安藤对马守和久世大和守皆已辞职，应该说，大久保一藏这一仗赢得漂亮。

二人自辰之口的接待处回到江户城后，立即将此事告知一桥家的平冈圆四郎和黑川嘉兵卫。

“听说老中们已经平安返回。”

庆喜当时已经睡下了。

“应该没问题，不必担心。”

说完，庆喜立刻又安静地睡着了。

四

7月1日，幕府正式向敕使宣告，对这一前所未闻的人事安排，幕府表示接受。

当日，将军在白书院将已是第五次登城的大原卿迎在上位，自己则坐在下位拜领诏书。

“此番依圣上之意，破格任命一桥刑部卿为后见职，任命越前前中将为政事总裁，一切政事皆应与二人商议，特此奏闻。”

如此一来，萨摩和敕使算是暂时保住了颜面。仅在这件事上，或许可以说是暂时告一段落了。

7月6日早晨，老中胁坂中务大辅和松平备前守二人作为上使来到庆喜家中，传达“将军命一桥重新继承一桥家，赐俸禄十万石”之令。

如此一来，庆喜于政治舞台崭露头角的“大幕”终于缓缓拉开了。

由于庆喜曾在井伊直弼时代被勒令隐居，正式来说，他已不是一桥家的当家，所以才会再次任命其继承一桥家。作为一桥家的当家，则要立刻登城，向将军“回礼”，这是长久以来的惯例。

因此，当两位老中作为上使来到一桥家时，一桥家众人本应因否极泰来而欢呼雀跃，二人却丝毫没有感受到这种气氛。

无论是家老也好，管家也好，甚至连侍女和男仆都很明白，若要庆喜此时登城，处境可谓极其为难。

在上午十一时上使离开后，庆喜便立即更衣，准备登城。

庆喜与将军的见面地点定在了黑书院。将军家茂虽已长大，但看上去仍然少年心性。当庆喜看到坐在上面的将军无聊的表情时，不禁感到一阵无法形容的悲哀与苦闷。

（竟然要和此人一起战胜艰难时局……）

一念及此，庆喜只想立刻转过头去，不愿面对这讽刺的命运。

从外部来看，自安政以来的大悲剧源于攘夷与开国之间的激烈冲突，但从内部来看，却源于立这名少年为嗣子还是由庆喜担任将军之间的争斗……而且，这场争斗完全不关乎二人的意愿，成了同室操戈的派系与派系的投机，将人类欲望和野心的丑陋放大到了极致。

“得知您心情转佳，实在可喜可贺。”

庆喜说完，只见家茂顿时羞得脸通红。

（此人竟然也会感到羞愧……）

虽然必定会感到羞愧，但人类还是在一直重复着这一愚蠢的举动……

依照惯例，对于自己重新继承一桥家，庆喜表示感谢，家茂似乎也下定了决心，开口说道：

“按照圣上旨意……你今后就要担任我的后见职了。”

这位处于莫名其妙的地位的少年按照老中们的指点，本打算尽力让自己的话中带有一些亲情，却说出了自己不可思议的孤独。

庆喜已经无法强作笑颜。

庆喜由将军家茂的模样联想到了先行进京的余四麿，不禁感慨得要流下热泪。

老中们正态度威严地坐在自己旁边，他们的时代已经一去不复返，今后的艰难时局必须由庆喜、家茂和余四麿这些年轻人来共同担负……而且，在将军家茂周围，无法顺应时代变迁的无用旧习正如乌蔹莓般疯长。

（此人究竟能否将这乌蔹莓一扫而光……）

“多谢将军，实在受之有愧，纵有我等不肖，若无重臣内助，亦不足成事。在我接受之前，请将所有老中及三奉行、大小目付全部召来。”

“你是说要将所有人都唤到这里来？”

“是的。关于庆喜是否应该接受这一职位，希望能与所有重臣一同商议。”

于是，家茂向同席的板仓说道：

“板仓，你去叫人来吧。”

板仓一定已用眼神向将军发出了“所言极是”的暗示。

板仓得令起身，庆喜再次面带笑容地向家茂说道：

“将军将于近日进京？”

家茂老老实实地点头说道：

“这本来就是我方提出的，老中们说如今已经无法取消了。”

庆喜轻轻点了点头，继续说道：

“既然如此，就必须事先派人前往京都，为将军面见天皇做好准备。”

“是……吗？”

“夫人届时会与将军一同进京吗？”

“不会……这是大家说的。”

说到这里，家茂的脸颊又羞得通红。

倘若此时将和宫带往京都，或许就无法带回江户了。纵然和宫自己并无此意，朝廷也很可能会令和宫提出这一要求，借此再次为难幕府。

“原来如此。当此国事多端之际，此事若与世间所谓的回娘家混为一谈，实在无益。”

“我也是这样想的。”

正在这时，板仓胜静走了回来，老中们、三奉行和大目付都跟在他身后，表情极度紧张，其中还有人认为程序不对，表情显得颇为不平。

这种表情分明是在说——若是接受后见职一职后再训示倒也罢了，接受之前便提出条件并加以训示，实在狂妄可笑。

“大家都来了。”

板仓向家茂禀告后，家茂慌忙将视线投向老中，甚至还看了庆喜一眼，因为他还没想到该说些什么。

庆喜望向众人，脸上依旧带着面对将军时的笑容。

“将军要与各位商量此次敕命之事，希望大家聆听之时不要拘束。”

他的声音一如既往地清澈平稳。

五

“此次敕命任命我为后见职，越前前中将为政事总裁。”

庆喜简直像在谈论别人一样。

“我实在受之有愧，以吾不肖之身，难当大任，不胜惶恐。我早已再三辞退，但无论如何，敕使都拒不听从。”

在座众人一片安静。

“我听说……有传言称，是我一桥在幕后操纵敕使做出如此强硬举动。若真如此，我便不得不坚决请辞了。”

“……”

“我认为，在幕后操纵的不是我一桥，而是萨摩，也就是萨摩的武力。可是，拥有武力之人绝非仅有萨摩一家，朝廷就已重新任命长州负责京都的警卫工作。当然，此外还有幕府的所司代和町奉行，京都或许会变成幕府、萨摩和长州三股势力大混战的修罗场。面对如此时势，我虽然重新继承了一桥家，领十万石俸禄，但身为将军家族，手上却无一兵一卒，只能眼睁睁地旁观，纵然目眦尽裂也无济于事。因此，若是可以，我仍想辞退，至今为止这份心情丝毫未变。”

“……”

“而且，当前形势也已发生了巨大变化，首先便是朝廷的立场。以前由所司代和町奉行提供的幕府的庇护已经不起作用，朝廷希望萨、长能够分别出兵负责警卫。”

说到这里，庆喜脸上再次露出笑容。

“如此一来，朝廷和幕府的立场就骤然一变。你们都注意到这一点了吧？幕吏的任免向来是由幕府自已决定的，不容他人置喙，而这一规矩反而招致朝廷干涉幕吏的任免，武家诸法度形同虚设。我们必须仔细想想，发生这种事情的最大原因究竟何在？”

庆喜在向众人述说“时代变迁”这一事实的同时，也是在说给自已听。

“这说明武家政治的根本已经出现了裂痕。武家政治的根本是什么？显而易见，便是朝廷不掌控武力。然而，这个根本如今已经土崩瓦解。如今，岛津三郎久光于背后操纵敕使，毫不让步，这便是证据……这也证明，在朝廷背后、萨摩之中各有一个了不起的聪明人。倘若被这二人随心所欲地玩弄于股掌之间，倒幕早晚会成为整个日本的舆论……公武合体将无从谈起。”

庆喜注意到认真聆听的众人表情逐渐变得僵硬，于是，庆喜突然以和蔼的语气说道：

“因此，不肖刑部实在力所不逮。倘若无论如何都要我刑部出面，也只能仰仗你们的力量……只有你们同意上下齐心，无论何事都能畅所欲言，此事方可谈。所以才要与大家商量，刑部可以就这样接受圣上的诏令吗？”

庆喜说完，现场的气氛变得愈发凝重。

老中们已经准备好“谨遵敕命，任命汝为后见职”的授职辞令，所以此时无意作答。

之所以故意加上“谨遵敕命”这等字样，是一种讽刺，表明这一任命并非将军所愿，只是因为难以应付敕使的强硬态度不得已作出此番任命。这是老中们最后的抵抗。

然而，庆喜明确指出，从根本上来说，是幕府主动放弃了武家政治。

纵然问题被指出，也无计可施，因为从现实情况来看，朝廷背后已经聚集起大量武力。

庆喜认为这种情况是由两个了不起的聪明人的谋略所导致的。显然，他所指乃朝廷的岩仓具视和萨摩的大久保一藏。而且，他还提出警告，倘若幕府不能出现足以与对手抗衡的聪明人，公武合体就会化作泡影，幕府就会土崩瓦解。

庆喜问众人，是否有齐心协力协助第三个了不起的聪明人……即庆喜的觉悟？

问题在于庆喜并未说出“若无觉悟，我就不出面”这般话语。庆喜当时已经明白，到了自己必须出面的时候了，并借此催促大家做出决定。换句话说，这是他为自己出场第一幕所作的最初部署。在极度紧张的气氛中，板仓胜静开口说道：

“只要一桥殿下接受敕命，我们自然会齐心协力。”

接着，家茂也说道：

“你就接受吧，否则若是越前前中将也提出辞退……”

“既然如此，那就没办法了。”

庆喜紧皱的眉头终于舒展开了。

“那我就接受了，实在不胜感激，但还要拜托各位，为了天下，请不要心存上下之隔，只要心有所想，无论何事都可以说出来。此外，倘若在下言行有失，也请说出来，不要藏在心里。”

庆喜的口才实在华丽而流畅。

这种口才日后反而成为招致反感和误解的原因，但借此通情达理的逻辑，庆喜的头脑灵敏已给众人留下深刻的印象。当然，庆喜并没有天真到以为如此一来就会彻底消除幕府内部对他的反感。

庆喜与将军家茂共进晚餐后，回到家中，又重复了同样的话。

用今天的话来说，他打算彻底贯彻“协商政治”。

“听好，我希望你们能够团结。倘若我言行有失，要毫不客气地提醒我。家老和管家也要格外注意，纵然他人有所请求，也决不可独自受理。至于其余人等，也要做到勤俭朴素，不可奢侈，因为奢侈是堵塞上意下达之途径的最大障碍。”

然后，他再次将圆四郎、市之进和黑川嘉兵卫唤至另一个房间。

六

庆喜用冰冷的目光逐一望着三人的脸。三人茫然不知所措，不知该向已正式决定成为“将军后见职”的庆喜说些什么。

若是说“恭喜”，可能会遭到呵斥，但若什么也不说，又很尴尬。

过了片刻，庆喜首先向市之进问道：

“市之进，你认为敕使接下来会说什么？”

“基于《朝旨三事之策》，首先应尽快进行幕政改革……也就是说，敕使一定会要求公子以后见职的身份、越前侯以政事总裁的身份、以及下面的萨摩、长州、土佐、仙台和佐贺五位雄藩藩主以五大老的身份参与国政策划。”

庆喜轻轻点了点头，继续问道：

“你知道是谁制订的这个计划吗？”

“自然是岩仓卿……”

“是吗？那我问问圆四郎，你认为敕使接下来会要求我做什么？”

圆四郎比市之进更加现实。

“……首先，应该是罢免京都的所司代酒井若狭守，大赦国事犯人，转任大坂城代等等。”

庆喜又轻轻点了点头，目光却依旧冷冰冰的。

“是吗？应该是吧，但要应对此事，必须在根本上做出觉悟。”

“您的意思是？”

“无论是何人的意见，当听则听，不当听则不听。若无这份见识，我是不会行动的。”

“也就是说，您并不赞同五大老的设置？”

市之进开口问道。

庆喜缓缓地点了点头。

“纵然捣毁蜂巢，也不会有任何好处。人若是大发雷霆，就会不惧怕蒙上贼名。改革是必须要做的，但也不能捣毁蜂巢。”

说到这里，庆喜将目光投向黑川嘉兵卫。

“总之，我必须得进京，你就秘密准备一下吧。”

“秘密准备？”

“是啊。遗憾的是，一桥家既无武力，又无家臣，因此必须要实现真正的公武合体——不，诸如公武合体之类的构想已经来不及实现了……必须编制一张大网，将士农工商全都罩在一起，否则无法体现出真正的国力。听好，如今，有两个聪明之人正堵在我们前进的道路上，一人令朝廷具备了武力支持，借此煽动倒幕，计划令朝廷自公家手中夺回政权；另一聪明之人则佯装受到煽动，利用朝廷，意在盗取己藩的政权。遗憾的是，如此一来，日本会自动成为列强的饵食。无论哪条道路都充塞着为眼前利益的同室操戈，手足相残，所以一定要小心行事。”

庆喜的声音依然清楚嘹亮，其间透露出一种可以理解为冰冷的镇静。

似是而非

一

世间局势动荡不安，凡事众说纷纭，扑朔迷离。平凡者置身其中皆迷茫不已，无从判断是非，其中血气方刚的人多会为正义感所驱，冲动行事。

虽然众人皆知人云亦云是轻率的行为，不免对此嗤之以鼻。但是当局者迷，深陷旋涡的人，最终难免也会随波逐流。

敕使大原重德便是其中之一。眼下，他手执一柄传统宝刀——敕命，因此日本岛内无人胆敢与他正面针锋相对。这柄宝刀本就具有非同寻常的意义，而第一保皇派水户史学更赋予了它不可撼动的价值。

然而在萨摩藩内，对水户史学真正有所领会的当属西乡吉之助。此人极为仰慕藤田东湖，如今他却被逐出国土发配德之岛，继而又流放到冲永良部岛。萨摩藩究竟有何意图，从这件事中便可窥知一二。

看来岛津久光也是被大久保等一干家臣玩弄于股掌之间，形同傀儡——他唯恐不如兄长齐彬的自卑情绪正好被这些人利用。如今这两只傀儡联手，也只形同于鱼儿在混乱不堪的幕府泉水间来回跳蹿。

事到如今，如果大原卿对天皇旨意尚存有些许尊重，便应该趁庆喜与春岳就任之机暂时撤回京城。然后为慎重起见，再以天皇旨意为核心在朝会上进行商议。可惜大原卿也好，久光也罢，心里完全没有这样的想法。他们的目标早已远离天皇期许的“公武合体”飞跃至“倒幕”，自然不会遵循常规行事。

他们的这种不循常规的举动让长州藩的水户学派群情激愤，焦虑不已。幕末史上萨长两藩血流成河的惨烈对抗局面也因此拉开了序幕——当然这是后话。

无论世道如何，小人总是操之过急。成功诱出庆喜与春岳后，大原卿与久光便气焰嚣张地出尽招数，令幕府摇摇欲坠。对庆喜与春岳二人，他们也开始颐指气使，要求不断。

某日，大原卿和久光共同商量了一个计策。

昨夜京城来信，有旨传达后见职、政事总裁，望二人前往敕使宿馆。但谢绝老中临席。

该令下达于7月18日，正是庆喜出任后见职的第十二日，春岳接受政事总裁一职后第九日。

老中们对此勃然大怒。他们向来全权操纵一切政治事务，此刻却被拒之门外，有这样的反应也在情理之中。况且，不久前敕使曾将板仓胜静与胁坂安宅召至宅邸，并设下埋伏以刺客相要挟，不容分说地逼迫二人接受敕命……

"幕府是受天皇之托执掌政权，敕使究竟居心何在？既然传天子旨意，何不堂堂正正登城，昭告天下？身为敕使，如此言行，成何体统！"

老中们一口回绝。这对敕使而言，实在是奇耻大辱。

但老中们的回绝之辞也合情合理，大原卿挑不出破绽，只得咬牙切齿，前去与岛津久光商量对策。

与此同时，萨摩藩也派出了大久保等人前往大原卿身边煽风点火。

"既为敕使怎么能轻易丢失颜面。您放心，只要我们连出三招必定能扭转眼前局势。"

"话虽如此，可是对方若不动声色我们又能如何？"

"若是这样，我们可以请出越前侯从中斡旋，拟订20日登城。"

“20日登城……我主动登城不等同向他们低头认输？还是说你认为主动认输也不会有损脸面？”

“正是！这步棋是全盘策略进退的突破口。若宣称20日登城，对方必定放松戒备。不过实际上，20日并不登城。”

“什么！不登城？那接下来要如何应对才好？”

“届时只需答复——吾三思之后深觉不妥，身为敕使，曲解圣意行事，实属失职！故登城一事就此作罢，即刻回京。”

“唔，言之有理！”

“到此是至关重要的第一招。经过此番变故，一桥卿与越前侯绝不会静观敕使回京而坐视不管。”

“原来……如此！”

“我家主人自会暗中配合，事后一桥卿与越前侯必定力排众议，前来与敕使会面。皇宫与萨摩藩两方重压之下，如此一来……”

所谓政治实际乃是一把危险的双刃剑。古语将其称为“祭政”，原意是众神明鉴，替天行道。然而若离开了谦恭谨慎的精神面，便会沦为肤浅偏执的政治手腕，甚至堕落成尔虞我诈的卑劣伎俩……

现在岛津久光的左右亲信就已经误入此类邪道，企图以敕使为诱饵设置圈套，玩弄诡计。当然，就眼下的策略而言他们是胜券在握的——政事总裁越前春岳受托从中调停，20日登城一事看来已成定局，老中们均感到如释重负。

届时敕使会说出什么言论，老中方面也早有预料。不过，老中们觉得在江户城内敕使应该不至于再次以刺客要挟，至少双方可以进行一次理性的辩论。

可谁料想到了20日，敕使突然宣布取消登城即刻回京。至此，他们算是在策略上先胜一筹了。

然而对方也绝非等闲之辈。虽说是刚刚上任，但庆喜毕竟是将军代理，而春岳也官任政事总裁。

“敕使何以如此？”

黑书院中，面对庆喜的质问，春岳神情尴尬，毕竟自己曾从中斡旋，与此事脱不了干系。

“这活脱脱像个乳臭小儿，想起一出是一出，事到如今，岂能让他一走了之！”

板仓周防守对此火冒三丈，庆喜稍加安慰道，

“此事尚有转机。先让我与春岳前去会一会敕使。”

“但是我担心此前之事重演……”

“你指刺客一事？他们还不至于如此胆大包天。嗯……也罢，真到了那个时候再做打算吧。京城之令尚未传达便任由敕使回京，这可不合体统。我们就以此为由前去相见。越前殿下，您意下如何？”

春岳似乎也已打定此主意，坚决地点了点头。

二

当时，中根韧负曾接受春岳的命令，前去与大原卿协商交涉。关于此事，他亲笔记录如下：

此度敕使，固陋刚愎，性情暴烈，誓死东下，于关东挫三百年来幕府之威，扬皇威之辉。其人携萨摩兵力一意孤行，指斥阁老众人如训家丁，至诸位有志之士，皆视为奴。若遇慷慨激论者，辱骂尽出，不堪入耳之事罄竹难书。

越前家总管的这番言语，使大原卿的丑态毕现——专横跋扈，旁若无人，难怪老中们会怒不可遏。而且，当听到庆喜与春岳二人准备妥协退让，前来会面的消息时，大原卿随即又追加了另一个条件——让岛津三郎一并出席。

岛津三郎久光并非萨摩藩主，藩主乃是其子忠义。所以这一荒唐要求无异于公然胁迫，令幕府难堪。

“岂有此理！缺了岛津三郎相陪，难道敕使会怯场不成？”

但是若断然拒绝，一来二去，只会让这场政坛的明争暗斗彻底沦为

互揭疮疤的丑剧。

所幸，庆喜与春岳深谙此理。

“可以，请三郎也同席商议，开诚布公，好做一决断。”

于是，23日，后见职与政事总裁二人一同前往辰之口传奏府邸去了。

当天，春岳见庆喜神色异样，与平日大相径庭，心里不禁捏把汗：“但愿不会当场翻脸……”要知道庆喜与人争辩时向来都是不留情面。

春岳一路暗暗思忖。等到了目的地一看，大原卿与久光已同席而坐，气势凌人。

“改革举措推行不力啊，二位！圣上忧心忡忡，二位怕是早都抛到脑后了吧。”

春岳以眼神示意庆喜切勿轻举妄动，说道：

“当前事态，追究起来，皆因敕使三番五次激怒阁老，无法沟通所致。所以还请敕使多多留意，避免妨碍时务。”

大原卿横眉怒目：

“岂有此理！言下之意是嫌我碍事？”

“好啦，让我们先恭听京城下达了什么旨意吧。”

久光开口调和，庆喜却忽然转身直面久光，开口道：

“我等商议之时，望岛津三郎保持缄默。”

春岳大惊——言谈间这位[illegible]凛然自威，与往日在营中痛斥井伊直弼时的情形一模一样。

大原卿不曾料到久光竟会因为一句话而遭此叱喝，一时间瞠目结舌，此[illegible]而更为愕然。

他慌忙正色，“嚯”地直起身子。

“二位改革拖沓，圣上对此极为不满。”

“仅此而已！”

“当然不是，一干条列现逐条告知。诸项事务皆须即刻执行，共十一条要求。”

“什么？要求！？”

庆喜嗤之以鼻，冷笑声刺痛众人的耳膜。

“既然敕使确实是奉命前来传达圣上命令，为何竟宣称20日自行回京呢？这恐怕有点过于鲁莽行事了吧。”

庆喜与大原卿并坐于上位，说话句句带刺。

“好、好了，请洗耳恭听。”

这二人一位是三十三石三人扶持粮饷[1]的穷困公卿，一位是生于水户皇族间的庆喜，两人的威慑力可以说是天差地别。大原卿仓促地将目光移向下位的久光，而久光只顾低头不语。

“下面，传达旨意。第一条，所司代一事。”

话音一转，大原卿情绪尽收，与刚才判若两人。

“所司代罢免后，酒井若狭守至今仍滞留京城，若世风不稳则应将其速速召回。”

话音刚落，庆喜插了一句，声音洪亮干脆，宛如吟诵和歌一般。

“要逐条答复吗？抑或十一条告知完毕后我再一一作答？”

刚开口就被打断，大原卿感到非常不快，答道：

“这……还是传达完毕后再详加商议……”

“无须另外商议。既然我与政事总裁都在此，当场即可进行答复。”

“唔……第二条，新任所司代松平伯耆守（丹后宫津城主、本庄宗秀）倘不顺民心，即令转任。”

“嗯，第三条呢？”

“第三条，大坂城代松平伊豆守（三河吉田藩主、松平信古）为间部下总守次子，若声望不符，亦令转任。”

庆喜微笑颔首。很显然这些无一不是假托圣上之言，目的是先从这一系列人事变动下手，以报安政以来的一剑之仇。如此露骨的干涉，不过是企图将倒幕派前进道路上的障碍一网打尽。

大原卿取出记录册，陡然快速地诵读起来。

---

[1] 扶持粮饷，战国时武士的俸禄之一。石，体积单位，1石约为180升。

“第四条，营建和宫守殿。

“第五条，敏宫（孝明天皇之姐）用度不足时酌情增加。

“第六条，改善皇子女待遇。

“第七条，修复皇陵，行代拜之礼。

“第八条，关于和宫上京一事。田安大纳言传给关白（九条）的书信，与桥本宰相中将传给关白的和宫口信内容相异，疑此为久世大和守的计谋。

“第九条，抚恤京都市民。

“第十条，行大赦。

“第十一条，二人既领圣命、肩负大任，然至今未见丝毫政绩，疑此皆为老中牵制所致。”

大原卿话音刚落，庆喜立即开口，笑容满面说道：“我来答复这十一条。”

三

冷不防听到要立即答复，大原卿吃了一惊，视线不由自主再次转到久光身上。这次，久光也一副诧异的表情瞪眼直视庆喜。

“第一条中提及的酒井若狭守，我会令其速速离京。第二条松平伯耆守若能胜任，无妨列入候选备考。第三条，松平伊豆守，仅因其身为间部下总守之子这点便要罢免其职，还恕难以从命。第四条新建和宫守殿一事，这只会徒增夫妇距离，反导致关系疏远，必然引起莫须有的风言风语四起，结局不容乐观，故实难应承。第五条，我会尽快安排解决敏宫入不敷出的状况。关于第六条皇子之殊遇与第七条皇陵的修复，一旦恰当的指示下达，立即执行。第八条……”

庆喜对答如流。大原卿看着记录册，大惊失色。

各项旨意的顺序大原卿自己也记不太清楚，然而一直微笑倾听的庆喜，答复起来却立场鲜明，井井有条；语调抑扬顿挫，引人入胜，没有一丝破绽。

“第八条与第九条之事还有待细致调查。第十条的大赦已经获准。至于第十一条，各项举措我二人正苦心筹划，当前时局艰难，须着力一一克服，希望朝廷能假以时日。当然这之中绝无老中阻挠。答复完毕。”

回答斩钉截铁，恰到好处。大原卿顿时茫然不知所措，费尽脑筋地确认对方哪一条同意，哪一条拒绝，完全来不及从中挑刺或者反驳。

“这么说您是否清楚呢？”

庆喜面色再次恢复严肃。

“不过主要问题在于，全国必须齐心协力一同改革这二百余年来的积弊。”

“确实如此。这是最为……咳……嗯，关键之处。”

“救治诸侯之弊病，安抚万民，抵御外国列强的侵略。我既已蒙受敕命，纵使才疏学浅，亦深知这些才是敕命的第一要务。”

“确、确实如此！”

“我国国土四面围海，若外国前来侵略，那么国难当头的第一要务就是要上下一心振兴海军，整顿海线防务，以安圣虑。三郎殿下，你认为呢？”

“确实……如您所言。”

大原卿、庆喜与春岳坐于上位，而令久光坐于下位。起初久光似乎对此甚为不满，这时也只有跪拜点头，别无他想。

“在这个千疮百孔的非常时期，当务之急数不胜数。因此，日后有任何意见，敬请畅所欲言，我们会决定采纳与否的顺序。但是……”

庆喜说话音量猛然升高。

“不合情理、难于执行之事，即便以圣虑之名下达，也恕难接受，我会事先明确回绝。”

不愧是庆喜，言谈理直气壮，犹如给了久光和大原卿当头一棒。

“即便以圣虑之名下达……”

久光与大原卿正是挥舞着“绝对保皇”的大旗，才敢肆无忌惮。而今此言既出，相当于一举击溃了他们所倚靠的根基。

眼前的对手若不是庆喜，而是老中等人，大原卿想必早已暴跳如雷了。

然而未等到他发作，庆喜又继续口若悬河地说起来。

“我与政事总裁均奉特别旨意，被授命走马上任，请莫将我们与此前的老中、大老们相提并论。我等行事上若有疏漏，左右辅弼之臣大可开诚布公，陈述意见，我等必不负众望。举国一体，上下一心，救国家于水火之中，这才是圣虑之根本，相信敕使与三郎也不会有什么异议。”

久光脸色苍白，大原卿则频频点头，口中喃喃地不知在说些什么。

忽然，庆喜转身对春岳说：

“似乎三郎殿下略有微词，我们不妨一听。”

“好极！三郎殿下，有什么还请畅所欲言，无须顾虑。”

春岳不假思索地插了一句，二人这一唱一和，配合得滴水不漏。

催促之下，久光倒似乎松了口气，开始谈起参勤交代[1]的多此一举、诸侯在经济上的弊病等等。谈话间，唯有春岳不咸不淡地应和着。聊完之后，庆喜方才伸手取过上座的砚盒道：

“敕使大人，借砚台一用。”

说着，刷刷下笔书写起来。

“后见职殿下，这是什么？”

“哦，刚才那番口头答复，为防日后生事，特记下备忘。各项旨意的答复均记录如下，你看看可有纰漏？”

说着，递给大原卿。大原卿读罢，面上露出了狡诈的笑意。

“哎呀，后见职殿下可是天下无双的大秀才，怎么竟漏了一条？”

“嗯？漏了一条？

“第五条敏宫一事没写啊。”

“那么，烦请卿添上。”

“哈哈……遵命。连后见职殿下这样的智者也有一失啊。”

大原卿大笑着补上一行。庆喜装模作样地收下，不等久光与春岳开

[1]　参勤交代，亦称参觐交代。江户时代，各藩大名要前往江户替将军执行政务一段时间，然后返回自己领土执行政务。

口，又说道：

“哦，时候不早，天快黑了。关于诸侯穷困以及其他事情，我还想与三郎殿下一起再行商议商议，近日我会在一桥馆宴请各位，届时请务必赏光。”

连句结束语也没说，就这样匆匆收场。

庆喜在笔录时故意漏去一行，其后，再借大原卿之手添上，自然是要将此作为日后的凭证。而大原卿却丝毫未起疑心，反而因此情绪好转，真是一个憨直的人！

庆喜与春岳意味深长地对视一眼，起身离开了传奏馆。

四

到了8月21日，大原卿与岛津久光仍然逗留在江户，迟迟不见动身。

好不容易出京来此，自然是打算一鼓作气大发朝廷之威再行返回，但如今对于萨摩藩而言，事情却完全朝反方向发展了——就在久光来到江户苦心策划的时候，他的竞争对手长州藩主毛利父子却在京城成功地获得了天皇的信任。

7月27日，天皇召毛利庆亲至学习院，秘密下旨：

父子二人，一人留京，一人下关东调解公武矛盾……

于是，庆亲作为顾问留在京城，嗣子定宏则去了江户城。毋庸赘言，这直接激化了萨长两藩的反目。

大原卿起程前终于提出了授官岛津三郎久光并让他继承岛津家业一事。

“承蒙圣虑，应令三郎继承萨摩嫡家之家业，并推任从四位上中将，望能予以此事方便。”

按照惯例，大名、旗本的官位任免一概由幕府推举，从未有过朝廷直接任免的先例。

话虽如此，今日不同往昔，对幕府来说大原卿如同瘟神一般避之不及。所以他在动身之际，终于半遮半掩地将久光的野心和盘托出。

岛津家主之位已由久光之子忠义继承。如今要废子立父，无论如何都是不合体统的。

自然，以春岳为首，老中们都举座反对。听闻反对之声，大原卿反倒较真起来。

“三郎乃是日本的大忠臣，我承蒙圣虑，理应提议授予其官职。圣上旨意，若幕府无异议，即由敕使直接宣旨授官。”

言下之意，只要无人将反对意见正式摆上台面，敕使便可独行其是，直接宣布让三郎上任。

“此事我等需要另行商议，后见职殿下会在登城之时，予以答复。”

得到春岳等人这样的答复，让大原卿误以为此事已成定局。既然有商量余地，即便是顾及久光的颜面，应该也不会被断然拒绝。

8月18日，大原卿登城致告别词。将军家茂赐与其白银锦帛，继而，后见职也请其到黑书院见面，以表寒暄问候之意。大原卿心中认定久光之事已成定局，因此对庆喜说道：

“关于岛津三郎授官一事，还望后见职殿下予以正式答复。”

但事与愿违，当大原卿听到庆喜的回答时，他简直不敢相信自己的耳朵。

“中将乃武家最高官职，三郎身为陪臣无官无品，不可越级授官。倘若破坏了这个规矩，必然导致武家制度崩溃。即便三郎功勋卓著，但是明知此举会危国危民却不如实上奏，即是对朝廷的不忠。因此我必须心无所惧，严词拒绝。”

“什么？严词拒绝？”

大原卿颓然垂下双臂，叹息不已。

他深知，倘若舌战，自己绝非庆喜的对手，只能一味扼腕叹息，却还是不甘心地一再施压。

“即便不授官职，也该授予些特殊奖赏才好。如此损伤三郎之心，于幕府也是不利的。再者，萨摩藩的一举一动也关乎京都浪人骚乱的走向和局势。”

庆喜巧妙地对此避而不谈。

“若是此事的话……明日、19日，三郎会来一桥馆，敕使就无须费心了。”

“三郎殿下直接来……”

“是。三郎殿下在伏见平定浪人，可说是功不可没，幕府对此自然会大加褒奖。对了，敕使打算何时起程离开江户？”

“呃，这个……20日左右吧。嗯，或许与三郎殿下商议之后再做决定……”

“许久以来敕使劳心劳力，此去敬请一路保重！”

岛津久光妄图继承家业并升任中将一事就此已断然无望。19日久光拜访一桥官邸，而同一日，毛利家世子定宏抵达江户，两人的身份也因此有了天悬地殊的区别。

久光仍然是无官无品的陪臣一名。幕府只是赏其片山一文字[1]的腰刀一把（约合金币三十枚左右），全作平定伏见浪人的褒奖。如此一来，久光已无法继续待下去，必须离开江户了。

毛利世子定宏抵达江户的第二日（即20日），便前往萨摩藩邸拜访久光。而当时，久光满腹不平地正打算起程离开，二人自然是无法平和相处，一番针锋相对后就分道扬镳了。21日，久光一行自江户出发，行至武藏生麦村时，谁知路遇几个英国人欲从久光随从的行进队列前方横穿而过，因而引发冲突，竟斩杀了英国人一名，还致使两名负伤——这就是“生麦事件”。

由此可知，连久光的随从也跟着情绪高涨、愤愤难平。

这件事情发生的太过突然，大原卿听闻消息后，决定延期出发。到了22日，才灰溜溜地匆匆离开江户。

到此，岛津久光与大原重德刮起的“敕使旋风”总算得到平息。然而久光离程时引发的“生麦事件”却令当时的时局更为错综复杂，日本

---

[1] 片山一文字，日本刀剑锻造流派之一。

进一步陷入与外交使团的纷争之中。

老中板仓胜静马不停蹄地应付着美国公使、荷兰公使等，片刻不得喘息。庆喜也不得不面对这艰难而复杂的外交局面。

然而就在此时，从京都的余四磨、即行冠礼后的昭训那里，传来了一条令人费解的消息。

当初为和宫下嫁出谋划策的公卿之中，以谋将岩仓具视为首，包括千种有文、富小路敬直等三人都被下令削发蛰居，企图让他们从此远离圣上身边。

和宫下嫁乃是朝权归复的重要根基，此事正是因为有岩仓具视的智慧从中斡旋才得以成功的。

“如今岩仓竟遭到冷落，此事究竟有何深意？”

岩仓是个运筹帷幄的大智者，如今令其削发，却是意欲何为？庆喜对此也是百思不得其解，这始终是个谜团。

大天狗小天狗

一

这里是角仓屋东侧河对岸，俗称“二条新地”。过了二条桥沿鸭川往北步行片刻，即来到这处小宅院。

宅屋虽小，但是向河边延展而去的院子却极为宽敞，足足有五百坪。

而对岸斜右方是有栖川皇族的离宫，再往右依次还建有近卫、鹰司、九条各家的别院。

此时，面朝二条新地河滩而设的庭院中，两位贵族子弟正分别手执长枪和木刀练习武艺。两人鏖战正酣，猛喝之声不绝于耳。

“水！”

年纪稍长的那位年轻人架着演习长枪，粗声粗气地大声唤道。

“刀太慢了！你可千万不要手下留情啊！”

“山殿下才是！”

持木制长刀的年轻人也不甘示弱。

“那样耍枪，很容易就会被攻破的！”

“胡说！”

“动手吧！”

被称为“水”的年轻人，便是水户的余四麿昭训，而被称做“山”的那位，则是十八岁的侍从中山忠光。

不用说，这位忠光正是大纳言中山忠能的第五子，日后成为了天诛组统帅，率先在大和之地举兵起事，最后命丧长州。

另外还有三人并坐在檐廊下，认真地看着二人酣斗。

其中一位便是这座宅院的主人中山忠伊，另两位则是忠光带来的土佐藩士——武市半平太和吉村寅太郎。

“果然，二人都身手不凡！小心别受伤了，让他们停手吧。”

武市一开口，吉村寅太郎便趿上庭院木屐来到两人身边。

“今天就到此为止吧。主人请你们过去。”

“还没完呢！还没分出胜负！”

忠光再次奋力挥出长枪。

“怎么回事，温吞吞的！”

这一枪突如其来，攻势凶猛，余四磨用力从下方将枪头挑开——说时迟，那时快，寅太郎身形一闪，飞入两人之间，一把抓住忠光脱手而出的长枪，迅疾如飞雕扑食。

“到此为止！”

“胜负未分呢！”

“就算平分秋色吧！走吧，主人在等呢。”

“好吧。”

忠光心有不甘，愤愤然咂嘴道：

“那么，水殿下，下次去我田中村的家中，我们再一决高下！”

“同意！”

于是两人取下头巾，解开束衣带，跟随吉村回到檐廊下。

“二人都武艺了得……不过，仅仅因此就自视甚高，称自己为‘天诛’、‘天狗’之类的，夜晚上街游荡，还远远未到火候啊！”

主人已年过五十，两鬓几乎斑白，眉毛也已经染上了些许风霜。

“山侍从，这回又为难你双亲了吧？”

“并未为难！为国家，为圣上，我誓斩三奸二嫔！绝不食言！”

忠光昂然挺胸，语气不容置疑。说完，便在檐廊边坐下。

“嗬，誓斩……请问你要斩谁呢？”

主人语调沉稳却声音洪亮。

“难道在寺田屋被捕的田中河内介就是这么教你的？告诉你非斩不可？”

“并非河内介。是我忠光的良心不能容忍这些人的卑劣。”

“哦……这些人的卑劣……”

“竹生殿下不这样认为吗？下嫁皇妹，以讨幕府欢心……这种卑劣的根性简直令国之根基污浊不堪。”

忠光口中所说的即便不由志士暗杀，自己也要亲手“恭行天讨”、执意要斩杀的“三奸二嫔”，指的便是为和宫下嫁一事出谋划策的岩仓具视、千种有文、富小路敬直这三卿，以及被称为“少将局”的典侍今城重子和右卫门内侍堀河纪子。堀河纪子是岩仓具视的胞妹，这二人不离圣上左右，混淆圣听，忠光因此怒不可遏。

“我们不仅要誓斩‘三奸二嫔’，之后还必须严惩‘五贼’。”

“‘五贼’？所指何人？”

“前关白九条尚忠、久我建通、中山忠能、正亲町三条实爱，外加幕臣酒井忠义。”

忠光掰着指头，一一道出。听闻此言，主人也不禁为之一愣。

“中山忠能……不就是你的父亲？”

“没错。但是大义灭亲……纵是父亲，也绝不允许出手干涉朝廷收复权力。”

主人叹息一声，望向吉村与武市。武市微微摇头，补充道：“三奸二嫔已受惩罚——二嫔现已被逐离君侧，岩仓卿一干人等也已经命其蛰居。因此，暗杀这类有违圣虑之举……只是，就算我这样劝说恐怕也是毫无用处的，不知如何是好，还望您有空能开导一二。”

主人闭目，低声沉吟：

“我等不也曾经如此，年轻时总是血气方刚，行事冲动啊！”

主人中山忠伊，是中山大纳言家族的旁系。但他的实际身份却是先帝仁孝天皇的兄长，也是一位亲王。隐居民间以前，称“小松中宫”或“竹生宫”。后将皇位让与其弟仁孝天皇时，一并辞去左近卫中将之职，并改姓中山。自然，此举也有从朝政外部维护皇统与国体的用意。

不仅如此，储宫（明治大帝）的生母中山庆子，如今以大纳言中山忠能之女的身份入宫，为储宫的成长尽心竭力，实际上她便是忠伊的长女……

因此，不论外间世事如何，中山一族对这位竹生殿下都抱有着非同一般的尊敬与景仰。

伏见寺田屋事件中被判定为主谋者的田中河内介（原中山家管家），事后遭到萨摩藩久光暗下毒手，最终丧命；还有忠能儿子们几近狂热的保皇之心，这些事情所有的根源归根究底皆源自于忠伊这一人物的存在。所以，此番武市半平太与吉村寅太郎才会受忠能之托前来，希望忠伊能说服忠光。

二

“心灵污浊之流怎能看清本国的实情？而不知本国实情却只顾一味地争权夺利、觊觎高位之人，必须斩尽杀绝！父亲也罢，兄弟也罢，萨摩藩也罢，关白也罢，凡此等人，均不能饶恕！你说呢，水殿下？”

忠光对着余四麿又是一番慷慨陈词，而余四麿连连点头，似乎对他的话深信不疑。

“依山殿下之意，萨摩藩的久光也是绝对不可以饶恕的！此人行事卑劣，十恶不赦！寺田屋事件后，他们将田中河内介父子带回萨摩藩，名为保护，途中却在船上将其斩杀，尸体漂浮到濑户内海的猿岛。我说的没错吧，山殿下？”

“什么！三长先生被害了？”

宛如晴天霹雳一般，忠伊声音颤抖地反问道。

“这……千真万确？”

忠光的眼眶也一下子湿润了。

“这是确实可靠的密报。被杀害后尸体流落到了小豆岛。这种行为实在是龌龊之极！”

他们口中的“三长先生”是诸大夫田中河内介的昵称。明治大帝幼年住在中山家中时，他总是将其背在背上细心看护，而中山家的公子们也都是由这位三长先生教育成人的。

河内介虽为儒生，却身形伟岸，高于常人。他总是穿着铁屐走路，以此锤炼身心，坚持不懈。因他佩带一把长四尺的大刀，胡须长至胸口，发髻也长于他人一倍，故大家亲切地称之为“三长先生”。

“萨摩藩竟然会做出……”

“所以，绝不容赦！口口声声高唱保皇，自己却不守神州清廉之民的本分！三长先生……定是深信萨摩藩为朝中同道……才将一切都告知，完全地信任他们……想可以借他们之力……谁料到！”

“难以置信！一定要好生查探！”

忠伊看向武市半平太，似乎在向他求证。武市是土佐保皇党党首，此次是与前任家主容堂陪同现任家主典范一道来京。

（事实若果真如此，武市应当知道……）

如此思忖着，两人眼神交汇。可武市却回避了忠伊的视线，沉默不语。

武市向来心思缜密，应该是这传言还未经证实。

“我们与三长先生情同血脉。不，不仅是我们。储宫（明治大帝）还有权典侍（明治大帝生母），不，连忠爱和忠光也是……能不能想办法证实这个消息？”

武市依然缄默不语，吉村却立即回应道：

“我来负责，一定详细地查证！”

“那么，交给你了。否则，侍从也一定不肯罢休。对吧，山侍从？”

说完，忠伊久久地盯着院子里的那棵马醉木看，仿佛在平复心绪。

据说，忠伊的相貌酷似明治大帝成年后的威容。忠伊性格稳健敦厚，向来将激烈的情绪波动潜藏于内心深处。田中河内介一直是他的得力助手，如今，忠伊形单影只……

“对了，侍从，可否不斩三奸二嫔？”忠伊轻声地说道。

忠光不假思索地反驳道：

“不，要斩！绝不饶恕！”

“倘若老夫说不可斩呢？”

忠伊的眼里闪过一丝光亮。

忠光却并不屈服：

“若朝廷内部不正，那维新又有何意义呢？号称攘夷，实为拆东墙补西墙，攘夷永远不会成功……而我们真正所期望的，是不会让任何称之为‘夷’的私心滋生的圣洁的神州之地。”

“那是理想，想来无人反对。然而，万事都需要循序渐进，切勿操之过急、揠苗助长啊！”

“可是，秧苗上的虫，必须及时发现尽早清除。”

忠光决心已定，毫不妥协。在他的意识里，思想与政治两者还混为一谈。

“是吗，你还是坚持自己的看法？”

“嗯，我坚持自己的看法！不，还要付诸实际。这才是青年的使命！”

忠伊并未作答，只长叹一声，站起身来。

“有件东西给你看。对了，水户、土佐，你们也一同过来。”说着，向三人招手示意。

三人面面相觑，跟着忠光，一同从檐廊进入厅内。

忠伊轻轻以手叩桌，低声唤道：

“阿照在不在？快，来一下。”

转眼间，一举一动已变得和平常市井之人一模一样。

应声而来的是一位身材修长的姑娘，约摸二十岁上下。她是忠伊的次女，也就是储宫生母庆子的妹妹。

看此情形，照子先前曾与父亲有过商议，此时毕恭毕敬地捧来一个狭长的木箱，放在父亲面前便出去了。

古旧木箱的表面，浓墨重笔地写着“八束之剑”几个大字。

接着，忠伊把装入佛龛的木雕小观音像放在木箱侧面——这观音像不足两寸，一眼便知是某人的护身佛像。

“这两样物件，总有一天会赠与他人……”

忠伊的目光在忠光身上一闪而过。忠光立刻明白了言下之意。

忠伊膝下有子忠英，但是体质羸弱，所以，一直以来，忠伊都有意将忠光收为养子。

“八束之剑……这是什么？”

“来看看吧，这是宫中秘藏的珍宝，传言是很久以前中臣镰足[1]诛杀苏我入道[2]时所用之剑。”

“原来如此……但为何在此？”

“当初，我也抱着和你一样的想法。隐于民间时，父皇（光格天皇）将这柄宝剑赐予了我。当时，先帝曾立言，若有犯皇位者，当以此剑诛之。”

“嗯。那，这尊观音像呢？”

“是父皇亲手雕刻而成的。如何？剑刃之上置观音像……父皇的用心，你能明白吗？”

“这……”

“父皇是在告诫我们，剑这类利器不可轻易出鞘，对待万物我们都要有颗菩萨的心肠，除非是做出冒犯皇位这样大逆不道之事的贼寇，才可以此斩杀……如何，是否有所感悟？”

余四磨与两位土佐侍从闻此皆身体僵直，倒吸了一口凉气。

中山忠伊并未触碰剑身，而是将小观音像放在剑箱一端，双手合十，说道：

“攘夷，势在必行。”

语调平静如水。

“然而，只靠刀剑杀戮，攘夷是不会成功的！”

听闻此言，中光低哼两声，并未开口。

“剑为物，菩萨为心……将此二者合二为一施行教化，动之以情，晓之以理，这才是真正的攘夷。”

“哦？难道说，三奸、二嫔、五贼，全都不再追究？”

[1] 中臣镰足，日本飞鸟时代（600—710）大化改新功臣。

[2] 苏我入道，又名苏我入鹿（？—645），大和朝廷的权臣。

忠伊摇摇头。

“老夫希望，你所佩长刀之上，也有尊观世音菩萨，每一次出鞘都三思而后行。”

“唔……这……”

“嗯，那么，这尊珍贵的观世音菩萨，就托付给你了。能暂代我保管吗？”

“可是……这……”

“是啊，对于我而言，这尊观音像是父皇至关重要的遗物……而不久之后，储宫继承皇位，到时也会将其与这柄剑合二为一，作为一国之宝，加以供奉予以珍藏。嗯，不必多言了，可否暂且供奉在田中村的家中？”

“嗯……”

“年轻时，我们也曾自诩‘睿山天狗’，横行世间……而出门前，我总会叩拜这尊佛像。”

“叩拜这尊佛像……”

“对。叩拜之后，不管当日有什么危险，定能转危为安——老夫对此深信不疑。这尊秘佛的来历，只有三长先生知晓。三长先生认为这尊观世音菩萨才是光格帝灵魂之所栖，每次来访必定行礼叩拜……喏，现托付与你，自然也要请你亲手代为供奉礼拜。”忠伊说着，再次叩拜后将观音像放入佛龛，又用金纱绸缎包裹妥当，递到忠光面前。

（……是收下还是拒绝呢？）

武市、吉村和余四磨屏息凝神，望着眼前这一幕。

忠光眉头紧蹙。忠伊的用意一目了然，无非是想借此给自己这匹烈马套上缰绳，以此警诫——切勿鲁莽行事！但此情此景，他却不能一口回绝……

忠光不过十八岁，之所以能够如此年轻就被齐聚在学习院的天下志士尊为天诛组的统帅，也是因身后的这位“竹生殿下”。

“储宫的生母实为自己的女儿”，这件事并无人知晓，忠伊更不会亲口道出。因此，这位最年轻的国事挂[1]寄人[2]中山忠光，才能以储宫的舅舅的身份被外界所仰慕。

与此同时，中山忠伊将忠光作为自己真正的后继者，关怀备至，众人也都心知肚明。

忠光咂了几下嘴巴。

然后，恭敬地行了个礼，接过面前的佛龛，随手塞入怀中。

武市半平太舒了口气，低下头去。看起来还是略有成效的……

三

其时，余四麿的身份已可以自由出入中山忠伊身边。

不久后他也成为了从四位下的侍从——松平左卫门督昭训。其他几位兄弟包括鸟取藩主松平相模守庆德（五郎麿）、冈山藩主池田备前守茂政（九郎麿），以及就任将军后见职来到京都的一桥庆喜（七郎麿），后来都一直活跃于朝廷内外。不过现在，余四麿尚未成为侍从。

中山忠光在剑道师傅土佐的吉村寅太郎与武市半平太的催促下，走出大门。

余四麿神色略有异样，问忠伊道：

“竹生殿下，我可以追随而去吗？”

前来收拾的照子听见了，抬起眉眼，责备道：

“又来了，小天狗殿下也要出动吗？”

“可是……山，加上水，才能形成一幅完美的图卷啊！”

“太过于完美了！有山已显得拥仄，若还伴有瀑布……”

忠伊大笑着摆手，

“好了好了，劝也无用。随你去吧！”

---

[1] 国事挂，官职，平日在学习院就职，每月10日在小御所集合，议论国事。

[2] 寄人，幕府的政所、问注所、侍所等部门任职的职员名称。

“是！不过，我决不会乱来的！”

于是，余四磨也跟随三人行踪直奔而去。

前面那三位此时正往料亭东山的曙楼方向拐去，那里是他们惯常的聚首之地。

“山殿下，我也来打扰了！”

“啊，水殿下，太好了！今天来决一胜负也未尝不可啊！”

忠光眉毛一挑，点了点头。

“不过，我们同志之间的事，可别给外人知晓。”

余四磨拍拍胸脯，说道：

“我也是水户天狗！”

“如此说来，水户似乎新建了天狗党，阁下大概就是首领吧……”

“什么？天狗党？”

“哈哈哈……”

忠光故作姿态，放声大笑。

“不知武田耕云斋是否会来踢你的招牌……发怒吧！发怒吧！这世道，年轻人就该血气方刚，否则又有何用？”

“话虽如此，竹生殿下可是给侍从戴上紧箍咒了啊！”

“啊！对了，这个……我把它放在怀里就这样跑去料亭……真是罪过罪过，可别向竹生殿下告密啊！”

“那是自然。不过，侍从可知世人给您起了什么绰号吗？立斩侍从！无论何人何事，都要斩立决！坊间传闻，迄今为止各地斩首示众的事，全都是侍从您与姊小路卿指使的。”

“这是谁说的？”

“阿照殿下！”

“阿照殿下钟情于我……可惜，我不喜欢年长的女子，真没办法。”

忠光脸不红心不跳地说着，完全不顾及周围。余四磨也不甘示弱：

“哈哈哈……阿照殿下的疑虑也并非全无道理的。不过，斩人者必为人斩。请问，侍从又将何时为人斩呢？”

“何时为人斩？”常人迎面遭此一问，大多会怒上心头，沉下脸来。然而忠光却完全相反。

“水殿下也如此认为？确实言之有理！但是只顾惋惜生命是成不了大事的。我乃攘夷之鬼，就算死上千百次，都必将再度转世！”

“这么说来，不如从今天起改名叫‘鬼侍从’吧！”

“哈哈哈……罢了，这只鬼现在却很狼狈啊！先被武市先生训斥为不孝，现在竹生殿下还……”

说着，居然捶胸顿足起来。

“竟然用观音像封印刀刃。不过，我可不怕！萨摩芋！等着瞧吧！”

“说到萨摩藩……可知生麦事件？久光一行从江户回程途中斩杀夷人的事。”

“不错。即便是萨摩芋，只要拿出干劲，夷人什么的轻易就丢掉脑袋了！这倒好，正好将幕府拖入左右为难之境……据说夷人还索取了巨额赔偿金。看来若能好好利用夷人和他们的军舰，倒也可以成为倒幕的工具嘛，哈哈哈……”

说这话时，四人已经来到了曙楼的大门。

光天化日，在去料亭的路上明目张胆地谈论这些话题，由此可见幕府的威严在京城已是一落千丈。

事实上，岛津久光一行在生麦引起的杀伤夷人事件，是雪上加霜，使幕府苦不堪言。对于之前在幕府处遭到惨烈攻击的敕使而言，此事在某种意义上可算为他报了一箭之仇了。

此时，一桥庆喜命小笠原长行用横滨海关关税支付了英国政府三十五万银元的赔偿金。同时，严惩依此秘令前去付款的神奈川奉行浅野伊贺守，责其“荒谬不经”，厉令除必要公务外禁止外出。

犯事者是萨摩藩。然而，久光却以不知到底是谁斩杀为由，拒不交出罪犯，还声称若胆敢威胁，那就将所有随从一并交出……所谓“一并交出”，即意味着要与幕府决一死战。

所以，如今只有让神奈川奉行“擅自”将海关银元交与英国政府，这样才能维护幕府的颜面，平息英国政府的怒气。

不用说，这是庆喜设下的一出苦肉计。而知晓内幕的山阶宫晃亲王赋诗一首，以称颂岛津久光之名：

萨州老将冲发冠，

天子百官免危难。

英气凛凛生麦役，

海边十里月光寒。

然而，这却不能代表朝廷内外都众口一词，没有任何异议。宫中本来就分萨摩派、长州派，还有土佐派。生麦事件后，久光一下变得风光无限，反倒激起了长州派的情绪，于是京城之内，长州派攘夷的呼声高涨，几乎呈现一面倒的态势——所谓的历史，便是如此讽刺。

那一日，曙楼依旧丝竹之声日夜不绝。大概翠红馆内的情形也差不多。

“水殿下，无须顾虑，想喝一杯的时候不妨来此小酌。微醺之后径可以美人之膝作枕……已经是大人了！”

眼前的忠光，俨然是一副在学习院集会的全学联[1]委员长的腔调。

四

“进行国家政事改革，若不能及时除掉该斩之人，怎么会有进步！”

一沾酒杯，这位最年少的国事挂，又开始口出狂言。

“这一年里，到底有多少官员被除，多少奸贼被斩，单单衡量这个人数，便可知道国事改革进展如何。”

说着，忠光掰起手指细数起来。去年2月，忠光将九条家的诸大夫岛田左近从先斗町的妾宅引诱到三条河原将其斩杀，然后枭首示众。

“这岛田左近，乃是大奸贼一个，跟大逆贼长野主膳（井伊直弼心腹）是一路货色，狼狈为奸，简直天地难容！所以我才替天行道，将其

[1] 全学联，全日本学生自治会总联合会的简称。

枭首示众。”

说完，他朗声念诵起诗句：

河原之上，岛田衣物渐凉，

是长州的绉绸，抑或萨摩的棉衫？

“这是当时写下的打油诗。现在九条宅的门柱上应该还留着我的字迹——首级自然是取走了……我在院外的白围墙上写了——‘首级已归我！大可道于他人’之类的话。后来九条家的宇乡玄蕃也一并杀了，目明[1]文吉也解决了，本间精一郎也解决了……”

“本间精一郎是谁？”

“嗯？难道水殿下不知道本间？他乃后越人氏，是个人人称羡的美男子，辩才也相当了得。最初他与我们一同斩杀三奸二嫔，可谓同道中人，不过此人狂妄自大，而且品行不端，于是……”

正说着，武市半平太以嘘声示意众人安静，似乎不忍再听，站起身来说道：“我们现在要去拜访平井隈山，告知他侍从已取消原定暗杀计划。”

给了忠光一个提醒，他又转过头叮嘱道：

“吉村，回去吧。”

两人恭敬地行礼后便离开了。如此，屋内就只留下余四麿与忠光二人。只留二人后，情形更加一发不可收拾。

忠光的爱好当然不只是杀人，酒色美女，他无所不爱。

他把几个女子呼来喝去，还不忘介绍给余四麿，忙得不亦乐乎。

刚将人唤进来，忠光突然想起什么，立马又将其支走。

“有要事，回避一下。”

接着，忠光毫不隐讳地吐露，目前京都之内，执行暗杀任务的名人

[1] 目明，江户时代捕吏一职的名称。

有两位。一位是萨摩的田中新兵卫，另一位是土佐的冈田以藏。据忠光所言，两人都嗜血如命，不闻血腥，夜不能寐。而这二人，唯有武市半平太能驾驭。

忠光还道出，为除三奸二嫔，武市半平太借暗杀名手行事，也曾栽过跟头，到头来反倒被对方阻止。

公卿之中，中山忠光偏长州派，说起话来无所顾忌。第三次驱散女子后，也不知是信口开河还是事实真相，但忠光所说的话句句都令余四麿感到心惊胆寒。

“下面我要说的，可是绝密中的绝密……”

忠光稍微有了些醉意，瞳孔里闪烁着诡谲的光芒。

“此次追赐水殿下的父亲齐昭公为从二位大纳言，其实也是我们的同志从中斡旋奔走的。”

忠光言语中透着得意，随后又压低声音道：

“一桥中纳言也即将到京城来了吧？”

此事余四麿倒是一清二楚。

一桥庆喜原定于9月中旬来京，但因为敕使再度下江户的旨意传至幕府，所以至今尚未动身。

庆喜本打算为将军进京打头阵，先发制人，但现在敕使再度下江户，庆喜就不得不留在江户迎接敕使一行，因此只有拖延上京计划。但不管如何，所有的一切不是阻止其上京便能迎刃而解的。

“估计令兄会在今年年末动身，正月进宫谒见。因此，我有一事与水殿下商议。水殿下干脆也加入我们，作为我的副将，一起起兵倒幕，如何？”

“……倒幕！”

“不，表面旗号是攘夷！以攘夷来压制幕府，最终将其推翻，唯有如此，天皇亲政的时代才会来临。”

看来忠光似乎已认定即将上京的庆喜是同伴，与他们意气相投，必定会助他们一臂之力。

“既作为烈公之子，你们兄弟就该齐心协力，为保皇作出卓然的成绩！当然，说实话，在我们面前还得甘拜下风……不过此事我并不勉强。”

“如此说来，侍从心意已决，不可动摇？”

“不错。水殿下可以常来学习院走动走动。如今时代变迁，世间气象万变！一桥中纳言进京后，我等定能创造全新的局面！”

余四麿一时茫然，摸不着头绪，眨眨眼睛，舔了舔干涸的嘴唇，反问道：

“那么，攘夷，会成功吗？”

忠光双目圆瞪，点了点头。

“攘夷，只要推倒幕府，一切易如反掌。目前，幕府已病入膏肓，诸藩奋而保皇，而幕府却从中作梗，这才是当下时局的真正状况。”

不论何时，年轻人判断事物，向来都轻率鲁莽，而且一根筋——果然如此。

“就是说，因为有幕府的存在，夷人才会觊觎日本的吗？”

“正是如此！幕府百般阻挠只能妨碍时局前进，如今，既不能击沉夷人军舰，也不能将其斩尽杀绝。只有挣脱幕府的桎梏，诸蕃才能团结一心，奋起战斗，全力抗击敌人。如此一来，报国攘夷，根本不在话下。”

说到此处，忠光声调愈发压低，道：

“但是如果一桥中纳言出面的话，倒也不必一定要打倒幕府，同样可以达到目的。只要由一桥中纳言将节刀[1]转授幕府一切便能结束——攘夷的节刀……现在一切准备已经就绪。此事千万莫对外声张，以免节外生枝，无故拖延。一桥中纳言一旦替将军拜领攘夷节刀，我们便会一举起兵……首先自近畿地区起，一鼓作气着手接管幕府属地，这样一来，幕府便会从内部开始分崩离析，如何？到时候在宫内再将征夷大将军俘虏……因此，凡是公武合体论者都必须毫不犹豫地斩除！即便是我自己的父亲也必须……”

---

［1］　节刀，日本古代，天皇赐予出征将军或遣唐使的刀，表明奉谕旨出行。

余四麿瞠目结舌，听得出神。

五

“山殿下，这间料亭不论吃喝多少都不用付账吗？”

忠光所说的话与兄长庆喜的想法完全南辕北辙，余四麿听着这些论点感到极度压抑，实在无法继续听下去了。为了能岔开话题，脑子里一闪过另外的念头，便随口而出。

“哇哈哈哈……”

中山忠光爆笑如雷。忠光虽然是花山院系（准大臣家）公卿之家的五公子，但其实中山家的俸禄也不过才二百石，该如何对待金钱他是非常清楚的。

事实上，庆子生下储宫后以他们姐姐之名进宫侍奉之时，所有的用度开支难以筹集，全靠田中河内介四处奔走借钱来解围。更甚者，储宫在中山家出生那阵，经济尤为窘困，之后作为特别恩典，蒙受天皇赐银百两，家境才得以好转——兄弟几人就是在这样的贫困之中长大成人的。

“哎呀，水殿下真是不谙世事啊！世间上哪有白吃白喝的道理。”

“那么，这个要谁来付账呢？”

“嗯，这家店的账，都记在毛利……就是长州藩世子那里。不用担心，放开吃吧！”

“啊？这……”

无耻！余四麿几乎脱口而出，匆忙把杯子送到嘴边。倘若说出口，恐怕中山忠光定然怒气冲天，说不定还会拔刀决斗。

即便如此，余四麿还是深觉不解。口上说着绝对不会放过三奸二嫔等人，就连幕府甚至是其父亲，只要做出卑劣之举都不会饶恕。可是他本人却在此畅饮他人之酒，甚至对此毫不介意。

（眼前这人，最终还是会被他人斩杀，死于非命吧……）

余四麿有此预感。

“那么山殿下今日来此，就是为了喝长州藩的酒？”

“嗯？水殿下说什么胡话！”

“倘若果真如此，恕在下告辞了。”

“这呆子！哈哈哈……等等，一会儿长州武士就来了，久坂与吉田……那人是长州吉田寅次郎（松阴）的义弟，也是师弟。今天有事要和他们相谈，才来此见面的。”

“那么，该是很重要之事吧……”

“若非如此，何必把竹生殿下的秘佛一道带来呢？水殿下最好也能谨记。当前学习院中，真正能驾驭这些天底下性情最为暴烈之人的，在土佐有武市，而在长州便是这久坂……而在这二位之上，操控整个时局的，则是最近再度出山的来自久留米的真木和泉。但是你可知，这位被众人尊称为‘今世楠公’的真木和泉，当初是谁慧眼识珠发现了他，并且将其邀至历史舞台中央的吗？就是我们的三长先生！三长先生就是那个被我们和储宫称为爷爷，被我们称为爷爷的田中河内介啊，水殿下！”

说到此处，忠光眼眶又一次湿润了。

“三长先生最信任的就是萨摩藩……可是萨摩藩竟然在寺田屋背叛了我们。真木和泉也因这件事勃然大怒。当时，真木也在寺田屋被捕，落入了萨摩藩手中……所以我们必须清君侧，首先铲除大奸贼萨摩。而与萨摩藩相比，长州藩行事却光明磊落。等一桥公进京后，我们再和长州藩一起详谈，共谋大事。”

六

余四磨把酒杯倒扣在桌上。

听毕忠光这席话，各派别的志士谱系已大致清晰。看来，他们的大本营还是学习院。

学习院是宫内的学问所，相当于各藩藩校。当今天皇（孝明天皇）即位不久后，为防公卿不学无术、自甘堕落，从而重修学习院。三长先生田中河内介本来也是学习院的教师。但如今在建春门前的学习院中，聚集了来自日本诸岛的众多浪人志士，气氛变得诡异非常，俨然已成为一个根据点。新近任命的国事挂公卿们与浪人志士在学习院中促膝而坐，言谈间推翻幕府、干掉关白之类的暗杀话题不绝于耳。不知不觉间，大家对暗杀之类的话题习以为常，空气中动荡不安的阴森气息暗自涌动，越来越浓。

而且，这群阴暗的集体中，已然产生出了不同的派别。以伏见的寺田屋事件为契机，萨摩与长州的势力之争已从暗处浮上了台面，现在双方都觊觎着天皇手中的“锦之御旗”[1]，极尽各种手段争夺不休。

但最让余四麿心存戒备的还是忠光对其兄庆喜的看法——当下时局混乱，暗杀风气猖獗，已发展到了难以控制的地步，倘若庆喜单枪匹马闯入其中，被他们认定是同道中人，那么……

而庆喜最为担忧的是日本人间的内讧，若内讧最终逐渐演变成内乱，那就等同于将日本全部国土向列强拱手奉上。

所以，庆喜清晰认识到，必须暂缓攘夷，首先打开国门，以谋求增强国力——这也是庆喜的决心，坚定不可动摇。

（然而，倘若以忠光为首的激进派知道了庆喜的救国方针的话……）

“暗杀名人”在京城之内四处转悠，毫无忌惮，不闻血腥则夜不能寐。枭首示众已是家常便饭，连身为公卿的忠光都是如此狂躁不安，可想而知暴力至上的志士们现在定是群情激愤，势不可挡。

庆喜认为目前天皇固执地要一心攘夷，所以必须先纠正这一想法。然而，事实却与他所想的背道而驰。

即便天皇理智清醒，能够改变攘夷的想法，但是身边一干人等却依旧是非不分，对天皇鼓吹不止。天皇本来是授意天下帮助幕府共同攘夷，众人却煽风点火，盲目认定不先倒幕便不能攘夷。

（这事还是别过多介入了……）

---

［1］　锦之御旗，朝廷所有的军旗。

余四麿把酒杯倒扣，说道：

“那么，客人来之前，我还是先告辞了。”

正要站起身来，忠光却道：

“稍等，水殿下，已经等了这么久，不如介绍久坂给你认识吧。放心，决非多此一举，久坂是个非常可靠之人。”

忠光一口气饮尽杯中酒，摆在面前，却并未站起身来。这时，女佣领着一位相貌精悍的光头青年与一位如公牛般体态彪壮的大汉走了进来。

“侍从，别来无恙啊！”

光头男子锐利的目光在余四麿身上一扫而过，坐了下来。他就是久坂玄瑞。

“哦，这位，这位是水户的名门之子，按照万里小路的安排，近期就会官任侍从的昭训殿下。”

“如此说来，这位是一桥公的弟弟？”

久坂当即正襟危坐：

“鄙人是长州的久坂玄瑞，这位是吉田稔麿。请您多多关照。”

说话时态度郑重，语气严肃，与刚才判若两人。

余四麿小心翼翼地点头致意。突然，忠光又大声喝退了正端坐斟酒的女侍。

“我们有要事商议，出去出去，不叫你们别进来！”

继而，似乎并不介意余四麿在场，故作傲慢地发问：

“如何，准备妥当了吗？”

说着，瞥了二人一眼。

久坂的目光再次游移到余四麿身上，心里似乎琢磨着这位既然是一桥公之弟，也许无须戒备……于是小声地说：

“迎接工作已做充分……”

继而，又压低声音：

“然而，此举会导致令尊大纳言与长州间产生不和，考虑到这一点……”

“哈哈哈……”

忠光再次放声大笑。

“不用顾虑，大义灭亲即可。”

说完，面朝余四麿：

“一众公卿只知空谈，在京城虚张声势，都不知道当下重点为何。我最近也在跟左右亲信捉迷藏呢，水殿下。”

“喃，这是为何？”

“诸藩的志士们都脱离各藩，辛苦地四处奔忙。我们也必须要远离内廷，有一番作为才行！但这么说，想必你还是不太明白吧？”

“完全不了解！”

“好吧，我来解释一下。斩杀夷人的事，萨摩已先行一步。因此，与夷人开战，必须由长州来打响第一枪！嗯，应该用不了多久，江户也会发生惊天大事！”

说到此在场所有人都大吃一惊，吉田稔麿先于久坂反应过来，“嘘”了一声。然而，忠光却愈加口不择言地说下去，恐怕也有三分醉意作祟。

“怕什么！水殿下是一桥公之弟。对吧，水殿下。我们要先在江户火攻夷人馆，然后，趁幕府狼狈不堪疲于应付之际，奉敕命在马关[1]与夷人宣战。其实，这次我们之所以逃离京城，就是为了恭行天讨，惩罚三奸二嫔，当然顺便还要侦察马关局势。不过现在事情顺序不得不改变一下了，因为多少要顾及一下竹生殿下的面子……哈哈哈……”

久坂警惕地又瞥了余四麿一眼，但却没有说什么。

余四麿坐立不安，神色紧张，他面前正对着壮硕如牛的吉田以及他那双监视的眼睛。

“明白了吗，水殿下？大和举兵与天皇下赐一桥殿下节刀是对内之战，而马关是对外战争。只有这样内外一体，共同起事，日本才能迎来新生。”

[1]　马关，日本地名，山口县下关市的旧称。

忠光先对着余四磨解释一通，转而盯着久坂，说道：“即便我不幸陨命，记住，圣上身边还有三条，还有姊小路……不过，侍从离家出走，可谓是前无古人之创举，想来也会震惊天下啊，哈哈哈……”

余四磨双手放在膝上，手心早已捏出了把汗。

七

倘若余四磨稍加老成，一定会当场刨根究底。

很明显的，忠光与身边众人，早已制订出了一个完善的“攘夷倒幕”作战计划。

寺田屋事件后，他们便抛弃萨摩藩，以长州为中心周密部署，制订了一系列的计划，密谋将政权归还到朝廷手中。

全盘策略如下：首先诱使将军亲自前来或由后见职庆喜代其进京，不论其是否答应，到时候便命令其领受攘夷节刀，确立大义名分，再一举开战，攘夷保国。

紧接着在国内拥立中山忠光，爆发内战；对外则在马关一带炮轰列强船舰，于江户袭击夷人馆，展开内外夹击，将幕府逼至绝境。

但是仅凭中山忠光等年轻公卿是不可能制订出如此精明的计划的。

所以，他们背后一定有一个负责指挥和筹划的人。而这个人究竟是谁，一般人都会寻根问底，一探究竟。

然而，当时的余四磨尚未具备如此透彻的判断力。

（忠光是被谁煽风点火了吧……）

这把火愈燃愈旺，使得他们竟然盲目相信即将来京的庆喜会对他们的决策毫无异议，甚至会助其一臂之力。

（这下可不妙了啊！）

这么一想，在探听重要机密之前，脑袋里就先敲响了警钟。罢了罢了，可别牵扯太深……

“哎呀，天色已晚，我得回去了。”

余四磨站起身。

“您回哪里？”

吉田稔麿问道，声音尖锐如刀刃。

“水户宅院。”

“要我送一程吗？”

吉田稔麿向久坂询问道。看见久坂轻轻摇头，余四磨顿时感到脊背一阵凉意。送一程……言下之意，似乎是在问，就这样放走可以吗？还是暂且放过一马？忠光似乎也是如此觉得，便大笑着制止道：

“稔麿真是的，我不是一直在劝说水殿下与我们共谋大事，助我们一臂之力嘛，不用心存芥蒂。”

接着，又转向余四磨：

“不过，万事还是小心为妙啊，水殿下。一不注意随时都可能遭遇不测，不明不白被人暗算，或者成为替死鬼。我们也一样，毕竟身为侍从，却擅自行事……或是行不合身份之事，要小心谨慎啊！哈哈哈……”

“我会小心的。那么，就此告辞。”

“对了，稍等！还有一件事要先告诉你。今后，京城之中每十天，换言之，每月三次，都会发生骇人听闻之事。明白吗？每十天，都会有人被枭首示众，令百姓闻风丧胆。如此一来，百姓才会恍然醒悟，幕府已无力维持社会秩序……就是这样，所以将被斩首的那几位人士，水殿下可别和他们走得太近啊！哈哈哈……”

余四磨想挤出笑容，却怎么也笑不出来，只好匆忙点头示意后走了出去。来到长廊，下了楼梯后，余四磨再次感到全身毛骨悚然。

春未到

一

那一日，庆喜称患了风寒，闭门不出。须贺特意煮了年糕杂烩粥端来，庆喜慢悠悠地吃着。

年糕杂烩粥本是牙口不好的老年人常食之物。然而，近五年的蛰居生活，庆喜一应活动均受限制，不知从何时起，竟渐渐地爱吃起来。

自然，为了营养全面丰富，从汤料的选取到每一颗米粒的软硬，以及整个烹制过程，须贺都无不尽心尽力，着实令人动容。

首先要挑选上好的鸡骨与海带，制成汤料，添入土佐进献的鲣鱼增加风味，随后放入大米熬煮。继而再将一块年糕烤至恰到好处，放入粥中。今天早晨，长冈牧野家按惯例送来年贡——信浓川的当季鲑鱼子，于是须贺又将那如淡红色宝石般的鲑鱼子撒在杂烩粥上。

“嗬，这真是令人食欲大开啊！”

“是啊。今天将军家、御台所[1]大概都在品尝这当季鲑鱼。”

须贺答道，话音未落便慌忙掩住口唇。

“御台所……不，是和宫殿下。我真是太不小心了！”

---

［1］　御台所，古代日本对大臣或将军正室的称呼。江户时代，专指德川幕府将军的正室。

江户习惯，将和宫称为“御台所”，但宫中对此严令禁止。须贺此刻突然想起，忙不迭地更正。

“哈哈，规矩还真不少啊。口上说着二位成功推行了公武合体，事实却还是如此拘泥于种种形式。”

“请问公子何时出发进京呢？”

“进京之后，就吃不到如此合口味的杂烩粥了！嗯……但岁末之前必须动身！”

“那么随行的家臣人等是否已经决定好了呢？”

“嗬，太阳打西边出来了，须贺竟会关心这件事！嗯，还没有，不过无须担心。因为正式公务甚多，此行会有大泽丰后守与户田能登守二位相随。其实，中根长十郎也会随行左右，所以一切定然能顺利进行。”

“公子，我有一事相求。不知当讲与否……”

“哦？但说无妨。”

“这次出行伺候公子起居之人，平冈圆四郎推荐了新门的女儿……还请公子务必带上同行！”

庆喜举着筷子，看了须贺一眼，脑中念头一闪——毕竟是女流之辈，嫉妒心作祟，有时也会违心推荐他人。

其实，夫人美贺也曾提出，希望将娘家菊亭家推荐的女子放在他身侧。

若非自己中意的女子则不愿其亲近庆喜，这不外乎也是一种扭曲的嫉妒心罢了。

“这样，那不如你替我决定好了。不过，还是第一次听须贺说起这类事情呢。”

“因为，我也要去见一见将伺候公子的人。”

须贺移开视线，似乎觉得眩目。

“此行侍奉公子……一般人等是不能胜任的。最重要的是不可令公子心生厌烦，另外绝不可粗心大意，一日三餐都须要小心试毒。”

“这么说来，在此用餐也会试毒？”

“是。自作主张……请公子原谅。”

须贺说到这里已经是面红耳赤。

二

须贺的悲戚之色，庆喜看在眼里，心中不禁为刚刚的念头而略感歉意。

这位女子的一言一行，在自己心里竟被误解成嫉妒心，实在过分了些。住在一桥家中也须餐餐试毒，倘若上了京城，自然是加倍危险。须贺之所以会为此牵肠挂肚，只因满怀的关心和爱意。

“嗯。你来挑选合意的人选即可。”

“是，我觉得新门的女儿应该可以……”

“好吧，这件事就全权由你负责。开始用餐吧，转告胜三郎，暂时禁止任何人过来打扰。”

“明白了！”

“不过，正午过后，大目付冈部骏河守或许会过来。这位是例外。”

“那么，他报上名号后便可让他进屋？”

“嗯。记好了！”

庆喜微微点头，忍不住又对须贺开口说道：

“那帮老中、若年寄，如果能有一人如你这般了解我所思所想该有多好啊……”

须贺不露声色，搁下膳食，悄然无声地退出了起居室。

庆喜立刻坐到桌前，提起细长的笔，下意识地把手炉拉到近旁，对着窗户，久久地翻阅写下的日记。

如今的世道过于错综复杂，是非不分，可以说是乌烟瘴气，鸡犬不宁。

现在国难当头，庆喜自下定决心要担负起拯救国家的使命后，也曾经三度百般无奈地提出辞任。

而此行赴京，随行礼品必不可少——那就是政绩。

“此举方能称为改革！”

倘若政绩不足以令对方心悦诚服，恐怕难以占据一席之地。经过一番深思熟虑后，庆喜认为，现在有两件事情必须立即实行。

其一，废止参勤交代制度——与其说废止，称改革更为妥当。当前局势下，诸位大名来来往往，只会浪费各种人力、财力，聚集于江户也已经没有任何意义，但下令他们连同家人一起回到各自藩地去整顿军备，却不知道会给现在的局面增加多少紧张压力。

另一个，便是废止繁文缛节——按照旧习，诸位大名要按时上贡，拜访时也须携带礼品。这些虚礼必须废除。

这两项举措倘若实施得力，诸家军用将变得多么丰富，实在是不可估量。

这些旧习皆源自三代将军家光时代。若能打破这些陈规陋习，诸位大名自然会意识到国之危难。否则，纵然议论纷纷，也只是逞口舌之快，徒造声势，只会适得其反。

三思之后，庆喜将此想法告诉了众人。不料，老中、若年寄之中，对此的反对之声不绝于耳。众人都声称，眼下即便听之任之，幕府的权威已然是一落千丈。而若现在让妻儿全部回归藩地，废除参勤制度，这无疑是等于让幕府的政治权威全盘崩溃。

废除进贡、赠礼制度更是遭到断然抵制。也是此时，庆喜才意识到，一旦实施此政策，老中和若年寄们每年将会减少上千两的收入。

以人情为幌子而进行贿赂，世间上这类事情比比皆是，放到现在的话就相当于是收红包，俨然已被众人视为合法收入。

三

因循守旧！面对如此腐朽不堪的时势局面，陈规陋习仍然在以不可思议的方式蚕食一切。就连御侧取次大久保越中守忠宽，这个一直被赞为杰出改革家的人，对此竟也是愤而反对，斥责此举只会有损幕府威严。

“既然如此，不如我辞任。”

丢下这句话，庆喜便蛰伏不出。

幸而，被越前春岳揽至麾下的横井小楠好言相劝，总算说服了大久保忠宽，此事方才作罢。

“忠宽大人，如果诸位大名在没有得到幕府下令的情况下，暗中将家人送回各个藩地，本人也龟缩不出，事态若是变成这样又该如何是好呢？难道为了保住幕府的威严，就要对他们一一进行讨伐不成？”

忠宽本是明理之人，听完此言后，不禁脸色大变。无论萨摩藩还是长州藩，如今大多都已不再听令于幕府，都依敕命而动。由此，忠宽也意识到，这一制度或许不久就将崩溃了。

之后，忠宽又说服老中板仓，决定痛下决心，实行改革。然而这期间，一些为参勤交代的往返而效力的足轻、仲间[1]以及流动徒士[2]等家仆却声称会因此失业，于是类似于今天的罢工一样，四处煽风点火，纠结起一群徒士，企图引发暴动，袭击庆喜。

（破陈规旧习的难处，正在于此……）

好不容易终于将这些事处理稳妥后，之前那位横井小楠竟也与庆喜意见相左，针锋相对，局面变得愈发不可收拾。

宫中攘夷之声渐趋激烈，最终演变为“废约攘夷”——这就是此次事件的缘起。不言而喻，这是长州激进派故意挑起的，提出要将迄今为止的各项条约全部作废。废除条约之后，再由将军上京亲自接受节刀，依照天皇授意进行攘夷。

此时，春岳也陷入了困局之中。这次，他也提出了辞职。大久保忠宽不得不出面再次与横井小楠商议，于是小楠制定了以下策略，向春岳进言。

“倘若敕使（三条实美）前来质问，那么迫不得已，只得应承。一旦废除条约，随后便必须联合各地大小名，改定国事，使全国上下意见一致，等候朝廷旨意，并派遣使节出使海外，实行开国的政治策略。”

这一提议也算得大胆。虽然开国势在必行，然而为避免公武冲突，便要依天皇旨意废除条约。其后再集结大小名协商是否发动战

[1] 仲间，江户时期指武士的仆役长。

[2] 徒士，指君主外出时徒步随行、位于队伍前列的下级武士。

争——商议结果最终必然是要尽力避免战争的。此时再以通告废除条约之名向各国派遣使节，如此反而促成了开国之先端。此乃迂回战略——首先附和皇宫颜面，再一鼓作气，打开日本国门。

这一来正合软心肠的春岳之意，遂将此意见提交内阁会议。

然而，听罢此言，一桥庆喜怒然变色，当即拂袖而去。

“此等职务我已无法胜任。真是懦夫当道！依靠这样的策略，一个国家的政治还有希望吗？”

春岳及老中等人目瞪口呆，问是否还有比这更好的方案，并一再进行论辩要求他登城宣告。如此也无非是希望能说服庆喜，最终令他妥协。

论战正中庆喜下怀。

当然，献策的横井小楠并不在席上。政事总裁松平春岳之下各位老中、若年寄，以及大目付、三奉行、御侧取次等在御用屋济济一堂。屋内杀气腾腾，从一开始就呈现出一面倒的态势。

“不管怎么说，一桥卿以辞职威胁，闭门不出，这实在太过任性了！”

“确实如此。如今全国上下都以公武合体为第一要务，此时提出废约攘夷，我们暂时先看宫中颜面，以求开国，又有何不可？为什么一桥卿对此提议反对至此？”

“这可不是一辞职就能解决的事情！不知今日一桥卿是否有了如何应付的对策？如果没有更好的对策就一味否决，可不符合这个身份啊！”

庆喜在里屋刻意多待了一会儿才走出去。

这样做是为了让在座者一起进行充分激励的讨论后，将问题的核心集中到一点上。

庆喜出现的那一刹那，座上所有人都立马安静了下来。

松平春岳开口说道：

“您能出席，诸位都放心了。我们都很赞同横井平四郎（小楠）所进言的策略，不知后见职反对的原因是什么？还请您先告知反对的理由。”

看到庆喜的瞬间，春岳的气势便挫了大半。本以为庆喜必然是怒气冲冲，没想到他看起来却态度温和，笑容满面，令人大出意外。

"陈述我的观点之前，有个问题想征求一下诸公的意见。诸公真的赞成废约攘夷吗？"

庆喜坐于上座，清清淡淡地发问，语调平稳。

"没错，我与诸公一直讨论这个问题，大家都一致赞同。"

大久保忠宽代表众人开口道。庆喜脸上露出一丝笑意。

"但是我不这么认为。事实上，周防守（板仓）就大力反对，认为废除条约绝不可行。而骏河守（冈部）也认为，强行逼迫外国人点头，不久必将导致天下大乱。如果说所有人都一致赞同，这岂不是很怪异吗？我看大家也只是想着既然别无他法，就暂且瞒骗宫内……诸位大多都是抱着这种考虑的吧？若是如此我又怎么会同意呢？岂不荒谬。"

板仓周防守与冈部骏河守对视了一眼，低下头去。

"诸位到了一筹莫展、无计可施的时候，总是习惯瞒骗天子。明明无力攘夷却偏偏信誓旦旦地接受，和宫下嫁时也同样如此。眼前之事也是，明知对方不会同意，却还是在此大谈接受废除条约，难道你们认为真正的公武合体，靠不断的欺骗就能成功吗？"

"……"四座一片沉默。

"现今这个时代，世界万国皆以天地间的公道为本，互相沟通友谊。现在已经不能再墨守成规继续闭关锁国了，这样只会裹足不前。当下我国必须积极与海外结交，为何诸位不能以至诚之心将此理禀明圣上？难道诸公不觉得整件事的根本便是错误的吗？各位觉得如何？"

庆喜虽然是极其平静地说着，但所叙之言却是句句在理，令人无从答复。

四

"诸位一言一行不免要些花招手腕，误以为这就是政治之道。日本上下无不效仿，皆为一藩之利玩弄权谋术数。难道诸公还未意识到，如今世道混乱不堪，根源正在于此？"

庆喜之言字字掷地有声。

“今日我国所背负的条约束缚重重，皆因最初阿部伊势守奉行闭关锁国的旧制，以权宜之计，一味敷衍所致。堀田备中、井伊扫部头虽然对此坚决反对，最终也在美国虚喝一声之下吓得魂飞魄散，未等敕使到来就擅自签订了条约。诸项条约诚然都是极为不合律法的，但均已成事实……如今又能如何？叫嚣着将往日不平等条约一应废除，此番说辞，我们日本人能够理解，外国人又如何呢？在他们的眼中，这分明是两国政府间签订的明文合约，哪里有不合律法之处！”

话说到此，春岳忍不住插话。

“所以说，一旦废除条约，就必须集合起国内大小名……”

话音未落，庆喜大喝一声。

“住口！什么一旦废除，只会再度敷衍了事！既然对方认定条约合法，那就断然不会同意废除，如此一来，最终必然会挑起战争，而一旦陷入战局……”

说着，庆喜的语调又缓和下来：

“我们破坏条约在先，全世界都会认为是日本的过错，日后，定会遭到天下群起而攻。即便此战最终胜出，我国也不会得到任何益处，但损坏的名誉已经无可挽回。即便会同诸藩大小名前来决策国事，结局又是否真会如诸位所愿呢？恐怕届时只有愚论百出，无一实用之计，事态便会如同破巢而出的蜜蜂，骚乱不止，最后幕府还不得不出面四处安抚。时不待我，诸位认为我国现在还有闲暇处理这等杂事吗？以上便是本人反对的根本理由。”

众人缄默。

集聚全国大小名前来共同议定国事……

仔细想来这不过是一句不切实际的空话。自黑船来港后，屡屡如此，众人也心知肚明。

“我方才这番言论，早已将幕府视为无物，是立足于日本全国、皇宫以及各大藩小藩的立场，为众人所谋。因此，说什么废除一切不平等条约，要集合大小名等，凡此之类以权宜谋权宜的自负言论，恕我难以苟同！”

“恕我贸然打断……请问刚刚后见职言谈中，确实是说到早已将幕府视为无物……”

板仓周防守问道，声音有点颤抖。

“确实如此。幕府也罢，皇宫也罢，外样也罢，谱代也罢，如今全都各自为政，把全部精力都放在争权夺利上，如此状态怎能称之为‘国难当头’？所谓国难，意味着一切都将化为乌有，全国万民皆遭遇身陷水火的灭顶之灾，这才能称之为国难。倘若有人对此有异议可立马反驳。”

庆喜语气坚定地说着自己的观点，原本一直瞪视而听的松平春岳，此时已诚惶诚恐地率先两手相拱。

此刻，他才意识到，庆喜的觉悟早已非同寻常……

庆喜私下已经对春岳说过上京后会单独觐见圣上。然而，春岳却没有意识到，庆喜是下定决心，要以堂堂正论来说服圣上。

（我等的想法原来是本末倒置……）

春岳为人耿直，听了庆喜的一席话之后当即身心震荡，感动不已。

一旦国家灭亡了，又谈何幕府，谈何雄藩！皇宫威严、立国之本就更无从谈起。而认清了这一点，不管是幕府、诸藩还是皇宫都应该冲破樊篱，不再为一己之利斤斤计较。

然而，就因为对此没有清晰的认识，导致幕府一直企图欺瞒皇宫，而皇宫则对幕府百般刁难。鹬蚌相争之际，又引来萨摩藩伺机而动，扩张势力，而长州藩自然也是不甘示弱地密谋策划，以此阻挠幕政。

“早已将幕府视为无物……”

只此一句，便可看出庆喜此人是何等勇敢，拥有何等深远的见解。若不是幕府的私心重重，倒幕运动也不会应时而生。

春岳感动之情难以平息。回到家中，立即将庆喜在将军府所述之词一字不漏地转告横井小楠。

小楠两眼圆瞪，沉默不语。然而，等待春岳入寝后，他独自面对家老中根韧负时，却两眼通红，慨叹不已。

“鄙人至今已活过五十余年，还是第一次做出如此令人羞愧的失败之举。原本考虑到一桥卿不过二十余岁，年少气盛，即便向其进言最优之策，恐怕他也难担当起如此艰巨的重任，于是便退而求其次，建议实行第二个策略。然而……一桥卿早已具备了第一流的见识与觉悟。鄙人实在汗颜，无地自容，在此立志誓死救国出此危难之中！”

此事通过中根韧负之口再经由原市之进辗转传入了庆喜耳中。

庆喜当即将大久保忠宽唤至宅邸，命令其对此事严加封锁。

“恐怕有心之人会将此事四处散播，传我一心盼望幕府垮台……立刻命令当日在座者绝不可外泄。”

其实，当天那番话，是庆喜首次透露自己有“大政奉还”之意，果然招致了误解。

人一旦深受感动，总是忍不住转达给他人。然而同一件事不同的人会有不同的理解，这种感动之情很容易就会被误解为野心，甚至是阴谋。这样的事世间不乏先例，老中们当中确实也出现了这种情况。

“一桥卿眼中已容不下幕府，决不能任由其上京。”

庆喜即将起程，然而将军府中此类谣传之言却在不断扩散。当然，庆喜是作为将军家茂的先头部队进京，但是连家中人都指指点点，事情因此进行得磕磕绊绊，却也无可奈何。

庆喜翻阅着自己的笔记，再度检查上京的准备是否还有疏漏。

此时，猪饲胜三郎前来，小心翼翼地通报：“大目付冈部骏河守殿下前来求见。”

庆喜缓缓搁下笔。

“哦，来了？请他进来。”

五

此次“上京御用挂”[1]的人员之中，庆喜最为信任的便是这大目付冈部骏河守。

“如何，上京队列安排妥当了吗？”

冈部由家臣引进来，庆喜便笑脸相迎道。

“还有需要准备之物。”

庆喜自然不能草草答一句“多备亦无济于事”。但各国列强公使相继在江户设置公馆，生麦事件后，更是趁机蜂拥而至。此时大呼将军家茂上京，不过是乘此局面，趋炎附势而已。

和宫下嫁，天皇乃和宫之兄，将军身为和宫夫婿，前去拜望天皇原本理所应当，于情于理也没有什么可以指责，然而，这之中的内情却并不在于人情世故……

此番不容分说地命令将军家茂进京，真正的意图是让天子直接对其下达攘夷命令，并借助“废约攘夷”大举倒幕。这既不是为了保皇也不是为尊皇，只是把天皇也当成一枚棋子来算计，一场刁钻阴险的计谋。

但即便深知内情，年轻的将军家茂也无从推辞，只有选择进京，可想而知后见职庆喜也是有苦难言。

“大致随从名单皆已记录在此，请您过目。”

冈部从怀中取出厚厚一卷文书，跪地递给庆喜。

上京御用挂

老中　　水野和泉守

若年寄　田沼玄蕃头

[1]　御用挂，幕府任职人员，此处指上京随从之人。

侧众　　坪内伊豆守

大目付　冈部骏河守

同上　　松平对马守

勘定奉行　一色山城守

同上　　川胜丹波守

同上　　津田近江守

目仲　　京极能登守

……

庆喜一边翻阅一边不住地叹息。

“目仲”五人、财政监督一人，常在将军左右的就是这六人。但除此之外，担任“上京道筋御用挂”、“上京御宿割”、“上京御先登”等职的老中、高家众、书院番……从小姓组、作事奉行、纳户头到佑笔……笔记上的名单一排一排，无止尽地延续。

而随庆喜一同先前往京都的尾张前大纳言及水户中纳言，这支队伍也配备了高家众、大番头、书院番、小姓组、大目付、勘定奉行、讲武所总管，除此之外，剑术老师、枪术老师、炮术老师……不一而足。

“冈部骏河守，预计共有多少人员呢？现在看来，已三万有余了吧？”

“是。毕竟三代将军曾创下三十万人随行的先例。”

“人数过少，恐怕会有轻视皇宫之嫌。但如此兴师动众，也无济于事啊！”

察觉到自己说漏了嘴，庆喜慌忙更正。

“不过，倘若能够使国家免于灾难，这些也是值得的。但是，众人倾巢而出，必定要花费数十万之巨，而且这其中又有几人真正理解国难的意思呢？”

听罢，冈部骏河守的眼神也显出悲哀之色，禁不住叹息起来。

此时，京都的治安仅靠所司代[1]已经无法维持，因此幕府任命会津的松平容保为新任的“京都守卫职”，与庆喜相继上京。

会津的松平家是二代将军庶子（保科）的后人，也是德川氏子弟。时局多变，同门的越前家，也不再称“大老”，而是摇身一变，以“政事总裁”这个新职位登上时代的舞台。所司代世世代代都由家臣担任，此次会津家也是如出一辙，在此之上设立了一个“京都守卫职”。

会津的兵力号称是当时最强，较萨、长两藩毫不逊色。另外还命长冈藩的牧野越前守担任所司代，永井尚志（其后的玄蕃头）担任町奉行，以备万全。但即便如此，庆喜一行的安危仍不可掉以轻心。

“如何？我近日就必须动身。依各位所见，有没有什么危险？”

“恐怕是危机四伏。”

冈部垂下眼睑，嗫嚅着答道。

“今日今世，对直言正论者来说已经没有可以容身的安全之地……”

“是吗？那么我的安全自己负责。不过，倘若我上了二楼，可别让那些家伙拆了楼梯。”

“……是！”

“我的敌人……”

说着，庆喜笑了笑。

“满口谬论的暴徒自然不必说，幕府、皇宫，可能都会与我为敌。”

“关于这一点……我们也略知一二……”

“有话就直说，不须要有什么顾忌。”

“即使是幕府的随从也须多加提防。据我们所知……其中，或许有人将大人误认为是幕府——不如说是德川家的敌人……”

“我的随从之中也有这等人？如此说来，或许吧。上次无意中我曾说到，早已视幕府为无物……”

“那么，请大人多加注意加强警备，特别要小心火烛。”

[1] 所司代，江户时代警卫京都并管理政务的官职，

“小心火烛……难道说，消防人员中，有人受命在身边监视我？”

“恐怕如此。”

“哈哈哈，无妨。平冈圆四郎也有此猜疑。说是比起旗本众卿消防人员还更加可信，这立场难免令人发笑啊！”

“是，世间并无绝对之事。如今一切皆如一盘散沙，大多是为一己之利独断专行之人，我等知这世间深不可测，对此总是刻骨谨记。”

“所谓言人人殊，大概就如光天化日之下怪物横行也不见怪。所以也就渐渐辨不清楚哪只是狐狸哪只是豺狼，茫然无措……嗯，此后我会非常小心，但愿能辨出人心真伪。”

“说话冒昧之处还请原谅，不过请务必小心！”

“听好，你们必须首先牢记一点，仅凭一己之见是不可能拯救国家的。决不可固执己见，没有比固执更能迷乱人心的了。必须要把一切都抛尽，才能辨出当前最重要之事。如若不然，不要说国家统一，就单是我一条命也难保护周全啊！哈哈哈……”

六

大目付一职类似于今日的检察厅长官，无时无刻地监督着诸位大名的一言一行，俸禄三千石。

冈部骏河守为本封一千三百石的旗本，与御侧取次大久保忠宽都是幕臣中的得力干将。当初，庆喜被视为推崇尊皇攘夷的重心，所以两人也曾经反对其出任后见职。

然而抱着怀疑的眼光边审视边与庆喜接触后，他逐渐发现庆喜竟是幕府之中最为见识深远的开国主义者。

“我会直接觐见圣上，向圣上进言，锁国自闭早已脱离了现今世界的大势所向。”

这等勇气、胆识与气魄，即使是往日的阿部伊势守、堀田备中守，或是井伊扫部头都无一人具备。

（这位果然是有识之士！）

然而，此时皇宫之中，“废约攘夷”之说转眼间已经控制了大局，接连不断地派出敕使来到江户。

攘夷派公卿中年轻的急先锋三条实美与姊小路公知率先东下，于10月28日抵达辰之口的接待馆。

这边，庆喜正筹备着进京向天皇直言进谏，敕使却恰好赶在出发之前在江户大肆宣扬：

“废除条约，断然攘夷！”

除此之外，敕使还带来“应敕封岛津久光为京都守卫职”之命。可想而知当时的局面有多么混乱。

这位敕使，在对幕府百般刁难后12月8日便扬长而去。如此这般，无非是要迫使庆喜上京。于是12月4日，将军家茂亲自向庆喜下令进京，刚好是敕使离开江户前四天。

总而言之，8日，敕使离开了江户。敕使离开第四天，也就是12月12日，江户爆发了火烧英国公使馆事件。因萨摩藩士在此之前已引发生麦事件，长州藩士不甘示弱，于是高杉晋作、久坂玄瑞、志道门多、伊藤俊辅等十三人便合谋袭击了品川御殿山正在新建的公使馆，将其付之一炬。

此后不过数日，12月21日，横井小楠便在神田玉池遇袭；22日，国学者塙忠宝遭到暗杀……

而庆喜作为将军上京的先头部队出发在即，身边的护卫人选仍然难以定夺……

这时，水户藩的武田耕云斋自动请愿，希望能率兵同行赴京。但是这位耕云斋是个激进的攘夷主义者，倘若他得知庆喜实际奉行的是开国论调，到时不知局面又将变得如何……

如此种种，到了文久二年（1862年）腊月，整个世态愈加骚动不安，纷乱异常，暗地里风起云涌，紧张的气氛似乎一触即发。冈部骏河守也是束手无策，甚至不想直面庆喜。

“提醒我要小心火烛的可是新门辰五郎？”

“是。属下以为，市井的侠义心肠也可以依靠……”

“嗯，万般小心绝不为过。不过万一事出突然，也无须过度惊慌。此番上京，大约也是芸芸众生之上的苍天对我的磨砺之意。”

庆喜笑着让冈部退去，随后令须贺唤来平冈圆四郎。

“万不得已之下，将你一人留在江户。依你所见，伊贺守（水户家家老武田耕云斋）应该可以值得信任吧。”

庆喜面带笑意地对圆四郎说道。圆四郎压低了声音。

“非常时期非常策略。属下会暂且留在江户，好好做准备。”

“好像是叫清川八郎吧，提出组建浪人组一事的人。”

“是。虽然有些铤而走险，不过以毒攻毒，就眼下来看，也是迫不得已需要实行的一个策略。”

“原市之进会随武田耕云斋同来吗？”

“是。原市之进、梅泽孙太郎、梶清次右卫门等人会随后前往，如此应该不必担心攘夷派的袭击。”

“原来如此。”

庆喜苦笑。庆喜筹划着向天皇宣讲开国说，而身边护卫却是水户家的攘夷派，实在滑天下之大稽！

其实，大多幕臣对庆喜仍然保持怀疑，却也只能默不作声，于是便瞒着众人令水户一派护送，除此之外也别无良策。

“另外，先前所说之物，是否已经运出了呢？”

“是。已用船运至大坂……”

“马匹也运到了？”

“马匹、步兵队皆已运出，还有大人的军装……”

“哈哈哈！”

庆喜开怀大笑。

“王城之地，后见职身着西式军装，骑在阿拉伯马上走来走去——估计那帮冥顽不化的攘夷派到时眼珠子都得瞪圆了。”

庆喜此行计划带一队法式步枪队进京，再跨上西洋马鞍在京都城内疾驰，意图令那些浪人们闻风丧胆。

“接下来是须贺。一旦我们离开江户，立即将全家搬至小石川的水户藩邸。明白了吗？”

“是，明白了。”

“若不让整个家族先往避难，后见职也无法打开江户的大门，这真是可笑之极啊！”

“恐怕确实如此……”

“此番上京，一干暴徒定是蠢蠢欲动。到时我这个后见职怕是要树敌无数，甚至与整个日本为敌……”

庆喜的立场真是让人摸不着头脑。

先行前往京城的町奉行永井尚志（主水正）到达京都后便来信告知，当下的京都几近无药可救，已经完全是一个无法地带了。

信中还诚挚地恳求庆喜上京。

关东势力日渐式微，朝廷与幕府间几乎完全隔绝，互不通气。与此相对，萨、长两个旁系藩国却拥立朝廷，企图一手遮天。一桥殿下等重臣若不能急速上京，以至诚之意，尊奉朝廷，恐怕最终事态将发展至无可挽回之地。

“那么，一切准备就绪了吗？”

“是。水户派遣的护卫均已誓死效忠公子。等浪人组集结完毕，我等也会随后立即赶到……”

“哈哈哈……这么说我已无须担心了？好，先喝上一杯，然后便可回去休息了。须贺，把中根与松本也叫来。”

庆喜说着，又将起居室环视了一圈。

七

24日庆喜由江户出发，经由陆路入京，于文久三年（1863年）正月五日驻宿东本愿寺。

这年正月五日，本葬于江户的吉田松阴的遗骸从小冢原的刑场被改葬至荏原村（世田谷）若林的大夫山。盗取遗骸的是高杉晋作、伊藤俊辅等人。而也是在此日，俄国来信通知幕府，英法两国正合谋打算出兵……

继生麦事件后，幕府的眼皮底下，接二连三地发生火烧公使馆事件，为保护本国颜面，英国自然不会忍气吞声。

一到东本愿寺，庆喜立即招来余四麿昭训。

“嗬，长成大人了嘛！怎么样，天狗殿下眼中的京都如何？”

“嗯，简直是群魔乱舞，完全当幕府已经土崩瓦解，不放在眼里。这帮人经常聚集于学习院中，大放厥词。”

“哦？幕府已经土崩瓦解？那么余四殿下认为如何？”

“虽然还不至于如此，但眼下情形也确实令人忧心。”

“是吗，那么先从你的担忧谈谈吧。”

“此事还须与池田侯、蜂须贺侯等人好好地商量一下才行。对了，我听说土佐大人近日也会进京。”

“嗯，是这样啊，看来天狗殿下也已长大成人了！”

“现在的京都，公武合体论已经消失殆尽，凡是奉行合体论者都会被视为眼中钉。”

“哦？都有谁被当作眼中钉？”

“中山忠能、正亲町三条实爱这二位公卿如今已是众矢之的。不过也有人认为可以不用斩杀二人。”

“那么，倒幕论的主谋又是谁？”

“学习院中是真木和泉；公卿之中则有三条实美与姊小路公知，外加中山卿之子忠光殿下。”

“唔，那么各藩的浪人呢？”

“是的，长州藩中最为激进当属久坂玄瑞、寺岛忠三郎、松岛刚藏；肥后藩的是宫部鼎藏、山田十郎、河上彦斋；对马藩的有多田庄藏；水户有金子勇次郎、住谷寅之介；土佐藩的武市半平太和平井收二郎等等。他们都立誓，到文久三年（1863年）定要让幕府从世间消失。”

“哦？这么说，我是他们实施计划的绊脚石了？”

“嗯。他们甚至声称一桥中纳言已是可有可无的人物。”

“确实过分！”

“的确很过分！据说兄长到京都后，便会前来试探兄长究竟是不是倒幕论者。不久就会有人前来此处要求会面。”

说到此，小天狗也压低了声音。

“进宫晋谒计划需要几天呢？万事千万要小心啊。”

“我明白。此事之后会详加商议，我想大约十日左右吧。”

当夜，余四麿与庆喜共进晚餐，并住了一宿。

然而余四麿却不知道，此行可能会要了他的性命——他已经被中山忠光的天诛组盯上了……

天魔横行

一

日莲圣人在镰仓街头传道授法的时候，曾经痛斥禅宗为“禅天魔”。

此举的意图自然是为了宣扬自己的主张。然而，人一旦过度自信，其一举一动便难免会带上“天魔之相”。

所有人都信心膨胀，血气冲天，盲目地坚信只有自己才是正义之士，自己的见解才是绝对真理。如此一来，反倒将最为重要的躬身自省抛至九霄云外，徒留一身无谓的愤慨，整日天马行空的幻想。

而对于洞察这一切，从中操控的煽动者来说，这终究不过是那些自命不凡的人无头无脑地乱舞而已，滑稽至极。文久三年（1863年）年初，整个京都便是处于这种状态之下。

天魔行事从来都没有耐性多番考量，总是速断速决。凡是不合自己心意之人，便当机立断，一杀了之。

而当下天魔聚首之所正是学习院。

朝廷一边深深地担忧暴徒横行，一边却又在学习院中设置国事挂事务专所，为暴徒谋反作乱提供最佳的温床。

这就好像现今学校全然无视诚心向学的学生心中所想，反而被暴徒所占变为其根据点。

天皇本是希望将此作为应对国难时知识人士的集结所在，因此最初的国事挂都是以青莲院宫为首，还有近卫、一条、二条、鹰司、德大寺、中山等这些明是非、识大体的人选，但是结果却背道而驰。

这个想法正与宫内那些称做“暴徒”的激进分子心中“殿上之人无足轻重”的念头不谋而合，令其对此地心生亲近。

“——大臣也好，关白也罢，皆可随意支使。”

而他们的手段无外乎“恐吓”抑或“暗杀”，所以社会秩序非但得不到稳固，反而越加混乱。

这一年的正月里，高槻藩士宇野八郎、池内大学、贺川肇（千种家臣）等都相继遭到暗杀，死于暴徒毒手。

国事挂中年轻的同道公卿里有两人被他们称做“白豆”与“赤豆”。“白豆”指的是三条实美，因为此人外貌俨然一副公卿样，脸色苍白；而“赤豆”是给姊小路公知起的绰号，此人毫无公卿气质，却浓眉赤脸，总是佩带着一把二尺四寸长的东山美平大刀，昂首阔步。

他们将白赤二豆巧妙地操控于股掌之间，眼下正策划将公武合体派的中山大纳言和正亲町三条实爱疏离天皇左右。

禁宫东侧中部，便是姊小路公知的宅邸。

这座宅邸位于路口，往南依次是持明院、日野西、桥本……今夜公知在家中设宴，除了与公知交往甚密的武市半平太、长州的清水清太郎、本愿寺的家臣村井修理、肥后的轰武兵卫等人外，还邀请中山忠光侍从和水户的余四磨昭训一并前来参加这场新年的酒宴。

“真是令人刮目相看啊，一桥中纳言！”

清水清太郎面色微醺，露出笑意。

“他究竟想要做什么呢？竟然若无其事地跨在安置了西洋马鞍的高头大马上，还率领一列洋枪队，连若年寄[1]等侍奉官吏也一概骑马，五十多匹马就那样疾驰在京城大道上，招摇过市。他又不是不知圣上对夷人可说是极度厌恶……”

---

[1] 若年寄，江户幕府的官职名。

话音刚落，酒宴主人姊小路公知随即开口道：

“这其中的缘由，不如让水户的水殿下来解释一下吧，如何，水殿下？”

“不错！水殿下应该知道其中缘由。中纳言归京之日，水殿下可是第一个去东本愿寺与之见面的。”

中山忠光也应和道。

余四麿对此丝毫未生疑虑。

“说实话，我也大吃一惊。那番阵势，大概连暗杀者也不由得干瞪眼只能傻傻地观望。据说洋枪队中还有世界上最先进的来福步枪。”

“这究竟学的是哪国？”

“法国的骑兵队，事实上幕府一直在进行骑马射击的操练。说是既然决心攘夷，首先必须得加强军备。”

忠光与公知鼻子里哼了一声。

“不会是想给我们来个下马威吧？”

东本愿寺的村井修理打断道：

“不可能！如果真有此意图，那么跟随中纳言身边的水户的武田耕云斋不会默不作声的。”

“可我听说武田耕云斋已进入本国寺。”

“确实如此。而且他们很明确地说，比起烈公，一桥中纳言更胜一筹，即便后世也很难出现像他那样仁义之人。当今天下，除了一桥中纳言没有第二人可以担当起救国救民的此等大任！”

“那是藤田东湖大放厥词。当今世道，管他大名还是关白，凡是有违敕命者均格杀勿论。”

忠光面色潮红，不停劝酒。姊小路公知会心一笑道：

“哈哈哈，这话可不该从侍从口中说出，那是肥后杀手彦斋的台词，对吧，轰武兵卫？”

“没错。不斩一两位大名，河上彦斋还真提不起劲头来。听说他最近私下里也正物色拿谁来开这杀戒。”

“那么，不如就伊达宗城，如何？山内容堂也行……不过再说下去，武市殿下可要生气了！”

公知戏谑般笑言，余四磨也不甘示弱。

“彦斋的朱色刀鞘和木屐在来福枪面前也会毫无还手之力。不如，干脆试试看以一桥中纳言为目标？”

自然，此言是略带玩笑地说的。

“绝对不可！”

武市突然厉声喝止。

“斩啊杀啊，说来容易。可是，要知道锤炼出一名出众的人才需要花上二十年、三十年的时间。万一误杀了……深有愧疚！”

“这可真是让人吃惊啊，没想到武市殿下竟会说出这番一本正经的陈腐训言……哎呀，方才不过是随口一说，开玩笑罢了！”

酒宴主人姊小路公知摆摆手，引来长州的清水清太郎放声大笑。

“无须担心。我们这边会让久坂玄瑞和杀手彦斋一同前去瞻睹一桥中纳言的风采。长州人素来不喜欢闲扯，一旦有想法便会立刻付诸行动。宋学的发展不也得依靠王阳明的实践不是。”

余四磨心下一惊。久坂玄瑞打算带着肥后的河上彦斋去拜访兄长庆喜……

若是在屋外，兄长不会露出破绽；然而要是对对方心生信任，邀到屋内相对而谈，便很难预料了……

（此事必须提前告知兄长！）

口舌论战兄长向来信心十足，为了说服对方，他很有可能会爽快召见。

二

“哦？久坂带彦斋同去？这样也好。久坂的口才可了不得！到时候对庆喜节节追问，彦斋再根据他的回答决定是否斩除。”

忠光说着，又瞄了一眼余四磨。余四磨慌忙将视线错开，转向邻座的村井修理，为他杯中斟满酒。

“总之，千万不可掉以轻心！”

公知兴致不减，转移了话题：

“不论是年末会津入京的排场，还是此次一桥中纳言骑马阔步的阵势，都不可能没有一点其他想法的。”

轰武兵卫附和道：

“说得在理！这次会津上京的队列井然有序，绵延一里多地，真是威风凛凛，见到的人无不交口夸赞。另外还派了肥后守先去本禅寺换下旅途行装，穿上麻绸礼服前往近卫关白宅邸等候，向天子问安后才来到黑谷光明寺的住所，中间一刻也没有耽搁。”

“哦？轰武兵卫难道也随着去了吗？”

“哈哈哈，岂止我，杀手彦斋也急不可耐地跟着呢。”

“太惊人了！这么说，如果找到机会也会对松平肥后守下手吗……不过这样一来，我倒是明白了，一桥中纳言恐怕也是煞费苦心，想用马蹄之音来震慑诸位吧。”

“即便如此，也还是无趣。”

忠光环视四座，咂咂嘴：

“会津、水户、一桥……这些人都深得市井之人的心意，有市民对关东威风赞不绝口，声称城内的天诛骚乱这下应该会平息不少。真是岂有此理！”

“嗬，这点您就无须过于担心了。”

轰武兵卫再次冷笑着打断：

“用不了多久，我便会让这些言论荡然无存。”

“哦？这么说，你打算火烧东本愿寺？”

“哈哈哈……那可是最高机密，尊贵之人不必多加过问。”

轰武兵卫的笑声紧紧牵着余四麿的心。

（8日兄长骑马四处拜访，定是令他们的内心大为动摇……）

说来此事的确会令这帮胆大包天的天魔毛发倒竖！

东本愿寺古色古香的建筑之中走出一队法式骑兵，先是到近卫关白宅邸拜访，等问安天子的名册登记完毕，就那样原班队列以风驰电掣之势从议奏、传奏馆一侧飞掠而过。

“这位大人的作派可不一般呐！”

恐怕不仅市井之人，关白、议奏、传奏也都瞠目结舌，大气不敢出。

若这支骑兵队化身为敌，对那拨企图随心所欲操纵朝政的浪人志士与年轻公卿而言，的确是一个难以轻视的敌人。

酒宴结束时，已过了五刻（晚八点），众人纷纷告别，起身离开姉小路宅邸。

余四磨本想立即绕道去东本愿寺，无奈轰武兵卫提出送他回去，一时无法脱身，只好先回到水户屋宅，然后将详情转告了与武田耕云斋一同住在本国寺的原市之进。

三

第二天早晨刚过六刻，原市之进便赶到了东本愿寺，当时庆喜还在卧室中。于是，他见到大目付冈部骏河守，告知浪人志士会不请自来，叮嘱千万小心，随后又回了本国寺。

“比起烈公，一桥中纳言更胜一筹……”

不用说，藤田东湖的这句评价，正是原市之进在市民之中散播开来的。传言本已令世人心下叹服，而骑兵队又似石破天惊，在京城大道上疾驰而过，激起一路惊呼。这一出序幕，效果确实不凡。

（会不会有点见效过头了？）

于是原市之进暂且回去，打算带上水户武士再次前来本愿寺守候。

然而这期间，久坂玄瑞已经来到本愿寺住所前，不仅杀手彦斋随同而来，还有长州的寺岛忠三郎以及昨夜口出狂言的轰武兵卫。

四人以学习院的名义，由久坂打头，大摇大摆进了门，在入口玄关处大声嚷道：

“我等请求拜见一桥黄门（中纳言）！”

说着，取出名牌递给门口的守卫。

久坂平素性格老成，完全不像高杉晋作等人。但是，一旦他情绪激奋，瞳孔会闪烁出双重光芒，言词也会变得咄咄逼人，混杂着汉语词汇冷冰冰地砸向对方。

或许正因如此，高杉晋作在江户火烧英国公使馆，将吉田松阴的遗骸移至世田谷，不断做出一桩桩惊天动地的举动，活跃异常，因此留在京都的久坂自然也不甘示弱。

“愣着干什么？赶紧将名牌拿去通报中纳言！”

事实上，长州派公卿……准确地说是年轻激进派的领头者三条实美、姉小路公知等人背后，一手操控众人的正是这位吉田松阴的妹婿久坂玄瑞。

守卫顿时慌了手脚，不知所措。区区一介陪臣身份，竟提出直接会见将军后见职一桥中纳言，就算是普通的大名也不该如此放肆……当时，江户还未曾出现过胆敢如此无视身份等级之人。

“听闻一桥中纳言是不世出的攘夷家，故前来献策。怎么会如此畏首畏尾，龟缩不出呢！速去通报！”

“还是说光看到我们的名牌就连腿都吓软了？”

话音传入了庆喜耳中。前来庆喜起居室告知原市之进带来的消息的冈部骏河守也听到了。

“玄关处好像有什么事，怎么如此喧嚣？”

“似乎前来拜访的人已到。虽然来是来了，还请千万别与他们见面。”

“哦，不妨。让他们进来吧，我直接跟他们面谈。”

“不行。如果守卫进来通报，就由我出面将他们赶走。那种浪人成百上千，见了一个，便会接二连三蜂拥而至。不如由我来应付他们吧。”

庆喜似乎心有不甘，却也没有强行地再说什么。

终于，门外响起了守卫慌慌张张的脚步声。

“禀殿下！门外长州与肥后的……”

没等他话说完，冈部骏河守就拿过名牌站起身来。

“中纳言大人身患风寒，正卧床休息。告诉他们由大目付冈部骏河守暂且代听要事，带他们去玄关旁边的小屋。”

“明白！”

接着，他将名牌递给庆喜，出了门。

这之后的情形便与现在僵持不下的罢工如出一辙了。

一方坚持要见，另一方又绝不松口，就这样久坂一干人等把冈部骏河守围在小屋内，两相对峙直到傍晚，而住所周围也加强了两三重戒备。

双方互相挟制，寸步不让。此时若有人按捺不住拔出刀来，恐怕霎时间便会腥风血雨——说是这么说，但即使这么做了，也只会陷入无计可施的僵局，毕竟为了斩杀冈部一人而赔上四人性命，并不是明智之举。

双方各执一词，争执不下。

总的来说，他们也不过是要确认如果一桥庆喜有尊皇攘夷之心，便立刻让将军进京，下定决心废除条约发动战争——而这些与三条和姊小路作为敕使在江户所述是一致的。

对此，冈部答复道，将军即将进京，一桥中纳言作为将军的先遣队，是为天皇与将军的会面做好准备，等待将军一行的到来。

“就算如此，为何不能直接见庆喜？”

“中纳言现在正抱病在床。”

“称病不出面乃是迄今为止腐朽的当政者所惯用的伎俩。庆喜集天下信任于一身，为何竟仿效那些腐朽的当政者？既已通报到枕边，为何仍对真正忧国忧民者之声听而不闻？”

“你们是否真正忧国忧民，中纳言又如何能知道？”

如此这般，直至夜幕降临，天色昏暗，他们方才作罢，收兵回营。对于人类来说，天光转暗是一种来自自然、天生就能感知的威胁。若是在暗处遭到埋伏，只会损兵折将。

“等着瞧！”于是，他们扔下恶狠狠的咒骂扬长而去。

“等着瞧。分明是无心攘夷才会避而不见。记好了，此事我们定会向朝廷禀报，定你一个违敕之罪！”

经过长时间的针锋相对，僵持不下后竟然如此收场，使得刚才所做的一切都成了徒劳，显得愚蠢至极。

而徒劳无功后又不甘忍气吞声，这正是天魔的隐痛。

庆喜不动声色地观察着这一切。他从这伙人的高谈阔论和恶声咒骂中探察到了一枚准星。

他们过分地相信自己可以随意支使朝廷。若非如此，也不会说出最终那句：

“——定你一个违敕之罪……”

“辛苦了！不过，也并不算是白白浪费了一天时光。”

晚餐时分，庆喜抚慰终于脱身的冈部骏河守说道。

“如此一来，我们要瞄准的目标也明确了。步枪没有准星怎能开始射击呢。看来，操控三条、姊小路的便是长州。”

四

萨摩藩的久光有所动作之前，长州藩中宣扬国威的基础是以长井雅乐为中心的一帮支持公武合体的合体论者。但是到了去年7月间形势遽变，到如今，他们已变为激进的倒幕论者，甚至到了能借三条、姊小路之手颁出“违敕”之罪的地步。

也许与其说他们是倒幕论者，不如说是萨摩的竞争者更为准确。

不论萨摩或长州，其动机无非是要将权力归回朝廷手中，继而取代德川氏，掌握实权，扩大本藩势力。

而两藩之争，胜败的关键便在于谁先掌控公卿之中的激进派。看来，目前是长州派占了上风。

“好！今天去学习院。”

久坂在东本愿寺逗留整日后的第二天，即1月13日早晨。

“以这番阵势去学习院？”

“没错。率领骑兵队一起前往，足以让三条、姊小路等人闻风丧胆！否则，不知道他们还会嚣张到何时！”

庆喜换了身裹金披风，下着旅行裤裙，其他的都与之前一样，前后都由套着宽松西装裤的骑兵枪队列阵守卫。队列就这样径直朝着敌人的根据点——学习院进发。

时间将近四刻（十点）。

“三条卿、姊小路卿在否？去国事挂事物专所通报一声，就说一桥庆喜来了。”

当差人见庆喜等人地位尊贵，原市之进与梅泽孙太郎又前呼后拥，忙不迭地跑进御用屋内通报。猝不及防之下，大原重德瞪圆了双眼，率先冲了出来。

“哎呀，一桥中纳言！”

“上回失礼了！此次我特意前来向三条、姊小路两卿表示问候。每日都如此勤勉为国，实在是辛苦了！”

众人倏地向三条与姊小路投去目光。原本两人正在十四五人之中得意地说着什么，一时之间也觉得颇为不自在。三条脸色灰白，而姊小路已满面通红。

（白豆与赤豆……真是名副其实啊！）

庆喜猛然将目光与白豆对视：

“昨日，是你特意差遣久坂等人前往我的住所的吧？不幸我昨日略感风寒，未能与之会面，所以今天早晨身体有所好转，便匆忙前来拜访。”

“呃，昨日并非……”

“他们再三重复你与姊小路卿在江户所说的话，请问这是否是因为圣上已经做好了一切开战准备了呢？”

开战准备……此言一出，三条实美不由得开始发颤。

“今日我并不是因为公务前来，否则很难与你等交谈。进行当面商议的仅限于关白、议奏、传奏，不过为防有所疏漏，今天特地前来希望能与诸位促膝相谈，恭听诸项意见，你等但说无妨。”

话说到此，赤豆忍不住开口道：

“那么，将军何时才能上京？”

“据俄罗斯方面的内报得知，英、法联合舰队正秘密商议进攻大坂湾，为了进行压制，将军大人现正在部署汽船。换言之就是在备战……否则，到时恐怕英法军舰会一举攻破大坂直接进入京城。”

“一举从大坂攻入京城？”

姉小路脸庞本就血色充沛，这一来更是泛起红光，近乎强迫般的请庆喜上座。

庆喜不慌不忙地在上位坐下：

“想必诸卿也心中有数。联合国之中，最为气势汹汹的当属英国，其中原委我们也都心知肚明。萨摩挑起的生麦事件尚未了结，而正筹款重建的公使馆又被长州付之一炬。从他们在中国的一举一动中也不难猜测，即使是担上侵略者之名，他们也绝对不会轻易善罢甘休。”

“嗯。”

“现在问题已不再局限于是否攘夷，必须要更向前迈一步，毕竟他们已经打算实行武力。”

“言之有理。这倒更加有趣了。”

“没错。至于废除条约等事宜，我方已经没有必要继续纠缠。一旦开战，所有的都将一笔勾销，唯有战局的胜败来定夺一切。”

“这是当然，幕府对此应该是有胜算的吧？”

“这个问题我正想请问诸卿。如果对方刚一登陆攻城，我等随即就缴械投降，这无论如何也说不过去。所以，我们只有遵从敕命，将胜负置之度外，誓死一战。不知圣上是否已有此心理准备？”

“那，那么，若是联合舰队进攻，大约会有几艘舰艇呢？”

“仅英国便有八艘战舰，若加上正从中国回航途中的，那么，至少十二三艘吧。若每艘舰艇上五百人登陆，便是六七千人……如果每艘都架设大炮，恐怕在他们上岸前大坂便已变成一片焦土了。”

庆喜说着，抬头环视四周。

“诸卿总在这种有煞风景之地议论国事吗？”

“煞风景？”

“不错。讨论就此打住吧。换下塌塌米，画上隔扇画，端些茶点来如何？毕竟对手是夷人，手法自然不会与先前将京城化为焦土的国内叛贼那套温吞吞的胡作非为相同。我们必须平心静气地，经过深思熟虑来制定一个周密之策才行。”

“唔——”公知再次大声念道。

“那么，一桥殿下，你认为京都也会沦为焦土？”

“既然必有一战，自然应当先做好这样的心理准备。”

“别再说了！”

大原重德蓦地双肩颤动，插了一句。

“战争还没有开始，幕府便惧怕敌手，不战而败。难道征夷大将军便是这样尽忠职守的吗？要全力抵抗啊！让夷人军队入侵京城？这简直荒唐！”

“诚如所言。我作为将军后见职自然会拼尽全力抵抗夷人入侵。我庆喜即便赴汤蹈火也在所不惜，无论如何都不会放任对方的枪林弹雨攻来。只是我等战死之后，又由谁来指挥呢？国事挂的诸君倘若有其他好建议不妨说来听听。”

庆喜面不改色地将了对方一军。

五

“昔日镰仓时代，元军来袭，却被困于博多湾。然而，今日世道，大坂湾怎能抵挡得了汽船与大炮？倘若夷人杀进大坂湾，那么进攻京都也并非不可能。既然如此，我们事先就必须进行多方探讨，以期能有一个万全的打算。”

大原重德刚想开口，却被姉小路公知打断了。

“我还想再听听中纳言的意见。中纳言方才所言，难道意思是指大坂湾的防备在敌人面前不堪一击？”

“不堪一击自然是不可能的！就因为这样，将军才会亲自乘坐汽船在湾内巡检防务。如果可以的话，届时也请三条殿下同乘，实地去考察一下具体情况，意下如何？”

三条实美骤然垂头丧气起来。

白豆成了青豆，而赤豆也稍稍退去了颜色。

“哎，三条卿会晕船，不如让我前去吧。”

姊小路公知摆起架子，

“纵然如此，还是令人心急如焚！嗯，实在是不甚惶恐。若果真如此，征夷大将军便形同虚设了。”

“同感！宫中不也正是有此考虑，才特别设置国事挂的吗？如何？姊小路殿下也可，一同去仔细地视察一回，其后可以仿照武将习惯，分为敌我两方，先在纸面上进行攻防演习……那里人才汇集，或许互相切磋还能找出必胜之策。”

“说得也是！不失为一个好计策。”

“一旦有好策略还请尽快告诉我们，我们将向将军直接进谏。”

当时，姊小路公知二十五岁，庆喜刚满二十七岁。

庆喜说出此提议，在座众人顿时哑口无言。

他们本来是热衷于倒幕论，现在讨论来讨论去，争议焦点却忽地跳到了夷人的进攻上，完全没有机会从中跳出来。

若他们将此事如实向天皇上奏，提出这一问题，或许之后的历史将被全部改写。可惜的是，三条实美、姊小路公知都不具备这样的智慧。

三条实美的能力本来就不足以统帅这帮粗莽志士。庆喜向进京来的土佐的山内容堂追问三条的真实意图时，山内容堂坦白道：

“若有背叛倒幕论者，皆杀无赦！”

山内与三条两家是亲戚。

杀身之祸临头，无人不会感到心惊胆战。于是，在志士的死磨烂缠之下，只得伪造敕令，这就是三条的性格。既便日后成为太政大臣，三条的一生依然注定是被他人操控的傀儡。

相比之下姊小路却要显得稍微硬气些。他积极地要求登上汽船，实地勘察近海的防卫。虽然最终他因为此事死在了刺客的手上……这是过了4月之后的事了。

那一日，庆喜向学习院众人点明国难之焦点所在，浇熄了一干人等的狂妄之心，然后悠然返回住所。

萨摩之谋

一

1月10日，庆喜入宫晋谒。

当日，庆喜率所司代牧野备前守忠恭、高家中纳言中务大辅信礼等人进宫，在小御所[1]拜见天子，得到天子赐酒。

虽然当场上奏时事，或是由天皇亲自过问，在当时还没有先例，但此次礼节性的会见，两者之间还是有很多机会可以大做文章。

仪式结束后，庆喜等人在鹭之间会见议奏、传奏两职。此时，庆喜呈上了带来的贡品。

据《非藏人日记》记载，将军家茂进贡的是花器与绘砚；和宫奉上绉绸十匹；天璋院奉上绫子十匹；庆喜自己则献上长刀一柄、绉绸三十卷、御马一匹（大约值白银五百两），另外特别呈上黄金十枚与挂轴画三幅。

庆喜此番进京是幕府方面意欲整顿京城秩序的第一步策略。但当时的京城早已陷入完全没有法律制度的状态，光靠这一招自然是无济于事。

当时，青莲院宫（中川宫）曾斥责三条实美（中纳言）鲁莽行

[1] 小御所，江户时代天皇接受幕府使者、所司代及诸侯觐见的场所。

事、恣意妄为：

“卿等集合起这些脱藩的流浪之士，信从他们的言论，然而他们各自藩内本来就有藩主，若是与藩主意见不和，不也是无可奈何吗？”

听了这话，白豆三条若无其事地答道：

“藩主若不听从，诘问其违敕之罪便可。”

不论何世，见风使舵、曲意逢迎之人都是见怪不怪。但是一提及“敕令”二字，即便是脱藩浪人也能令他的旧主诚惶诚恐，保皇之势发展到如此地步真是难以想象！

一众浪人聚集起来经过一番闲谈之后，其言论随即就变成了敕命。即便有人对这“敕命”的来由满腹疑虑，但听到三条或姊小路口中传出“此乃敕令”的时候，依然是不敢抗拒。

当时，一些观念新颖而温和的人不是被归为“守旧派”，便是斥其为“幕府习气”。

这情形与第二次世界大战后很相似，当时的人们也是一被说是“封建主义”立马就噤若寒蝉，不敢发话了。

相反一些激进过激的行为反倒成为“正义”化身，那些迎合、追随这种“正义”的人，便打着“敕命”的称号，以暗杀作为武器肆意横行。倘若只是寻常手段，不要说恢复正常秩序，恐怕连正论的呼声也难以传入上层的耳朵里。

因此，进京之举绝不仅庆喜一人，会津的松平容保、越前的松平庆永（春岳）、山佐的山内容堂、伊予的伊达宗城，以及暂且撤回领地的岛津久光和老中格的小笠原长行等人都将纷纷上京，到时众人互相联合，以期压制这些过激正义派的行动。

庆喜闯入学习院先行遏制三条与姊小路，可谓是此次行动的开端。

依照事前商定好的，其他人等追随其后也陆续进京。然而萨摩的久光却突然传来消息，声称不能进京。

不止如此，久光还向幕府提出，将军家茂也不该进京，甚至还通过近卫关白向皇宫上书提出了自己的意见。

庆喜第一次纳闷儿起来……

虽然直到现在幕府方面也并不赞成将军进京，但是萨摩与长州方面却是频频催促。

（萨摩怎么会骤然翻脸，反对进京呢？）

稍加留意便会发现，12月初，萨摩还曾向近卫关白与青莲院宫积极游说，下令让大久保一藏也一起进京。

至于为何无法进京，理由自然是“生麦事件”。久光声称，生麦事件后，引起英国的勃然大怒，深恐英国军舰前来袭击，所以请求暂缓其他事宜。这个理由听起来倒也合情合理。

然而自己无法进京还提出让将军之行也一并延期，这件事就颇为蹊跷。对此，他还列出了六条理由大加反对：“将军绝不该进京。”

同时，还要求“朝廷应向幕府下令延期进京”。

上书中还附页奏明，希望能任命鸟取藩主池田庆德（松平相模守、庆喜之兄）与山内容堂作为首席老中辅佐后见职庆喜与政事总裁松平春岳；另外应下令青莲院宫还俗；而将军进京所需耗的一切费用则应该转用于充实和加强军备……等等。

岛津三郎久光并非萨摩藩主，只是一个陪臣。这等身份却俨然朝廷元老一般，从青莲院宫的还俗到老中的任免，甚至上京费用的用途，都事无巨细地指手画脚，这究竟是怎么回事？

而这些要求竟然逐一生效，将军延期至3月中旬进京一事似乎也已获得天皇敕准。如此局面，难怪庆喜也会百思不得其解。

除了近卫关白和青莲院宫外，此事还有中山、正亲町三条两位大纳言从中斡旋，以获敕准。

（原来如此，难怪长州派的三条和姊小路一直叫嚣着要除掉中山，暗杀正亲町三条……）

总算得到答案有所放心了，萨摩的大久保一藏竟然花言巧语笼络并牵制住了本应折返江户后紧随庆喜进京的松平春岳。

连春岳都说，在久光进京参与朝政、议定国事之前，将军并无进京的必要。

由此，萨摩与长州的竞争心理昭然若揭。而当前情形下，萨摩藩的宗旨总算还是朝着公武合体论的，因此，生性忠厚的春岳表示赞同，也不足为奇。

只是，将军后见职庆喜既然已进京，而区区一介陪臣的意见竟能左右将军上京时间，甚至皇宫也按照其指示行动。

往日久光使尽讨好，与大原卿串通一气，令幕府对其行为极度厌恶，现在却俨然一副高耸入云的形象出现在众人面前。

（此事不可以掉以轻心……）

庆喜关注的目光从三条、姊小路等激进派悄无声息地转向了来自萨摩的那股古怪势力。

二

（现今的对立局面着实令人费解……）

庆喜不禁重新思考起“幕府权威”以及旁系雄藩之间的形势。

迄今为止，公武合体论至少是以尊皇为根本，以遵循天子意志行事，辅佐天子为最终目的。然而，从倒幕到发展至今的废除条约，一切早已面目模糊，令人难以置信。

水户学、国学的保皇精神早已不知所踪，眼前不过是一场匪夷所思的天子持续争夺战。

长州继续无视天皇意志，强行推进激进攘夷，然而萨摩的图谋也正悄然偏离举国一致的大道。

时而高呼让将军进京，时而又唱起反调坚决反对。

这表里之间，根本原因便是对幕府根深蒂固的侮辱与蔑视。

总而言之，长州派的目的是要占据朝廷以此来打倒幕府；萨摩的计划则是表面以幕府为同盟，实际却策划着将长州势力逐出朝廷。

如果说三条实美、姊小路公知是长州的傀儡，那么萨摩则是巧妙地利用近卫关白与青莲院宫，伺机而动，以期与长州形成相互抗衡的势力。

若说长州出于私心，那么萨摩也半斤八两！长州意在讨伐幕府，萨摩却图谋取代德川幕府，另外成立一个岛津幕府。

如此一来，倡导“尊皇”而进京的水户与庆喜的立场便尴尬起来。

日本人以朝廷为“公”，天子乃是天下万民所共有，其责任就在于拨正政治权力的偏移。

而如今，天子也被卷入了私心作祟的争夺之战中。正是因为这场政治争斗完全无视天子与万民，才会造成目前治安如此混乱的局面。

（哪一方都不是我的同道之人啊……）

孤独感不期然地涌上心头，深入骨髓。

庆喜眼睁睁看着天子争夺战愈演愈烈。

正月17日，天皇命长州藩主毛利庆亲前来觐见，嘉奖其斡旋有功，并御赐宝剑，任命为“参议”。

此事可谓是长州派的三条等人明目张胆排挤萨摩派的开端。暴徒们讨伐幕府的计划又进一步得逞。

（照此情形，萨摩派的近卫关白不久或许也会被换下……）

庆喜的这个推测没过多久就成真了。

正月23日，近卫忠熙被罢免关白一职，改由鹰司辅熙接任。

近卫遭到罢免，青莲院宫也朝不保夕。那么，萨摩对此又会用什么计策来反击呢？

第二天，即24日，议奏中山忠能、正亲町三条实爱两位的宅邸中均有人投入恐吓信。

信上写道，“三日内若不辞职则施以天诛”。

信上还附了一只血肉模糊的耳朵（儒学者池内大学的耳朵）。3日后，即27日，两卿都因惧怕长州派暴徒动手，遂一同辞职。

27日，即中山忠能与正亲町三条实爱辞职当晚，原市之进接到余四麿的消息，来到庆喜的起居室。

“企图叛乱的一干人等都在东山翠红馆聚会。”

“哦？集会的那些人可都知道是谁吗？”

“是。这里有确切的名单。”

原市之进将一张小纸条递到庆喜面前，故意一言不发。

长州藩士　久坂玄瑞、寺岛忠三郎、松岛刚藏

肥厚藩士　宫部鼎藏、山田十郎、河上彦斋

对马藩士　多田庄藏

水户藩士　金子勇次郎、住谷寅之介

土佐藩士　武市半平太、平井收二郎

庆喜默诵般低声读着，淡然问道：

“毛利家的重臣都没有出席？”

“听说毛利世子定广公一副出门散步的打扮离开家后，也到了现场。”

“世子……那他们讨论的议题是否是如何应对将军进京？”

“正是。与此同时，恐怕他们已将公子视为公武合体派，并且应该也在商议如何将公子和土佐的容堂公、越前的春岳公还有宇和岛的伊达公一道除去。”

“说起来，我听闻伊达所住的净行寺的门扉上也被贴上了纸条？”

“是。纸条上大致写着‘老贼伊予守（伊达宗城），所言不可理喻。若不速速痛改前非，定以违抗朝命论处，攻击住地，以血祭攘夷！’之类的话。”

“如此说来，凡是合体派都有违抗朝命的罪了？”

“如果真是这样的话，当前最为要紧的事就是请公子尽快撤离本愿寺，搬到酒井宅邸（前所司代忠义）那里去。”

“他们又放言要火烧本愿寺？”

庆喜轻笑两声：

“不打倒幕府便誓不为人吗？这些公卿们还真是天真得很。”

“那是否需要搬至酒井宅邸？”

“等越前殿下抵达京城后再说吧。我自有办法，暂且不用管。”

“可是……”

“没问题。不过一定要严加戒备。如果真一把火烧了本愿寺，那可

不得了！”

四日后，即2月1日晚上。

戒备森严的本愿寺大鼓楼楼上出现了一只白色方木供盘，上面恭然放着一个血淋淋的首级！

附带的一张纸片上写着“献给一桥殿下”。中根长十郎大惊失色，慌忙向庆喜报告。

“嗬，这么说我也受到恐吓了？知道那个首级是谁的吗？”

“是……是千种家的管家贺川肇。”

“哦？是被视为眼中钉的‘三奸’千种卿的替身吧。”

“是。贺川肇的右臂被放到目前已经辞职、一直深居简出的千种入道[1]家里，而左臂则被放到同样闭门蛰伏的岩仓入道（具视）处，然后首级，就被拿到了本愿寺……”

“原来如此。这么一来他们大概是已认定我为公武合体派的首领了吧。”

庆喜不禁黯然。

三

27日众人在翠红馆的集会上商量的，很明显正是此次首级事件。

他们盘算着庆喜定会因此惊恐万分。

宫廷内部，几乎所有拥戴天皇旨意，筹划公武合体的人，以近卫忠熙为首都已经被悉数驱逐。现在只需要将青莲院宫从天皇身侧支开，天皇便形同是激进分子的俘虏。

庆喜立即唤来冈部骏河守，命他立即赶往会津松平肥后守的住地。会津为京都守卫职，得到命令后火速派遣警卫去青莲院宫身边做好防护准备。

---

[1] 入道，皇族、公卿在家中剃度并入佛门者。

倘若青莲院宫的人身安全遭遇不测，将军进京也就意义全无。天皇周遭尽是激进分子，将没有办法表达自身意志，到时候也只能无视幕府的万般准备与外交交涉，下令废除条约开战攘夷。

而命令一下，将军家茂若是对此直言拒绝，就将犯下“违敕之罪”，攘夷战立刻就会倒转成为国内的倒幕战争。

思想影响政治，而政治不知何时已失去了理想，堕落为互相揭短的钩心斗角。庆喜第一次直面这一丑陋现实，不由得艰难地吸了一口气。

若论武力，幕府是绝对不会被长州和萨摩打败的。

然而，在京都背负着叛国贼的污点而战，“水户学”的大义便会支离破碎。迫不得已，幕府只能选择避开背上贼名，打道回关东。

但是这之后，京都又会变成什么样呢？

翠红馆的集会，连水户都有人加入其中，但萨摩藩却没有一个人参加。

其实萨摩藩在宫廷内也有包括近卫在内的多方支持。如果萨摩也企图上京夺回天子，那时一切就如同倒退回源平时代，一发不可收拾。

虎视眈眈的诸国列强自然不会拱手相待，静静地等到国内问题处理完毕。而为了夺取这场内战的胜利，也难免会有人转而乞求列强的协助。

（这等道理那些激进之徒却看不明白，究竟是什么蒙蔽了他们的眼睛？）

这伙激进之徒一开始不都是直接在水户学习，或者在这些人的门下学习的吗……

“事到如今，我们必须以眼还眼以牙还牙。请大人别再犹豫了……”

从会津藩派出护卫到青莲院宫身边后，冈部骏河守回来急切地向庆喜说道。松平肥后守也一定是认为现在的情况下若不实行全城巡逻，就绝对不可以让将军贸然上京。

“等等。现在为时尚早。”

庆喜没有焦点地凝视着虚空。

“现在就好像风寒流行的时候一样。”

“啊？您的意思是？”

“现在正是头昏脑热期……我们暂时就恪守权现公的训言，照看他们的病症。”

“那还需要多大的耐心……”

“没错！但区区一场风寒怎能致本国于死地！现在贸然行动，反而会弄巧成拙，到时候不止是幕府，连水户也会蒙上贼名，一切都将功亏一篑。”

首级事件后第四日，即2月4日，越前的松平春岳抵达京都。

而在此前几日，庆喜向青莲院宫递呈书信一封，赶在其打算引退之前终于打消了他的念头。

提升朝廷威光谈何容易，倘若因畏惧浪人恐吓而无奈辞职，则万般努力皆付之东流，对将来政务的影响亦将难以估料，请务必留下。若对两大纳言（中山、正亲町三条）安全深感不安，可派守卫职兵将前去保卫。相关事件皆由浮浪之辈所为，其人若谋求以此接近天子，朝廷可予以奖赏后命各自回藩，再令各藩主镇抚平定。

然而，青莲院宫还是无力阻止两大纳言辞去官职。但这封书信似乎也在青莲院宫内心激起层层涟漪，正月28日，听从圣上之劝，青莲院宫终于打定主意，决心还俗。

于是，春岳抵京之时，青莲院宫（改称尹宫、后称中川宫）成了天皇身边唯一一位明辨是非之人。

而历史的危机——或者也可以称为转机，也发生在2月4日。

那一日，春岳抵京的同时，众人在黑谷的会津藩邸秘密集合，未曾打草惊蛇。

参加的人有将军后见职一桥庆喜、政事总裁松平春岳、京都守卫职松平肥后守，以及老中格小笠原长行、大目付冈部骏河守两人，可称得上是幕府的最高首脑会议。

“长话短说，美国的内报称英国已派遣舰队，此事千真万确。”

春岳秉性诚实，说这话时脸色苍白。

“我还听说后见职的住地也被扔进千种家管家的首级，看来不可以再姑息偷安了。”

“并非扔进来的，是被方方正正地摆在大鼓楼上。对吧，长行。”

今日庆喜依然语调淡然。

黑谷的会津藩邸内种着大片孟宗竹。2月里，枯干的竹叶潇潇凄然，在众人的心中激起了阵阵寒意。

在庆喜的催促下，小笠原长行如同碰着污物一般，小心地拈出一张奉书[1]，放在春岳的面前。

春岳一声不响地打开。

收信人为小笠原长行、冈部骏河守、泽勘七郎三人。

既尊奉攘夷敕令，便应即刻拒绝（废除条约），然姑息偷安之下此事至今尚无下文，实未曾有尊奉之意。若果真蔑视朝令则属大罪，亦会招致天下有志者众怒相向。请速定攘夷之期，以解天下疑惑。此首级虽微不足道，谨作为攘夷之血祭呈上。望及早告知一桥殿下。

读完后，春岳蹙眉咂舌：

“一群井底之蛙！这些人的背后势力就是长州吧！”

四

此时，春岳的看法有些许偏颇。2月6日，也就是两日后，正值四十岁壮年的合体派家老长井雅乐被授命切腹。而去年，正是他游说长州藩，才说服了毛利父子并将其推进朝廷。

[1]　奉书，是楮树纤维制造的厚而优质的日本纸，一般用于书写奉上级旨意下达的文书。

庆喜说道：

“可惜，藩主作为后盾的时代已经一去不复返。你口中被称做井底之蛙的激进之徒们，早不是以前的浪徒能相比的，他们学会了并且懂得如何利用藩主和皇宫，已经成为时代的主角。”

肥后守容保听庆喜一说，神经质地点了点头。

“清川八郎一派的人本来也是抱着支持幕府的念头来到京都的，可是没想到一到壬生[1]就被暴徒感化了……”

“并非感化。肥后守你也被他们蒙蔽了。这些暴徒要结党进京，也只有这一条路可走吧。”

春岳问道：“那您的意思是说，他们并非一群在井底乱跳的青蛙，而是早已经在大海里遨游了？”

“不，那还不至于。”

庆喜轻描淡写地答道，

“若已成长到可以在大海中游弋，倒没有什么可担心了。如果已经成长到可以在当今世界的海洋中自由遨游，区区幕府又有什么好留恋的？现在就可以把这个国家托付给他们。”

一瞬间，小笠原长行与冈部骏河守的神色变得僵硬，很不自然。在内心深处，他们仍然觉得自己还是“幕臣”。

“虽说如此……”

春岳语气轻快，丝毫不夹杂野心或欲望。

“井底之蛙或许说得有点过分，但是这样的行为完全还是个觉得好玩的恶劣顽童，胡作非为，乐此不疲，还不足以将家业托付于他们。”

“那……那么……依您的意思，如果理在他们，即使幕府垮台也没有什么不好？”

冈部骏河守握着春岳扔出的奉书，咄咄逼问。

“没错。不论哪个家庭，儿子独当一面后父母自应退居幕后。但在

---

[1] 壬生，京都地名。

儿子还没有独当一面的能力时，双亲应当尽力守护，因为一旦家庭崩溃，儿子们的生活便也没了着落。”

“如此说来，就必须将胡作非为连根斩除不可。”

“斩根……”

庆喜说着又换了个话题：

“若根无法伸展则难以养育出茎和叶。而眼下所有事情真正的根本究竟是什么？这才是目前最为重要的事。肥后守认为本国的根是什么呢？”

“这……”

肥后守容保苦思冥想之际，春岳迫不及待地插了一句：

“根为大义！也就是保皇。”

“所言极是！”庆喜轻轻点了点头。

“我国是围绕着皇宫这个生命渊源繁盛起来的一片茂密园林。而根只有一个，有国才有家，有家才有国……本朝之中，保皇才是根本大义——水户学早已一语道破了这一真理。然而，当今当世，真正的保皇之举又在哪里？不在长州！不在萨摩！甚至，也不在幕府！岂止如此，眼前的局面已经容不得天子独立思考……问题症结正在于此！”

四下闻此变得鸦雀无声，只听到屋外干枯的竹叶沙沙作响。

“在我国，皇室之盛衰与民之盛衰总是同步的。从来没有哪个朝代是只有民众繁盛，也没有哪个朝代是只有皇室兴荣的。”

庆喜语调沉稳，字斟句酌。

“根只有一个……这正是最佳证明。换句话说，日本人的生命之根在地下以一种奇妙的形态联结在一起。不，不只是日本人。如果站在更高处眺望，会发现生活在五大洲的五色人种，都同样是太阳给予生命的炎炎赤子……只有参悟到这个道理，才能进一步明白开国才是大义（真理）！”

“这样说来，如今的世道混沌迷乱，众人皆辨不清大义？”

“没错！”

听到冈部骏河守这一问，庆喜用力点了点头：

“先前，你问是否有意将幕府摧垮。不管是摧毁也好，杀伤也好，都是为了大义。但是，如果只是盲目执著地一心为了幕府的残存而扼杀其他派系，也是不成道理的。若能存留最好，却不可以因此而迷失了根本，连新生萌芽也一并扼杀。陈旧事物又何必空留残骸，应该在新的生命里获得新生……”

庆喜说到此处，肥后守容保眼中闪烁出异样的光辉，情不自禁地敲击着自己的膝盖。

这个动作过于唐突，众人的眼光不约而同地集中在了他身上。

容保脸颊赤红，难以掩饰羞涩与激动，开口道：

“我懂了！所以，皇宫要以身作则，奉行这一大义……”

“但是天子身边的人私心重重，蒙蔽了圣明……”

“明白！不，是确立方针了！就让我们负起这个责任，将真正的大义……不，真正的保皇付诸实践吧！”

此时，肥后守容保的这些话语还无法说服在座众人。但是，那一日，他的猛然醒悟，一闪念间找到了打开当前混乱局面的大方向，却是个不争的事实。

“长州行事脱离常轨，萨摩也……那么，舍我其谁！”

从容保的言语中，庆喜听出了一丝年轻莽撞。

松平肥后守容保，这位美浓国高须藩主松平义建的第六子，后来的会津藩主，他一生的悲剧种子，可以说在那一刻已经埋下了。

他秉承第一大义的赤诚信念，奉行“暴徒也同为天子的赤子”，不幸陷入了政治的泥沼之中。

他首先打开胸襟，听取诸国浪士的呼声，认为实现他们的意志乃是净化良方，甚至决心依托浪士之手来维持治安。

壬生浪人和新选组正是由于这一理想而成立的，这份人与人之间的最朴素的信任至纯至真。

然而，当前首要任务，必须以身为京都守卫职的会津的实力为中心，重新整顿治安。除此之外别无他法。

言灵

一

在余四麿昭训的周围，时局正如湍急的河流般，变幻莫测。

余四麿不时地拜访“竹生殿下”中山忠伊，每每扑朔迷离之际，总能拨云见日，明辨宫中动向。

而竹生殿下却愈加沉默寡言。女儿照子忧心忡忡地解释道：

“连父亲也有点无所适从了。”

不知从何时起，照子似乎已认定中山忠光是继承忠伊家的不二人选。

可谁想到忠光却一头扎进激进的“天诛主义”，忠伊与照子都惊愕不已，难以接受。

忠光会做出如此不循常规的举动，根本而言其中不乏有田中河内介与竹生殿下的影响。

“侍从（忠光）如今的种种举动，还有姊小路与三条偏离正轨的各种行为等等，父亲认为都是自己一手导致的，因此自责不已。”

一言以蔽之，竹生殿下本来是希望他们能继承，脱离天子血统坚守皇族统治基业的保皇诚心，然而他们对此并无觉悟，最终只继承了对幕府的敌意与憎恨。

如此一来，朝廷“太占”[1]就再没有清明可言了。“太占”本来是

[1] 太占，即占卜之法，古时借焚烧鹿肩胛骨，依其龟裂之状而卜知神意。

祈愿能千秋万载地贯彻“世人幸福”的原则而存在的。

世人幸福的原则即言诚之道，“太占”根源正在于此，乃是数千年前人类文明发祥的起点，被称为“言灵”。

和歌是表达言灵的方式，所以只有和歌，当今天皇（孝明天皇）会向照子的姐姐中山庆子产下的储宫（明治大帝）亲自进行严格的传授。

直到现在，这一传统仍然作为皇宫新年的仪式保存下来。这也与明治大帝的誓愿有关——此乃后话。明治大帝一生吟咏和歌近十万首，可谓非凡。

当然，“太占”的深远意义，当时的余四麿仅从照子简单的一两句解说中还远远无法领会。

“太占”所表达的可以称之为“幸福生活之奥义”的思想，在皇室中传承至今。然而，中山忠光剑走偏锋，完全脱离于此只是一心进行“天诛”，可想而知竹生殿下有多么痛心。

“侍从、姉小路，还有三条，总有一天他们必将招致不幸，自食其果。”

照子吐露，父亲对此忧心如焚，每日早晨都向皇族皇宗的灵位祈祷，希望能得到原谅。

“这么说，不管会津藩、一桥中纳言如何煞费苦心，都已经无济于事了，是吗？”

每次拜访中山宅邸时，余四麿都会忍不住向照子询问事情。

余四麿今日前来，不巧竹生殿下外出拜访还俗后的青莲院宫（中川宫），好像是有什么急事。照子见到余四麿，便小声地问道：

“山侍从在京都销声匿迹了。不知道水殿下是否知道其行踪呢？”

其时已到3月，庭院里的桃花争相开放，妖艳欲滴。

“照此下去，所有人的苦心恐怕都会白费了，真令人担心。”

听照子这一说，余四麿反问道：

“所有人的苦心……是指？”

“嗯。天皇的苦心，还有民间众多志士的辛劳奔走，都会付之东流。”

“这……这你是如何知道的？”

“因为他们已偏离真正的奉宫之道。”

“你所说的，是指‘太占’？”

此言一出，照子停下了正在穿针引线的手，目光如炬地盯着余四麿。

照子的眼睛大而有神，这双炯炯有神的眸子，突然聚焦到自己身上来，余四麿不禁觉得浑身都不自在。

这也可能是因为知道对方是当今圣上的堂妹的缘故。

照子盯着余四麿看了一会儿，却没有再提“太占”，而是垂下眼帘说道，

“22日，会有不幸发生。”

“22日，那不就是后天……又会有人遭到暗杀吗？”

“不，会埋下种子，引发更加激烈的纷争。有神谕相告。”

“神谕……”

余四麿没有继续说话就此住了口。

以天诛为名义的暗杀与威胁早已屡见不鲜。

2月6日晚上，常出入千种家的唐桥村的总助被杀，首级被悬挂于山内容堂在河原町的藩邸中的一条小河——高濑川的桥上。

容堂曾以亲戚身份劝说三条实美，这次的行动实际就是对此的报复。

紧接着13日那天，包括早先已从圣上身边被疏离的九条入道（前关白尚忠），还有久我、千种、岩仓、富小路等五位入道都再次接到闭门思过的命令，而深得圣上宠幸的二嫔今城重子（少将局）和堀河纪子（右卫门内侍）也被再次下令削发为尼。

毋庸置疑，这些处罚正是他们一直以来执拗地追究和宫下嫁责任的最好证据。

学习院的激进派认为，因为和宫在江户，才导致圣上难以下定决心倒幕，但是倒幕势在必行，于是他们秉持该信念而行动，胁迫圣上。圣上也渐渐有所动摇，甚至不得不责问二嫔的过错。

余四麿也深深地感受到当前事态的混乱不堪。

此时又从照子处听到“22日的神谕”。照子说出“神谕”的时

候，如往常一般并未告知出处。

（嗯，又要发生什么事了吗……）

照子默不作声地运针，似乎在翻改竹生殿下的一件旧窄袖的日常和服。

（若在盛世，竹生殿下本该被尊封为内亲王，居于九重深宫之中吧……）

虽然知道竹生殿下已外出，余四磨却并未立即起身告辞。

二

“刚刚您是说……22日对吧？”

“是的，22日。”

“不幸之事……是指发生在圣上身上的吗？”

照子视线再次转向余四磨，不无寂寥地露出微笑：

“圣上的不幸与将军的不幸并没有什么不同。”

“这么说，有人要加害即将上京的将军？”

照子对此也没有回答。

“哦，是我问得太过轻率。将军3月初才能抵京。本来是决定乘军舰前去的，后来改为走陆路，大概会从大津进入二条城，再从那里前去晋谒天皇。”

“这些事情告诉他人没关系吗？”

“嗯。对于您和竹生殿下没有什么需要隐瞒的。到时候或许政事总裁松平春岳会前往大津迎接。”

照子再次瞪大眼睛。

“那么，我也有一事想问，您今日来此，究竟有何贵干？”

“其实是有事希望竹生殿下能替我告诉青莲院宫，虽然只是鄙人的个人见解……”

“哦……”

“前往大津迎接将军殿下的政事总裁，已决定向将军殿下提议辞去将军一职。”

照子再度停下手中的活，一言不发，眼眸深处却浮现出惊愕之色。

“不久前敕命下达，拟订的攘夷之日是4月上旬，将军此次上京就是为了答复这条旨意。政事总裁提议到时候以难以实行圣旨为理由，晋谒后立即提出辞任。”

“……”

“这么做的理由自然不用说，朝廷委任幕府大权的惯例近来早已土崩瓦解。如果两处同时下达政令，攘夷之战会变成怎样真是不可想象。因此，为了使政令统一，也为了我国和我国国民，慎重思考后才决定辞去职务……鄙人以为，这件事也关系到圣上的决策，应当由竹生殿下告知青莲院宫，再由青莲院宫传达到圣上耳边……”

话说到此，照子匆忙打断：

“此事还请趁父亲大人在家时告知……我不懂。”

余四麿立刻听从不再继续说下去。他也算得是一位不同寻常的志士，估计此事只要照子知晓，必定会通过竹生殿下之口传到圣上那里，于是才对照子说了刚才这番话。

也有可能，这个计策是出自于已经抵达江户的平冈圆四郎。

余四麿不再说话，而照子却目不转睛，那水灵灵的双眸，眼看着泛起红来，充满了泪水。

“水殿下真是过分。”

照子泪眼蒙胧却硬生生地化为笑颜说道。

“与侍从一个样！开口闭口都是国事……”

余四麿慌忙坐直。

出乎意料地受到照子的责备，余四麿脸颊通红……

“那，您是说，昭训也和侍从一样在混淆大义？”

“没错。”

“这真是出人意料，太令我惶恐了……我可是水户之子。”

“因此，我刚才才不由自主流下眼泪……一桥殿下恐怕也会很伤心吧。”

听照子这么一说，余四麿一下子提高了嗓门：

“这我就更不明白了！中纳言（庆喜）为什么，又为何会伤心的？”

照子放下针，眸子里闪烁着不可思议的光芒……可是，突然又像是改变了主意，叹口气道。

“水殿下还太年轻。三条、姉小路现在正联手困住圣上。本以为关东对此有所察觉后至少会予以圣上劝慰。”

“哦？您说的我又听不明白了……关东并没有要为难圣上的意思！”

“不，以怒制怒，只会造成‘言灵’迷乱……这与激进派并没有什么区别。”

“与激进派没有区别？”

“劝将军辞任……这不是要逼天皇亲自拔剑攘夷，强人所难，水殿下难道认为这是正道吗？”

“这……”

“如果水户的大义不过如此，恐怕国家的前途也将荒废了……父亲大人正是出于这一担忧，才前去拜访青莲院宫的。”

余四麿屏息凝神——以前从未见过照子如此失态。

照子泪如泉涌，落满脸颊。

“竹生殿下已有此担忧？”

“没错。激进派对关东咄咄相逼。咄咄相逼之下，事情就很有可能变成那样……父亲正有此担忧……”

“如此说来，如此说来……竹生殿下早已经猜到将军会提出辞职这件事？”

照子轻轻一点头，急忙拭去泪水。竟在年少的余四麿面前失态，照子羞涩地笑了起来。

不久，余四麿告辞离开。照子的泪眼和笑靥，他似乎有所感悟，却又如梦如幻。

坐在廊下穿针引线、默不作声的照子的身影，和这一带富裕商人之家的女儿并无区别。

然而，她肩上所担负的生命的重量，在余四麿眼中却显得神秘莫测。

大概是因为她依循“太占”秘法，总能看透事情走向，猜测一二的缘故吧。

归途中，余四麿顺道前往所司代宅屋附近的酒井邸拜见庆喜，将事情经过逐一告知，但是照子抹着眼泪微笑的模样却始终不曾从余四麿眼前消失。

庆喜一言不发地听着余四麿的报告。

当听到22日将有不幸之事发生时，庆喜大吃一惊。因为那天，也正是为将军进京做准备，会津藩开始进行全城巡逻的日子。

三

余四麿在竹生殿下隐居的宅邸中听到的22日预言，算是说中了一半。

那一日起，会津巡逻队在全市内展开严密巡视，直到黄昏都没有发生任何事情。

然而，第二天，23日的清晨，三条河原桥上却挤了个水泄不通，众人沸沸扬扬。

到底是何人所为？

位于河原上的洛北等持院中放置的足利家历代木像之中，尊氏、义诠、义满三人首级竟被取下挂在了河滩枭首的木柱上。

市井之人早已见惯了血淋淋的首级，但这回的木像磔刑在历史上却是从来没有过的，所以来到桥上告示牌前看热闹的人不计其数，桥面被围得水泄不通。

此等大逆不道之徒万人皆知……

告示牌上以此开头，之后还以长篇大论写着枭首的理由：

贼魁镰仓赖朝，令朝廷大伤脑筋，乃不忠之臣之始祖，及至北条、足利，其罪孽天地难容。然当时天下错乱，世间名分纷扰，朝廷之力益渐微薄，已难治其罪，实乃千古遗憾。今日见其遗物，激愤难抑……

总之，全文直白地陈述恨意，解说斩断五百年前的贼首并在此枭首示众以泄积愤的理由，可谓是奇异的篇章。

当然除了发泄怨恨之情外，文章目的也清楚记述如下：

至大将军织田公，将足利贼寇斩草除根，大快人心。然而，其后至今，奸贼猖獗，党羽众多，其罪甚于足利。倘若此辈能悔旧恶，尽忠勤，扫除镰仓以来恶弊，辅佐朝廷，以偿积恶，尚且可谅。否则，满天下志士不久必将大举问其罪行。首级将在此示众三日，擅取者定遭严惩……

一看便知，此文目的是要故意刁难即将进京的将军家茂，对其进行威胁。

言语是内心的外在表现，文字是言语的转化形态。任何憎恨必然会产生相应的憎恨回音并再次返回。而言语既会滋生憎恨，惹是生非，扰乱世间和平，但同时也会孕育幸福。在人类的基本生活里，言语是尊崇的“万物之始”，《圣经》的开篇中也有写道“太初有道”[1]，即使到了现在它们依然共同掌管着我们人类的生活，这是不争的事实。

这个告示牌上的文字所掀起的憎恨旋涡超出了众人的想象。

稍微观察一下当今的各类对立谈判便可想象，互相针锋相对，而无视“言灵”，因此引发的荒唐结局，常常是两败俱伤。这样的例子比比皆是。

[1] 太初有道，语出《圣经·新约》之《约翰福音》开篇。

政事总裁松平春岳率先勃然大怒。他前往大津迎接将军一行时，便坚持己见，力说将军即刻上奏辞职。

（倒要看看这些人不靠幕府，如何进行攘夷！）

不必说，这自然对朝廷施加了极大的压力。

出了这件事，会津藩立刻开始全力搜索犯人。碍于面子，所司代以及奉行属下的官吏自然也都鼎力相助。

26日，终于查出主谋者是仙石隆明，当时二十二岁，来自江户的因幡[1]藩士。他与同谋者的藏身之处——二条衣棚的三轮田纲一郎家立刻被里三层外三层地包围得严严实实。

此次行动出其不备，石川贞干、师冈节斋、长尾武雄、高松信行等十九人有的死于砍刀之下，有的被逮捕归案。仙石隆明突破重围跳上屋顶，最后切腹自尽。

事件就此告终。然而，隐患并没有消除，憎恨情绪依然残存。以此为契机，会津藩的巡逻组剑拔弩张总是杀气腾腾，而新选组中的壬生浪人留在京都的腥风血雨，更是使对立局面越加的显出凄绝之色。

将一些不知痛痒的木像枭首示众，结果却给诸位同志带来危机，局势进一步白热化。

无视“言灵”的存在，只靠被气血冲昏的头脑盲目行事，以至于到了今天这种不可收拾的局面。集中于学习院的长州藩麾下人士利用此次事件，对他们的牺牲大加赞赏，称赞其英勇无畏，继而成为指责幕府是非的宣传材料。

这与当今的学生暴动实在相差无几。

木像枭首事件之后，在所司代屋宅会合的幕府方面开始高调地大呼“大权奉还”。

不过，这件事在前关白近卫忠熙的劝慰下暂且驳回。

因为圣上一听到此事，就下令将庶政全全委托关东处理。

[1] 因幡，旧国名，位于现鸟取县东部。

长州激进派自然不会就此乖乖地依旨行事。

他们心中已经没有任何敬畏圣意或者拥护国体的想法，早已步入歧途，全盘策略都是为了“倒幕”。

当然，他们的战略战术以及手段策略也绝不拙劣。

首先从各方面威吓进京的将军，一味地以开战攘夷的敕命相逼。

幕府断然不会答应——这一结果也在他们的预料之中。英国舰队即将攻入大坂湾，这时候也成为了一个有利条件。

接着，让长州世子毛利定广对新任关白鹰司辅熙施压，强行定下了圣上参拜贺茂两神社的事。

这一策略，坦而言之，就是要巧妙地利用天皇，一步步地给幕府蒙上“贼名”。

2月28日，毛利定广再次上奏提议天皇参拜石清水八幡，同时奏请派家老浦韧负前往学习院，并以每人一万石，重新建立一支亲兵（天皇直属）。

不言而喻，亲兵的设立是为了间接阻止会津藩接近皇宫。对此，朝廷应允了这一建议，并命三条实美与丰冈随资担任亲兵队长。自此以后，两相对峙的局面又增加了武力上的僵持。

四

3月3日将军家茂抵达大津，和松平春岳会面后，第二天也就是4日进入二条城，7日进宫晋谒天皇。

此前，庆喜于5日先行作为将军代理进宫，恳请正式将政务全权委托幕府。于是天皇重新下令家茂晋谒。

这位年少的将军是和宫的夫婿，圣上真心期盼着他的到来，感情上也诚挚地希望两人会面能和睦融洽，所以并没有任何的隔阂和顾虑。

会见结束后第二日，庆喜前往鹰司关白处，对朝廷直接命令诸藩提出严重抗议。

然而，关白却一味地含糊其辞。

天皇另设亲兵，并由激进派的三条实美统率以此避开幕府。这样下去，混乱的局面或许会变得更加血腥残酷。

3月9日，政事总裁松平春岳终于愤而提出辞呈。因为当初是依敕命上任，辞呈也必须上交朝廷——这是春岳式的处理问题思路，然而，事实上真的能如愿地直接通报给圣上吗……

此时，依据毛利定广的上奏，天皇决定于11日携将军前往贺茂两社进行攘夷祈愿的参拜计划。对此激进派的情绪激昂，令人侧目。

就这样那一日终于到来了。

3月11日的参拜，此时已被激进派志士认为是王政复古历程中历史性的一日，值得记上一笔。

果真如此？

“国有言灵而幸”，若他们有此觉悟，就会明白这一日注定是愁云惨淡，暗无天光的一日。

之所以这么说，因为凡是参与策划和强行实行这次毫无道理可言的参拜的人，不久之后都接而连三地惨死，到了蛤御门之变的时候，这些人几乎已全军覆没……

话说回来，在3月11日那天，长州激进派的策略是大获全胜的。

这一日，恢复两百年的旧例，天皇乘坐着凤辇鸾舆，以关白、大臣为首，以及征夷大将军以下在京大名共十一人相随，队列浩浩荡荡地前往贺茂神社。为了参观这一盛景，皇宫至贺茂的道路两边人头攒动，倘若天气晴朗，人山人海该是何等热闹。可惜，那日天空始终阴霾。

春雨淅淅沥沥地叩击着大地。按规矩，将军家茂不可衣冠束带[1]，所以只穿着阵羽织[2]骑马随行。雨水打湿了衣衫，将军家茂这副愈显寒酸的模样，就这样映入群众眼帘。

“哦哟，征夷大将军！”

---

[1] 衣冠束带，公卿的礼装。

[2] 阵羽织，战阵中穿在铠甲外面的无袖外罩。

群众中，长州的高杉晋作突然嘲笑般的大声奚落道。

对迄今为止只知道有将军不知道有天子的人们来说，这等队列可谓是破天荒的第一遭。激进之徒们认为可以借此来端正君臣名分，心底一定雀跃不已。

然而，这已达到了人类情感的极限。参拜本来是为了祈愿上下精神统一的修禊，现在却为政治争斗与伎俩所玷污，诸神对此也不会有任何感应。

归途中，雨仍然下个不停……

人一旦脱离事实而行动，超出常规，总是难以悬崖勒马。

聚集于学习院的志士们，开口闭口都是日本乃神国，坚决保皇云云。虽然他们是誓死贯彻这一信条，甘愿为此奉献自己生命，然而在关键之处却是非不分。

其实，这种精神层面的扭曲后来延续了百年，直到第二次世界大战终结。他们都是口口声声说着国体尊严，实质上不过是最大限度地利用天皇的尊严，以实现自己的意志。

12日，所司代宅屋的幕府首脑会议上纠纷四起。

虽然圣上确实是没有倒幕的意思，但是，圣上的身边却全都是长州激进派和一些借机煽风点火的公卿们。

“当前情形，将军继续留在京都，只能任由激进派羞辱！不如即刻请求奉还将军一职，立即返回江户。”

盛怒之下，性急的人提出这一主张。

“这样的话，与列强的外交谈判该如何是好？我觉得应当再次请求圣上直接委任大权，首先恢复京都秩序。”

冷静的责任主义者提议道。

讨论正酣时，朝廷传奏将军后见职庆喜，命令他安排将军暂且留在京城。

此令一达，更是争论不休。

“暂且留在京城，这不是把将军视为人质吗？激进派的意图如此显而易见，天子却不明所以就这样下达旨意，这怎能遵从？难道要眼睁睁地跳进敌人的圈套不成？”

“但是……违反敕命，必定会被诬陷背上贼名，那时候又该如何是好？恐怕这才是激进派阴险的真正用意。”

“正因如此，我才辞职。将军和后见职也一并辞职就行了。”

已经提交辞呈的松平春岳意见强硬，主张集体辞职然后离开京都，这样便可避开贼名。他认为，为了使圣上能看清事实，除此之外别无他法。

若从战略角度来说，这招不失为以眼还眼、以牙还牙的好计。然而，若以全局眼光来看，这样做恐怕只会使国家处于无政府的状态，反而为内乱提供可乘之机，最终导致国家一分为二。

在此期间，岛津久光也上京来，并于3月14日抵达京都。然而，得知朝廷已被长州派占据，连近卫前关白、青莲院宫都无从上奏，久光便立即转头退回大坂的藩邸。

幕府最终意见达成一致——决定将军东归。但请求提出后，激进派立即跳出来，竭力阻拦。

长州的桂小五郎、佐佐木男也等人入宫，策动阻挠，高杉晋作、寺岛忠三郎、野村和作、伊藤俊辅（博文）、品川弥二郎等则大举逼近关白宅邸，强行谈判。不止长州藩士，连会津的横山主税、新选组的芹泽鸭和近藤勇都上书阻拦。因为言语无法沟通，终引起了如此一场匪夷所思的混乱，且愈演愈烈。

无政府时代

一

如今，掌控整个日本动向的人，既不是天皇，也并非幕府，更不是那些关白、老中之流。

日本早已沦入了群集学习院的浪人志士以及他们背后的一些公卿之手。

从这一意义来看，这群长州激进派将天皇作为人质的武装政变似乎已经成功九成九了。

岛津久光来京后随即便退回大坂，而越前的松平春岳也离开京都回到了自己的藩地。

京都陷入无政府状态，对此最为忧心忡忡的大概就是天皇、一桥庆喜以及会津的松平容保等人。

将军家茂为获得直接归国的敕准前来晋谒时，天皇说道：

“贸然进行攘夷绝非朕之所愿。将军回江户后，朕更不知该如何是好。”

天皇赐予了恩诏，希望将军家茂能留在京城。这份恩诏不止下达给了将军，也通过传奏向会津藩主松平容保私下倾吐了对无秩序状态的不安。

然而，在长州派看来，此时正是万事推进的时候。3月20日，他们听说岛津久光离开大坂起程归国，当即将激进派的急先锋中山忠光侍从拉去长州。

以往史说中，十九岁的年轻侍从是主动舍弃京都逃遁长州的。然而忠光的阅历尚浅，这其中自然少不了有人逼迫着他下此决断并加以指引。他们打算拥护忠光归国，统一藩论，确立其为主将，以攘夷之名高举倒幕大旗。

协助忠光逃离京城的便是久坂玄瑞、入江九一等人。

3月22日将军家茂晋谒，再度奏请东归。但天皇依然没有准许。

“大权本应全权委任幕府，希望你能留在京都指挥诸位大名。”

听闻此消息，三条实美等激进派自然不会坐视不管。幕府有包括会津藩在内的武力支持，若到时以武力相压，事态发展将不堪设想，于是他们立刻下达朝令：

诸位大名按每人一万石，呈献亲兵，每年轮换。

既已下达敕令，命将军滞留京城，恢复京城秩序，紧接着却又再次下达招募亲兵的敕命，两者根本是互相对抗。这矛盾重重之下，又如何能不让混乱持续加剧呢！

免去已经归国的松平春岳政事总裁的职务后，朝廷任命德川庆笃（水户、庆喜之兄）为将军目代[1]，返回江户。

真是闹了个天翻地覆！德川庆笃终于起程离开京都，山内容堂也回国了，伊达宗城也弃京而去。

前关白近卫忠熙不堪忍受，只得辞去内览[2]一职不再过问世事。

事态依然处于难以收拾的混乱之中，只有激进派策划的天皇参拜石清水八幡的计划在稳步推进。而庆喜一个人对此始终冷眼旁观。

天皇参拜石清水八幡是出自毛利父子的建议，而学习院中的参

[1] 目代，日本平安中期开始至镰仓时代，对指派代理人的称呼。

[2] 内览，指代替天皇预先处理文书、宣读旨意的官职，以及在法律规定以外另设的官职。

政、寄人等激进派又将此强行交由鹰司关白来实行。

对此，关白、一条左大臣、二条右大臣，以及还俗后改名为中川宫的青莲院宫、德大寺内大臣等天皇左右的重臣们都一致表示反对。

如今连治安维持都难以办到，天皇为何还要特意离京远去男山进行参拜，完全没有这个必要。然而，身为奏议的三条实美态度强硬地向关白施压，最后还是决定了此次参拜的行程。

此前参拜贺茂神社与这次参拜石清水八幡各自祈愿的内容不同。贺茂一行是为了祈愿攘夷成功，而这回却是要“天皇亲征”。

长州藩主对于这次参拜的建议书内容如下：

前番参拜贺茂、泉涌寺，虽大致言及天皇亲征巡守，然而此后形势紧急，听闻夷人军舰入侵大坂湾，此皇国安危之际，卫国者自当誓死抵抗。大势所趋，虽为至尊（天皇），避于深宫终究不妥，虽难建征伐伟业，当驱凤辇鸾舆前往男山一带，鼓天下士气，保天下领土，众卫国之士亦渐感振奋。仰望圣察当下不易之时局，果断决意亲征……

这封建议书实质上无视国体，不逊至极，连英国舰队的威吓也一并算计进来，意图将天皇推到风口浪尖上，而其真正目的却不在攘夷——只是想大肆利用天皇的名意，以此来打倒幕府。

当然，众志士之所以会做出如此越轨之举也并非没有原因。

天皇先前曾发话：“若幕府十年以内不统帅起兵征伐，朕将率领众牧伯[1]亲征。”当然左右辅弼众臣理所应当地要努力避免此事发生，但事情发展到现在这个地步，相互双方已经无法在言语上沟通一致了。

据说此次参拜的最初筹划者是久留米的真木和泉，不过在这之前长州的吉田松阴、萨摩的有马新七等人也是高呼倒幕。清川八郎还有平野次郎都对王政复古恋恋不忘，深信先行打倒幕府更重于进行攘夷，生生

[1] 牧伯，诸侯及地方长官。

地将迫在眉睫的国难本末倒置。

这种想法虽是发乎于至真之情，但却忽略了在幕府之中同样存在深明皇室尊严之人。

庆喜绝不仅仅是幕府的要员。他也是生于水户，由烈公齐昭抚养成人的有栖川皇族之孙。

参拜之日终于到来。最初是定于4月4日，后来推延到了11日。

前往参拜的八日前，也就是4月3日的黄昏，余四麿前来拜访庆喜，神色异样。

二

“我有要事相告。”

余四麿由平冈圆四郎陪伴着进入庆喜起居室后，要求让圆四郎也暂且回避。

“圆四郎在此也无妨吧。”

“不行，我怕此事泄露出去。”

庆喜心底竟少有地感到一阵不悦。他刚拜访中川宫回来，还不曾更衣。

“好吧，是私事吗，只能你我知道？”

庆喜让圆四郎离开后，余四麿沉默了一阵后才说道，

“其实是，我在竹生殿下那里听到一个意外的消息。”

“别随随便便把竹生殿下挂在嘴边。”

“是。可是不说是从那里听来的，便与一般市井流言没有区别。”

“说说看。”

“竹生殿下一家认定忠光侍从出走是为了在参拜石清水八幡途中暗杀将军殿下，现正暗中潜伏……因此都痛心不已。”

“……”

“不止竹生殿下。其父大纳言忠能卿也正千方百计地搜寻他的行踪。”

“然后呢？”

“忠光侍从由长州的久坂玄瑞、入江九一等人相伴，乘船去了大坂……到此的行踪虽然已经查明，但这之后却无一人知晓。”

庆喜目光锐利地扫了余四麿一眼，想说什么，却未开口。

他已从圆四郎、市之进等处听说了忠光侍从出逃一事。庆喜判断，这大概不是白豆，而是在赤豆姊小路公知的怂恿之下出走的。此度虽然受命再次跟随将军家茂一同前往石清水，但庆喜并未放在心上。

因为随行大名之中，不仅有池田庆德与池田茂政两兄弟，会津的松平容保以及蜂须贺茂韶都在。

（忠光之流能有多大能耐……）

然而，余四麿接下来的话却不容忽视。

“这是某位大人的请求。今后他仍会上奏取消此次参拜行程，但万一无法阻止，至少希望能阻止将军殿下随行。”

“什么？不让将军殿下随行？”

“是。只要将军殿下不出面，忠光侍从也不会做出惊人之举。然而侍从一旦动手，无论事情成败与否，到时中山一族自不必说，包括储宫的立场还有其生母典侍也……”

“一并牵连”几个字尚未出口，余四麿便目光灼灼地盯着兄长。

“唔。无论事情成败与否……”

“是。圣上对将军殿下钟爱有加，贺茂参拜之时甚至亲手将御膳分给将军……此次自然也希望将军同行……能私下阻止此事的只有一桥中纳言，故有此一托。”

庆喜再次沉吟一声。看来不必再问余四麿，也知道是谁拜托的了。

（是啊，将军殿下不随行便不用担忧暴徒有所行动……）

这无疑给了庆喜一个新的暗示。

石清水八幡的参拜究竟有何目的，行程如何，就此已一清二楚。

此行前往参拜并不单单是为攘夷祈祷。他们是计划借此让天皇亲自打头阵，不论其本意如何，届时再让天皇在神灵面前向列强发出宣战布告。

换言之，就是将参拜之地设为天皇亲征的“大本营”，在此直接授予节刀。天皇为大元帅，那么将军的地位也就相当于其身后的参谋总长或军令部长，必定会陷入进退维谷之境。

将天皇列于军队前，这一举措庆喜本来便深有疑义。事到如今，也没有必要搬出“记纪”[1]中的古例，当初神武天皇[2]东征，意义并不在于东征本身。东征结束后，神武天皇便在大和的橿原[3]解除武装，成为了以人的身份即位的第一代天皇。

那次即位并非是宣战布告，而是一次对大和平的宣言。之后世世代代的天皇皆奉此宣言，统领国家。可如今左右臣却再度强迫天皇阵前领兵，这一倒行逆施的辅弼，不止是对皇室圣业（天业恢弘）精神的蹂躏，甚至可能会破坏国体。

因此，庆喜今日再度谋求与中川宫及鹰司关白会面，极力说服取消此次参拜。

但是似乎所有人均认定参拜一事已成定局，都无心继续劝阻，庆喜对此深感意外。

现在他们也认为问题的中心已经从“保皇”和“对外国难”渐渐向“倒幕”及“朝权归复”倾斜。

恐怕激进派眼中，将军已经是个任由自己嘲笑取乐的存在，一旦不合心意，即大嚷“抗令”，即使借“违敕”的名义实施暗杀也并非不可能。

（没错……只要将军不随同参拜便可……）

无论何等狂风暴雨，在平坦的原野上也无从发挥其暴戾之威。

庆喜顿觉眼前一亮，将视线再次转向余四麿：

“将军殿下秉性耿直温厚，怎会愿意欺骗圣上，逃避随行前往参拜呢？”

“可是……”

“行了。我也有点勇气不足。待我好好考虑一下吧，你可前去回复今

[1] 记纪，指《古事记》与《日本书纪》。

[2] 神武天皇，神话中日本第一代天皇。

[3] 橿原，日本地名，位于现奈良县中西部。

日之事交给我了，余四殿下暂时别声张。”

“那自然。”

“好。去请圆四郎过来，你先回去吧。”

庆喜尽量冷静地将余四磨打发走，在圆四郎进来之前，都一直凝视着庭院前散落的八重樱陷入沉思。

当圆四郎走入时，他的表情已恢复了平常的端然之态。

“圆四郎，差人前去毛利世子处。我也犯了糊涂，这次的事件若回避定广可没法谈下去。去请他来二条城。”

圆四郎闻言大惊失色，半天都没说出话来。

三

“有何吃惊的？激进派既然由毛利一手操纵，直接与毛利定广见面，告诉他圣上传旨不愿进行过激攘夷，这又有何疑问？赶快派人去。”

“可是，这样一来，对方终会……”

“我自有对策。就说是将军亲自传话召其来二条城。”

庆喜说得斩钉截铁，圆四郎也无言以驳。

（这位大人真是无所畏惧……但愿不会激怒对方……）

圆四郎一边担心着一边立即差遣大泽丰后守前往毛利藩邸。

于是，翌日五刻半（九点），长州世子毛利定广来到了二条城。

听闻将军亲自相召，定广也不由得捏了一把汗，估计谈话内容是与取消11日石清水参拜一事有关。

直到侧众[1]坪内伊豆守将他领进后见职驻地之前，定广都一直以为是将军要与他会面。

然而，等待着他的只有庆喜一人，甚至没有老中或大目付的身影。而且庆喜见了年长的定广，态度就如同对待孩童一般。

---

[1] 侧众，官职名，负责近侍将军，轮流守夜以处理政务。

"近前点来。我有话想和你私下谈谈，不用顾虑，走近点。"

"承蒙后见职美意……"

"哈哈，美意谈不上。其实将军殿下也一直盼你来此，只是感染风寒，故由我代理。如何，最近诸事繁多很辛苦吧？"

"哪里，后见职才是事务繁忙。"

"确实。连我都想逃回去了。京都现在真是乱世啊，和没有政府管辖一样。相比而言江户可要好得多。倘若国事挂们能振奋精神与诸外国谈判交涉，那江户也不会成为旋涡中心……真羡慕春岳，二话不说就回越前逍遥自在去了！嗯，你大概也是一样想法吧。众公卿整日强词夺理、胡搅蛮缠的，真是受够了！"

定广双眼圆睁，惊讶得不知该如何回话。

（后见职竟然会信口开河地说出这么不负责任的话……）

察觉到对方的不解之色，庆喜再次单刀直入：

"相信你也被那些歪理折腾得够呛吧。对了，正如关原之战[1]时辉元殿下被石田三成一派利用一样，一不留神就会被推为激进派的总帅，但是仅以长州之力开战攘夷，对抗联合军队，岂不是等同于鸡飞蛋打？如何，你打算何时逃离京城呢？"

"这，此言实在意外！这么说……怎么，后见职有出逃的打算？"

"战争之时这可不能称为'出逃'。战争中退兵是常有之事，眼见情势不妙就该暂且撤退。你看，萨摩撤退了，土佐、伊予、越前都撤退了……各自都打着逃者胜利的如意算盘……难道你还打算留在此地吗？"

听到此处定广额头上蚯蚓一般的青筋根根浮现。

"将军殿下召我们前来就为此事？既如此将军殿下之意我已明白了。"

见定广情绪激动起来，庆喜压低声音哧哧笑了：

[1]　德川家康与石田三成的对决，被誉为"决定天下的战争"。石田三成是丰臣秀吉的家臣。

“一旦开战，结局只有一个，非胜即败。而战败就意味着亡国。不是吗？”

“这，这就是水户保皇的真正想法？”

“不错！败战即为不忠。难道你不认同？一旦战败，国家将不复存在。而国家灭亡又何谈忠孝之义？错把歪理与大义混同，还妄自尊大地行动，这等人不过是些乳臭未干的小儿，随便敷衍应付便可。”

“您说出此话我可无法置若罔闻！”

“哦？为何不可？”

“攘夷……攘夷乃是我九五之尊的大君之意！”

“不错，正因如此才更应谨慎待之。定广殿下可知，圣上之所以下旨攘夷，其根本之用意是什么吗？乃是出于一颗赤子之心，出于不愿天下万民的幸福受到侵害的大爱之心！而不是明知不敌却依然强行一战，将众多的楠公逼迫至凑川[1]应战的暴力行为！参拜石清水八幡本是你父子的提议，事到如今再建议取消恐怕也难行得通了吧？暂且不论将军殿下，这等虚假违心的仪式，我便断然不会表示赞成。但话虽如此，看在你父子的面上，我也可退一步，就此同意。”

“此……此话怎讲……”

“此次参拜石清水我也会随行前去，但是归来之后还请你立即撤回领国，当然，家臣也要全部带回。”

“为……为何？”

“为了给予更多的时间，给激进派的浪士们。”

“这是逆流而行，实在荒谬。圣上特意为志士们打开学习院之门，正是为了打开下情上达的言路。”

“诚如所言。然而这珍贵之门现在却误入歧途。不过，这也并非谁的过错。各位为国之念、保皇之心日月可鉴，只是见识不足涉世不深，尚

[1] 凑川之战是日本历史上重要战役之一。凑川为日本古地名，位于现今神户。楠公指楠木正成。

不具备运筹帷幄之力。但是，未成熟的果实只要假以时日，也必会成熟，断不可在其还处于青涩之时便贸然摘下弃之不顾。因此，你们应当担起这个责任暂且带领他们回国，指导他们认识完整的世界，直至成熟。”

“对此恕我难以苟同。”

“哦，你的意思是，石清水归来后仍会同激进派公卿联手与幕府为敌？”

“随您猜测。”

“这是我的忠告。事到如今，幕府也不会坐以待毙，必须以自身实力来维持京都治安。定广殿下或许会重蹈关原覆辙，不知你是否已有此心理准备？”

“不用您担心。为了以朝廷立国的日本我们自会不惜舍命，誓死保皇。”

“是吗。那么，我也心意已决。长州的保皇与我等的保皇水火不容，逼迫天子进行无望之战，这种肆意胡来的辅弼行为，恕我等难以容许。敬请牢记！”

如此，庆喜与定广的会面不欢而散。在激进派公卿的影响下，定广也已渐渐远离圣上“万民幸福”的本意，完全成为了一介自负之徒。

四

“保皇”已成激进派肆意妄为的隐身衣，即便毛利父子现在决定从京都撤回长州，家臣中的激进派也不会服从。

极端地说，天子也罢，长州藩主也罢，都已经丧失自由被软禁其中了。

如此一来，事情完全如激进派所想，已经没有任何必要把将军家茂也一并扯进来了。

定广昂然而去，庆喜则立即前往将军起居室。

“大人感染风寒，”庆喜一本正经地一口气说道：

“因此不能随行前往参拜石清水。此间须要好生静养。”

家茂大吃一惊，目不转睛地盯着庆喜。

“取消随行参拜一事，毛利没有答应？”

“是。我已经声称将军感染了风寒……”

说到此，庆喜唇角微咧，笑了起来：

“这自大的家伙，尚不明白风寒何意。所以，11日的参拜，就让我代将军随行。”

“什么，代我随行？”

“是。期间圣上与将军将有节刀授受仪式，以作为对列强的宣战通告。这件事无论如何都要避免。”

“这么说，由你代为前往……”

能否顺利拒绝节刀授受仪式，家茂尚存疑问。

庆喜再次淡然一笑：

“庆喜已有主意，将军只需专心静养即可。”

家茂再次望向庆喜，半天没有转移视线。

“这并非不忠……”

他自言自语般的低声说着，点了点头。

于是，幕府4月7日再次发布宣告，宣言攘夷期限已经迫在眉睫，希望各方能够上下一心，共同奋勉救国于危难。

4月10日，朝廷向幕府下达了禁止外国人滞留的诏书。此事恰好证明强硬推行参拜一事的这帮激进派们对将军家茂不参加参拜一事还毫无察觉。他们认为石清水参拜已按照他们的既定方针大获成功，信心十足地等着那一日的到来。

将军不参与参拜一事，会津的松平容保最初认为是“欺瞒圣上之策”而加以反对，后来庆喜将其说服。

到了11日拂晓，幕府向外宣告：

此事毛利定广此前应已知晓，将军殿下至今风寒未愈，难以伴随天皇左右，故参拜一行由后见职一桥殿下代为随同。

这一通知事出突然，天皇之前对此毫不知情，所以感到失望万分。

然而，本来也应该随同前往的尾张的德川庆胜也因为风寒之故取消此行，也许是因为最近恶性风寒流行，诸侯也并没有起疑心。

只是长州派公卿们勃然大怒，遗憾不已。

将军不随同前往参拜，那此行的宣传效果便大打折扣。

“好，现如今只好让庆喜跪拜御前，领受节刀。”

“嗯。倘若他有无理之举，便当场除去，用以血祭。”

六刻（早晨六点），悲喜交加的队列自新堺町御门动身，向男山出发。

队阵最前方的警卫是会津藩的家老横山主税。除了以关白为首的公卿百官外，在京诸位大名一并随同，再加上诸藩呈献的亲兵，总人数超过了一万。队尾则由仙台藩的家老片仓小十郎带兵加强防御。众人围绕着凤辇鸾舆，其庄严肃穆是此前参拜贺茂神社时无法比拟的。

然而，重要的将军却由他人代替，激进派公卿们愤懑难消。

当日，虽然并未完全放晴，但也不曾下雨。望过去，俨然是一场昭示德川天下已崩溃，王政复古已大获成功的示威游行一般。

队列出了鸟羽街道，通过淀大桥，于薄暮时分抵达男山（石清水）山麓，凤辇鸾舆随即进入了山麓的丰藏坊。

按原定计划，队伍在此稍微休整片刻，等到九刻（半夜零点），再点起火把排队登上男山。依循古例，在山顶的神社前，将举行天皇亲自将节刀赐予将军的仪式。

但此番行程只能改由庆喜代将军参加仪式受领节刀，所以一旦成功领受这就不仅意味着正式的宣战通告，也等同于接受了立即开战攘夷的命令。

迄今为止，外国都将幕府作为日本政府进行了一系列的交涉。然而，在得知幕府之上还有朝廷这一特殊的存在时，便开始入侵大坂湾，企图与朝廷直接交涉。如何阻止这一局面以保全日本的安危，这一难题现在正压在庆喜的双肩上。

庆喜与其他公卿一道抵达在山麓处安排妥当的宿处。到达后他立即扯掉行装躺到了床上。到此为止，大概都与其他随行者没有什么特别的不同。

宿地周围有将近三百人的幕臣和水户藩士把守，庆喜整整熟睡了两个小时。

此次参拜计划的中心人物三条实美已拥有了诸藩呈献的“亲兵”这一武力，所以一切都不可掉以轻心。

一刻（两小时）左右，庆喜睁开眼睛，将随行的侧用人中根长十郎唤入寝室内。

“长十郎，我现在头疼脑热。”

“呀，这可不得了，我立即去找随行的医生。”

“不忙。先去呈报此事，我恐怕难以登上山顶了。”

中根长十郎瞪着眼考虑了半天，过后重重点了点头，明白了庆喜的心思。

“听好，先向奏议、传奏禀报我发病卧床。之后他们定会前来，但是一概不见。你就称我病情严重，恶心反胃，怕会呕吐，当面呕吐实在过于失礼。就照此禀报，明白了吗？”

说罢，庆喜将烟灰缸拉近，点起烟慢慢地抽起来。

计算之诗

一

庆喜直觉敏锐，凡事都能一眼洞悉实质，天生就拥有诗人般的精神。不同的是他从不会漠视现实，耽于空想地任由天马行空。

初见他会觉得他犹如一只深思熟虑地收起羽翼立于地面的丹顶鹤，其悠然自在的形态，散发出气韵不凡的气质，远远凌驾于鸡群之上。但是，庆喜的内在本质却并非一只鹤。

一旦棋逢对手，他便如猛禽之鹰一般，燃起斗志。而且这只鹰不仅智慧卓越，还拥有一双锐利而精准的爪子。

（这等羽翼未丰的公卿，自作聪明！）

心底只顾着盘算到时出其不意，不由分说地将庆喜强行推至深夜的神社前，迫使其领受节刀。

庆喜染疾一事传入丰藏坊，三条等公卿一片哗然。

“一定是装病，谁会上这种当？”

“管他真病假病，既然已经来此，怎能容他不再继续前行？”

“不错！以敕令逼他到这里来，从这里一起登上山顶。”

迎接的侍者又立即向庆喜的宿地飞奔而去。

“敕令到，请一桥卿即刻前去参圣。”

中根长十郎出来说道：

“哦，这可如何是好啊。不知道是何缘故，公子现在一病不起，无法参圣。一直疼痛难忍，翻转难安……”

“什么？疼痛难忍，翻转难安？”

“是的，怕是中了毒……嗯，这也不太可能！并没有什么陌生人近身……然而公子剧烈呕吐不止，现在好不容易稍有了些好转，但是要起身恐怕是万万不成的。”

中根长十郎急中生智，言语中暗示“中毒”。

果然，这位年轻的侍者一听此话便大惊失色。

“那么，我立即回去如实向传奏禀报。”

说罢转身离去。约莫四刻半后，侍者又再度折返。

然而，此次折返回来时，宿地已经毫无声息，一片宁静。出来迎接的也并非中根长十郎，而是居于此坊的僧侣。

“这位大人来此何事？”

“啊？一桥殿下的用人呢？”

“哦，说是陪伴着一桥殿下一起去丰藏坊拜见圣上了。”

“怎会有这种事！那样我途中应该能碰见的。”

“那会去了哪里呢？嗯，总之此地已经没有他人了。”

年轻的侍者回去时双脚如踏空一般。

（难不成在途中走岔了？）

他这样想着也没有多加考虑。

于是，本该在此次参拜中担当主角的将军代理就这样悠然地熟睡休憩过后，趁着夜色从这山麓消失了踪影。

一时间，众人在宿地间反复往来。三条实美、姊小路公知这两个白豆与赤豆此时全都脸色煞白。

“被一桥给耍了！”

“他应该还没逃远，立刻捉回来将其斩除！”

“他会骑马还是坐轿呢？”

“哪有人会大模大样坐轿子逃路的？赶快找匹马来追上去！”

11日白天天气晴朗，按理来说晚上也该是月明星稀，但当晚却云层密布，昏暗一片，连一点火光也看不见。

不管如何，往山顶出发的时刻越来越近了，此时即便想追，手头可供抽调的人数也有限。

众人焦头烂额之际，丰藏坊来人向各宿地通报：

“圣上已准备妥当！”

众人咬牙切齿，却也只能无奈地加入队列之中。

随行者在长长的石阶下集合准备出发，而此刻，庆喜的队伍却在黑暗中无声无息地进入城南宫一带。

庆喜猜到对方会快马加鞭前来追赶，便出其意料地悄悄乘坐着事先备好的轿子离开。

两百余随行人员一并赶来，但为何要深更半夜匆匆返回，众人也是丈二和尚摸不着头脑。

“听说患了急症。”

“不是，说是中了毒。”

“总之管家称没有医生，不得不赶回京都。”

“没错，尽早赶回去的话还来得及。”

当夜庆喜在城南宫休息了一晚，翌日清晨便来到了在京城的住地酒井邸。

庆喜临阵脱逃，京中志士自然不会就这样放过他。

他们挖空心思，对将军步步紧逼，就是要将军领受“节刀”，不管青红皂白举起倒幕亲征的旗子。如今这一切都因庆喜一人使得整个计划作废，变得一败涂地。于是，参拜结束后第六日，即17日，怒气难消的他们在三条大桥桥畔竖起布告牌，上面写道：

参拜石清水八幡宫一事，将军佯病，一桥中纳言出逃，悉为欺君之举，罪不可恕。不日必加以天诛。

余四麿将布告工整地抄录下来，来到庆喜住处拜访。谁知庆喜身边竟出现了一位神秘女子的身影。

“你是哪一位？”

正当余四麿准备走入庆喜寝室时，一女子挡住去路，高声问道。

这位女子容貌美丽、身材苗条，神采奕奕且举止泼辣，在京都实属难见。

“嗬，初次见面，你是从江户来的吧？我是中纳言的弟弟余四麿昭训。”

“哎呀，您就是余四麿殿下……那么，快请进吧！”

女子轻盈地闪开身子：

“我叫阿芳，是奉簾中[1]殿下嘱咐前来照料公子的女侍。”

阿芳将“女侍”二字咬得很重，说罢，嫣然一笑，笑容在脸上荡漾开来。

二

（哦，从江户派来一位女子在身边照料啊……）

余四麿心下思量，身为将军后见职便不能随意前往料亭游乐，身边也不可让身份不明的京都女子相伴。不过，现在应该能安心待在京都了吧……

将军家茂屡次提出欲回江户。若将军回江户，相对的庆喜便要留在京城……这一想法对谁而言都是顺理成章的。

然而，余四麿走进屋内，呈上抄录的三条大桥上的告示给庆喜，庆喜只是略一过目后，便开口道：

“余四殿下，我要回江户了。”

---

[1]　簾中，公卿、大名的正室。

“江户？随同将军一起回去吗？”

“不，将军留在京都。即便想回去，那些狂徒也绝不会答应。”

余四麿哑口无言。

“这份布告中轻视将军殿下与我之意真是前所未有。事到如今，已经忍无可忍了，我打算回去。”

听起来像是完全不负责任地信口开河，但又觉得或许他是有着其他的考虑。

“可是，朝廷、老中们会同意吗？”

庆喜微微一笑：

“没什么同意不同意的。我已决定了。”

庆喜这番话余四麿直至4月22日才完全领会了其中的意思。那一日，庆喜匆匆启程，准备快速离开京都。

参拜石清水八幡那天，庆喜在离开山麓之前，已经在腹中完成了一篇“鹰之诗”。

（寻常之道已难解当前的无序与混乱……）

水户世世代代以生命浇灌从而大放光彩的国体“大义”，如今却成为了暴徒横行的堡垒。

这堡垒之中，囚禁着天皇，以致不明真伪的“敕令”接连发出。心存“保皇第一”的有志者们都因此而彷徨失措。

“此等志愿怎么可以随意舍弃？”

庆喜轻轻淡淡说了一句，而余四麿却懵懂不解。既然难以弃之不顾，那么继续留在京都的话，还可以理解；但现在因忍无可忍便拂袖而去岂不是推脱责任，宣告失败……

正想着，敕使追随而来。前来的敕使是传奏三条实美。本来以为两人必定会就11日行参拜之事展开激烈的争论，但不想敕使对此却只字未提，只是说道：

“请尽早上奏决定攘夷之日！”

现在已非双方争论的时候，这最后一招棋便是以敕令相逼，不由分说逼迫庆喜决定开战时日。

“若不尽早定下日期圣上将难以定夺。”

庆喜爽快地一点头：

“嗯，那么，就5月10日。”

“什么？5月10日？今日已4月19日了！”

敕使惊声叫道。

“5月10日，那不是只剩下二十日了吗？”

“没错，二十日。”

“这……这个期限，想必也合圣上之意。那么，这件事由幕府向诸大名下达旨意，还是直接由朝廷下达？”

“就由朝廷直接下达吧。”

庆喜不假思索地对答如流，没有一丝犹豫。敕使一时语塞，悻悻地离开了。

敕使一走，这边却掀起了轩然大波。

“5月10日，您是对此事有十足的信心才说这话的吗？”

“我哪有信心！”

“那您为何……”

庆喜并未回答：

“好了，事到如今我也必须尽快赶回江户了！”

态度就如同事不关己一般。

“可是，将军独自留在京城……”

“嗯，没错，因为我必须回去备战。此事，可否前去告知关白、奏议、传奏？”

庆喜一本正经：

“就说京城之事交由将军负责，而后见职要下关东指挥攘夷之军。”

如此一说，确实让旁人无可挑剔。

然而，这无论是对将军或是朝廷，都是件令人头疼而且毫无把握的事。十八岁的将军家茂实际不过是一个摆设。而庆喜现在的做法，明摆着就是在英国舰队随时可能会入侵大坂湾的紧要关头，将将军这一摆设留在京都，自己却独自撤回关东。

当问起是否有获胜的把握，他斩钉截铁地答道，“没有。”于是不等朝廷有所动静，将军左右便倒嚣声四起。

“那位大人，还是只会讲策略。”

“只会一心沉迷于智谋。然而，如今仅凭智谋岂能治世？”

幕府内部对此的非难率先燃起。

“不，恐怕大人是有着更深的考虑。让鄙人旁敲侧击地先去打探打探。”

大目付冈部骏河守与老中笔头板仓胜静商议之后，来到酒井宅邸拜访庆喜。当时庆喜正与自称女侍的阿芳以及余四磨同席而坐，边小酌边跟阿芳学习弹三味线[1]。

当时阿芳二十一岁。市井传闻她是新门辰五郎之女，但并非亲生。恐怕是被新门辰五郎相中后作为养女从江户带来的可靠姑娘。

不过此女刚抵达京都，庆喜就声称要回江户，实在有点讽刺。

庆喜一看见冈部骏河守，便说道：

“三味线的音色真是不可思议。我正想学呢。”

说着把蜡烛放到近旁，抱着三味线，悠然地弹起，发出一阵阵如雨水滴落般的琴声。

三

“中纳言殿下，可否赐饮一杯？”

冈部骏河守讨来一只杯子。

“阿芳，斟酒。”

[1] 三味线，日本的一种弦乐器。

庆喜轻声说了一句，终于放下了三味线。

“如何？二条城里是不是都在说，把将军殿下一人丢下，实在过分？”

“是的。所以我今天特意前来拜访。”

“就算你来了，我现在也不会说的，心思若先叫人看透了那做什么都没法成功。”

“既然这样说，那5月10日您怎么打算的呢？今日已经是21日，只剩下十九日了。”

“剩下几日都一样。就现在的局面，攘夷什么的不过是空谈。不信的话不妨一试。”

庆喜仿佛一吐为快般的说着：

“然而，并非我个人希望回江户。而是为了耳清目明——暂且离开京都，可以帮助早日看清局势。”

“中纳言殿下，仅有一事相问，希望您能明示。”

“请讲。”

“中纳言殿下已永远放弃攘夷了吗？”

“不错。只要对方没有敌意也没有野心的话。”

“那么，这岂不是违背了烈公之志？”

“骏河守！要说烈公的话，先祖义公[1]甚至权现公，实际上都是为了避免战争才整顿军备，并以历史为前车之鉴，难道不是吗？然而今时今日根本之道已悉数丢尽，只有贪图安逸……结果，日本成了列强觊觎的猎物。他们会不怀好意，从根本来说全是我们之过……我说的没错吧？”

“确实如此……”

“因此，我国国内必须要上下一心，做好抵御侵犯的准备。简单说来，就是要有可与对方匹敌的武装，四磅山炮、来福步枪等，这才是当

---

[1]　义公，德川光圀的谥号。

下最佳攘夷之策。而众人无视这一点，大敌当前却群魔乱舞，用寻常的疗法是没法让这些人觉醒的。”

“那如果敌人攻入大坂湾，登陆欲夺京城……”

骏河守说到此，庆喜笑着摆摆手：

“话就说到此。你与我一同回江户。”

“是否有何重要之事？”

“嗯。仅我一人可没法登台演戏。还需要请你帮忙跑个腿。”

“既然如此，具体需要我做什么？”

“除了与板仓和将军之间的联络外，还需要你去联络法国公使。”

冈部骏河守吃了一惊。当下愤愤不平的是英国，他也有意识到只有借外部之手来行安抚之策。

“那么中纳言殿下准备何时离京？”

“嗯，明晨出发。一切已准备妥当。”

余四麿听闻此言，方才微微一笑：

“我与阿芳留在京城。对吧，女侍？”

“是啊。可能与公子一辈子都见不了面啦。”

阿芳满脸若无其事，很开心似的歪着脑袋提起酒壶。

四

22日，庆喜从京城出发，沿陆路返回江户。

冈部骏河守与水户藩家老武田伊贺守（耕云斋）随行返回。

武田耕云斋自负为烈公精神的继承者，是水户攘夷党的头号领袖。

庆喜计划中，一边有武田，一边有冈部，不管攻击来自攘夷激进派，或是对庆喜不悦的幕臣，都可以保护自己全身而退。

不过，倘若没有攘夷和佐幕两派护航便难以顺利东下，从另一方面来看可说庆喜的立场是孑然而立，苦不堪言。

眼前时局瞬息万变，众人被弄得团团乱转，疲于应对，已无力看清大局了。

“我们已经离开京城了，是否可以问几个问题？”

23日，一行人行至近江的土山驿站后，冈部骏河守再次来到庆喜面前。

土山距京城有十五里半。宿地入口被松尾川上的白川桥阻断，出口则有座胡桃桥，无论对看守还是警戒都十分有利。于是庆喜住进土山平次郎方的驿站，冈部骏河守则另宿于大黑屋长兵卫方，自然外部均有重兵把守。

“哦，有什么疑问尽可直说。”

“中纳言殿下在参拜石清水一事上，不顾会津公及尾张大纳言的反对，假称将军生病。世间传闻说您是惧怕中山侍从等的暴行，不知事实是否如此？”

庆喜微笑着摇摇头。

“我这么做是想向圣上直言谏诤。”

“那么，拒绝领受节刀……”

“那也与传言相左。若授予节刀真的是圣上的意愿，那么我绝不会有半点拒绝之意。”

“那当夜撤离山麓又是为了什么呢？”

“哈哈哈，也是为谏诤……”

庆喜再次淡然一笑。

“人若能冷眼旁观，便能察觉他人无法意识到的事。当日，圣上声称身体欠安，然而他们却不信，唤来诊脉的侍医高阶典药少允，责问他所谓欠安是否属实，还出言不逊，称若不立即赶凤辇前来，即便使用暴力也无妨……如此逼迫之下，圣上才不得已前去进行参拜！此等情况下还要我从圣上手中领受节刀岂不荒唐！这让我非常愤怒，甚至牵动腹中疼痛难忍。我这么做也实属情理之中吧？”

冈部骏河守一言不发地行了个礼。

“没想到会有此事。圣上参拜竟然是被强迫才出于无奈……”

“激进之徒的举动已经超出常理了……看着吧，今夜里，你或者我应该会遭遇偷袭。应该不是白豆（三条），定是赤豆（姊小路）指使的。他们的胡作非为已经至此！我已经嗅到气味了，你务必要多加小心！”

庆喜的猜测又再次言中。

冈部骏河守回到大黑屋就寝不久，便有十余名刺客潜入宿地庭院，冲破木板套窗闯了进来。

若此时闯入大黑屋的刺客被逮个正着，这人必定会在历史上落下一个意外的污点。

之所以没有选择袭击庆喜，大约是因为庆喜身边有水户藩士与武田耕云斋严加防守。也或许是因为庆喜尚有利用价值，故转而刺杀冈部骏河守。

“奸贼冈部在何处？”

他们用大石块击破木板套窗，穿着鞋闯了进来。冈部骏河守因为事先收到警告，有所防备便和衣而卧了。此时他从床上一跃而起，飞身出门，急忙往庆喜的驿站奔去。

如此一来便惊动了驿站中的所有警卫，最终刺杀未遂。庆喜道：

“果然是赤豆。”

赤豆姊小路公知与土佐的刺客走得很近，想必庆喜是见到刺客之中混有土佐人。

天亮离开宿地时，庆喜再次说出令人意外之语：

“蟠龙丸号抵达大坂湾了吗？”

蟠龙丸是幕府的新军舰。

“对啊，如果乘蟠龙丸从海上走，就不会有这些危险了。”

“我说的不是这件事。赤豆之前不是说要乘轮船开开眼界吗？”

“啊，姊小路卿乘船？”

“嗯，先这样吧，谏诤可是大事。”

归途中，冈部骏河守真正觉察到庆喜那鹰一般不可思议的敏锐洞察力，是在到达尾张的热田之后。

4月26日。

当日，从二条城追来的信使送来一封书信，报告将军的消息：

4月23日，将军巡视兵库西之宫……

之后还写道：

朝廷命姊小路公知巡视沿海警备，借此监视大人行踪。

冈部骏河守见到这行字，恍然大悟。

“中纳言殿下！将军殿下已乘船前往兵库海了。”

“嗯。本来是有此安排。”

“可是，他们定是认为若是让将军殿下就此返回江户便非同小可，于是派姊小路公知跟着登上轮船企图进行监视。”

说到此处，冈部突然觉得背脊一阵发凉——为了暗杀姊小路这匹烈马，才故意引诱其登上轮船？

“中纳言殿下，难道船上安排有人斩杀赤豆卿！”

五

庆喜闻言略带责备地说道：

“你怎么满脑子都是斩杀之事？让他登船见识一下我们的苦心防备，定然能大开眼界。教育岂不是比斩杀更为重要吗？只有如此人们才会有所进步啊。”

“那么，这也是中纳言殿下……”

冈部不由得提高了嗓门。

他忽然意识到，这也在庆喜东下的计算当中。

冈部感到羞愧难当。

他一直也都认为庆喜是因长州派公卿出言不逊，从而愤然弃京出走的。

然而，庆喜并不是感情用事的人。于是，他再次轻描淡写地提醒道：

“这也是为了谏诤……”

谏诤一语所蕴涵的深意首次在冈部骏河守心中扎根。

此事一旦遭到误解便会蒙上违抗敕令的罪名。历代大老、老中自不必说，连并称三贤公的越前春岳与土佐的容堂也畏惧于此，不敢贸然行动。

然而，唯有庆喜以“谏诤”堂堂正正地当面迎战。而且经过缜密筹算，总是料事如神。

“江户之事交给庆喜；京都之事交给将军……”

如此一来，一旦庆喜回到江户，那么将军就必须亲自前往巡检大坂湾的警备。

而一旦将军乘船出航巡检，激进派的众人必定怀疑将军会就这样逃遁江户，一定会急起直追……两者间这种互不信任的微妙心理庆喜心中看得一清二楚。

不过，追者派出何人？庆喜猜测公卿之中脾性最为暴烈的姊小路公知定会自告奋勇担当这一任务。庆喜对时事的精准计算高人一筹，着实令人钦佩。

而冈部的思路也很顺其自然——以暴制暴，就此暗杀姊小路。庆喜对此稍加责备后，开始在热田的驿站中写信。

“冈部，你是大目付。这里有两封书函，一封交给江户的老中，另一封是给京都的关白。不论你意见如何，请负责将这两封书信送到，可否？”

“这，这当然……”

庆喜并未特别对冈部隐瞒两封书信的内容。

交给江户老中的信中，详细记述了接受以5月10日为攘夷期限的敕令的原委，命令幕阁速速准备妥当。

当然，冈部认为，收到此信后老中们定会不知所措。现在已是4月26日，信送至江户也需要十日。要在十日之内准备与列强开战，实在不合情理。

然而，读了另一封交给关白鹰司的信，冈部不由得沉吟起来。

这……不就是一封言简意赅的辞呈嘛……

不肖庆喜难任将军代理。值此之际，决然辞职，因此上奏。

这封辞呈也是为了“谏诤”，冈部对此已心中有数。

恐怕阁老见到这十日内备战列强的命令，定会勃然大怒；而收到辞呈的朝廷方面也定然是目瞪口呆。

如此一来，幕阁会视庆喜为眼中钉，攘夷派也会咬牙切齿，将一切怒气都集中到庆喜身上。

庆喜将两封书信交给冈部后，便悠然自得地去洗澡了。

富岳伦理

一

（中纳言殿下根本没有想过要与列强为敌。）

不，应该说，他一直是抱着不应该开战的信念而采取一切行动……冈部这样想着，心里确信庆喜是一位深藏不露的大人物。

周旋于幕阁与朝廷之间，腹背受敌，但是他仍然无所畏惧，真不知这般非凡的勇气是从何而来！

此时路途前方，富士山山顶被皑皑白雪所覆盖，正向一行人展现着它美妙而玲珑的风姿。

眼前的富士山与庆喜不矜不躁的仪态，在冈部骏河守的联想中已经合而为一。

这样的联想对于日本人而言可说是极其自然的了！

出了热田，庆喜似乎有意放缓行程，一路上悠然自得地往箱根方向行进。这样的豁达不由得令人感慨，富士山与庆喜便是由日本之根孕育而生的同一个生命体。

从三岛开始道路便急遽直上。众人登上坡顶小憩时，刚好与富士山遥遥相望。

“感觉富士山像是有什么话想对我们说一般……”

冈部不禁有感而发。

“海上的风景也一定是波澜壮阔的。”

庆喜说道。

“嗯？何出此言？”

“大概就是今日，赤豆殿下应该正在纪淡海峡眺望着壮阔的大海。都城定在望不见大海之处，可谓是日本的一大悲剧。”

说完，庆喜又补充一句：

“富岳即使凌驾于群山之上，也总是眺望着骏河[1]之海。”

冈部一听连忙转身远望。然而，他并没有看到任何大海的踪迹。

若一心赶路，此行只需花费十日，但是庆喜却在十五日后，即5月7日，才抵达神奈川住进了旅馆。

此时距离5月10日开战攘夷只剩下三日。

当日深夜，老中格小笠原长行乘上“蟠龙丸”号紧随庆喜追来，进入横滨港。入港前，神奈川奉行[2]浅野伊贺守氏佑来到旅馆拜访庆喜，接受了一些指示。

随后，5月8日——

小笠原长行擅自向英国支付了生麦事件赔偿金，从而遭到罢免——这是之后的事。小笠原乘坐军舰来到横滨，擅自使用海关关税支付了三十五万银两，平息了英国来势汹汹的怒火，战争的忧患也得以驱散。这一事实，是日本人不该遗忘的。

自然，这一切都是出自庆喜的安排。他对小笠原长行说明了事件原委，令其押上官职前去支付了钱款。

另一方面，迅速撤离京都后，英国舰队进入大坂湾意图直接与朝廷交涉的隐患也一并消除。理由非常简单：

“日本之过，必须由日本来补偿。”

5月9日，庆喜泰然的面孔出现在已经人仰马翻的江户城。刚好赶在5月10日——即攘夷期限的前一天。

---

[1] 骏河，旧国名，位于今静冈县中部。

[2] 奉行，江户幕府中的官职名。

二

根据朝廷的命令，一旦与列强挑起战端，那么作为征夷大将军的代理，庆喜毫无疑问将成为总司令官。

但是这个总司令官不在场，作战准备自然是无从谈起。

（后见职究竟是如何打算的啊？）

江户城中，众人都等待着庆喜的归来。为防患未然，他们已严阵以待，准备随时放火将三田到高轮、品川一带付之一炬。

因为战火一起，必先波及这一带，自然要及早组织该地市民疏散撤离。另外为了防止列强登陆，还必须事先毁掉外国公馆。

备战的黑云沉沉地压在江户城上空，庆喜却从容不迫地悠然登城。老中、若年寄，以及三奉行、外国奉行等要职立刻赶来，齐聚黑书院。

“开战攘夷，期限即在明日。”

庆喜语调沉稳地转达敕令道：

“我在信中曾详细地告知此敕令下达的原委，在此就不再赘述。既然是敕令，还请各位务必高度警戒，想方设法实行攘夷。”

在座听了一片沉默。

既然是敕令便不可违抗。但是，为何又要接受敕令呢？

众人心中充满了不满与反感。可是庆喜既然已经说了不再解释原因，众人也只有等待指令。

“好了，今日希望诸位不要提出任何质问。我只想听听各位对如何应战的想法，希望各位深思熟虑集中意见。”

瞬间，举座哗然。现在集中意见有何用处，期限不就是明日吗？

俗话说先发制人，放火也好，袭击也罢，不管什么手段，若不在今夜动手先行除掉该除掉的事物，取得先机，大江户城恐怕将就此沦为血雨腥风的地狱。

此时，庆喜并未告知众人已向英国支付赔偿金等事。正因如此，一被问到下一步该何去何从，所有人都不知所措。

“我有话说！”

若年寄诹访因幡守终于忍不住开口。庆喜却骤然起身道：

“今日到此为止。请各位高度警戒，细加斟酌该如何应对。”

众人瞠目结舌，眼见着庆喜的身影急速离去。

上京后庆喜令家人暂居水户的小石川邸，这回如此匆匆离去，令人不禁想到他久未归府，怕是私事缠身。

“中纳言殿下到底在想什么啊！”

“不会是在演戏吧？”

“不像。看起来像是无计可施之下才领受了敕令。可是，事实上他又并无攘夷之心……”

“即便如此，但在这江户城内，身为将军后见职难道还会对谁有所顾忌吗？”

“再等等吧。也许正因为是在江户城内，才不能随口说敕令如何如何。”

“那，开战准备如何是好？”

庆喜一离开，在座当即如同炸开了锅。

有人将庆喜的三言两语认作“开战命令”，提出今夜立即将三田至高轮、品川一带付之一炬。只是，多数人对此都持反对意见。

“中纳言殿下虽然是说下达了敕令，但并未直接命令开战。在他下达明确命令之前我们还应慎重。”

开战令一下，首要举措便是阻止列强登陆。为了这个目的，将军家茂目前也正在大坂湾指挥。因此，众人最终决定对江户一带的海岸严加防备，静观其变。

这时，神奈川奉行前来报告，因老中格小笠原长行擅自支付生麦事件赔偿金，英国军舰已起锚撤军往西而去了。

当时，英国对日本方的要求如下：

一、 就生麦暴力杀害事件向英国政府提交致歉信。

二、 交付赔偿金十万磅，另给死者家属一万磅抚恤金。

三、 严惩凶手。

以上要求中，小笠原长行已用海关收入交付了相当于十万磅的赔偿金，也就是说对幕府的第一项及第二项的要求就此了结。

只余下给予死者家属一万磅抚恤金与第三项惩罚凶手。

这必须与萨摩藩进行实际交涉，于是他们向着萨摩藩出发。就此，江户湾与大坂湾上空的战争阴云一扫而空，暂时脱离了危险。

然而，不能忽略的是，5月10日，长州派激进之徒久坂玄瑞等人以敕令为由，气焰嚣张地炮轰了通过马关海峡的美国商船彭布罗克号[1]。

而身为幕府方第一总司令官的庆喜10日却并没有登城。

“这太蹊跷了！”

“看来他还是无心应战。无论如何，不能就这样置之不理！”

而幕府一方将一度引退的川路圣谟推举为外国奉行，令其密切察探列强的一举一动，并发布公告声称：

“在芝之滨御殿开炮十发，即认作开战……”

权作敷衍。

庆喜登城已是三日后。13日，幕府上下惶惶不安，不知如何是好。

然而，当日庆喜却并未召集众人。悠然喝茶时，庆喜命人唤来老中太田资始对他说道：

“我思来想去，还是决定辞去将军后见职。按正式手续办吧。”

语气淡然如水。

太田资始一愣，望着庆喜。

思来想去……这词直戳资始内心。

（这才是……大人的本意吗？）

---

［1］ 彭布罗克号，原名Pembroke号。

资始立即召集所有重臣通知了此事。由此众人方才认定，庆喜东下并非为了开战。然而，他们对庆喜的反感与疑虑并未就此消解。他们戒心未除，认为庆喜依然是“窥伺天下的阴谋家，不可掉以轻心”。

三

庆喜的行动正依照他所描绘的“大义之诗”，逐一实践。

将军后见职在水户长大，从不容许有任何轻视朝廷的越权行为。辅弼天皇之时，亦不可挟丝毫私情、私愤，否则便是有辱先辈之志，有损国体尊严。

帝王一言九鼎！

天空正因为有太阳普照，大地母亲才能孕育万物，生生不息。人类世界是大自然的折射，天子就有如太阳，被尊为绝对的存在——而秉承这一大自然法则便是我国国体，断然不允许有任何玷污这一根基的行为。

因此，对于庆喜而言，此次“谏诤”实是情非得已。倘若只关乎争斗的胜败，可用的手段很多，不一而足。靠所司代的兵力，集合会津、桑名，无论是政变或占领皇宫都不费吹灰之力。

但是这样的胜利也只是暂时性的。

虽然东下途中庆喜已向关白提交了辞呈，然而此举恐怕容易招致误解。于是，当日在幕府喝茶时，庆喜便想到，应向鹰司关白再送去书信一封，诚恳地交代辞任缘由。

此番愚臣奉攘夷敕令东归，却全无胜算（中略）。帝王一言九鼎，誓与关东诸官同心协力，臣既受命在所不辞，遂东归。然众阁老及大小官员无人赞同攘夷举动，竟对庆喜之心有所猜忌，疑庆喜借此攘夷开战之乱伺机介入，实为篡夺天下，臆测四起。故攘夷敕令未能贯彻实行，有愧天朝，诚惶诚恐，只得就此引退。望将此事代为禀奏圣上，特此恳奉！

庆喜写完后递给老中，径自回到了小石川府邸。在小石川的水户府邸中，他又将此事告知了中根、平冈、黑川等亲信，随即前往一桥家前任家主的遗孀德信院（义母）住处拜访。

德信院时时担心庆喜的安危，一见面便不安地问道：

“一桥当家的，身体可无恙？”

庆喜由此推断，江户城内，就连大奥内最底层的女仆都已得知了些不祥消息。

不知何时会遭到他人袭击……

正因如此，庆喜与夫人美贺还未诞下子嗣。德信院虽说是忧心忡忡，但自从庆喜升任后见职，便如孩童般兴高采烈。此时年迈的母亲笑脸相迎，皱纹满面地说道：

“哎，每日事务繁多，一定很是辛苦吧！”

庆喜感到心痛不已。

“母亲大人，庆喜辞去了后见职。另外此次前来还有一事相求。”

“什么？辞去后见职？”

“是。一桥家不可毁于庆喜之手，所以希望您能收一位养子。”

“什么？养子？”

“是。我知道母亲大人甚是喜爱余四麿，不过那孩子现已长大成人。所以希望母亲能将余九麿收为养子，这样今后庆喜为国效力也再无后顾之忧。”

看来，庆喜写就的谏诤之诗远未完结，前途依然严峻……

德信院性情温和，是一位一切以家庭为重的平凡女性。她对于身为现任家主的庆喜的母爱之情中，不仅有着深深的不舍与依恋，更多的还夹杂着对其将来的无尽担忧。

“这么说，今后你……不能留在江户了？”

“是。其实，今后也有可能必须让母亲大人前往武州或者野州的属地避难。”

“你是说……攘夷之战？”

“攘夷之战绝不可行……我是这么想的。但是除了攘夷之战，恐怕还会有其他的战火波及江户。”

“倒幕运动吗？”

“嗯……这件事，母亲大人是听谁说的？”

“这，须贺时不时会告诉我一些。”

“须贺说的？”

“是的。须贺还说，倘若江户沦为战场，她会随同我去属地，绝不会有任何不便，叫我无须担心。”

“是啊！这件事也必须告诉须贺。把须贺叫过来吧！”

德信院依言摇了摇召铃，隔间的拉门立刻被打开了。须贺似乎已经听到了刚才的对话。

“须贺，这件事还是及早告知你为好。我提议将余九麿（后成为会津松平容保的养子）收为养子，刚才正在征求母亲的意见。”

“是。”

“我不在身边，母亲定会孤苦寂寞。虽说要收养子，也有多重烦琐的正式手续，所以暂且将他召至身边，就称是前来学艺。现在还不知道是否合母亲心意，所以此事希望你能多费心。”

“是。我明白。”

庆喜再次转向德信院：

“您是否同意将余九麿放在身边呢？”

德信院凝视了庆喜一会儿，嗫嚅般叹了一口气。

“你今后……再也不能留在江户了吧。”

“不能尽孝道，内心实在有愧。”

“我们……我们……若能母子同聚，一起生活……”

霎时间，屋内空气像凝结了一般，寂然无声。

“嗯，行了……就按你说的办。我们也会和余九麿殿下和睦相处的。不过……你要保重身体！”

闻此庆喜也忍不住背过脸去。5月已经悄然过半，庭院中的阳光正宣告着夏日来临。仿佛受到灿烂阳光的感染，庆喜高声笑道：

“母亲大人在京都长大才会这样说。要知道武将奉公岂能惜命。哈哈哈……不，生命这东西，越爱惜越会成为他人瞄准的靶子，还是应该将生死置之度外。对吧，须贺？”

“呃？是！”

须贺女长于水户，此言听在她耳里便是对自己的犒慰之语。

四

庆喜既然正式向关白提交了辞呈，便不打算继续逗留在江户。

（我不在，京都该如何收场？）

不久朝廷应该就会以更好的条件召见，届时再晋谒直接向天皇上奏自己的意见……如果说他一开始就是为了占据这一有利立场而进行演习的话，那么他确实是如众人所说，是一个天生的“大谋略家”。

然而，略微转换角度便可看出，他的行动绝非是这样浅薄的诡计或阴谋。

他是敕令任命的后见职，身份特殊，史无前例。然而，处于这一立场，却无以成就任何事情。

朝廷为长州派占据，无从接近，而幕阁也对其心存戒备，难以信赖。

于是，他辞去身份特殊的“后见职”，正是为了彻底结束这团乱麻一般的关系纠葛。

即便辞掉官职，不再有任何牵扯，他身为水户之子，继承一桥家的现任家主，统治幕府的德川一族——这些地位却不会有丝毫动摇。

冷静下来分析当前局势，可以看到可能出现的三种情形，以及相应的应对之策。

第一，与列强继续保持和平关系，暂且开国。

第二，攘夷开战，则尽力避免战争惨败及亡国的巨大惨剧。

第三，成功安抚列强，但激进派一心倒幕，所以必须想办法尽快平定国内对立之战。

当然第一种情形自然是皆大欢喜。然而，目前完全不考虑第二、第三种情形的话也将寸步难行。

他对义母德信院所言“武将奉公岂能惜命”，这一明确表态，并非因为身居后见职，而是出于征夷大将军德川家一族的觉悟。庆喜婉转请求德信院去属地避难，也是从激进派的行为推测，江户有可能会成为兵戎相见的战场。

而再度进京的想法也再自然不过。

如今，少年将军尚不具备实力，却肩负着关西防卫的大任，庆喜倘若东下后便对京都不闻不问，一旦列强的联合军队在大坂登陆，该如何应对？

于是他打算不作为敕令任命的后见职，而是以德川家族一员的身份前去为将军解围。万一与联合军队为敌，自然只能背水一战，甚至很有可能将战死沙场，鉴于此，也就需要先为一桥家收一养子。

基于上述考虑，庆喜顺着水户式的思路有条不紊地将一切准备妥当。

但在此期间，一件难以预料的“天谴”意外地降临京都。

任何人都不曾想到，激进派首领之一的赤豆姊小路公知竟然遭到暗杀。

无论何种团体总存在一些弱点，聚集在朝廷四周的激进保皇派也不例外。

其软肋归根究底便源于思想浅薄，不成熟，为达目的不择手段，总是意气用事导致冲突不断。

总之，在激进派公卿之中，国事参政姊小路公知其实是三条实美强有力的牵引车。而5月20日，这个姊小路公知却在朔平门外遭暴徒袭击，被暗杀身亡，凶手不知何人。

其时他不过二十五岁。

（此事究竟是谁，受何人指使……）

消息传到江户，庆喜不禁黯然无言。

庆喜本是计划让姊小路乘轮船巡检大坂湾，从而打开其视野，面向全世界。他私下命令小笠原长行安排此事，也得知引领、解说的任务交由胜麟太郎负责。

当然，姊小路登船的本意并不是出于庆喜的这番考虑。当听说将军家茂要乘船巡视摄津、纪淡一带海岸时，他便一跃而起：

“将军这家伙，想逃回江户吗？门都没有！”

于是出于对幕府及将军的疑心，姊小路急不可耐地登船监视将军，防止其逃跑。

登船本意暂且不论，只要让这个二十五岁、血气方刚的青年领悟到海防的重要性，朝廷内的气氛定将为之一变。

4月25日，姊小路卿在大坂登船，出海巡视兵库、由良、加太浦。海事解说由军舰奉行胜麟太郎担任。

当时接到这一消息，庆喜一颗悬着的心终于放下了。

无论哪个年代，青年过激的行为不过是无知之下的生命之痛。只要向他打开一扇广阔的窗户，新鲜的知识之风拂面而来，其心便能得到收敛……

庆喜的这个猜想准确无误。姊小路大受震撼，巡视完毕后于5月2日返回京都。这时的姊小路与出发之前已然脱胎换骨，但他的性格暴烈无人可挡，而一旦蜕变也是惊天动地。

5月18日，将军家茂晋谒，上奏巡视摄海的情况以及防守策略，姊小路竟帮着从旁补充。

“不可思议，军舰奉行一定是拿什么贿赂了赤豆殿下！”

“倒幕论的急先锋竟然转身成了佐幕派！”

激进派集团本来就不是由人与人之间的信任关系结成的同盟，不过是同呼“保皇”口号而聚集起来的。一旦有什么微妙的传言不胫而走，立即就改转风向——“斩之而后快”！

不，也有可能是有人早已企图暗杀姊小路，此时见有隙可乘，便利用集团内部的这种心理从中挑拨。

总之，姉小路为监视将军登上幕府军舰，整个计划可说便已成功了八九分，但暗杀事件却将这些全都一笔抹煞。

五

若从个人命运的角度审视姉小路之死，不管是讽刺也罢，因缘也罢，无不笼罩着神秘与蹊跷的色彩。

有人认为这是“神罚”，也有人认为这是恃敕命一手遮天的报应。

姉小路家原本属闲院家，次于五摄家、清华家、大臣家，不过是两百余石俸禄的三条旁系。

家族渊源卑不足道，倘若公知只是凡庸之辈，其家世根本无法与清华家转法轮[1]的三条实美同日而语，更遑论权势之争。

然而年仅二十五岁的公知，却能以实力压制三条实美。倘若长州派计划大获成功，恐怕还有可能升任太政大臣。

而这等人物竟如此轻易就遭到暗杀，带来的影响可想而知。

“这件事决不能坐视不管！”

担任京都守卫职的会津藩痛感责任重大，率先展开了行动。

说是这么说，事实是迄今为止幕府行事总是顾虑重重，态度消极，眼前局面一转，正好给了他们一个出面维持治安的绝佳托辞。

恐怕会津藩也洞悉了长州激进派的内讧，搜捕行动迅速展开，姉小路遇难的真相逐渐被调查清楚。

当日（1863年5月20日），姉小路公知在朝会结束后离开皇宫，此时已过半夜九刻（十二点）。

为何这么迟……

不知宫廷实情的人可能会对此心存疑问。这是因为当时恶性循环造成的习惯，并不奇怪。

[1] 转法轮，转法轮三条家的简称，三条家的另一种称呼。

如果遇上议题难以解决的，他们还时常讨论至天亮，而关白每天几乎都要到早晨才回府邸。

早晨回去睡觉，睁开眼睛已是下午三点。随后吃饭、接待访客等，到日暮时分才正式工作。黄昏开始办公，先向天皇上奏重要政务，之后的朝会早则晚上八点，晚的话十点、十一点不定，如此昼夜生活完全颠倒，与武家的生活步调截然不同。

为了打破这一恶性循环，庆喜曾请求延迟一天，但未获允许。

因此，当日姊小路公知离开皇宫已是半夜。他白天一直守在学习院，引领众志士，恐怕当时已是又困又倦。吉村右京提着折叠灯笼，姊小路引以为豪的长刀则由一位叫做金轮勇的用人背着，三人匆匆忙忙地从朔平门前走过。

正要拐弯，突然，堤坝的阴影处同时跳出三人，未等一行人有所反应，领先的一人便砍落了灯笼，紧随其后另一人从正面一刀刺中公知。

公知踉踉跄跄地大叫一声：

“无……无法无天！长刀！长刀拿来！”

然而，这位被公知取名为金轮勇的用人却已吓破了胆，何来勇气，背着长刀如无头苍蝇般逃窜而去。

接着，两柄长刀如疾风般向公知袭来。

用人逃走，引以为豪的长刀不见踪影，姊小路公知只有以扇子抵挡两名歹徒的长刀。

扇子一折为二，刀尖深深地扎入公知的肋骨。倘若是一般公卿，必定就此一命呜呼。

然而，赤豆不愧是一代豪杰。他徒手握住深深扎入肋骨的长刀，用尽全力冲撞而去。

这一撞，对方的长刀便落入了公知手中。他疯狂地左右挥舞长刀，最终因伤势过重昏倒在地。

另一名侍者吉村右京也单身搏斗，刺伤了三人中的一人，另一个人冲过来道：

“好了，任务已经完成。赤豆已死！”

三人互相示意后，迅速消失在黑暗中。吉村右京扶起公知，抬进近在咫尺的自家宅邸。

进门时公知气息尚存。然而，一刀刺中头部，两刀深深扎入胸部，伤势过于严重，已然回天乏术。至东方发白时分，公知因失血过多而死，二十五岁的生命就这样黯然陨落。死讯立即报告给了鹰司关白与三条实美，鹰司家立即命令守卫职松平容保逮捕凶犯。

每日出入皇宫的众公卿无不震惊。

当时，围绕宫廷的九座门分别由各藩把守。

清和门为土佐藩，寺町门为肥后藩，堺町门为长州藩，下立卖门为仙台藩，蛤门为水户藩，今出川门为备前藩，乾门为萨州藩，中立卖门为因幡藩，石药师门由阿波藩领命守卫。

明知如此，刺客仍然毫无顾忌地出没其间，如入无人之境——如此一来，谁还敢前来觐见。

会津藩身为守卫职，即便是为了脸面，也自当全力逮捕凶手。

线索正是公知从凶犯手中夺下的那把刀。

刀上刻有锻造者铭款“和泉守忠重”，长二尺三寸，宽仅一寸二分，柄鲛[1]染黑，皮色平卷，无目贯[2]，头铁上刻着“藤原”字样，缘铁内侧刻着“英”、外侧则刻有“镇守”的字样。

刀的特征很明显。于是，会津藩找来了京中的刀剑商与磨剑师对此逐一盘问。

“见过这把刀吗？”

随着排查逐渐推进，最终查明这把刀是由竹屋町乌丸的刀商清助亲手打造的。

“谁托你造的？”

“这是应萨摩藩的一位叫田中雄平的请求打造的。”

---

[1] 柄鲛，鲨鱼皮做的刀柄。

[2] 目贯，刀柄上的金属装饰。

“什么？萨摩？可有住址？”

“在东洞院蛸药师[1]。”

此事竟会牵扯上萨摩藩，无论幕府还是会津藩都不曾预料。若是因为姊小路的变节怒而斩之，那么应该是土佐或长州的暴徒才对。此时听到萨摩藩士田中雄平的名字，实属意外……但是，也并不令人惊讶。

“田中雄平，不是那个有名的杀手新兵卫吗？”

杀手新兵卫又是受何人指使？

事件发展出人意料，激起了令人迷惑的层层浪花。

六

此时的町奉行是永井主水正（尚志），后来成为庆喜的左右臂。

永井主水正令町奉行的部下包围田中新兵卫的住所，欲将其带走，新兵卫竟老老实实束手就擒，于是他决定亲自审问。

起初新兵卫并未意识到那把作为证据的忠重之刀在永井主水正手中。

他态度傲慢，理直气壮地直视对方，目光邪气逼人。新兵卫现年不过二十岁，之前因暗杀安政大狱的幕后黑手岛田左近而扬名天下，之后在本间精一郎、宇乡玄蕃等当时的重大暗杀事件中，他与土佐的冈田以藏一道必掺一脚，得了个绰号叫“剑鬼”，是个令人闻风丧胆的恐怖分子。

他并非武士出身，本来只是鹿儿岛郊外一个渔村前滨的船工之子。

因为自幼喜爱剑术，一直与树做对搏练习，不久便开始学习示现流[2]，后来被城中第一富豪、具有称姓带刀武士资格的森山新藏发掘，任用为岛津内藏的家仆“三足人”，虽然职位卑微，但也因此得到了武士身份。

[1] 东洞院蛸药师，地名，位于京都中京区。

[2] 示现流，日本剑术流派，萨摩藩御用流派，亦名“自显流”。

虽说已成为武士，却是个一生都无法混入藩主随从队列中的无名之辈，只有施展武艺，靠杀人立功，否则终不能实现自身价值。

这等人物在当时的京城竟然也受到敬畏，佩带着与其身份不相称的和泉守忠重铭刀，任意妄为，这些都是拜时局混乱所赐。

“你说你不记得杀过姊小路卿？”

“的确。当日我也不曾外出。”

“这么说你对这把刀也没有印象了是吗？所有认识你的人都作证说，这是你常佩在腰间的刀，看来是他们全都搞错了？”

看到刀，新兵卫顿时沉默了，佯装不知情般望着虚空，保持着现今所谓的缄默权。此时新兵卫若将事实和盘托出，后世对历史的解读或许会稍微改观。

“既然不说，就等于承认自己是凶手。你不会连这等重要的武士之魂也会借给别人吧？来人，将其关押入狱，没收新兵卫的佩刀。”

永井主水正一声令下，属下全都起身准备将其扣下。突然间，新兵卫却拔出刀来，众人以为他暴徒本性毕露，皆惧其发作，纷纷退后。谁想下一瞬间，新兵卫猛然将刀刺入自己侧腹——刀尖露出了后背，看来下手极重。他原本大概是打算切腹自杀，无奈刀刺入太深，动弹不得。

新兵卫慌忙将刀拔出，对着脖子，割断了动脉。

血汩汩奔流，他一声不吭地倒在血泊里。

就如他的名号剑鬼一般，新兵卫的自杀也惊天动地，壮烈无比。

“听说其实新兵卫的刀是在饭馆叫人掉了包，他觉得此事乃是一个耻辱故而切腹的。”

不用多说，放出传言的自然是萨摩藩。这种说法倒也可信……这位恐怖分子如此轰轰烈烈的死法确实令人感慨！

“暗杀姊小路的是萨摩！”

萨摩嫉妒长州在朝廷内的威势，所以对姊小路下了杀手……倘若如此，长州便不会轻易善罢甘休！

于是，朝廷罢免了萨摩在乾门的守卫，并且严禁萨摩武士出入宫门。

恐怕并非笔者一人察觉到了这前前后后的不可思议之处，只能说人算不如天算。

究竟是谁人指使杀手新兵卫暗杀姊小路公知，至今仍然是疑云重重。

新兵卫本人决不会因姊小路变节愤而斩之，那么谁是幕后主谋？

尽管主谋仍然藏在暗处，但是咒人者为人咒，斩人者为人斩，这个因果规律的铁则是坚不可摧的，终有一天幕后黑手的面纱将被揭开暴露在公众面前。

严格说来，长州的保皇与萨摩的保皇都以倒幕为第一目标，早已脱离其源头的水户精神。

真正的保皇既非对天皇个人卑躬屈膝，也不是一味亲近。国家是以皇室为中心的一君万民的生命体，必须要清晰地认知到这一点，从这一国体观出发才行。

而若能达到这种觉悟，无论何时都会无法容忍血脉同胞之间发生任何一种形式的自相残杀的革命。

然而，安政大狱以来，憎恶情绪与对抗行动早已将其玷污。

思想一旦污浊，支撑人们行为的生命也变得扭曲。不知不觉间，长州为长州而谋，萨摩为萨摩而谋，私心就这样乘虚而入。

姊小路公知的暗杀事件恐怕也是上天对世人行为不轨的警告。

即便从个人角度来分析这也合情合理。姊小路自恃年轻，斩杀“绊脚石”无数，而杀人无数的他最终死于杀手新兵卫之手，新兵卫也因长刀被夺自取灭亡，这不正是自然界给予的严厉的裁决吗？

但仅仅如此一切并不能得到平息。这次事件后，长州藩与萨摩藩之间变得势不两立，憎恶与敌意情绪逐渐加重，终于导致无谓的流血事件频频发生。

长州派禁止萨摩藩出入宫门的同时，连续在马关海峡炮击外国船只。

“依敕命执行攘夷！”

他们打着这样的旗号，自然是理直气壮。但事实上，天皇却未曾对此给予过任何褒奖。证据是，5月30日，天皇颁发秘旨令岛津久光进京；6月2日，又命令幕府解除对越前的松平春岳闭门思过的惩罚，并且驳回了庆喜的后见职辞呈。

此时，长州藩在下关炮击美国军舰怀俄明号，庚申丸、壬戌丸两艘船舰均被击沉。

天皇驳回庆喜辞呈一举，其用意自然不用明言。

强行攘夷已经逐渐脱离控制，虽然是以“敕令”下达的命令，然而却不是出于天皇的本意。

两面来风

一

自然界中，东风与西风从不会在一个地点同时轩然大作。

然而世间偶尔却有人会如疯狂一般，不计后果地鲁莽行事。

像这样的激烈冲突愚蠢至极，如今京城之中萨摩与长州间的政治纷争——愈演愈烈的天皇争夺战便是如此，而在庆喜身边，类似的一幕也正在上演。

追随庆喜的“御番头”中根长十郎遭到了暗杀。

这位俸禄两百袋米的御番头不过是一桥家的忠实仆役，并非以智慧或谋略见长。

当时中根长十郎正在赶回位于下谷练塀町的家宅途中，快到雉子桥御门外的空地时，三四名刺客突然袭来。长十郎周身连遭二十余刀，如切生鱼一般，最终死于非命。

那日正下着雨。当时四周已经昏暗，道路泥泞不堪。长十郎在泥泞中一步一滑地走着，背后却猛地传来一声：

“天诛！”

他刚要回头，刀从伞上直劈而下，命中头颅。雨敲打在伞上，声音盖过了渐渐逼近的脚步声，他竟丝毫不曾察觉到……正在附近的新门辰五郎的手下闻讯赶到时，长十郎仍然手握刀柄，倒在污泥之中，伤痕累累。

理由非常简单——他们认定，庆喜之所以无意进行攘夷，全是因这等家仆在身边的缘故。

一介家臣的意见又岂能左右庆喜！不过，在当时普遍的观念里，权贵们不过是被家臣随意操纵的木偶，基于“清君侧”这一说词，于是便产生了这样的误解，导致此次事件的发生。

中根长十郎因侍奉庆喜而成为第一位遭遇毒手的牺牲者，虽然不知凶手何人，但从此却可以看出攘夷派的焦虑之情已经烧到了庆喜的身边。

在失去姊小路后，京都的这种焦虑愈发地袒露无遗。

长州早已下手开战，却导致庚申丸、壬戌丸两艘宝贵的军舰被击沉。而这边天皇驳回庆喜的辞呈，命其再度进京，这使得长州派脸面全无。于是，长州只能放手拼死一搏。

幸而七艘英国军舰正赶往萨摩藩，岛津久光不能进京。若不趁此时机稳固长州在朝廷中的地位，很可能连长州藩的存在都将难以为继，岌岌可危。

于是，6月23日，长州藩进献黄金一万两以讨好朝廷，同时在暗地里推动计划进行。

忽而上奏企图将碍眼的会津藩主松平容保打发往江户，令其审问攘夷日期；忽而又进言实行真木和泉提出的王政维新的策略……

直到7月上旬，无视幕府意愿、无视国家主权的“天皇御驾亲征”的策略最终出炉。

此时此刻，将天皇武装成大元帅的军国思想已在长州藩的焦虑之中扎根，这只能说是大和日本史上的一大污点……

文久三年（1863年）6月至7月间，庆喜思前想后，一直琢磨着如何才能将将军家茂召回江户。

庆喜虽在江户，江户的实力却并不会因此而大涨。相反，将军家茂若一直滞留京都，只是沦为激进派公卿的人质而已。

首先要设法让将军回到江户，从内部巩固佐幕派的力量。而庆喜作为有栖川皇族之孙，打算返回京城，打开朝廷的眼界。若不如此，要实现举国上下同心协力地共渡国难几乎是不可能的。

庆喜对此秘而不宣，只是提出辞职，他的这种智谋确实异于常人，对当时的人们而言是很难理解的。

他深知，即便自己提出辞职，圣上也不会应允。这既是出于自信，也是一种远见。

事实如他所料。6月2日，天皇驳回他的辞任请求，之后庆喜再度递交辞呈，7月4日同样被退回。

汝应为皇国更尽赤诚！

恩诏数次下达，圣意殷殷，实在难以推却，而遵旨行事向来都是水户一派的君臣之道。

7月18日，庆喜再度上京回应圣恩，代表幕府答复圣旨。同一日，长州藩也通过鹰司关白奏请“御驾亲征论”，大有不达目的誓不罢休之意。

而在7月2日，萨摩藩士趁英军毫无防备之时炮轰英舰，英舰甚至来不及起锚，直接挣断锚锁后逃至港口外，这就是所谓的“萨英之战”。这件事不论从政治策略还是军事策略来看都是危险万分的。

毫不客气地说，在外患当前的情势下，长州、萨摩、幕府三方的天皇争夺战急剧演化已经进入了白热化状态。

7月23日，长州藩士炮击幕府军舰朝阳丸，并将其夺下。

7月27日，御驾亲征一事提交朝廷朝会商议。

7月30日，松平容保陪同天皇首次在建春门外巡视会津藩士的操练。

8月5日，天皇在建春门外检阅会津、鸟取、冈山、德岛、米泽五藩练兵。

就这样，身为道义之国的天子朝着军戎的方向渐趋渐近。

8月13日，朝廷下旨，天皇将参拜大和为攘夷祈愿，因此暂且戒严，举行亲征事宜的军事会议。

长州派公卿在焦虑之中慌不择路，只好采取下策，先将天皇引去大和，再强行诱使天皇定下“御驾亲征”的方案。

听闻此讯，会津心惊胆战，萨摩也大加反对。挟拥天皇困其于大和，若真变成这样那么无论是守卫职或是萨摩藩都将对朝廷内部鞭长莫及。

对此萨摩藩士高崎佐太郎与会津藩士秋月悌次郎愤懑不已，于是13日傍晚，二人前去拜访已还俗的中川宫（青莲院宫），当时中川宫正准备前去晋谒。

对中川宫而言这两人都是重要的情报提供者，当即决定带领二人入殿面见圣上。

二

中川宫一开始可能也并未将“参拜大和”当作是什么了不得的大事。

他以为，如同之前参拜贺茂、石清水八幡一样，此次也是为朝权回复而进行的一连串宣传举措而已。

但仅凭这一点，便不惜与幕府、萨摩以及会津为敌，将长州变为中心来主导朝廷吗！当秋月悌次郎与高崎佐太郎这么一说，中川宫露出了一副恍然大悟，却又略带疑惑的神情。

“我认为，我神国国体并非如此。无论何种国策，均应以庶民之幸福为根本，务求君臣同心、上下一体！否则，大敌当前，只会导致国内如南北朝那般一分为二。”

二人激动得面红耳赤，强烈地表达长州派此次参拜大和，实质只是要将圣上劫持至大和，不容分说地举起“讨幕的锦旗”。

如此一来，就等同于将幕府、萨摩与会津一股脑都推至对立面，但实际上究竟还会有多少力量留在长州派身边呢？无论如何，“天皇御驾亲征”一事倘若就此放任不管，那就只能眼睁睁地看着国家沦入比南朝北朝更为错综复杂的大混乱之中。

“因此圣上真正意图为何？还望中川宫能向圣上问个究竟！”

这已经不能视为世间常见的政变，更不能当作是无视国体决定政权何去何从这么简单的问题。

“此次参拜大和是否真的出自天皇本身意志的决定，这点是极为重要的，全体日本人都必须循此答案做出觉悟！”

中川宫这才意识到事关重大，不禁愕然。

据中川宫所知，天皇心中并无丝毫倒幕之意，只有“攘夷”是出自天皇真正的意愿。

中川宫仓惶入宫，在常御殿拜见圣上，详细奏明了这一想法。

不用说，天皇听罢后也是惊愕失色，他的本意从来都是一视同仁。更何况，将军家茂在他眼里，一直都是一个心无杂念且讨人喜爱的妹夫。

“如果事实如此，必须设法阻止。”

于是，天皇速命取来学习院御用挂用以公布的陈述书重新审查。

书曰：

——参拜大和，祭奠神武天皇之陵，礼拜春日神社，为攘夷祈愿，之后即举行军事会议。为此将逗留时日，此外还需前往参拜上伊势神宫……

并没有一句提及要尽快返回京都之意的话语。

当然一切安排都很详尽，还命令诸藩国派出志士，和藩主一同随行前去，军资筹措也正在进行。倘若天皇就此不置可否，任由事态发展，就将陷身于讨幕战与攘夷战的“御驾亲征”，弃京而去。到那时，天皇一君万民的理念也只能随风而去，烟消云散。

长州派如此雄心勃勃，势在必行，只要不出意外，照此下去定会在京城士气大涨，力压群雄，出尽风头。

他们所谓的尊皇与保皇，不知何时已演变为理所当然地无视天皇的意志，观念上已经完全脱离正轨。

换言之，他们的思想已堕落为不可思议的“机构说”的利用论，认为天皇不过是朝廷的一个机构，只要朝廷稳固，天皇的更替也无不可。

然而，同时同地两面来风是不可能的。

鸾舆定于8月27日起程。姊小路身亡后，长州派不露痕迹地继续煽动利用年轻气盛的中山忠光。于是，8月14日，中山忠光率志士吉村寅太郎、藤本铁石、松本奎堂、安积五郎，以及长州藩士七十余人作为先锋离开京都，奔赴大和。

此行目的是要在大和的樱井寺举兵起义，因此要首先占领该地方的幕府领地，取得参拜行动的先机。

同样在8月14日当天，池田庆德（鸟取）、池田茂政（冈山）、商杉齐贤（米泽）、蜂须贺茂韶（德岛）等人晋谒，奏请取消御驾亲征。

不用说这几位诸侯都与庆喜交往颇深。

8月15日，天诛组已前往大和，中川宫向天皇严词进谏，请求停止攘夷亲征（实质为讨幕战）之举。

当然这一系列事件都是暗地里秘密进行，以避开长州派的耳目。

8月16日，天皇授予中川宫密敕，命令终止参拜大和一事并将一切交托会津的松平容保一人处理。

此事需要特别说明一下。

天皇身边，既持有兵力又深得天皇信任、有着良好的日本式教养的人物之一，便是这松平容保。

于是，中川宫联同前关白近卫忠熙以及忠房、还有二条右大臣齐敬和松平容保等人商议，从17日夜晚至18日拂晓期间，不仅要停止参拜大和，另外要果断地对朝廷内部实行重大改革。

而另一方面，长州派的三条实美等人尚蒙在鼓里。他们联合诸位公卿，胁迫天皇，即便是天皇不悦或不予首肯之事也一律称为“敕命”，以圣虑之名昭告天下成功实施，迄今为止屡试不爽。

就这样8月18日，中山忠光与土佐藩的吉村寅太郎将大和的五条代官[1]铃木源内暗杀，占领了该地，气焰冲天。

[1]　代官，武家政权下的地方官职。

然而翌日黄昏——照例在黄昏时分，朝廷密令中川宫、近卫前关白、二条右大臣、德大寺内大臣、松平容保、京都所司代稻叶正邦等人进宫，随后严密封锁九门，下令：

——诸宫以及上殿公卿若无诏文一律禁止上朝。

宫廷四周的所有城门均由会津与萨摩兵力严密把守。

三

围绕皇宫的九座门是在深夜关闭的。

既然宣旨“上殿公卿若无诏文一律禁止上朝”，那么奏议三条实美也属于关在门外之列，宫廷内除了中川宫挑选的德大寺、近卫（父子）、二条、松平（容保）之外，只有所司代稻叶长门守正邦。

于是一干人等聚集在御学问所，虽是深夜，仍请求圣上起驾。中川宫当庭郑重宣读圣旨：

近来，奏议、国事挂之辈，每每受长州藩暴论之蛊惑，常常有违圣旨。尤其是此次参拜大和，圣意时机不善，却擅自宣布，实为长州藩阴谋，奏议（注：指三条）国事挂等人不臣之论不绝。圣上攘夷之意始终不改，然而参拜大和一事，时机未到，故延期。另需追究查明三条实美等人之罪责，禁止外出，不得与他人会面。

这道敕旨还附三项举措，即刻执行：

第一，严禁三条实美、三条西季知、桥本实梁、丰冈随资、东久世通禧、万里小路博房、乌丸光德、本园基敬、滋野井实在、壬生基修、四条隆歌、泽宣嘉、锦小路赖德等二十一位公卿入宫、外出及会见他人。

第二，废除国事参政（注：浪人志士）一职。

第三，撤消长州藩士守卫堺町御门的职责。

如此一来，长州藩在宫廷之中的势力被一扫而空。

但是人们对8月18日的这次政变，迄今为止仍然误解重重。

争议在于，除去一举被革职的公卿们暂且不论，聚集学习院的浪人志士都是因水户学而奋起追求大义，以至诚至纯之心爱戴天皇，而他们却在这场政变中以“绝言论之阴谋”之名，遭到严厉处置。

事实上，正是基于这种考虑，后来追认其中多数人的忠诚，并追赠名位。不过，上述意见却存在着巨大的谬误。

因为照此解释，这便成了通常的武装政变，完全抹煞了国体的深不可测之处。

简单说来，并无人与日本天皇为“敌”。既然无敌，何来一战？

若能明白此事的意义所在，也便理解了国体的真谛。天皇是高悬于空的太阳，有谁能与太阳为敌？而太阳乃是生命的主宰，孕育着万物，它代表的是整个宇宙的意志。

正是因为将这种意志尊为“大御之心”，日本才称为神国，有着举世无双的尊严。

所以天皇在任何场合下都不应该倡导战争，否则“国体”将不伦不类。

恐怕长州以及其周围的志士们，对此心中也是有所感悟的。

正因如此，他们才会号称“神国”，坚信天皇至高无上，一切谋划也因此而出。

然而，其谋划却并非依据一视同仁的太阳之心。

这点差池虽然看似微不足道，却在其后数百年间，令全世界都误以为天皇是身着军装的“军国主义”，一般民众也对此混淆不清迷茫不已，当然此乃后话……

文久三年（1863年）8月18日，人们打算一举拨乱反正。然而，现实之中，这完全是处于不曾留意到这一谬误的人们的敌对面，因此互相之间的争斗便在所难免。

告示发布前一刻，固守堺町御门的长州兵力被全部驱逐，由萨摩之兵强行地取而代之。

遭驱逐的长州士兵立即潜入了附近的鹰司关白宅邸，与之形成对峙。

两者相隔不过五十米，双方都杀气腾腾地剑拔弩张，紧张的动乱气氛一触即发。

不仅市民们闻讯纷纷狼狈出逃，就连周边的各位公卿也拖家带口东逃西窜，以求避难。

倘坐视不管定然会引发战乱。因此，朝廷当即令柳原中纳言光爱为敕使，前往长州藩邸予以抚慰，以令其立即撤兵；同时派出清水谷宰相中将前往鹰司关白宅邸，命众人解散。

此时，匆忙赶到鹰司关白宅邸询问情形的公卿几乎都是长州派的，再加上还有堺町御门的守卫，哪会轻易答应离开。

“帝王一言九鼎！”

撤兵敕令虽下，唯有丰冈大藏卿随资、日野大纳言贤宗等八人无奈退回各自府邸，三条、三条西、东久世、四条、壬生泽、锦小路等七卿依然留在原地。

其中，奏议三条实美尚且掌握着诸藩进献的亲兵兵力，一时也张皇失措。

他一旦发号施令，顷刻间应该就有数千亲兵听命行动。

于是大家最先提出的建议自然就是利用这些亲兵，直接前往天皇身边，集体喊冤。

“我们有何私心？天皇完全掉进了身旁奸臣与萨摩的圈套！”

“正是！如果就此作罢，那迄今为止的努力不都化为泡影了吗，不如冲破御门集体喊冤。”

“不，不妥。不如托关白进宫，由关白来……”

“可是，没有诏命如何进宫？”

此刻，接见敕使后的长州藩毛利赞岐守元纯与支系藩地的吉川监物经干急匆匆地赶来。

“总之，留在这里必会引发战乱。不如暂且撤退至妙法院，再商议善后之策。”

毛利元纯与吉川监物皆面色惨白地说道。

四

萨、长两藩兵力两相对峙，近在咫尺，而朝廷已下令长州士兵解散。

所以在此闹出事端于长州非常不利。若向萨摩士兵进攻，从位置上来看也就相当于用枪口对着朝廷开枪。

况且，即便那是伪敕，无奈敕命难违，否则就将成为朝廷之敌，这之中的不利之势皆可预料。

“在此开枪，正中萨摩之计，定会借此将长州完全斥为朝廷之敌。我们必须避免在此地引发冲突。”

虽然不能说他们已明辨国体，但其内心对天皇的尊仰信奉却不是虚言。

毛利元纯与吉川监物最终说服众人，暂且将全体撤至了妙法院。

三条等七位公卿自然是别无他法，随同激愤的人群也一起来到了妙法院。

除了毛利家的重臣毛利元纯、吉川监物、益田右卫门介之外，还有长州的久坂玄瑞（义助）、佐佐木男也，久留米的真木和泉、水野丹后、渊上郁太郎，土佐的土方楠左卫门、清冈半四郎、南部辰弥、伊藤甲之助、岛村佐传次，肥后的宫部鼎藏，萨摩的美玉三平等人。

他们进入妙法院之后，三条实美与三条西季便居于上座，开始与众人谋划军事对策。

不消说，众人此时仍然是一心想要与萨摩、会津的士兵开战。

会议一开始，长州派志士的领导者、久留米的真木和泉率先开口道：

“妙法院地势对防守不利，非作战之地。倘若敌人大军来袭，恐怕难有胜算。当前第一要务便是离开此地，赶往河内，据守金刚山。那座山峰，众所周知，在元弘年间，楠氏曾与全日本军为敌，坚持了三年不降，最终获胜。再者，中山忠光朝臣已作为攘夷亲政的先锋，在大和的五条举兵起义，前往此处也有利于我等与其应和，并助一臂之力。我等士兵即便没有楠氏那般的胆略，但忠诚之心却是毫不逊色。据金刚山而立，方为眼下第一良策，各位意下如何？”

真木和泉与抚养中山忠光的田中河内介肝胆相照，是民间志士的最高权威，自然也是水户学的遵奉者。他会关注水户，是在作为水天宫祠官[1]在久留米藩校明善堂学习期间，从友人米村处借来会泽正志斋（水户学者）的新论拜读之后开始的。

首次接触到水户的国体论，他一读三叹，奋然前往水户，拜师于翁门（会泽翁）下，勤奋进学，现年已经五十一，被称为“今世楠公”。

真木和泉言毕，在座鸦雀无声。

同席的七卿及长州藩众人自不必说，见惯血腥事件的民间志士们也未曾料想过如今竟会被逼至走投无路的地步……

原本志士们都是些理想主义者。理想主义者对现实的美丑之别本来就比常人更为敏感。

因此，他们追求国体之美，不惜与现实对抗，以性命投身实践。然而，却不免陷入了一种唯美主义，与现实大大脱节。

他们盲目地相信，眼下的长州会抛下一切利害，殉身于他们的梦想。但是长州藩自然有长州藩的算盘，而公卿也不例外……不，连他们自己也不免潜藏着对人性私心的追求。

“如何？鄙人认为，这是第一良计。”

真木和泉深信自己的意见会如实传入天皇耳中，继而被天皇欣然采纳，却不知存在于其间的“伪敕”一事。而其他天真的志士们对此也会因为他而更加地深信不疑。

---

[1] 祠官，常管祭祀之官。

然而，这个意见长州藩是绝难赞同的。

长州怎会甘心忍受背负着“朝廷之敌”的污名，据守金刚山？即便忠诚如楠氏一族，最终不也未能成为南朝的天下……

长州保皇的渊源，近可追溯到同样是学习水户的吉田松阴。久坂玄瑞向来自负继承松阴之志，并将其进一步发扬。而此刻面临本藩存亡之际，他也没了主见，说不出任何话来。

众人沉默无语，一言不发。真木和泉又出了另一个主意。

“嗯，如果不赞同金刚山，那么还有第二处，就是摄津的摩耶山。此峰虽不高却地势险峻，乃是要塞。据此峰传檄，只要坚守二十日，关西诸侯必定响应，前来支援。到时再集合诸侯兵力举起倒幕大旗，万一事与愿违，我等战死，这股彻底保皇的热诚也不会熄灭。一定会有人继承我们的遗愿，成为救国救民的中流砥柱。据守摩耶山，乃第二计！二者之中请选一个吧！”

然而，这第二方案长州藩也难遵从。

长州若蒙上朝敌的污名，很有可能会就此招致灭顶之灾，如此金刚山也好摩耶山也好又有何区别！

岂止如此，长州口中虽然还高呼着攘夷，却早已感觉到开国之事势在必行。因此，他们虽然一方面在下关轰击外国船只，另一方面，却秘密派遣留学生前往英国。

长州的井上闻多、伊藤俊辅、山尾庸三、野村弥吉、远藤谨助等人便是于5月12日秘密从横滨起程前往英国。

而志士们发乎真诚的举动与长州藩的私心早已互不相容。

“藩中重臣需要对此商议一下……”

吉川监物没有回答真木和泉，反而催促毛利元纯与益田右卫门起身离席。

五

藩中重臣都是公职人员，绝不允许有任何无视本藩利益的私自行动。

因此，毛利、吉川、益田三重臣聚在一起商议，结论自然以“藩之存续”为第一目标。

长州藩如今政治失利，面临着沦为朝敌即将亡藩的危机。为了摆脱这一危机，首先应将在场的七位公卿以武力强行带回属国。

这七位公卿乃是长州藩保皇的“活见证”，不可或缺。

即便因为“伪敕”而时常发生误杀事件，那么直接责任者也不是长州藩，而是圣上身边的这些公卿。所以只要扣押这些公卿，到时候长州藩自然可以一雪冤屈。

于是，三人回席后，吉川监物开口道：

“此次下达的朝命，确实有很多地方令人难以认同。然而，柳原敕使前来我藩邸抚慰时曾经提及，关于攘夷一事，天子对长州的诸项举措都是大加赞赏。所以此时我们应该与在场七卿，暂且回到本国，进一步取得攘夷成果。如此一来，各诸侯必定会支持长州，圣上对我们的误解也会随之烟消云散。因而当前的敕命绝不可违，只有暂且撤回长州方是最佳良策。希望各位能同意此决定。”

就藩国一方而言，这一决定是理所当然的。

志士们依然沉默不言。他们虽志在清君侧，信念如火般炽烈，现在也是无可奈何。

此时，长州藩与志士们各自为营，而这七位公卿们自然也不例外，有着自己的立场。

三条、三条西、东久世、壬生、四条、锦小路、泽，这七卿均为世代沿袭的朝臣，一旦离开圣上，便难以谋生。

既然毫无生存能力，那面前就只有两条路可选。

一是，按志士们所言的，据守金刚山或摩耶山；另一个就是跟随长州藩重臣逃至长州，二者选一。

倘若生性豪迈的姊小路还活着，恐怕会二话不说就选择固守城池的提议。然而，如今的七位公卿既无此胆识也无此魄力。

七卿之中，三条西季知是五十二岁，四条有三十六岁，东久世是三十一岁，余下都是二十多岁的年轻人。而且，均是两袖飘飘，并非习武之人。

被称为今世楠公、已是五十一岁的真木和泉目光炯炯地盯着议长席上的三条实美。既然意见已完全分为两派，那么只等三条的发言就能一锤定音。

只见三条神情慌张地看着七卿说道：

“诸位议论不一，不过，如今天子已落入敌手，朝廷危在旦夕……此时，若远离圣上，怎堪臣子之情……无论如何，我看我们还是留在京都，进一步打探宫中情形，尽诚奉公之道……如何？”

突然，真木闭上双眼，喉咙深处不断传出叹息之声。

离开朝廷的公卿会是何等惨状，参考一下战国时代的事例便可知一二。

为本藩利益着想也可说是出自人性的自私之处，虽情有可原，但在感情上却与志士们“不惜捐躯”有着相当大的不同。

毛利元纯对三条的话轻轻摇了摇头，反驳道：

“诸位的心情我可以理解。但目前皇宫之中奸臣当道，向圣上进谗言，污蔑我等为不忠不义者，随时可能和我们兵戎相向。其他藩的士兵虽然不足为惧，但萨摩、会津乃强兵，我们没有坚固的防御之地，并无胜算……倘若就此一战，背负贼名而死，那诸位的至诚之心也会化为泡影……不，恐怕还会为天下后世贻笑大方。此时，据守金刚山或是摩耶山都非良策。自然，这座寺院也不可久留。我们应尽早撤离，远赴长州，向各方传达攘夷之事，集聚天下正义之士的力量，再一举上京，讨伐君侧奸臣，以安圣虑，除此之外，现在别无他法。”

众公卿皆是软弱无能之辈，由此也只得舍弃留在京都的企盼，听从安排。

公卿同意了长州藩的意见，便成为了二对一，也就敲定了史上著名的“七卿之逃”。

时间已过凌晨三点。

“不久即将天明。天明之后他们定会前来袭击。必须趁天还未亮时速离此地，前往伏见。”

催促之下，七卿开始梳理头发——七卿原本的立发根本无法出门上路。武士们则各自扎上不惹人注意的发髻，以避人耳目。

此时，雨下起来了。

已经是阴历8月19日，按阳历算已入10月。秋雨的清晨，寒意逼人，似乎连天气也在配合着逃离京都的气氛。

众人不知从哪里找来了草鞋蓑笠，将一切都准备妥当。想必这七位公卿都是第一次脚穿草鞋，身披蓑衣。

就这样天色发白时，七卿忐忑不安地离开了妙法院。吉田松阴的妹婿久坂玄瑞则与藩士们一同相送。

秉性耿直的久坂玄瑞恐怕也感觉到，七卿如今不得不淋着秋雨逃离京都，自己过激的讨幕论要负很大的责任。

虽然他是个激进的讨幕论者，但绝非不近人情。前往伏见的一路上，一有抱怨走不动的人，他便会背起前行。

抵达伏见已是上午10点，雨依然没有丝毫停止的迹象。

于是，众人为七卿雇来了在宿地间往返的轿子乘坐，围绕着轿子继续前行，于当日顺利地逃到了摄津的芥川。

就在前一天，长州派还自以为执掌着天下大权，谁能想到后一日便沦落至此……

志士中山忠光对此还一无所知，已经奔赴大和五条举旗起兵……

想到此，久坂不禁泪如泉涌。

六

在文久三年（1863年）8月18日的这场政变中，“七卿之逃”给予日本人的历史教训前所未有，既异乎寻常又振聋发聩。

此次事件中，人本性的自私与国体所固有的无私，两者不期而遇，私心昭然若揭，可谓是史上罕见之事。

这一切的开端皆由天皇对自我良心的反思而起。

如同无人与太阳为敌一样，也无人会与天皇为敌。不，不如说是不可与天皇为敌，这才是日本固有的国体。而对此的反思却将一切一举颠覆。

此事在久坂玄瑞心中也清清楚楚地复苏。他深知敕命，只得强行压制住内心狂暴的斗志，沉默地伴随着七卿前行。

久坂玄瑞性情暴烈，甚至不惧惮当面辱骂庆喜，如今却不得不服从“敕命”，只得暗自饮泣。

劫后之菾世之乱
血阳无光天黯然
濑见之川浓雾起
隔岸相望前路舛
痛心伤魂何以堪
依稀尤记皇宫中
实美朝臣 季知卿
壬生 泽 四条
东久世 锦小路
今为浮萍漂不定
旅途之驹也踯躅
不愿前行声声嘶
（中略）
此行不去往东山
峰顶寒浸身难掩
日日晨昏妙法院
钟声何复又响起
教人难忆今与昔
何时雨雾终能散
重回京都赏宫月
……

久坂玄瑞虽是一名草莽志士，但同时也是一位多情善感之人。他将对七卿的感叹吟成当时的流行歌体，哀肠百转。从芥川到西宫，从西宫到兵库，在兵库的凑川登上长州藩的船只时，已是21日了。

对敕令奉若神明的，绝非久坂玄瑞一人。

上至将军，下至各藩的下级武士、乡士底层，都将其视为是神圣不可侵犯的行为准则。

毋庸赘言，水户精神已在全国各藩生根发芽，不论自身有没有意识到，其根基之中已然存在着统一的“神国观”。

“——神国之民，忠心耿耿。”

这一信念早已超越私心，成为日本人的精神，并且在所有武士阶层的心中根深蒂固。

久坂玄瑞这哀切的歌中也对此慷慨陈述。

就这样七卿与诸多志士一道逃至长州，京都的氛围和日本的历史也在这一夜之间乾坤大变。

流星

一

京都的气氛骤然一变，直接受到余波冲击的便是已经起兵的中山忠光的“天诛组”。

在政变爆发的8月18日，他们袭击了五条的代官府，杀死了代官铃木源内及总管、定金代理人、管家等五人，烧毁了办公处，并闯入净土宗的樱井寺，将那里设为大本营。

据传，十九岁的忠光当日淡妆描眉，用铁浆将牙齿染黑，身穿用绯色皮条穿连起来的巨大铠甲，横刀跨马，悠然进入樱井寺，显得极其得意。

其时，代官及其他人的首级已被丢在大本营旁边示众，首级旁边则立有布告牌，内容如下——

幕府近来屡犯违诏之罪，此人等承其逆反之意，大肆迫害有志之士，将朝廷与幕府混为一谈，宣扬区区三百年恩义，忘记开国来之天恩，且不辨善恶，有辱皇国，助长夷狄，加之征敛之罪亦所在多有，其罪甚大，故此施以天诛。

这种独断的思想便是当时过激青年的普遍想法。

他们盲目地相信，无论如何都要倒幕，只有打倒幕府，才能开辟一个理想中的新世界。从这个意义上来说，盲信总是与暴力、失败紧密联系在一起，宛如被串在一起的丸子。

是夜，他们大显军威，唤来村官，为了庆祝开战得胜命令道——

“今起年贡减免为此前一半，今后诸事多有方便，尔等自当遍告小民，拜领所赐，效行忠勤。”

然而到了第二天——即19日，当他们正商量着打算用三在原村的代官祭旗时，事态却突生变化，直如一场晴天霹雳。

19日黄昏时分，同志古东领左卫门乘坐轿匆匆赶到樱井寺，向众人告知了七卿流放一事，忠光及其他领袖一时都哑口无言。

而此时，竹生亲王正身处与楠公颇有渊源的观心寺中。

事实上，竹生亲王中山忠伊是这群志士的统帅，此事前文已有提及。根据秘史记载，竹生亲王也一直在金刚山中指挥天诛组。

然而，天诛组表面上的统领人中山忠光此时已经不会听从竹生的指示，他潜入此地的目的或许便是为了监视其是否会做出有悖朝廷和理想国体的举动。

总之，他们的黄粱美梦已一朝化为泡影，忠光的命运也随之急转直下。

起初还充满自信地进行着理想之战，现在一夜之间便沦为了“朝敌”。眼下，他们必须杀出重围，除此之外别无选择。只能杀出重围之后，与长州联合起来，共谋再行举兵，否则将永远无法抹掉朝敌的污名。

由此这场战争顿时变为了意气与名分的痛苦之争，拥戴天皇的日本的这种特别之处着实令人感到不可思议……

只不过，就思想而言，当时的战争尚未受到西洋的影响。志士们的选择还很明显地渗透出日本的“神国观”和与之相伴的高洁的民族自豪。

若在今日中山忠光就如同是全日本学生自治总联合的主战派主将，他所颁发的军令状便很好地证明了这一神国观。

一、原本武家暴政、夷狄猖獗，致使庶民陷入水深火热之中，深扰圣心，吾军不忍旁观，乃不得已而战。纵是敌地贼民，亦属天子子民，故不得滥施暴力，贪图财物，奸淫妇女，于神社房屋肆意放火，或暗自杀害投降之人。军令严格与否与一军胜败息息相关，绝不可有丝毫违背忠孝正道之举。若有违者，当以军法处置，绝不容情，特此通告。

二、每日清晨，纵万事缠身，诸军士兵皆应面朝伊势大神宫及京都皇宫遥拜，宣誓报效国家，绝无私心。

在这一点上，他们与后来为达目的不择手段的革命者的做法有很大的不同。

当时的志士们至少还心存对国体的信仰，宣誓不违背国体而行动，第二次世界大战中发出的遥拜皇宫的命令正是效仿于此。

既是军令状，在这之后，自然还有提醒安全之类，譬如小心火烛、勿要熄灭火绳、禁止喧哗争吵等条款，另外还详细规定了战斗中的言行举止，如进退言语的礼节等等。军令状前后共有十二条，最后还以如下字句结尾——

以上诸项须严格遵守。除此之外，倘若有人勾结外敌，加害同伴，其罪决不轻饶。当做到一心公正无私，得土地则归于天朝，立战功则归于神德，绝不可将功劳据为己有。倘若我等有违于此，必将遭受皇祖天神之冥罚，见弃于人民亲族。汝等倘若有违于此，以公谋私，则与凶徒无异，必将遭至神典皇谟施以天罚。汝等宜谨存此念，勿犯其罪。特此立誓于皇祖天神，遍告将士！

且不论将士对此军令状是否能严加遵守，但至少其内容已足以表明其志所向。

得土地则归于天朝，立战功则归于神德……这种想法展现出了他们严格的世界观和伦理观，然而如今他们抹杀一切反对者的狂暴而偏执的行动逻辑却与此存在着云泥之别。

正因如此，他们才骄傲地宣称自己是“神州子民”，但这个神州子民却有思虑不周之处，仅此一点，便令他们于一夜之间沦为紊乱国体的暴徒，背负上了“贼名”。

而且，如此一来，他们现在的处境便仿若即将消融的早春淡雪，可谓毫无胜算。

二

8月12日，京都决定讨伐天诛组，并正式下达命令。

由于此前伪诏横行，故而朝廷下令重申在8月18日政变之前发布的诏书皆被搁置，这之后重新发布的敕旨才是真正的诏谕。

接受讨伐命令的共有德川中纳言茂承（纪州）、井伊扫部头直宪（彦根）、藤堂和泉守高洁（津）和柳泽甲斐守保申（大和郡山）四位大名。

就这样，纪州藩的水野多门、津田楠右卫门于29日率兵进入五条。

他们首先拆毁了天诛组立于大本营旁的布告牌，并救出此前被捕的代官铃木源内的妻子儿女。

代官遇害是在18日，妻子儿女获救是在十一天后，这与如今发生在浅间山庄[1]的妻女获救一事如出一辙。

在纪州兵之后，津、彦根、郡山的军队也陆续杀到，再加上岸和田军和小泉军，五条周边的诸藩总兵力达到了一万一千四百人。

与此相对，天诛组的乌合势力大约只有一千人……

如此一来，根本不会有什么真正意义上的战斗，天诛组的命运已然是一颗划过天际的流星。

主将中山忠光暂且不提，他的智囊兼左膀右臂——土佐的吉村寅次郎和三州刈谷的松本谦三郎、备前御野郡的藤本津之助等人无一不是一骑当千的异才，他们连战连退，连退连败，最终于9月24四、25日在鹫家

---

[1]　1972年联合赤军在长野县的保养所“浅间山庄”所引发的绑架事件。

口的血战中悉数战死。

曾经支持天诛组的十津川乡的众人在被告知此前所出乃是伪诏后，便立刻作鸟兽散，只剩下中山忠光和极少部分的手下。9月25日这一天，曾经无比强硬的先锋领袖——天诛组就此也宣告溃灭。

9月27日，中山忠光竭尽全力杀出一条血路，逃入大坂。

他先潜入长州藩邸，又经海路抵达三田尻，但长州藩因难以应付他强硬的性格，终于在元治元年（1864年）12月5日将其暗杀。

也就是说，来到长州的中山忠光在长州领地内东躲西藏，四处转移，也仅仅苟活了一年零两个多月。

就这样自天诛组溃灭时起，日本国体又开始重新沐浴曙光。

地球上的五大种族是一个大家族，均仰仗太阳方才得以生存，这一深邃哲理便是日本的理想。至于是否能将其称做国家，便不是居住于此的民族所能了解的了。但无论如何称呼，对于将地球一家作为思想支柱的大和民族而言，都不能允许在象征理想的生命巨树——天皇膝下发生一分为二、相互厮杀的无理举动。

当时被称做公武合体的政策，无时无刻不在人心最深处寻求这种理想。在经受了被长州过激派所逼迫的苦闷之后，这一国风终于又迎来了曙光。

如此一来，自然该轮到由水户学培养出来的德川庆喜登场了……这或许便是所谓的天作之合吧！

不过庆喜的再次进京可谓一波三折。

没人知道他本人是否真正愿意进京。

天皇对庆喜再次进京自然极为渴望，据说甚至到了“寝食难安”的地步，无论从政治上还是从军事上，他想必都认为“唯有庆喜方能战胜当前危机”。最终，连被视作长州派的鹰司关白也劝其放弃辞职的打算，以近乎恳求的姿态邀请庆喜进京。

然而，随着这种期待越来越强烈，幕府中也出现了越来越多的犹豫之人。

倘若庆喜决定攘夷，毫无疑问将会立即开战，而在他们心中，不可与联军开战的想法早已根深蒂固。

事实上，只要得到天皇准许，庆喜似乎也打算立刻开战。

“此战我既无胜算，亦无信心。”

庆喜一边对此作出明确表示，同时又令夫人和上代遗孀德信院从小石川府迁至野州，并将弟弟余九麿收为养子。

“无论如何，他都是水户之子。”

“是啊，他的本意或许也在攘夷。”

到了10月中旬，表示反对的佐幕论者最终也只好同意庆喜进京。

在京都方面，不仅天皇近侍的人事安排有了翻天覆地的变化，而且就立场而言，倘若不同意庆喜进京，就不得不再次命令将军进京。

表面上，日本已经点燃了与列强开战的导火索。与长州在下关开战一样，萨摩也已同英国海军有过一战。结果，萨摩不得不为了收拾生麦事件的残局，同幕府借款，向英国支付了七万两赔偿金。

萨摩借来赔偿金并向英国陈词道歉是在10月28日。

而在两天前的10月26日，以将军先驱身份为由而被驳回辞呈的庆喜乘坐幕府军舰蟠龙丸，离开江户，取道西上。

其间的历史事实在维新史中或许语焉不详，却由萨、长两藩将其阐明，或许是由于事关后来的藩阀政府的体面。

长州和萨摩都点燃了攘夷战的导火索。双方的这些军事行动均以遵奉天皇之命为借口，而且，双方都无法凭借自己的力量战胜列强，更无法收场。简单来说，只能由幕府出面收拾残局。然而，却有人叫嚣着要打倒这唯一可以依赖的幕府，实在是任性胡为。

庆喜对这些情况一清二楚。倘若无人能够弥补双方智略上的这些不足之处，日本国恐将不复存在。

在如此奇怪的对立之中，庆喜乘上了蟠龙丸，并在蟠龙丸上首次见到了军舰奉行胜麟太郎。

二人的会面自然并非出于偶然，想必二人对此均在心中期盼已久。

三

当胜麟太郎前来拜见庆喜时，庆喜只轻声说了一句话：

“给姊小路带路介绍军舰各种情况的便是你吧？”

“是的，正是在下。”

麟太郎作出如此回答后，便微笑着径自离去。庆喜当时并未出声阻止，等到船驶出骏河湾，房间内点上蜡烛后，他才叫平冈圆四郎再次唤胜麟太郎前来。

“你方才是如何称呼自己的？”

“啊？我说在下。”

“什么？足下不是对对方的称呼吗？”

“不是足下，而是在下。”

说着，麟太郎用手指着自己，放声大笑。

“没想到德川大人不明白三河话，也显得很差劲呢，哈哈哈……”

“什么？三河话？”

“是的。在下的父亲有越后口音，因为祖父是越后生人，但究其源头是来自三河口音……这之中存在日本人的灵魂，不可充耳不闻。”

“唔，当真有趣。你对姊小路说了什么？姊小路说一见你便立刻变成开国主义了。”

麟太郎再次毫无顾忌地笑了起来。

“哈哈……我只是讲了实话。我说，倘若天皇也如此不明事理，国家距离灭亡实际上已经不远了。”

“原来如此。”

“而且，我还说他太不聪明，不能用心算来考虑问题。纵然是数理学问，无论如何高深的数学，都必须凭记忆计算，世界上的语言也必须学会三四种，仅有一技之长是行不通的。”

听到这里，庆喜脸上露出严肃的表情，开口劝诫道：“你不要小看别人。”

“啥……”

“故弄玄虚也当适可而止，怎样，足下吃猪肉吗？”[1]

“哈哈……这样谈话就对了嘛，我非常喜欢。”

“既然如此，让我问你，倘若你是将军，将会如何裁决当前时势？”

这一次，麟太郎脸上也露出了认真的表情，似乎吓了一跳。

“如何？请坦诚地说说看你的意见。”

“唔，实在不好意思，我的看法或许会大大违背您的心意，您确定要听吗？”

“没关系，言不由衷的话我早已听腻了。”

“既然如此，那我便说了。总体说来，日本人就是过于胆小了。”

“总体说来？”

“没错。从天皇到将军，到一众大名，再到默默无名的志士，一概胆小。由于胆小，对于所见所闻皆感到恐惧，因为恐惧便对事物产生不信任，然后又因不信任而摆出盛气凌人之姿与他人相互争斗。如此下去，我认为最终都将因这种胡乱的争斗而导致命毙路旁的结局。”

麟太郎斩钉截铁地说道。

“原来如此，你是说胆小是互相不信任的原因？”

庆喜蓦地将目光集中在胜麟太郎的脸上，开口说道。胜麟太郎的脸并不大，却给人一种紧绷绷的感觉。眉、眼、鼻、口均无特殊之处，全部都很简单地集中在一起。但是从整体来看，这一张脸却因一种奇妙且令人不可忽视的气质而绷紧着，最终形成了一张罕见的五官端正的脸。

（这便是新一代英才的脸吗？）

“如此说来，似乎众人的确都很胆小。不过，大家虽然胆小，却纷纷舍弃性命而为……这又如何解释？”

“那是因为无知。”

---

[1] 此处庆喜也使用了三河方言。

“哦？无知？”

“是的，明明一无所知，却妄图要夺取天下。最重要的是，他们甚至根本不清楚何为天下，何为国家。”

庆喜一时默然。可以说麟太郎说得没错……但自己不能与他持相同意见。

“麟太郎啊，你似乎变了许多，不知在你眼中，我又是如何的呢？”

“大人亦不知何为国家，您根本不了解英国、法国、美国都是怎样的国家。”

“唔，如此说来，我也是无知的蠢材喽？”

“不能完全这样说，像大人这样的无知也是一种宝贵的财富。”

“原来如此。”

“将军虽然不知何为国家，却知何为天下。所谓国家只知一味争斗，相互争夺霸权，但天下……也就是宇宙是无法争夺的存在，它岿然不动地盘踞于世，无论谁想夺取，均是无法随心所欲去实现的妄想。”

“唔。”

“人们能够随心所欲做到的至多只有制定法令，并以此来驱使他人而已，但风、雨、天气这一切均不会随人心而变。这些人却将此混为一谈，对待任何事物都妄图随心而至，且深信自己可以支使一切。在下认为……这种错误想法正是所有骚乱的根源。”

庆喜眼中有一丝光芒闪过，想必是因为这一席话在他的内心某处产生了深深的共鸣。

“如此说来，日本国内尚无了解国家的人物？”

“是的。倘若有人切身理解了国家的任意胡为，便应该懂得深谋远虑。正因为不理解，才会凭借武力随意胡来。至于接近理解之人，却也并非没有。例如，姊小路便是一个例子，萨摩也有大久保一藏那样的人物，长州也不落于人后，现在也对此有所领悟。然而，幕府并无此等人物，也不可能有。幕府手上掌握着三种神器，更有大人一般贪婪之人牢牢掌控，所以什么也看不见，根本看不见国家。”

“如此说来，我是幕府的绊脚石？”

“但正因为是绊脚石，才必须小心地对待，在下身为军舰奉行，也才会如此尽职尽责。”

胜麟太郎大言不惭地说完，清澈的双眸之中闪过一丝耀眼的光芒。

四

在庆喜听来，麟太郎的意见犹如流水般沁入心田，其逻辑很好理解，理论也绝非匪夷所思。

正如麟太郎亲口所言，他家并不是世代旗本。

他的祖父男谷检校是从越后小千谷在来到江户的盲人，后来发展到接管水户家的财政，成了一个大债主。他用钱买下俸禄仅仅四十余石的旗本胜家的股份，并将儿子小吉以养老女婿的身份送入胜家，而小吉的儿子便是麟太郎。

这位出身越后的麟太郎并未受到极其死板的家传风气的影响，其性格自由奔放，总是靠自己亲眼所见来重新评价一切。

起初，他跟随将军世子家庆之子初之丞，在大奥内任职。这位初之丞在十二岁时便过早离世，因此，从七岁到十二岁这段时间，他便不再于大奥奉公。此后，麟太郎立志要学习西洋兵法，便投入永井助吉门下，积极学习荷兰学，又师从下谷的岛田虎之助学习武艺，并代替师父督促门下弟子练习，成长为一个了不起的人物。

将胜麟太郎发掘出来的人正是幕府的中坚官僚——大久保忠宽。

在忠宽的举荐下，胜麟太郎于安政二年（1855年）进入外文翻译所任职。在西洋式海军创立时，他又以海军讲习生头目的身份赶赴长崎。

他在长崎逗留了三年，跟随荷兰士官接受了严格的军舰训练的指导。在井伊大老临终之际，他指挥咸临丸，横跨太平洋，向世界展示了日本人的气概，实乃一位热血男儿。

如今，他已从四十余石的俸禄迅速升为俸禄千石、领米千袋的军舰奉行，为兵库的海军操练所募集各藩俊才，并负责教育，是一位了不起的自由人士。

庆喜自然早就听过关于他的传闻。

因此庆喜也曾向担任天皇发言人（今日的内阁官房长官）的大久保忠宽下达密令，命其向公卿强硬派的头号右翼人物——姊小路说明海防情况。

胜麟太郎一针见血地指出了所谓志士们行动中的隔阂和谬误，以及庆喜犹豫的原因。

所谓国家，是在国家本身的利己主义的基础上成立的。因此，要治理国家无论何时都必须具备卓越的权谋术数，故而与以全世界的和平及繁荣为最大愿望的所谓的“天下思想”实如水火难容。

现实政治讲究权谋，国家不过是通过行使伴随着权力的实力、无视善恶而实现政治目的的一个机构，未必与人类的最高理想一致。

胜麟太郎指出，正因为国人忘记了国家的本质，怀着一颗天下之心，企图以万全之道来施行一切，才会造成今日的混乱局面。

根据他的指责，庆喜自身也只是一个不了解国家实质、无知的政治家。

（似乎确实如此……）

庆喜盯着麟太郎动个不停的嘴唇，不禁陷入深深的反省之中。

“如此说来，按照你的意见，朝廷和幕府必须各行其政才行了？”

庆喜在充分考虑了如何应对麟太郎之后，再次问道。

“是的。二者如今实为一体，因此便生出了很大的错误。事实上，各地大名完全不了解领地民众的生活，却佯作知情地一一加以干预。如此一来，着实令诸藩政府为难。”

“原来如此。”

“天皇若是命令将军——快去攘夷！那么就不能再有其他任何意见了。无论何时，攘夷都是必要的。并非只有从外国攻来的红毛鬼才是蛮夷，蚕食人类心灵的任性之虫亦属蛮夷。倘若不能时时刻刻驱除这种虫豸，那么国将不国，家不成家。事实上，各地的神官们也都一直在挥动着祭神驱邪幡，祈神驱邪，以求安宁。”

“你的意思是说实际上并没有真正地肃清驱逐？”

麟太郎重重地摇了摇头。

“那是一种错误的看法……驱邪者和政治家格格不入，无论如何驱邪，政治都无法变得一尘不染……简单来说，天皇绝对不能杀人，万民皆为赤子，杀害赤子的父亲如何可以信赖？然而，政治家是一定要杀人的。倘若政治家决定不杀人，恶人就将任意胡为，横行于世。该杀的就杀，即便让双手沾满血污，这才是政治家。可是天皇总是命人勿要懈怠攘夷，并且要尽量保证不出现不得不杀之人……”

“如此说来，权现公便是因此将朝廷和幕府一分为二的？”

“不过大人的父亲却曾想令二者再度合为一体。”

“唔。”

“于是一众公卿随声附和，兴风作浪，幕府也表面恭维，实则内心轻蔑，暗自抵抗，结果孕育出了攘夷派的志士，而这些被称做志士的人又径直地步入歧途……他们变成了一味倒幕的无知之徒，以为幕府竟敢抵抗朝廷，简直岂有此理。如此一来，甚至连关原之战的怨恨都再度在大名中间复苏。这种时候，便诞生了一条卑鄙的利己之虫，只为打倒德川势力，国难什么的完全被抛诸脑后，无可救药便是对这场愚蠢骚乱的最佳诠释。”

麟太郎的话彻底刺痛了庆喜的自尊心。用他的话来说，包括庆喜在内，天皇、父亲烈公、水户学的志士们全都等同于一群无可救药的愚人。

反过来说，便意味着麟太郎的狂妄自大，仿佛天下聪明人唯有他自己。

“原来如此，你的意见十分有趣。”

庆喜勉强克制住心头的愤怒，声音却变得愈发冰冷。

“这么说来……应该如何改正已经发生的事实呢？如何？若要改正，天子首先应该怎样做？我想听听你的意见。”

五

庆喜本打算提出一个不怀好意的讥讽般的质问。

无论如何评论过去，都已无济于事。然而所有错误都应得到改正。于是，庆喜便提出了一个难题——天子首先应该怎样做？

谁知，麟太郎十分干脆地作出了回答。

“只要按照祖宗遗训，什么都不做，默默地普照天下，便是攘夷。”

“什么？普照天下……”

“是的。伊势大神宫便是太阳，天皇则是继承了太阳之心的子孙，只要他能默默地普照天下，世间纷乱自会平息。”

“唔。”

“世间有风有雨，但必然会有停止的时候，换来阳光照耀。冬天过后便是春天，春天过后必然便是夏天，从无例外，这便是证明，根本无须狂然大作。然而，有些人兴风作浪，将冬天突然变做夏天，又将夏天突然变做春天。所谓攘夷，便是要驱除这些人的自私任性……只有严格遵守这一训诫，才能实现真正意义上的天长地久、神国不灭。”

“如此说来，圣上只需袖手旁观即可？”

“真没想到您会这样说！继承太阳之心，巍然不动地抚育万物，这是远胜于行动的最大的苦心啊！”

“原来如此。那么，我又该怎样做呢？”

“哈哈哈……在天子心中，日本人与外国人并无区别，二者皆为可爱的赤子。于是，天子便向双方洒下同样的爱之光芒……然而，身为天子家臣的大人却不可如此。您必须剪除无用的枝叶，广泛耕耘大地，以保证两方的赤子都能得到良好的成长。纵然天子声称外国人是敌人，那也是天子一时弄错，您必须提出意见。倘若长州的杂草继续蔓延，您还要将其铲除，以保证阳光可以照射到长州，这也是很重要的。”

庆喜不禁开始重新审视麟太郎。

麟太郎的身材并不魁梧，此刻看上去却仿佛无比高大。

（他似乎彻底看穿了我的想法……）

正当庆喜这样想时，麟太郎再次说道："观察今日之世，果然还是权现公（家康）了不起！他心中并无任何将天子视作自己领内大君的卑鄙狭隘的想法。他只是希望天子能够踏上通向整个世界的绝对正确的道路，而政治之罪全由幕府承担，将理想和现实区分得一清二楚。我希望大人也能成为这样的人。"

"胜麟太郎！"

"在。"

"我会按照你之所言，完成令阳光普照大地的使命……不过，之后怎么办？你要知道，如今的日本犹如一大片歪斜的杂草丛。"

"哈哈哈……"

麟太郎又满不在乎地笑了起来。

"不必担心，在此期间，小孩子们就会成长起来。小孩子的成长并非大人之功，而是因为有着太阳的力量。"

这次会面便是最初的契机，使庆喜后来一直将胜麟太郎视作难得的分身。

麟太郎本来有一个名叫小鹿的亲儿子，却过早离世。于是，庆喜之子精便以小鹿的养嗣子的身份过继于胜家并继承了家业，他便是后来的海军少佐"胜精"。

当然，庆喜当时并不是特别喜欢胜麟太郎，直至庆喜成为第十五代将军，然后顺从他的国体观，退隐于上野山中，在此期间二人交流密切，因此才有了过继之事。但究其根源，所有的开始还在于此次蟠龙丸上的会面。

（真是个不将人当人的大胆男人……）

对于从未向任何人低头的庆喜而言，麟太郎显得十分无礼。然而，正因如此，相比于那些无一不是诚惶诚恐地假意奉承的人，麟太郎的清新无疑深深打动了庆喜的内心。

这究竟是一种怎样的信赖呢？

第十五代将军的儿子继承了俸禄不过四十余石的低微的胜家，这一事实便足以证明。

“原来如此，世界得以生存是因为有太阳的恩惠，你此番话便是要我看清这一事实？”

“没错。继承太阳生命的是伊势大神宫……而继承大神宫的生命和所有德行的则是天子……既然如此，天子便不应为心存敌我这种狭隘的器量而惊慌失措。”

“没错……确实如此！”

“您明白就简单了。全世界的人都应该一视同仁，倘若因是要开国还是要锁国而吵闹不休，只会徒取其辱……因为天子憎恶的正是这心中的蛮夷。”

庆喜静静地点了点头。

然后命圆四郎端来葡萄酒，亲自将麟太郎的酒杯斟满。

“您还有什么要说的吗？”

“看来要做的事已经确定了。”

“嗯，天子并非在下一人所有，因为他是普照世界的太阳。而神风的吹向也不会尽如我愿，倘若我们这边出现错误，神风很可能就会吹向另一边。”

说着，麟太郎恭敬地端起斟满的酒杯，按照西洋的做法，与庆喜碰了一下杯子。

“恭饮此酒。”

“为了天子！”

“为了全世界的天子赤子。”

随后，麟太郎继续毫无顾忌地自吹自擂，偶尔夹杂着还谈论一些时事。

如今，不仅限于幕臣，长州人也好，萨摩人也好，佐贺人也好，土佐人也好……麟太郎都一视同仁地准许他们进入幕府出资营建的兵库的海军操练所，而这之中便会出现真正的日本人。麟太郎继续大吹牛皮，声称这些真正的日本人正在学习令神风吹向日本的方法，因此完全无须担心。

“只要不忘记这条道路，便注定会实现天长地久。昔日的日本人是不会生出如此狭隘的念头的。”

时不时地麟太郎的话还是刺痛着庆喜的内心。

六

胜麟太郎近乎大吹牛皮般的粗鲁发言犹如一道清风，吹开了笼罩在庆喜心头的浓重乌云。

想必庆喜原本的想法亦是如此。

他此前一直拘泥于天子只是小小日本国的主权者这一想法。

如此一来，国家的利害便与外国人一一发生冲突。所谓国家，与如今的“株式会社”颇为相似，都存在各种各样的利害关系，因此发生冲突亦是在所难免。

庆喜认为，第一个意识到这一点的人应该是源赖朝。倘若仅凭天子或法皇的命令，同一个人便可能忽而成为被称做朝敌的贼人，忽而又变成被称做军队的杀戮者，世间骚乱恐怕将永远无法平息。

因此，朝廷便将任免持有武器的武士阶级的权力责任完全委托给赖朝……也就成为了幕府最初的起源。

之后家康则尝试着完成了最后的建设。

在长达一百二十余年的战国时代之后，京都的风俗习惯早已彻底荒废。在某个时期，人们甚至不知道朝廷为何存在，公卿为何存在。

甚至连京都的偌大皇宫之中也曾经落到只剩下不足二十名佣人的地步，其状可谓凄凉。后来信长向朝廷献上三千石粮食，谋求复兴，此即所谓二次勤皇的起源，随后又有秀吉、家康继承其志，最终遂成今日之朝廷。

家康向那些长久远离京都已开始忘记皇国精神的朝臣们颁布了“公家法度”，希望能够从内部进行重新教育，其苦心可见一斑。

圣上宜重视祭祀，积累德行，故因先于历代相传的和歌之道上取得精进。

从这点便可看出当时宫中风纪是多么紊乱，甚至连这种事都必须一一叮嘱。

家康、赖房、光圀和专门研究水户学的朝廷官员专心致力于历史研究，谋求天朝的再度复兴，这等深谋远虑着实值得后人为之感叹。

然而到了烈公齐昭时期，极度涣散的幕政与水户学形成的历史观开始发生冲突，以致形成今日局面。

天子亦曾拼命探索，幕臣之中也存在以朝命为绝对的尊皇风气。然而，自从所谓的尊皇攘夷开始，事态却出人意料地发展成为针对朝廷和幕府之间激烈冲突的全面倒幕运动。

若无朝廷，便无幕府。也可以说，若无幕府，朝廷亦将不复存在。

人们或许忘记了一个微妙的事实——正是因为有幕府的庇护才勉强保证国体得以存续，且不论这种庇护是否足够充分。

不，正因天皇对此事一清二楚，才会下令攘夷，但他又接着表示，必须实现公武合体。

（在臣子之中，唯有一人清楚这一事实，现在他终于出现在了我的面前……）

一念及此，庆喜便觉得不能因对方的无礼不逊而生气。于是，他怀着一种不同于应对井伊直弼时的想法，努力克制着自己，仔细观察麟太郎。

风波不止

一

当庆喜二度进京时，天皇近侍中的长州人已被统统流放。

然而相对应的，岛津久光自鹿儿岛经海路率兵东上，于10月3日比庆喜先行一步抵达京都，并直接催促庆喜和越前的春岳进京，似乎早已迫不及待。

庆喜其时已暂时进入东本愿寺，之后又从东本愿寺迁至御池神泉苑町的若狭酒井忠义的闲置宅邸中。

此时，他心中已经决定了之后将在政治上展开的行动。

朝廷不可心怀敌我之别。无论公武，都同为天皇赤子。只要坚持这一立场不动摇，那么不管是倒幕还是对列强的敌视都将烟消云散。

正如高高当空的太阳！

朝廷只需如此即可，而作为臣子，也务必尽全力促成此事。

因此，在与身为赤子同志的列强进行交涉时，就必须有懂得政治的大智者，能无时无刻地完全封住对方恶劣的利己主义才行。

要想排除国难，首先便要创建这样一个集团。天皇也一定能够理解这一思想，若非如此，便难以期待皇运的天长地久，甚至无法继承祖宗的遗业。

总之，自长州派被迫退离京都，被认为是他们同志的一群人继天诛组之后又在但马的生野起兵，但同样毫无悬念地英勇牺牲，惨遭破败。

（那些纯真之人是生是死，也全由我们的活动所致……）

虽然说是思想过激，但这些牺牲的志士们却几乎都曾自水户学的清流之中汲取养分。

于是，庆喜自东本愿寺迁至酒井府中不久，他首先想到的便是召开“后见府会议”。庆喜邀请了萨摩的岛津久光、越前的松平春岳、伊予的伊达宗城和土佐的山内容堂四人参加会议，企图以此会议为据点，通过这四人来获得日本国家公武一体的重大智略。

当然，这四人并非皆为庆喜喜欢之人。如今，萨摩的久光等人已经浑身沾满了浓重的利己私欲的味道，还企图不容分说地操纵近卫公、中川宫和二条关白。

然而，庆喜意识到，不能仅凭自己的喜恶来回避对方。于是，包括庆喜在内的五人汇聚一堂谈论世事，用今天的话来说，便是组成了一个意气风发的政治谈论俱乐部。

其时，位于神泉苑町的这座后见府的警卫自然是极为森严。

除了众多幕臣，新门辰五郎也特地带领手下自江户西上而来，以警惕火灾为名，片刻不离庆喜左右；他的女儿阿芳也以极其干练的姿态迎接庆喜，用江户人的纯真一心一意地侍奉于庆喜身旁。

（在这里必须小心防范……）

是夜，正当越前的春岳和鸟取的池田在庆喜家中做客时，庆喜之弟余四麿昭训突然面色难看地不速而至。

从余四麿的脸色即可看出，他此番前来是有事想同庆喜私下交谈。

然而，鸟取藩主池田庆德（五郎麿）和越前的春岳均在席间，以至于余四麿无法开口。

看到他的模样，庆喜一边同他寒暄，一边用眼神向圆四郎示意，将余四麿带入了休息室。

关于余四麿昭训的行为，至今仍是一个未解之谜。

根据关键人物庆喜在《昔梦会笔记》中的记载，他几乎很少在京都与余四麿见面，故而亦属理所当然。

余四麿死于该年11月23日，年仅十六岁。

庆喜老年时将其死亡的日期记成了“9月”。9月时庆喜尚在江户，自然不会遇见余四麿，可见庆喜是有意识地不愿提及此事。

暂且放下余四麿昭训不提，当时的庆喜是气宇轩昂、堂堂正正地走上了政治舞台，想必整个日本都无人能够像他一样充满自信地面对空前的国难。

因为庆喜已清楚地掌握了日本国体和正确的理想目标，对自己所应该占据的立场已是毫无犹豫。

“——皇室无敌人！”

无论对于当时还是发展到近代的日本，这都是一个并不适用的巨大的善意之框架，只希望能在所有人类的良心中继续存在下去。

将这一超越国家的存在守护至今的是日本民族，而其精神也被解释为大和之魂，因此，便绝对不能卑鄙地强迫天皇承担事关帝国主义和国家利己主义的卑微的政治责任。

从这个意义上来说，天诛组的志向与庆喜的志向是完全相同的。

“有功则归于朝廷，有罪则自身承担！”

这里所谓的罪，便是政治家无论如何都要承担的东西，也是水户贯彻始终的尊皇思想。

从这个意义上来说，“后见府会议”的构想具有一定的历史规模，不可或忘。

当时日本的最高智慧便集中在庆喜挑选的岛津、松平、伊达和山内这四位贤侯身上，庆喜则高高在上，身后更有水户、冈山、川越、滨田、岛原、土浦、守山等有血缘关系的兄弟，此外还有众多幕府的谱代大名跟随，其政治实力是深不可测的。

庆喜通过将这些人集中起来负责政治事务，安抚身为太阳的天皇的圣心，可以说，世界国家的雏形已经基本形成。

如此充满自信的庆喜当日与来客一直谈到黄昏时分，待来客离开后，他才将余四麿悄悄唤入自己的房间。

“你的脸色很难看，出什么事了？”

二

余四麿站在庆喜面前，一时只是不住地颤抖。

“原来是私事相谈啊，好，圆四郎和阿芳都先退下吧。”

这便是庆喜的体贴之处。他看出余四麿要说的并非个人私事，于是便将旁人全部遣走。

“好了，有什么事可以说了。”

余四麿再次小心地环视四周。

“我……我必须死去了。”

“哦，人总是要死的。”

“所以，我此次是来和您告别的。”

“这样啊。先说说什么情况，或许只能放弃，也或许还有救。”

“其实，我的下属官员们正在追捕一个不能追捕之人，那人……”

余四麿话音未落，庆喜便轻轻摆了摆手。

“官员们知道那人的身份吗？”

“不知。正因如此，才会去追捕，那人恐怕不久便会无处藏身。万一……万一那人被捉受缚，被强行带至白洲……”

“唔。”

“那人说自己还不能自尽，他要亲眼看到自己所关注的忠光侍从的前途。”

“忠光侍从？”

“那位尊贵的人说……忠光侍从已逃至长州，但那里绝不安全。”

“原来如此。”

“找门路逃匿……他认为这样反而会主动沦为俘虏。如今七卿已流落长州，如此一来，七卿加上侍从，长州恐怕势必要与朝廷强行展开交涉。”

“……”

“格外重人情的圣上……圣上想必不会见死不救，但倘若因此而违背国体，反而将无可挽回。其实……那人正在等待侍从意识到这一点后自行剖腹自尽。”

庆喜闭上了眼睛。他自然知道，在不明身份的情况下遭到追捕之人便是贬为臣籍而躲藏起来的竹生亲王。如此说来，情况的确十分棘手，因为无论如何，中山忠光的表面身份都是太子（明治大帝）的表叔。

“如此说来，那人……认为侍从是绝不会受到善待的是吗？”

“是的。日本的尊皇在各藩不尽相同，倘若长州得知此人是个累赘，或许便会将其暗杀。”

“余四弟也是受人之托吧？”

“受、受、受托何事？”

“赶赴长州，劝说侍从剖腹自尽……没错吧？”

余四磨顿时脸色大变。

“果然如此，不过……”

庆喜并未言明这是一个难题。他所顾忌的并非中山忠光，而是正被余四磨属下官员追捕的竹生亲王。倘若随意命令属下手下留情，竹生亲王的身份或许便会暴露。如此一来，必将引发无比严重的骚乱。

庆喜最终闭上了眼睛。

七卿因8月18日的政变而流落长州，换个角度来看，也可以说他们是主动成为长州藩的人质。

既已落入长州之手，便不得不乖乖听从长州人的指示，以求活命。

然而，根据中山忠光的性格来看，他绝不会任人摆布。他无论何时都无比激愤地宣称要讨伐“君侧奸人”，相信不出多久，这种性格定会令长州藩也感到难以应付。

（到了那时，长州藩将会如何处置他？）

事实上，忠光于第二年——即元治元年（1864年）12月5日被长州的所谓俗论党暗杀。当然，庆喜对此事也是早有预料。

如此一来，忠光的所有行为和他的人生或许便会成为与朝廷理想相去甚远的血腥争斗的证明，竹生亲王对此自然十分担心。倘若要人前去劝说忠光自尽，可以说余四麿昭训便是不二人选。

余四麿的本意与庆喜相近，此事自不待言。他的尊皇思想出自水户，而并非将幕府视作不共戴天之敌的过激论者。

（是否要任由余四麿赴死呢……）

看到庆喜闭眼陷入思考之中，余四麿再次开口说道："不知哥哥是否知晓，流落长州的三条公当初募集亲兵时，我曾帮过他的忙。"

"略有耳闻。"

"我知道哥哥肯定反对这样做，但我当时坚信，圣上必须拥有属于自己的真正的亲兵。然而，有人得知这层关系，便打算不顾一切地在京都利用我。"

"是躲藏起来的长州残党吗？"

"您可以想象……总之，那些人企图通过我来说动哥哥和中川宫，说动圣上，再通过圣上下旨实现七卿复归的计划。"

"果然如此。"

"倘若我不听，一定会遭到暗杀。因此，余四麿以为，或许听从那人的命令前往长州才是明智之举。"

"那，那人现藏于何处？"

"这、这个……好吧，那人只说过自己藏在大坂。"

"只说过藏在大坂……"

庆喜并未继续追问下去，而是暂时陷入沉思。

余四麿深得自己的生母——文明夫人的宠爱，又是万里小路公卿的孙儿，庆喜并不想就这样失去他。

（他若能活下去，必可托付大事……）

正因为这个弟弟自年少时便经历过各种风浪，庆喜对他才会感到格外喜爱和期待。

"余四麿，你直接去找那人，暂时在他身边侍奉。"

"不立刻去长州吗？"

"那里不能去，幕府官吏现在对长州进出的监管格外严格。你只要这样说，那人想必也会明白。你在他身边，当尽心警戒，不要出现任何差池让那人不慎被捕。”

“这、这样可以吗！”

余四磨声音颤抖，显得极其不安。

三

“这可不像是你会提出的问题啊！”

庆喜故意笑了笑。

“你想想，倘若你立刻动身前往长州，将有何后果？甚至连你都有被捕的危险，而那人的危险也不会因此解除。到时候一个危险就变成两个危险，这些难道你没有意识到吗？”

余四磨并未回答，他大概也是认为庆喜所言非虚。

“你肩上的担子太沉重了，暂时去那人身边保护他吧。你万万不能说出他的身份，但面临危险时，需要自行判断。你可以说他是自己的朋友，也可以暗示他与水户中纳言有关。”

“我对那人……”

“只要说目前还无法平安抵达长州即可。在此期间，你带上我的亲笔书信前往水户，告知此事。”

“要我……前往水户？”

“你的活动地点在其他地方。到了水户后，暂时不要有任何行动。”

“……”

“听好，你如今只能前往那人身边侍奉，除此之外别无他途。”

“是……”

“切记万万不可心生动摇。我们神州并不会因人类的渺小智慧而改变，它是万代不易、天长地久的国家。你要沉住气，不可轻举妄动。”

庆喜见余四磨已经明白，便拍手唤来圆四郎。

“事情谈完了，好不容易聚在一起，你也坐下来，和余四磨一起吃晚饭吧。”

话音未落，阿芳便将晚饭端了进来，一幅与江户城内和京都风格皆全然不同、不可思议的宴席景象展现在众人面前。

如此措辞显得很是奇怪——宴席望之十分清爽，但空气中却弥漫着一种古怪的色香，仿佛柳桥附近的江户酒家和京都的酒家混杂在了一起。

这是一身侍女长兼侧室打扮的阿芳和阿芳挑选的侍女们营造出的一种奇妙气氛。

料理也颇为古怪，既有加贺风格的羹，也有烤猪肉。

“真是奇怪，我到了京都，发现整个日本的方言都混在一起，但彼此之间还是能够相互交流。”

“这也是托了权现公之福啊！三河出身的众多大名散布于整个日本，完全搅乱了语言体系，或许今后还会从中诞生另一种日本话也未可知呢。”

圆四郎兴致勃勃地为余四麿斟满酒杯，但直到最后，余四麿似乎都无法融入这种氛围。

他现在最信任也最依赖的人便是庆喜和竹生，可是这二人眼下无一不是遭受着强烈风气的影响，举止皆犹如临渊履冰。

（如此真能实现万代不易吗？）

无法说出口的不安沉重地笼罩在他的心头。

余四麿昭训带着满心挥之不去的不安，自后见府回到了水户藩邸。

若在平日，他现在一定是满怀对庆喜、阿芳以及随侍女子的关心。

而如今，他的心全部集中在竹生身上，脑海中翻来覆去一直都是竹生之女照子和长子忠英的身影。

中山忠光为了在大和五条起兵而离开京都不久之后，这一家人便全家离散，从他的视野中消失不见。

竹生追在忠光后面，来到了金刚山，后来便不知他在哪里经历了怎样的生活。当余四麿收到信时，竹生正躲藏在大坂平野的满愿寺里。

满愿寺坐落于一片破落寺院群落的一角，那里还有嵯峨帝[1]时期的

［1］　嵯峨帝，嵯峨天皇（786—842）；坂上广野麿是当时的贵族。

坂上广野麿为消除业障而建造的杭全神社和长宝寺等。

当余四麿抵达满愿寺时，竹生孑然一身，他的家人想必都在离开京都时失散了。

（女儿和儿子不知怎样了……）

他的家人虽然都性格坚强，但却不擅生活琐事。此事至今仍驻留在他的脑海中，挥之不去。

当时，竹生说了不少余四麿无法理解的话。

他说“事情难办了”，还说看错了勤皇运动的方向。

竹生绝不会说他人的坏话，他边诉说心怀边表示道，中山忠光如今所犯过错应该全部归结为自己过去的过失。

他还说自己理解错了自江户中期便开始逐渐兴盛的尊皇之心的渊源。

“当我意识到隐藏在自己内心深处的对德川氏的憎恨时，企图将日本一分为二的倒幕论的根基已经形成……”

说到这里的时候，这位老人额头上的白发仿佛又多了几根。

他说，纵然人类可以有憎恨的情感，太阳和伊势大神宫却不能有。正是由于产生了这憎恨的幼小萌芽，人们才无法看清织田信长、丰太阁[1]以及继承了二人志向的德川家康痛苦的尊皇、勤皇之心。

在暴力主义横行的战国时期，公卿早已纷纷逃散，朝廷的佣人也锐减到不过十余名，但信长却对朝廷真心尊崇，向粒米皆无（毫无生活物资）的朝廷献上约三千石的供奉，以此守护朝廷。丰太阁也十分重视此志，又将供奉倍增至六千石，同时谋求公卿回京和朝廷的再度繁荣。

总之，朝廷过上了丝毫不逊于十万石大名的生活，而且手握全国诸大名的任免权，得以维持权威，这都是德川氏继承勤皇理念的功劳。这与“有功则归于天皇，有罪则自身承担”的天诛组式的主张自然相去甚远。但无论如何，这样的幕府绝无罪业可言，其存在更不至于引起天人

[1] 丰太阁，指丰臣秀吉。

共怒。

竹生恳切地表示，朝廷起初本无意责罚任何人，问罪源自民间，朝廷本不应插手干预……

四

竹生一定是出于本能地意识到朝廷不能直接染指政治。

正因如此，在勤皇精神高昂的时代，他才率先远离皇位，主动在野，以求凸显朝威。

然而，他忙中出错，将当前执政的德川氏视作敌人。就因为如此微小的感情罅隙，以最高理想为目标的朝廷便堕入了打倒幕府、恢复朝权这样的霸权争夺的政治运动之中。

根据竹生的反省，姊小路公知的出现也好，中山忠光怀着所谓“有功则归于朝廷，有罪则自身承担”的极其正确的思想却做出出格之事的行为也好，均源自这种微小的错误。

余四麿并不明白其所言是否正确，但他相信，世上总有明白之人。

他认为那人便是自己的哥哥一桥庆喜，还有圣上。

因此，圣上才未采纳姊小路和忠光的意见，准许和宫下嫁，煞费苦心地希望与身为臣子的幕府结为一体，庆喜也打算对此加以辅佐。

当余四麿被唤至满愿寺，得到劝说中山忠光自尽的要求时，他也认为这是理所当然且势在必行的。他可以想象，倘若忠光活着，站在长州军的最前列，势必会围绕政权与圣上和太子（明治天皇）爆发一场激烈的冲突。

然而，他不知如何才能秘密前往长州，最终不得不向庆喜透露此事，庆喜却对此表示坚决反对。

他去不了长州，也不能去。庆喜的意见是，他应该暂时退至水户，等待新时代的到来。

（如此一来，岂不是要失信于竹生殿下？）

正如庆喜是水户之子，余四麿也是骄傲的水户之子。不止如此，天皇之所以会认真接过皇位的责任，与水户学问的影响也不无关系。

水户之子怎能令祖祖辈辈神圣辉煌的勤皇精神蒙羞呢……

这个苦恼盘踞在余四麿心中久久不去。

到了第三天，余四麿终于决定再次前往满愿寺。

一个十六岁的少年，再加上拥有对水户精神的洁癖，这令他无论如何都坐不住了……

（总之，便对竹生殿下实话实说吧！）

他决定请竹生来判断——是听从庆喜之言前往水户正确？还是不惜生命潜入长州正确……

当日——

竹生正坐在满愿寺中须弥坛旁的方丈之地，专心致志地书写着《法华经》。

他或许以为余四麿已经动身前往了长州，因此乍一见到余四麿，不禁扔下手中之笔，僵坐在微弱的烛光中，一时目瞪口呆。

“哦，的确是余四麿啊……”

在说这句话时，竹生的表情之中已无叹息，亦无悲伤，只是宛如一位白发隐者般的宁静。

“我以为你已经动身前往长州了呢！”

“那、那个……还没有。”

余四麿不会说谎。

“我去拜访了一桥卿。我想……他或许会提供好的意见。”

“那一桥卿是否认为不可潜入长州？”

“是的。”

“的确如此……幕府官吏正在严密监视，或许的确无法潜入。”

竹生自言自语地嘀咕着，而后一时无语。

“对了，我有个东西要给你看，你认为这个如何？”

竹生从书写经文的书桌旁的文件箱内取出一张纸片。

“这、这是什么？”

“很久以前，当大坂夏之阵[1]结束后，你的祖先德川家康在二条城颁布了《公家法度法令》……没错，这便是从中单独抄写的第十四条。你可以先读读。”

“好，在下拜读。”

余四麿有些不明所以地接过纸片。

既是家康的公告，便也可以说是备受志士们抨击的向朝廷发布的命令书。

开头是竹生的笔迹，写有“元和元年（1615年）8月家康制定、《公武法度》第十四条”。

任命水户宰相赖房为副将军。将军施政若有失当之处，则由老中诸官员裁定，并依水户家之令，于尾州、纪州两家遴选嗣子并上奏。若两家均无胜任者，则于诸侯之中遴选有治理天下之才干者并上奏。仅水户家可拥此上奏权。

“这条法令有何不妥？”

余四麿阅读完毕，开口反问道。竹生轻轻摇了摇头，再次低声说道：“读错了……我以为家康竟敢干预朝廷之事……以为他是分不清霸道和王道的鲁莽之人，只知以自家为重。如此重要的一条法令，我竟然读错了。”

“读错了是指……”

“你再好好读读看，家康所说的御三家并非尾州、纪州、水州三家，而是将军家、尾张和纪州三家，文中所写水户赖房为副将军的字样便是证据。”

“是……任命水户赖房为副将军。这一法度使用的旧式文体当真怪异。”

[1] 大坂下之阵，公元1615年幕府消灭丰臣家的战役。

"家康的心意便在于此……家康深体朝廷之意，并未以为自己家族子孙中会一直出现了不起的政治家。"

说到这里，竹生似乎若有所思，摘下挂在手腕上的念珠，用双手静静揉搓起来。

五

余四麿并不明白竹生的话。

"同一个家族中明君不断出现……这恐怕是不可能出现的奇迹。"

"正因如此，他才希望朝廷任命水户为副将军……你看，这里明确写有——当将军的器量不足以治理国家时，则在尾州或纪州之中遴选人才，并由水户上奏朝廷。如果尾、纪两家之中也均无合适的将军人选时，则在天下诸侯之中遴选人品合适者并上奏朝廷。在这种情况下，为了不造成世间混乱，便约定上奏者仅限于水户家……"

"是……是的。"

"水户家尊重家康遗言，自其孙光圀以来，一直钻研历史，尽心尊皇。当今圣上和太子自然也在小心翼翼地基于这一传统而不断努力……而我却误入歧途。我并未认清家康的深思熟虑，而是一头奔向了庶民之道。忠光和姊小路都效仿我的错误，每每念及此处，我就感到无地自容。"

不知不觉间，竹生的眼中蒙上一层薄薄的水雾，仿佛又苍老了许多。

"如此，如此说来，我的祖先们并非是如志士们所说的不端之徒了……"

"我才是这不端之徒。当时朝廷极其衰微，几乎所有公卿都依托亲戚或土豪而离开了京都，丢下圣上一人……那是一个悲哀的时代，偌大的皇宫之中只剩下不到二十人，伊势的祭祀活动自然也已荒废，只依靠尼姑的细心打理才得以存续。自应仁之乱以来的一百二十年间，战乱不断，倘若全都离开京都，朝廷的教义和诸类祭祀均将难以传承。是信长拯救了朝廷，而秀吉和家康之后继续尊承信长之志，致力于朝廷复兴。而且，家康还认为仅仅献上粮食并不足以勤皇，便向忘却礼法的朝臣们颁布了不可违背的法令。我却以为那是不敬神明的不忠行为……简直岂有此理。家康严格遵守祭政大权由朝廷掌握这一自古以来的传统，由此建立了暂掌政治和军事的幕府。倘若无法意识到他的这番深思熟虑，朝廷便无法看见臣子的苦心。”

“……”

“听好，在太古时代，祭祀和政治本为一体，均由朝廷处理……但随着人口的增多，祭祀和政治就会变得不再一致。无论何时，祭祀都必须是美丽的真实，至于政治，对包括生活表面的一切罪恶都必须作出细致的处罚。祭祀伴随着大赦，政治则伴随着死刑。企图强行令此二者变得一致的便是姊小路和忠光等志士。然而，这二者是无法得到一致的。因此，让朝廷负责不会招致任何怨恨和憎恶的祭祀，幕府则以尊重朝廷的心意，负责招人厌恶的政治一职……与意识到这一点的家康相比，哪一方才更符合天长地久的朝廷的真意呢……”

余四麿不禁大吃一惊，他觉得自己第一次认识到了同为忠臣却要相互争斗的原因。

当时在野的竹生或许同姊小路和中山忠光一样，也是急于实现朝权恢复的尊皇激进派。

因此，他才表示自己对位于政权宝座上的人过于憎恨了。他此前并未意识到，饱含憎恶、怨恨等感情的行为才是反朝廷的，甚至会沦为破坏国体的思想行为……

真正理解国体之人同时也必须是开明的（科学的）。倘若不能令人民分享余荫，便无法实现作为太阳来爱护民众的目标。

于是，竹生逐渐理解了家康的深思熟虑——他尊敬地将在精神层面追求天长地久的朝廷安置在京都，自己则作为一步走错便可能招致民众怨怼的现实政治的负责人，将幕府设在江户。

显而易见，竹生之所以能够理解家康的深思熟虑，其直接动机正是由于他理解了信长、秀吉、家康一脉相承的尊皇之心。他也意识到，就尊皇之心而言，幕府绝不逊于长州和萨摩。

既然如此，首先便必须敞开胸襟，听取幕府的意见。事到如今，主张废除一切条约而重头再来的意见无异于缠人的小孩借着朝威来进行胁迫。

然而……当竹生意识到这一点时，长州派的志士们和姊小路、忠光都已步入歧途。

圣上之所以中止参拜大和，想必也是由于意识到了这一点。

“一切责任皆在于我。如何？关于潜入长州的方法，能否再次借用一桥卿的智慧呢？”

说着，竹生又从文件箱中取出一本装订简单的书，封面写着“回澜条议”四个字。余四麿也曾见过，那是长州的久坂玄瑞向学习院提出的文章，其内容在志士的主张之中最为激进——

（前略）——幕府畏惧夷狄，严重违背敕诏，大逆不道天地难容，理应断然治其大罪……（中略）理应贯彻午岁天敕，严惩幕府奸吏，重回下田条约……（后略）

等等，等等。

整篇文章都贯穿着对当事人的严惩和废约攘夷的激烈言辞。

“侍从或许也是这般势头，如此一来，长州一定会因无法应对而将其暗杀。不，更重要的是，倘若朝权在如此言行过激之徒的帮助下得到恢复，或许便会成为后世子民离间朝廷的原因。我……不希望忠光落得如此悲惨的下场，也不愿眼看着眷恋朝廷的忠光将朝廷葬送。你能否重新考虑一下？”

余四麿慌忙握住了竹生的手。他被竹生抢得先手，便再也无话可说。

他此番前来本打算将一切如实相告，最终却不得不原样返回。

（如此一来，只能再同哥哥商量一次了……）

不知不觉间，尊皇精神已经沦为倒幕的工具，竹生对此感到无比愤慨，而年轻的余四麿尚无法看清这一点。

六

余四麿昭训突然自尽了。

自尽之人的心情是永远无法理解的，但活着的人的推测又是另外一回事了。

水户方面公布的消息自然是病死，事实上，在临死之前，他确实曾躺在床上，苍白的双眸一动不动。

余四麿曾多次前往后见府拜访庆喜，却并未见到哥哥。

庆喜太忙了。正如前文所述，他正打算以“后见府会议”为中心，亲自牢牢地把握以智略来实现的政治大纲。

（这是肃清朝廷的唯一途径……）

于是，参加会议的大名们无数次会聚于庆喜府中。

然而，第一个破坏这一联合的人便是土佐的山内容堂。容堂喝酒海量，且直觉敏锐，拥有诗人气质。但在他看来，这次联合似乎并不会成功。

理由便是——同志中的岛津久光与朝廷走得过近。久光虽然并非萨摩当家，却是当家的生父，因此，萨摩藩的实权实际上是掌握在他的手中的。他请求幕府支付生麦事件的赔偿金，却将本藩丰厚的财力用于笼络近卫家，说动中川宫，不久又开始操纵新任关白二条齐敬。

“萨摩不过是第二个长州，只想取代幕府，夺取政权。如此一来，必然与一桥卿势不两立，只会成为一桥卿的敌人，而不会成为朋友。”

容堂既然已认为事实如此，便没有再出席会议。不过说起来，久光的行为的确很值得怀疑。

（太奇怪了……）

当庆喜这样想着时，他突然得知，现在的久光几乎承担了近卫家和中川宫的全部生活费。

对庆喜而言，这是一种轻视朝廷的行为，比对待长州更应加强警惕。长州的话只是偏离正轨，提出尊皇攘夷的空论，也可以说是因为过于天真，而萨摩却是企图通过采取实弹和西洋式收买的计划来发动政变。

此事令庆喜有多么焦虑，应该不难想象。而且，在幕臣之中，还有人猜疑久光要同庆喜联手，企图夺取将军的天下。情况可谓十分复杂。

就这样，在庆喜无暇与余四麿展开亲切交谈的时候，这位纯真的水户之子对自己做出了严厉的责罚。

11月23日，在竹生和水户勤皇的重压之下，这位十六岁的少年贵公子迫不得已选择了这条道路。

而且，余四麿自尽的消息被严格保密，并未通知庆喜。

在庆喜毫不知情的情况下，悲剧逐渐伸展羽翼，向前飞行。之后长州以京都为目标东上，被幕府官吏追捕的竹生也不得不面对理想与现实的巨大差距，在祈祷皇位天长地久的同时剖腹自尽……

两种政治

一

无法准确把握立国根本是造成现实政治一片混乱的原因。

长州疯狂的攘夷论是如此，萨摩号称“救国运动”的极端现实地扩大本藩体制亦是如此。

而且，二者均在不知不觉间开始利用以天长地久的国体为核心的朝廷，企图一逞私欲。倘若任凭他们在私欲的支配下发展国力，日本将变成毫无核心的近代国家，沦为在建立、灭亡的过程中不断循环的卑微国家。

在所谓政治家中，大概有的人只能看到眼前现实，而有的人却看到正如物体拥有核心一样，人类也必须拥有类似的精神核心才能团结一致。

倘若前者最多只能称做二流三流的话，那么后者便应该称做一流。

即便如此，一味追求眼前利益的人原本便为数众多，只要利益的对象发生变化，这些人便会立刻消失，因此不足为虑。

庆喜起初并未想到萨摩的目光竟然如此深远，但他认为，只要劝说的方法得当，萨摩自然会理解朝廷的真正价值。于是，他打算利用长州败退这一大好机会，令萨摩彻底明白这一点。

听过死去的齐彬等人的话，庆喜已将萨摩视作可以在新日本将国是与现实利益完美调和的重要的商谈对象。

因此可以说，庆喜以公武一体为前提，首先期望的便是实现幕府与萨摩的统一。

当幕府和萨摩怀着同样的思想紧密联手时，长州也会开始觉醒。在长州的期盼之中，能够隐约看见庆喜所期望的民族核心……

然而，萨摩的现实主义开始偏离真正意义上的公武合体，而偏离真正的公武合体，若不及时地给予纠正使其重回正轨，也就意味着将会逐渐偏离真正的勤皇。

（这是一个非常严重的问题！）

庆喜经过这般重新审视，不禁感到萨摩久光的行动中包含着根深蒂固的倒幕思想，尤甚于长州。

或者久光过于自负，以为将长州自天皇身边驱逐完全是由于萨摩的力量。

因为有萨摩说动了近卫，又劝服中川宫，最终才将长州力量从朝廷驱逐出去。

因此，现在也必须想方设法地将幕府逼至绝路……倘若萨摩是怀着这种想法，请求幕府向英国支付七万两赔偿金，自己则向以近卫和中川宫为首的新近侍们赠与生活费，借此加以笼络，那这一切不就是对庆喜的完全背叛吗……

对庆喜的背叛便是对朝廷的背叛，同时也是对朝廷的一种蔑视。

若不是在承认建国以来的皇统独一无二的价值之上进行奉公，而是因为存在朝廷，便要加以操纵的话……这样一来，勤皇便只会沦为马基雅弗利主义[1]。

（萨摩也只是企图将幕府打倒并取而代之的战国时代的一个武力集团吗？）

庆喜对萨摩产生了这样的巨大疑问，并且在他心中深深扎下了根。

山内容堂首先退出，庆喜又对萨摩持有怀疑态度，后见府会议自然

[1] 马基雅弗利主义，一切以权力为重、为达目的不择手段的政治主义。

无法取得有效进展。

而且，更令人震惊的是，不仅限于天皇近侍，连越前的春岳和伊予的伊达宗城也已接连成为萨摩派。

理由极其简单，只因在幕府忙于应付长州派挑起的一边倒攘夷论这个棘手问题时，岛津久光却高举为幕府所喜的开国论，开始大举改变朝议形式和策略。

世间有些人认为，正因孝明帝无比幼稚地厌恶夷人，才始终未能放弃攘夷的主张。

然而，这只是一些不理解孝明帝真挚的国体论之人的短见，事实上由于爆发了如今的长州问题，天皇的态度也正在转变。

天皇认为已经听了足够多的幕府意见，便征询岛津久光的意见，通过《时事二十一条》，认同了攘夷一边倒的不可行性。然而，这一开国论却令老好人春岳和宗城等人均将久光视作可以信赖的同志。

不仅如此，令人不敢相信的是，两个不可思议的流言再度在京都城内传开。

其一是企图离间幕府和庆喜的流言，声称庆喜即将同萨摩联手夺取天下。另一个则是市民惊扰的流言，声称长州惧怕二者联手，不久便将拥戴三条公，攻打京都。

（这一流言的来源绝对非比寻常。）

庆喜在政治上有两个弱点——其一，他身为水户之子，受到幕府内部的厌恶；其二，他居于幕府的后见职，又受到长州派的警戒。

倘若有人企图巧妙地利用这两个弱点，将庆喜赶出京都，便只能依靠这样的流言。

就这样任由庆喜留在京都，他定会与萨摩联手，以夺取幕府权力，并为此故意将长州军引至京都，如此一来，后果不堪设想……

也就是说，结论只有一个——尽快将庆喜赶出京都。

（倘若我离开京都，目前究竟是谁获益最大呢？）

如此下去，后见府会议也无法继续。庆喜静下心来，开始反复思量。

如今，老中笔头板仓胜静已经不再误解庆喜，如此说来，难道是要怀疑京都守卫职的松平容保吗？肯定不会是一直倾向于开国氛围的春岳和宗城，更不会是天皇身边的一众公家。

想到这里，庆喜突然拍了下大腿。

（这不正是萨摩所期望的吗！）

倘若庆喜不在，京都或许便会成为萨摩一人的舞台。若萨摩先将庆喜赶走，再向长州示好，成立萨、长联盟，那么幕府的立场又将如何呢……

庆喜的头脑果然十分敏锐。

正因如此，他才突然感到悚然一惊，不禁开始重新审视当前局势。

二

人类所共同渴求的政权，必须是创造出人类的最高、最善、最美的存在。

为此，人类首先创造出了“神”。不，在此之前，人类应该是先创造了共通的语言及文字，借此集思广益，然后通过幻想，创造出了诸如思想、神灵、智者等等。

然而，在人类基于幻想追求完美形式的那一刻，神却被分成了两种。

生活在现实中的人也因此分成了两种——一种人认为最善最美的神是不可求的，另一种人则认为是可求的。

前者认为“神”存在于天上，有意与现实中的人类疏远。

如此一来，偶像便成为必需之物，随之出现的自然还有偶像崇拜的迷信。

后者却并不满足于此，他们认为，倘若不能在现实存在的人之中求得“神”的存在，那么幻想和想象都将无法长久存续。

因此，他们认为，必须将神与身为生命源流的“天皇”结合起来，置于地上的人类之中，令其拥有最高、最善、最美的生活，并令万人认同他的存在，否则一切将毫无意义。

不用说，人类所有的希望自然便是在安定的时空中谋求生命的永远繁荣。

“看，人类永恒且繁荣地在大地上生活并存续着，这不就是因为神灵真实存在的缘故吗？”

日本自然属于后者，而且这种思想与自然科学的洞察力相结合，使人们认识到太阳系这一实际的存在，从而发展成为人类乃太阳之子这一实际存在的思想。太阳即天照大神，天照大神的子孙即万世一系的天子，万世一系的天子应以抚育万民为目标——这一源自太阳的光热之爱当作首要德行来继承。而承认这种相互思考的“神的存在”，便是日本国体。

这种“神的存在”源自对自然界的洞察力，因此，无论何人妄图使其改变，都将以失败告终。

天皇之道即生命本身之道，故而只要太阳存在，天皇之道便将无穷无尽，而将此真理形象地映照在大地之上而生活着的只有日本人。不知从何时起，这种自信逐渐清晰地描绘出了天皇与国民之间的关系——“神州高洁之民”将日本视为神国，并以此为核心生活下去。

然而，太阳之爱与现实政治究竟能否合为一体呢？

世界上存在众多国家，这些国家在所有方面都在标榜自我。如今，黑船驶来日本，不容分说地强行要求展开外交。

于是，问题再次一分为二。

应该以处理眼前事件为先，还是应该以与天皇息息相关的国体意志为先呢？

（如今的萨摩恐怕会毫不犹豫地选择前者……）

此时，庆喜想到了人在神户的胜麟太郎。

庆喜并不会格外地迷恋某人，但也不会轻视任何人的言论。

他对待胜麟太郎也是一样，二人起初曾有过多次争议，故而很多人甚至认为二人之间的关系并不融洽。

然而，庆喜在与人交际时并不会受到关系好坏的影响，他在与法国公使洛奇，以及在与通过洛奇联系的拿破仑三世展开交际时也是一样。

法国固然是一片好意，但庆喜丝毫没有向法国借款来与反幕势力一战之意。如今，他心中只有通过水户学学到的国家的尊贵，以及被称做权现公的伟大祖先的“真意”，此二者在他心中和睦融洽。

他将胜麟太郎秘密唤至酒井府时，也冷静得很是不逊，并且表现出一副近似诘问的姿态。

“听说你正在培养各藩的年轻人。”

“是的。其中有您讨厌的长州人、萨摩人、佐贺人和土佐人。这样不好吗？”

“我可没说不好，我只是在问你为何要这样做。”

“因为大家同为天子赤子。”

“那我问你，倘若幕府和这些赤子的藩地之间开战，他们将支持哪一方？”

“哎？如此说来，大人打算令幕府和诸藩交战？”

“并非交战。倘若对方行为不端，幕府自将讨伐。你只需回答我的问题即可。”

麟太郎有些奸诈地笑了起来。他的回答中不仅包含着深思已久的道理，还一定会含有无比周详的政治算计。因为在他脑中，事务与政治是被区别对待的。

“无须特意回答，就让他们随意选择吧。”

“哦？是吗？其中存在目光长远之人吗？”

“目光短浅之人是不会留下来的，因为都是由官费来培养。”

“的确如此。既然这样，我便不再问这些无聊的问题，让我听听你的见解吧。如何？依你之见，萨摩是否具有真正的勤皇之意呢？”

听到这里，麟太郎第一次将目光凝聚在庆喜脸上。

“你的眼神似乎在说——权现公是不会问如此无聊的问题的。对吗？”

“没错。我本就极为崇拜权现公，权现公一定不会做出如此愚蠢之事，他想必早就压制住外国而开放国门了。”

"的确如此，但如今不能这样做。眼下既有长州卷土重来的流言，又有萨摩取代幕府的谣传。若是你面对此状，又将如何应对？"

"我会反对萨摩。父母是不能任由子女随心所欲的。萨摩如今正拼命劝说天子和周围大臣开国，而天子就在昨日终于表示希望锁国。既然如此，大人便可断然地尝试下令锁国，如此一来，萨摩究竟是为了自己行动，还是为了天子行动，就将一清二楚。"

三

麟太郎所言近乎于信口开河，毫无矫饰，却令庆喜内心大为震惊。

为了试探对方，可以试着做出与自己的主张完全相反的姿态，如此一来，对方一定会立刻吐出真言。听起来，这似乎完全就是谋略，丝毫不顾大义和道德。

"原来如此，这么说便是要我提出完全违背自己主张的意见。"

"如此一来，便可知晓对方内心所想是否与您相同。"

"什么？是否与我相同……"

"是的。您以天子为绝对，纵然认为天子所言有误，您也会遵从。事实上，这也造成了极大的错误。由于以天子为绝对，便使得极端不忠之臣只能通过伪造天子之命来压制您。"

"原来如此。"

"现实政治便是如此。倘若对手手持伪诏，那么您就必须编造更大的谎言，证明对方的伪诏无用。倘若不具备如此的智慧和实力，一切都将无从谈起。"

"唔。"

"萨摩如今甚至企图将天子变为开国论者，帮助幕府。然而一旦幕府得救，露脸的只有萨摩……获救的幕府的价值就此大打折扣。若是对手可以做出如此算计，大人却做不到的话……那么大人必败无疑，或许还会产生干脆主动让位的念头。但如此一来，大人必定永难安心。既然无法安心，倒不如换种方法尝试。其实……"

胜麟太郎正打算说得更明白一些，庆喜却突然一声不响地拍了拍手，脸上的表情则丝毫未变。

听到庆喜拍手的声音，来自水户的原市之进立刻走了进来。

“市之进，时辰到了，你和圆四郎陪我一起吃午饭吧。”

麟太郎顿时放声大笑。他一边笑，一边拱手示意，随后便起身离席。

他觉得庆喜这样的态度十分奇怪。

“的确如此，你说的没错！”

庆喜并未如此发自内心地表示同意，而是用不需再听下去来搪塞。这是他的习惯，聪明之人都会这样做，否则将会无法收场。

市之进和麟太郎一同退了出去，庆喜再次认真地拍了拍手。

或许是拍手方式不同，这次则是阿芳提着裙摆轻轻走了进来。

“是阿芳吗？”

“是的，您叫我吗？”

“阿芳，俺要给越前（春岳）写封信，你去准备一下。”

阿芳不禁轻声一笑，庆喜所用的“俺”听起来颇为古怪。

说起来，从那时开始，庆喜便一直用古怪的发音称自己为“俺”或“在下”。不知他是在模仿阿芳还是在模仿麟太郎或新门，但无论如何，这都让阿芳感到无比开心。

阿芳准备好文房用具，庆喜便表情不变地坐在了书桌前。

他并未叫阿芳磨墨，阿芳磨的墨会令笔尖变得凌乱。无论何事，只要不合自己的心意，他便无法接受，归根结底这是一种神经质的表现。

庆喜运笔如飞，突然仿佛想到了什么，再次对阿芳说道：“阿芳，在你看来，越前怕俺吗？”

阿芳再次轻声笑了起来。

“是的，那人十分正经认真，或许对您是既惧且恨。”

“是吗？那么稍微让他惊讶一下也没什么吧。”

“让他惊讶一下是指？”

庆喜并未回答。

“我来问你，倘若你是艺妓……俺和越前都认为你很好……你会去谁的身边？”

阿芳似乎吃了一惊，重新望向庆喜，然后慌忙摇了摇头。

“别说这种话了，俺可是迷恋老爷您的。”

“是吗？既然如此，我再问一句，在我们二人之中，你更怕谁？”

阿芳以手掩口，一边笑一边斟茶。

“我怕的只有一人，是个女人，我一点儿都不怕男人。”

“什么？怕女人……哪个女人？”

“便是须贺，但她如今人在江户，所以我也就放心了。”

“哦？须贺是如此可怕的女人吗？”

“是的。因为她也喜欢老爷，没有什么比迷恋中的女人更可怕的了。”

庆喜不知是否听见了阿芳的话，只是轻轻点了点头，便又再次飞快地写了起来。

如今，他打算在信中将自己即将变节一事告知自己最信赖的家臣——越前的春岳。

原本，萨摩向天皇提交的《时事二十一条》意见书便是根据诏书要求提出的。

其中明确写有不可锁国的内容，并陈述开国乃是势在必行。而此时，天皇却也想起了长州时代不可闭锁横滨港之事。

仔细想来，这封信古怪得出人意料，竟然提出应该按照天皇先前所言，断然执行锁国。

春岳想必会大吃一惊。事实上，他的确大吃了一惊，并且大吵大嚷，以为“一桥疯了”。此事在今后的历史之中仍有记载，从中不难想象春岳的诚实，以及庆喜对萨摩勤皇的深切关心。

庆喜写完书信，便命阿芳唤来圆四郎。此举足以证明，他已经迫不及待地想要亲自查明岛津久光的真面目。

四

第二天，岛津久光前来拜访庆喜。久光其时四十八岁，在他眼中，庆喜或许只是一个乳臭未干的贵公子。因此，他的寒暄方式显得异常妄自尊大。

“听说您找我有事……”

这种态度无疑是在说——找我有什么事就赶快说！庆喜却故意沉着地开口说道：“听闻三郎殿下在萨摩被称做国父，不知近期与中川宫和近卫公的周旋是否已然奏效了呢？”

听闻此言，久光顿时挺胸回道：“虽被圣上暂搁一旁，但圣上看来已经意识到，诸如横滨锁港之类的姑息手段是绝无益处的，因此可以放心。”

“我所问并非此事，而是萨摩的家督继承之事。不过，此事似乎也很棘手，纵然父亲提出想要继承儿子的家督之位，亦属史无前例。”

久光瞬间变得满脸通红。庆喜对久光欲继承岛津家的想法一清二楚。根据兄长齐彬的遗言，家督之位由久光之子忠义担任，因此他不能以藩主的身份行动，自然感到无比遗憾。

“我如今正专心致力于如何令圣上开启圣蒙，并未考虑此事。”

“那么你所谓的要让圣上觉醒，是指……”

“这还用说，自然便是横滨锁港的谈判。春岳侯已经赞成此事，只要圣上逐渐转变心意……”

久光意气风发地说道，庆喜却轻轻摆了摆手。

“横滨锁港之事由我负责，我已做好安排，先将池田筑后守派往法国，而后顺次访问西洋各国。”

“您……您说什么！难道后见职大人赞成锁港？”

“没错。圣上对外夷的侵略之心格外警惕。既是有关国体的头等大事，不管对方是否听取，我已将池田筑后守派往长崎，以便直接前往各国，同各国国王展开交涉。”

“万、万万不可！如此做法只会招致对方耻笑，反令日本国蒙羞啊！”

“可是既然已经知晓圣上意在攘夷，若不采取措施，岂非不忠？”

“不，倘、倘若对方直接拒绝……倘若遭到拒绝，该当如何是好？”

“倘若遭到拒绝，只需重头再来即可。贵国的意见已经明白，让我再问问下一个国家的意见……只需这样说即可。在整个世界环游一圈，恐怕需要两三年的时间。而在此期间，我国也将备齐军舰和大炮……”

庆喜果然是比久光更胜一筹的人才。事实上，他的使者早已远渡法国，但关键在于，他已轻而易举地改变了谈话的方向。

“如此一来，我的一片苦心将化作泡影。如您所知，我的心愿便是公武一体，只要尽力说服圣上……”

“草率地说动圣上乃是错误之举，圣上所言才是正确的。总之，事情交给我处理即可。”

久光再次变得满脸通红。久光与庆喜之间的年龄差距犹如父子，但庆喜所言条理井然，令他一时无从反驳。

久光绝不认为自己的思想是马基雅弗利主义，也不会承认其中缺少尊皇精神。自古以来，霸道主义的权谋家都是无法理解更高境界的理想的。

“听闻三郎殿下不仅与近卫家颇有往来，与中川宫也格外亲近。不如请中山宫美言几句，提高官位与藩主并列，如何？”

“不，我、我并未提出如此请求。后见职大人竟然不理解我为帮助幕府所做出的努力……实在太遗憾了。”

“我只是叫你不必担心，我不会让他人与你产生口角的。你大可放心，只要不招致藩内尊皇派的怨恨即可。”

“您、您说什么？尊皇派的怨恨……”

“在伏见的寺田屋骚乱时，你曾领受天皇之命，杀死了众多藩士。因此，依我看来，会有很多人怨恨你欺骗了他们。”

这是久光的最大痛脚和旧伤——自己当时为了讨好朝廷，所作所为过于急躁。

并非仅有寺田屋事件，中山家的诸大夫、负责抚育年幼的明治大帝的田中河内介也被他斩杀于船中。如今，西乡吉之助便是怨恨他的其中一人。

而现在，久光却骤然摇身一变成为了开国派。正如胜麟太郎所言，这里果然是他的弱点。

“后见职大人若是这样说，那我也无可奈何。对了，您找我来究竟是所为何事？”

“便是池田筑后守的外国派遣之事。我已经决定并下令起程，为了慎重起见想先行告知……”

“您、您不能将池田筑后从长崎召回吗？”

“来不及了，恐怕在派遣使者时，船便已经出航了。”

“既然如此，何不派人追到中国？”

“你为何对此事如此执著？”

被庆喜这么轻轻一问，久光只好借苍白的笑容掩饰过去。倘若对此事继续固执下去，反而会加深对方的疑惑。

“不，我只是看看您决心的程度。总之，也就是说，一切均出自后见职大人对天皇的忠诚心，因此已不可更改？”

“没错，因为我知道，圣上的本意便是憎恨丑恶。”

“既然如此，我明白了。”

久光又在庆喜府中逗留了片刻，方才离去。他刚一出门，便立刻来到了越前府。仅凭方才一事，还无法令久光停止自己的行动。既然事已至此，便动员以春岳为首的赞成自己的所有人，即使固执也要强行地阻挡住庆喜的前进道路……这便是久光的性格。

正因这种性格，在维新政府成立后，他才仅仅官至从三位，比正三位的西乡隆盛（吉之助）还要低一级。

“被大久保（一藏）骗了……”

被埋没的久光一生都在不停地重复这句话。

春岳当时自然知道池田筑后守远赴欧洲一事，但他并未想到，庆喜竟然以改变心意的形式巧妙地利用此事。或许是听了久光的解释，春岳真的以为“一桥疯了”，震惊得哑口无言。

五

正如岛津久光不理解崇高的理想一样，越前的春岳也无法明白人间的手段策略。在任何情况下，他都保持正直诚实，习惯完全信任对方。

在春岳眼中，久光是以公武一体为目标的勤皇家，与齐彬相比亦毫不逊色。

庆喜本打算以此试探久光，却令比久光更为关键的春岳震惊不已，这件事或许令庆喜一生都无法释怀。

“我已经无法理解一桥卿了。”

春岳真正地放弃了，由此可见，他终究不是一个能够在霸权之上活动自如的政治家。

久光首先说服了春岳，而后又依次劝说后见府会议中与春岳大同小异之人。

“一桥卿又变节了！”

他起初是认真的水户式攘夷家，进入幕府后便变为开国派，此次为了阿谀朝廷，又奇怪地变回了锁国派。

其时，天皇也已认识到，仅凭当今国力是无法避免开国的。因此，庆喜现在变节可谓毫无意义。

“必须罢黜如此毫无良心、无法依赖之人，否则将难以成事。”

久光或许未曾想到自己遭人试探，这种想法完全是发自内心。

总之，他按照自己所相信的事实展开了行动，如此一来，他的思想、理想和性格都清清楚楚地暴露了出来。

他企图将真正的第十四代将军唤至京都，取代德川庆喜这位后见职。

倘若将军家茂直接进京，与后见职相比，舞台效果将成倍增加。

与随意操纵后见职相比，若能随意操纵将军大人那么便能在天下人面前搏得一个更好的名声。

而作为实现这一目标的手段，他自然打算利用敕诏。

将军与天皇之间是妹婿与亲舅的关系。众所周知，天皇对妹婿家茂极为喜爱，倘若令这位亲舅颁布万民均无法违背的敕诏，妹婿自然会前来管制庆喜。这便是久光的如意算盘。

朕以不肖之身，早承天位，受万世无缺之金瓯，感激涕零，常恐有负寡德先皇与百姓……

这份真诚的天皇手书淋漓尽致地表现出了天皇的不满和心情。

（中略）方去之春，进京废典得以再兴，最值嘉赏。孰料藤原实美（三条）等人信用鄙野匹夫之异说，未察宇内形势，不思国家危殆，朕亦矫命而草率公布攘夷之令，乱兴讨幕之师，又有如长门（长州）宰相暴臣之流，威吓其主，无故炮击夷船，暗杀幕臣，秘密诱骗实美至本国（长州）。此等行为务必严惩。然此亦乃朕之不德所致，实悔恨万分……（后略）

天皇手书中如此恳切地要求将军进京，尊重朝意的幕府也没有任何理由来阻止将军进京。

这自然是在久光的政治手腕之下迫使天皇下达的诏书。如此一来，久光与庆喜的正面冲突已是不可避免。

（未完待续）

德川庆喜年谱（1859—1865）

1859年，安正六年。2月，根据幕府命令，攘夷兼倒幕的青莲院宫尊融亲王、内大臣一条忠香、鹰司辅熙、三条实万等人禁闭反省。5月，幕府开放神奈川、长崎、箱馆港口，允许五国贸易。7月，三名俄国人在横滨被杀。8月，根据幕府命令，德川齐昭永久隐居、一桥庆喜隐居反省、水户藩士安岛带刀死刑、川路圣谟隐居反省、岩濑忠震和永井尚志停职候审。9月，梅田源次郎死于狱中。10月，三条实万去世；幕府判处桥本作内和赖三树三郎死刑；江户城本丸起火；吉田松阴死刑。12月，封闭下田港。

※《天津条约》签订（中国）。（庆喜二十二岁）

1860年，万延元年。1月，安藤信正就任老中；木村喜毅和胜麟太郎等人乘坐咸临丸驶出品川港。2月，外国人在横滨被杀。3月，井伊直弼在樱田门外之变中被杀。8月，德川齐昭去世。9月，庆喜因父亲齐昭之死而解除反省，但仍被禁止待客、通信。11月，家茂宣布迎娶皇女和宫。12月，幕府与普鲁士签订条约。

※英法联军进攻天津和北京，导致《北京条约》签订（中国）。林肯当选总统（美国）。（二十三岁）

1861年，文久元年。1月，美国和英国公使从横滨返回江户。2月，俄国船舰驶来对马；幕府采用毛利庆亲和长井雅乐的航海大计。4

月，幕府派遣小栗忠顺处理俄国船舰与对马藩武士和庶民之间的冲突，劝告俄国船舰离开；英国船舰驶来对马。5月，幕府命令幕吏警备海陆，调查海制；毛利庆亲和长井雅乐向朝廷上奏公武合体航海大计；水户浪人们袭击英国公使。6月，幕府处分武田耕云斋等人。7月，老中安藤信正与英国公使们会谈；英国船舰将俄国船舰赶出对马。10月，皇女和宫东下。

※意大利王国成立。南北战争（美国）。（二十四岁）

1862年，文久二年。1月，水户藩士平山兵介等人于坂下门外刺伤老中安藤信正。2月，皇女和宫下嫁第十四代将军家茂。4月，岛津久光于伏见寺田屋杀死有马新七等人；幕府准许庆喜会客、通信；高杉晋作等人自长崎港出发前往上海；朝廷准许鹰司政通和近卫忠熙上朝，赦免青莲院宫和鹰司辅熙；幕府令毛利庆亲和长井雅乐等人谋求公武融通。5月，幕府令松平容保和松平庆永参与政事。6月，将军家茂宣布政治改革；敕使大原重德东下，向将军传达圣旨；九条尚忠关白退任，近卫忠熙任职关白。7月，幕府任命庆喜重新继承一桥家并担任将军后见职。8月，朝廷命令岩仓具视等人辞官落发；岛津久光的家臣们于生麦杀伤英国人；松平容保就任京都守卫职；幕府放宽参觐交替制。9月，朝廷决定攘夷；高崎发生武装暴动。11月，幕府任命庆喜为权中纳言。12月，高杉晋作等人于英国公使馆纵火；庆喜经陆路自江户出发前往京都。

※俾斯麦就任首相（德国）。（二十五岁）

1863年，文久三年。1月，庆喜进京；近卫忠熙辞退关白职务，鹰司辅熙就任关白。2月，庆喜建议关白实行攘夷。3月，将军家茂进入二条城；天皇驾临贺茂社参拜，为攘夷祈愿；朝廷征募亲兵。4月，天皇驾临石清水八幡宫参拜，为攘夷祈愿；幕府答复朝廷，以5月1日为攘夷期限；庆喜离开京都，中途向关白转达辞退将军后见职之意。5月，幕府向英国支付生麦事件的赔偿金；长州藩炮击驶来下关的外国船舰；姊公路公知被人暗杀。6月，美国船舰炮击下关；江户大火，江户城西丸遭到延烧；法国船舰炮击下关；高杉晋作编成军队；四国代表于横滨会面，决定攻打长州藩；将军家茂通过海路返回江户。7月，萨英战争爆发。8月，朝廷向幕府下达三港封锁令；攘夷御驾亲征敕令发布；中山忠光等人于大和起兵；天皇放弃参拜大和，废除参政、寄人；七卿西下；天诛组起兵。10月，平野国臣于但马生野起兵；庆喜通过海路进京。12月，庆喜被朝廷任命为参议；鹰司辅熙辞退关白职务，二条齐敬就任关白；池田长发一行赴欧。

※林肯发表《解放奴隶宣言》（美国）。（二十六岁）

1864年，元治元年。1月，庆喜辞退参议职务；将军家茂进京。2月，幕府罢免京都守卫职松平容保，任命松平庆永。3月，堀田正睦去世；庆喜成为皇宫守卫总督；武田耕云斋等人于筑波山起兵。4月，松平容保恢复京都守卫职官位。5月，庆喜前往大坂巡视沿海；将军家茂返回江户。6月，池田屋骚乱爆发。7月，佐久间象山被人暗杀；蛤御门之变爆发；庆喜指挥皇宫禁卫军，表现出色；平野国臣死于狱中；真木和泉自杀。8月，四国联合舰队炮击下关；幕府下令征讨长州。9月，四国公使要求对下关事件进行赔偿和条约敕许。10月，幕府向天狗党发动总攻。11月，长州藩谢罪。12月，庆喜为天狗党西上事件离开京都，前往近江；高杉晋作于下关起兵；武田耕云斋等人向加贺藩投降。

※太平天国灭亡（中国）。（二十七岁）

1865年，庆应元年。1月，毛利敬亲父子服罪；庆喜镇压天狗党奏功。2月，武田耕云斋等人被处死刑。4月，幕府向诸藩下令再征长州。5

月，将军家茂为征长一事离开江户；将军家茂晋谒。6月，庆喜自此开始往返于大坂和京都之间，负责皇宫守卫和沿海防御。9月，四国公使率领军舰返回大坂港，要求兵库开港和条约敕许。10月，朝廷下达条约敕许，拒绝兵库开港。11月，庆喜请辞沿海防御，未被准许。

※林肯遭暗杀（美国）。（二十八岁）